論創ミステリ叢書

83

千葉淳平探偵小説選

論創社

千葉淳平探偵小説選　目次

創作篇

随筆・読物篇

凡　例

一、「仮名づかい」は、「現代仮名遣い」（昭和六一年七月一日内閣告示第一号）にあらためた。

一、漢字の表記については、原則として「常用漢字表」に従って底本の表記をあらため、表外漢字は、底本の表記を尊重した。ただし人名漢字については適宜慣例に従った。

一、難読漢字については、現代仮名遣いでルビを付した。

一、極端な当て字と思われるもの及び指示語、副詞、接続詞等は適宜仮名に改めた。

一、あきらかな誤植は訂正した。

一、今日の人権意識に照らして不当・不適切と思われる語句や表現がみられる箇所もあるが、時代的背景と作品の価値に鑑み、修正・削除はおこなわなかった。

一、作品標題は、底本の仮名づかいを尊重した。漢字については、常用漢字表にある漢字は同表に従って字体をあらためたが、それ以外の漢字は底本の字体のままとした。

創作篇

或る老後

1

「禅智内供《ぜんちないぐ》の鼻と云えば、池の尾で知らない者はない。長さは五六寸あって上唇の上から顋《あご》の下まで下っている。……内心では始終この鼻を苦に病んでいたが、勿論表面では、今でもさほど気にならないような顔をしてすましている……」

そこまで読んで、池辺善助は鼻の上の老眼鏡をのろのろとずり上げ、淹れ置きのぬる茶を一口すすって、苦がい顔をした。

六十になって、わしはどうしてこんな奇妙な物を読まねばならんのか、といった不服顔であった。もう一口、茶をすすって、善助は一層気難かしい表情になった。

室内の空気には鉄の微粉が絶えず舞っていて、そのせいか、茶はいつでも黒い。

板壁一重隔てて、ガタ旋盤の振動が、この事務室にも間断なく伝わってくる。機械の振動や騒音には馴れ切っている善助も、茶の黒さにはいつも不愉快な思いをする。閑静な四畳半で、濁りのない茶を飲んでみたい。それが、このところ一段と肩の肉のおちた善助の、唯一のささやかな願いである。

だが、楽隠居をして、リュウマチの腰をいたわってやれる機会は、もう永久に去ってしまっていた。

ほど遠からぬ三河島駅で、空前の大事故があったとき、老妻と息子夫婦が死んだ。若夫婦の母親孝行のつもりが、観劇帰りにあの奇禍に遭ったのだった。

池辺善助は、この齢で、天涯孤独の身になった。永年かかって、やっと形を整えた僅か一握りほどの零細な町工場だが、この先、何年となく老いの肩に背負い続けるには、荷があまりにも勝ち過ぎていた。

「兄さん、たまには、気晴しでもしないといけないわ」と、山の手の官吏に嫁いで今は未亡人の妹が、ある日遊びに来て、これでも読みなさいよと、全集本を数冊置いて帰った。

特に読め、と勧められたのが、芥川竜之介の「鼻」である。

大して気乗りもしないが、善助は時に寸暇を塞ぐつもりで、ぽつりぽつりと拾い読みをしていた。

「……飯を食う時にも独りでは食えない。独りで食えば、鼻の先が鋺《かなまり》の中の飯へとどいてしまう……」

すこし読むと、善助はまた老眼鏡をゆっくりと、ずり上げる。

小説の寓意よりも、柿色の作業服の袖の汚れや、窓越しに見える綿屋の二階の派手な色のおしめのほうが気になる。

善助は、六十の肩を痩猫のように踞めて、たった二〇枚足らずの短篇を、何度も息を継いで、やっと読み了えた。

白いページに、作業服の油が何カ所もついて、本はすっかり薄汚れていた。

しかし、狭心症の発作をいつも気にしている妹が、わざわざ本を届けて来て、一体何を云おうとしていたかは、すこしずつ判りかけてきた。

「鼻か……うむ」

にやりと、独り笑いが出る。

禅智内供は、異様に大きな鼻を気にして、ある日、荒療治を受けたという。幸いにして、鼻は癒った。だが、人々は予期に反して、以前よりも、ずっと底意地の悪い目で内供を見詰めだした。やがて内供は大きかった昔の鼻を懐しく思い始める。すると、ある日突然に、鼻は旧の大きさに戻った。内供はもう二度と、それを邪魔扱いはしなくなった……。

「そういえば、今のわしにも、そういう化け物がつき纏っとる」

善助が独り苦が笑いをしていると、事務室のドアが開いた。

機械の振動と騒音に押し捲られるようにして、アジサイ色の事務服を形よく着こなした金森京子が、背中から入って来た。

善助は、何喰わぬ顔で静かに本を閉じた。

「お茶を淹れ替えましょうね、お父さん」

京子はいたわりを籠めた優しい目をしていた。「お父さん」と呼ばれたとき、善助の頬骨の下の肉が、一瞬硬《こわ》ばった。

「内供の鼻——か」

彼は心の中で、そう呟いた。

「鼻」は、美しい後姿を見せて、茶を淹れにかかっていた。

善助は、眉根を寄せて、彼女の手許を凝視した。

この女の淹れたお茶には、心を許せないと善助は思った。

2

金森京子は、丸顔で目が大きい。

齢は二十四か五か、本当のところを、池辺善助はまだ知らない。

いつも左の顔だけを人に見せるようにしているが、その横顔はなかなか美人であった。

隠そうと努めている右の顔を覗かれると、この女は急に別人のように不貞腐《ふてくさ》れて、病み犬のような眼で相手を穴のあくほど見返す。

そして、何か、人をひやりとさせるような事をする。

事務服のポケットから、赤い薬包紙に包んだ散薬をとり出して、その粉を茶漉しにふり撒こうかどうしようかと躊躇《ためら》っているのを、見た工員もある。

金森京子の心奥には、何か、奇妙な陰湿な性格が棲んでいるようであった。

善助がその性格に気付いたのは、会ってからかなり後のことである。

初めて姿を現わしたのは、五月の中旬《なかば》のある宵で、三河島事件からは、もう十日の余も経っていた。

工場と地続きの善助の自宅には、既に忌中の札も、香煙もなくて、暮れなずむ初夏の夕闇の中に、ただひっそりと静まり返っていた。

善助は、残業中の工員と一緒に、まだ工場のほうにいた。

奥の一隅を板囲いした粗末な事務室で、善助が仕上伝票を繰っていると、

「あのう、池辺さんのお父様でいらっしゃいましょうか」

と鄭寧に尋ねたのが、金森京子だった。

右の手に、黒いリボンの花束を提げている。

それで、善助には、息子の知人が弔問に来てくれたのだと判った。

ともあれ、仏間に案内するから、自宅のほうへ廻ってくれと云うと、娘は一瞬、嬉しそうな、ちょっと哀しそ

うな複雑な表情を見せ、すなおに善助の後に随いて住居《すまい》のほうへ行った。

仏前では長いこと、黙然としていた。

一度だけ、殆んど聞きとれぬほどの声で何かを呟いた。

「許してあげます」

善助には、そう聞えた。

だが、娘は、何かを訊かれるのを怖れるかのように、淑《しと》やかに辞儀をして逃げるように帰って行った。

粗末な、白っぽいワンピースの後姿の印象が、善助の脳裏に、いつまでもこびりついた。


八田源一。通称ハッタリの源ちゃんと云う若者が工場にいた。

陽気で口数が多い。悪気はない。ハッタリの源とか云われても、到底他人を瞞せるような男ではなく、作業上のミスが多くて、絶えず気難かし屋の職長にドヤされていた。

その源ちゃんが、翌日の昼休みに、数人の工員仲間に、得意気に語った。

「金森京子って云うんだよ。京子……いい名前じゃねえか、俺、いいお名前ですねって、そう云ってやったんだ」

「じゃあ、彼女、どう云ったよ」

「あら、ま……と、こう来たもんだ」

工員連中が、どっと笑い崩れる。

源一は蟹のような顔を一層角ばらせて、ムキになった。

「本当だぞ、お前、なんしろ、お前、彼女の落した定期を俺が拾って、追っかけて届けてやったんだもんな。俺、彼女の住所だって知ってらあ、ちゃんと証明書に書いてあったからよ」

善助が、ちょうど通りかかった。

「源一、お前、昨夜の娘さんと話したのか」

「へえ、何か用事スか、おやじさん」

「いや、そうじゃない」

善助は、慌てて手を振った。

金森京子との絆は、そこでまたプツンと切れた。

数日後、職長の島田が、源一をどえらい勢いで叱りつけていた。

たまたま、善助はまたそこを通りかかっていたが、職長の権幕があまりに激しいので、わざとその場を避けた。

そんな時は、職長の気の済むようにさせるのがいいと、初老の無気力さで、善助はいつも無責任な割り切りかたをしていた。

だが、慌てて通り過ぎようとしていた善助は、急に立ち停った。職長の言葉が、善助の足をその場に釘付けにした。

「源、いいか、二度と若の名を口にすんじゃねえ」

職長が「若」と云えば、善助の息子で事故死した善一郎のことだ。

「おい、何の話だ」

善助は思わず、二人の間へ割り込んでいた。

「源一、説明してみろ」

「源、いかん、そいつは云うんじゃねえ」

善助と職長の言葉が同時に飛んで、板挟みになった源一は、目を白黒させた。

結局、工場主の威令が職長を抑えた。源一は喋りだした。

金森京子に、もう一度会った事を。

そして京子が、生前の善一郎とA区の青年文化サークルの活動で知り合っていたことや、善一郎が酒の上の誤ちから、一度だけ腕ずくで京子の身体を奪ったと、京子がふと口を滑らせた事を。

そして、その誤ちがもとで、京子の勤め先での職場結婚の話が壊れ、居辛らくなった京子は、勤めも替えて、今は小さな土地ブローカーの事務所で、ひどい薄給で勤めている事を……。

「もういい。あとはわしが、自分で聞きに行ってくる」

善助は、源一の話の途中を遮った。そして黙然と考え込んだ。

あの娘は、弔問に来て、「許してあげます」と、ひとこと云った。

それ以来、もしや……とは思っていたが、伜の善一郎がやはりあの娘に誤ちを犯したことが、源一の説明で、はっきりした。

「これは、償いをせねばなるまい」

善助は、その娘を、工場の事務に入れて、できるだけ優遇してやろうと決心した。

職長の島田は、善助の肚を見抜いていて、何か不満そうに唇をぴくつかせていた。

3

「居ついてくれるかな」

最初の二三日は、ひどくそれが案じられた。

だが、金森京子には、尻の下から絶えず機械類の振動が這い上ってくる池辺製作所の椅子が、さして座り心地の悪いものでもないように見えた。

事務処理の能力も、ＢＧ経験の前歴の持主だけの事はあった。

「こりゃあ、いい」

善助は、満足した。

職長の島田は、ぶすっとして、押し黙っていたが、面と向って、京子につらく当るような事はなかった。

たまたま、善助の自宅の家事労働のほうにも、良いパートタイマーが見つかって、すべてが順調に行きかけていた。

大事故以来、工場の事務処理と、家事の瑣末な問題と、心の痛手と、何もかもがどっと一時に押し寄せて、善助を苦しめ抜いてきたものが、やっと、すこしずつ、平穏な常態に復し始めているかのように見えた。

だが、ギョッとするような事も、時にはあった。

ある日、善助は金繰りの折衝事にひどく疲れて、事務室に戻ると、黒ずんだ茶をすすりながら、暫くは放心したように、無言で椅子にかけていた。

ちょうど京子の他人に見られるのを嫌う右の顔に、善助の視線が当っていた。

そのことに気付くと、京子の顔色が見る見る変った。

男でも容易には見せないような荒《すさ》んだ陰惨な表情が、滲むように京子の顔一杯に拡って行った。

善助は、慌てて目をそらせ、その日は二度と京子の顔を見ないようにした。だが、冷え冷えとした敵意の視線が、首振り扇風機のように、間歇的《かんけつ》にサッと首筋を撫でて過ぎるような気がしてならなかった。

その日以来、京子の淹れる茶には、何か奇妙な味がすると思うことが、時々あった。

池辺製作所は、戦前からの機械工場である。

若干の消長はあったが、一向に大きくなりもせず、潰れもせず、財産と云えば、子飼いの熟練工が数人、それが懲りもせず、飽きもせず、この町工場に今でもへばりついていた。

見ようによっては、得難い財産であった。

ビビリ振動のひどいガタ旋盤で、最高級の高速旋盤にもさして見劣りのしない製品をみごとに仕上げる技術を持っている。

そういう職人達を抱えて、池辺製作所は、その貧弱な装備にもかかわらず、緩衝器、防振装置など、極めて精巧な仕上り精度を要する製品を仕上げる能力があった。

需要数は少ないが、特殊な技術が要り、一定数の註文は、常にくる。

そこに、この町工場が伸びもせず、潰れもせずに、ささやかに息づいて行ける理由があった。

金森京子の振舞いに、何か無気味なものを感じさせることはあっても、当面、池辺善助の健康にも、池辺製作所の生業《なりわい》にも、さしたる狂いはなくて、日々が過ぎて行った。

狂ったものと云えば、それはこの夏の天候で、季節はずれの遅梅雨のあと、ひどい炎暑が突然に襲ってきた。

トタン屋根で天井無しの池辺製作所の屋内は、蒸し風呂の苦しみになった。

皆ゲンナリしたように、肩で息して、のろのろと持ち前の仕事に取りついていた。

そうまでしても、夏休みなどはしないのが、下町一帯の慣習《しきたり》である。

だらだらと油を売りながら、源一が仲間にこんな話をしていた。

「彼女、ときどき、赤い包み紙で薬飲んでるって云うぜ。俺、知ってる医者に聞いたんだけどよ、赤い包紙ってのは、劇薬を包むんだってよ。うっかり飲むと、死んじまうって云ってたぜ」

ある日、善助は、その現場を抑えた。

ちょうど退社時刻の定時を僅か過ぎて、事務室に京子一人がいた。

彼女は自分の湯呑みに白湯《さゆ》を入れて、赤い紙の薬包から、サラサラと白い粉を落していた。

「どこか悪いのかね」

善助が、難かしい顔をして、背後に立っていた。

「すこし、貧血するので……」

京子は、平然として、無表情に答えた。

「それは、貧血の薬かね」

「ええ、とても体力がつくんです。一服お飲みになりません?」

京子はハンドバッグから、別の赤い薬包を取り出して、善助の目の前につきつけた。

「いや、結構。わしは要らんよ」

善助は手を振って、急いで事務室を出た。

京子が差出した二服目の薬包は、一服目とはサイズが明らかに違っていた。

一ミリの数十分の一の仕上り精度で、絶えず顧客から苦しめられてきた善助の目に、一センチの狂いが見落されるはずはない。

第一服目は本当の貧血用の調剤としても、サイズの違う第二服目の内容は、見当もつかぬものであった。

猛暑は仮借なく、蜿々と続いた。

当初は、女らしく身躾みには気を配り続けていた金森京子も、遠慮会釈なく照りつける猛暑には、ついに慾も得もなくなったらしい。

日ましに、彼女の服装も行儀が悪くなって行く。

他に女気のない狭い工場内で、誰彼の「男」の視線が、否応なく彼女のほうに向く。

それが、右の半顔を見られたのだと思うと、とたんに、あの病み犬のような陰惨な表情になって、不貞腐れる。

また、茶の味が、時々おかしくなりだしていた。

ある、特に不快指数の高かった日の夕方、

「私、どうしたのかしら……なんだか少し、目まい

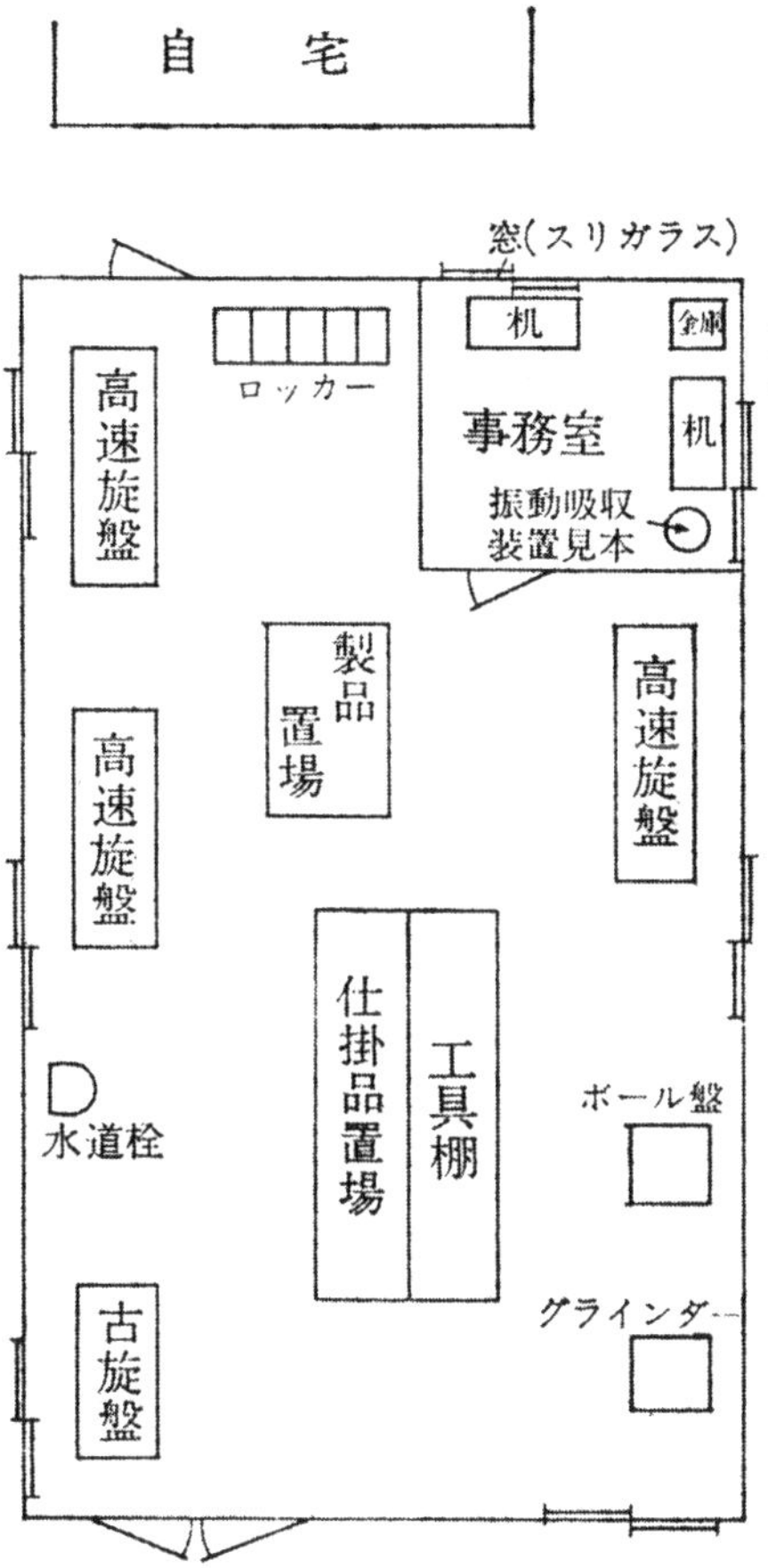

密室周辺の見取図

がして……」

と、京子が、今にも倒れそうに真蒼になった。

「きっと、また貧血だな。住居のほうへ行って寝ていなさい」

と、善助は京子に命令するように云った。

その日は、パートタイマーが、晩飯の仕度の刻限までは居てくれる日であった。善助はそのおばさんを呼んで、介抱を頼んだ。

夜の六時頃になると、

「京子さん、もういいようですよ」

と、おばさんが、事務所のほうに告げに来た。

「でもねえ、心配ですからね。私しゃ、もうすこし居て、京子さんが歩けるようになったら駅まで送って行きますよ」

善助は、親切なパートタイマーに、その日はいつもより二百円余計にやった。

彼が、住居のほうへ戻ったのは、一時間以上経ってからであった。

勝手口と、台所だけに明りがついていた。

その台所に京子がいた。

パートタイマーのおばさんは、いなかった。

「ご迷惑をかけてしまって……」

京子は、照れたように、美しく笑った。

「どうして帰らなかったのかね」

「ひとこと、お詫び申上げてからと思って」

「そんな事はいい。癒ったら、早く帰んなさい」

善助は、憤ったように云った。

「はい」

京子は、すなおに答えた。

その時になって、善助は始めて、京子が浴衣姿でいることに気付いた。床をのべて寝るとき、パートタイマーのおばさんが気をきかしたものだろう。

浴衣には、善助は見覚えがあった。

老妻が若い頃には、それを好んで着たのだった。

善助の妻は、若い頃は、丸顔で目が大きく、左の目の下に泣きぼくろがあって、それが愛らしかった。

「あ……」

ふと我に返ると、左の目の下に泣きぼくろのある顔が近々と、善助の眼前にあった。

善助は、思わず我を忘れた。

「い、いけません」

押し殺したような、鋭い声がした。声は、人間の肩の高さで起り、やがて、もっと低い所で起って、最後には畳の上を、それが這った。

電燈が消えると、蚊がいやな羽音を立てて、しきりと飛び交い始めた。

4

電燈が点ったとき、善助は呆然としていた。

「いい齢をして……」

悔恨にさいなまれる身心のやり場がなかった。

「いい齢をして……」

京子の表情にも、その感情が滲み出ていた。

それが、善助の気持を、一層救いのないものに追いやった。

その京子が、突然、右の横顔を、わざと曝すように突き出した。

「あ」

善助は、思わず叫んだ。

京子の顔の右の生え際は、かなり奥までが付け毛だった。

それが、ずり落ちて、あとにはどす黒い青痣《あざ》が、てらてらと無気味に光っていた。

化け物が、本性を剝きだした。

右の半顔一杯に、あの陰湿な恐ろしげな表情が滲み出ていた。

戸外の暗さが、窓ガラスに鏡の役を与えた。

ガラス戸には、醜怪な、その半顔がまざまざと映り、京子自身も、それを見た。

さすがに、耐え難くなったものか、彼女は顔をそむけて、左の半顔を見せた。

それは、女の哀しさを滲ませた美しい顔であった。

「今さら、どうにもならないわね」

と、声にも、その哀しさが滲んでいた。

善助も、漸く、ものを云う気力を取り戻していた。

「詫びて済むことではないと思うが……」

彼は喘ぎながら云った。

「……わしは、責任をとりたい。もしよかったら、あんた、結婚してもらえまいか」

「結婚？」

飛び上るように、京子は後ずさりした。

それでまた、陰惨な表情の右の横顔が善助に向いた。

その横顔が、恐ろしい事を云った。

「私には夫があるんです」

池辺善助の背筋に、一瞬、冷い戦慄が走った。


「やっと料理したわよ」

女の声が云った。

「ふん」

男が鼻を鳴らした。

「嫉《や》いてくれるの？　嬉しいわ……」

女はクックッと、鳩のように笑った。

「……あんなお爺さんでも、根気よく媚薬を飲ませ続ければ、やっぱり男なのね」

「もうよせ、そんな話は……」

男は、話題を変えたがっていた。

「……これから、どういうふうに持って行くか、その計算が問題だ」

「計算は、あなたの専門でしょ」

「その計算をたった一回だけ、俺はやり違えた。俺の設計した高速鋸盤の帯鋸の刃が、回転しながら折れて飛んだ。一人が顔の上半分を切断されて死んだ。重傷二人、軽傷三。重過失致死で起訴されて、執行猶予がついた。お前、鼻から上のない死体を見たことあるか？」

「もう、やめて、そんな話……」

と、女が話題を変えたがった。

「……それより、どうする。あのお爺さんのほう。今なら、どんな条件でも、云いなりだと思うわ」

「そうだな。起訴以来、失職中の身だ。高望みはすまい。その町工場の工場長ってことでいいだろう」

「たった、それだけ？」

「それ以上、望めるか」

「私は工場全部欲しいわ。あのお爺さんの財産も全部。一円だって取りこぼししたくないわね、つまり、こうするのよ」

女が、男の耳許に口を寄せた。

男は聞いて、溜息をついた。

「全く、悪女だな、お前は」


池辺製作所の主要製品は、緩衝器、防響装置など、仕上り精度の高い精密加工品であった。

加工機械の貧弱さは、子飼いの工員の腕で補うことができた。

たとえば、危険物運搬車の振動吸収装置は、池辺製作所の誇る特技中の特技である。

ニトログリセリンのような危険物を小口に運搬する車には、あらゆる振動を確実に吸収する懸架装置が必要であった。

外部からの振動を吸収するために、担《たん》ばね、共振型動吸振《どうきゅうしん》装置、油圧型緩衝装置、摩擦型減衰装置と、あらゆる原理の防振装置が複雑に組合わされている。

「うむ、これは凄い」

金森達治は、初めてその製品を、池辺製作所の事務室で見せられたとき、文句なしに感嘆の声を放った。

一目見て、装置の概要と、製品の精度を見抜くだけの、優れた技術の目は持っている。

「いやぁ、こういう立派な動吸振装置つきの構造まで製作できる工場なら、私もやり甲斐がありますよ」

不遜な青年技術者は、そう云って目を輝かせ、事務室の一隅に置かれた危険物運搬車の振動吸収装置をいつまでも撫でていた。

「気に入って頂けて、私も嬉しい」

池辺善助も、初老の顔を綻ばせて、嬉しそうな表情を作った。

同じ事務室の中で、金森京子は美しいほうの左側の顔を見せ、茶を淹れたり、扇風機の位置に気を配ったりして、小まめに立ち廻っていた。あの夜の事は、とっくに忘れてしまった顔をしていた。

その日から、金森夫婦は、池辺善助の事を「お父さん」と呼ぶようになった。

そうしてくれと、善助が頼んだわけではなかった。

5

「おやじさん、あっしは辞めさせてもらいます」

一週間後、職長の島田が、そう切りだしてきた。背の人一倍低い島田は、相手の内懐に入って、顔の下から見上げるようにして物を云う。

その島田が、今日は、ひどく離れた所から善助に声をかけた。大声で、他の者にも聞かせようという気が見えた。

「偉い学士様が工場長だ、あっしなんかの出る幕じゃあなくなったね。おやじさん」

「ま、そう云わんでくれ、決して悪いようにはせんつもりだ」

善助は、声を抑えるのに苦労していた。

だが、島田の返事は、ニベもなかった。

「あっしには、とても付き合い切れねえよウ」

「島田、そう云うな……とにかく、金森君が来ても、あんた等の仕事は、変らんのだから」

「そいつがそうは行かないんだ、おやじさん」

「な、なぜ」

「学士さんは、あっしの六尺旋盤《ろくしゃく》を売っ飛ばして、でかい高速旋盤を入れるそうですぜ」

「わ、わしゃ、そんなことは聞いとらんぞ」

善助も、さすがに、色をなした。

「……呼んでこい、金森を、いくらなんでもわしゃ勝手は許さん」


気まずい一日が過ぎた。

日が暮れかけるころ、西の空はひどく煙って、夕景には美しさがまるで無かった。

夜に入ると、急に地蒸しがしてきた。

だが、善助にとって、もっと不愉快なことが起った。

工場を戸閉めにして、裏の住居に戻り、居間に入ると、善助はひどく柔い物に躓いた。

電燈を点すと、そこに京子が蹲るようにしていた。

「何か用かね」

善助は、ひどく落着かない気分になった。

「お願いがあるんです」

「なんだ」

「夫のささやかな希望を、かなえてやってくださらない」

「し、しかし、高速旋盤を買う金はない」

「あるわ」

「なに？」

「三河島事件の弔慰金が国鉄から入るわ。三百万近いのじゃありません？　それだけあれば、外国製の機械一台と、性能のいい国産の機械が二三台買えると、夫が云ってました」

「か、金はまだ受取っとりゃせん」

「相手が国鉄なら、それを引当てで、お金はどこからでも借りられるわ」

「お前は……お前という奴は、仏の金にまで目をつけおって」

「お父さん」

「お父さんと云うのは、やめろ、穢わしい」

「あら、そうでしょうかしら」

京子の顔に、見る見る、また陰湿な表情が泛んできた。

「……私、これでも、ずいぶん、あなたのためを考えているつもりなんですよ。私の夫は、あなたの息子さんの誤ちを承知の上で、それを許して私と結婚したわ。でも、もし、あなた自身までも私に誤ちを犯したと知ったら、今度こそは、どういうふうになるかしらね。私、あなたのために、そんな恐ろしい事が起らないようにと思って、必死になってカムフラージュしてあげているのよ、お父さんと呼ぶのが、カムフラージュのために一番いいと思って、だから私……」

「わ、判った。わしが悪かった」

「じゃあ、やはり、お父さんと呼ばして頂くわね、そのほうが安全ですもの」

「そうしてくれ」

「いっそ、私たちを養子にして、本当に入籍して頂いたほうがいいんじゃないかしら」

「ま、まさか……」

「あら、冗談じゃありませんわ。そのほうがあの事を隠しておくためにも、安全ですよ。うちの人って、怒りだすと、どんなおそろしい事をするか、判らないんです。人の顔を鼻から上だけスパッと切り落して、それで起訴されて……」

「か、考えておくよ、入籍の事も」

6

職長の島田と、他に熟練工が二人、出てこなくなった。残った者といえば、独り立ちの仕事のできる者は一人もいなかった。

善助は蒼くなったが、金森達治は平然としていた。

二日後に、スイス製の高速旋盤か、搬入されてきた。

その翌日には、国産のが、もう一台入った。

古い旋盤は容赦なく、取り払われた。

国産の高速旋盤の一台は、事務室の壁に最も近い所に据えられて、職長の島田が使い馴れた英式の六尺旋盤は、他の何台かとともに、ポンコツ屋に払い下げられてしまった。

それで、更に三人の工員が出てこなくなった。

ハッタリの源ちゃん一人が、頑張って残っていた。

金森達治は、相変らず平然としていた。

翌日になると、善助の見も知らぬ六人の工員が、それぞれの機械の前で勝手に仕事をしていた。

ただ一人居残った八田源一は、善助の姿を見て、泣きそうな顔をした。

「おやじさん、お、俺は……」

「おい、八田」

と、金森達治が、鋭い声で呼んだ。

「……君、ポツが見えんぞ。どうした」

「そ、そんな事が」

見る見る源一の顔が蒼くなった。

ポツとは、青酸カリの工場用語だ。鋼鉄の表面硬度を高めるには、滲炭法と青化法があるが、最近は青化法が多い。

だから、どこの工場にもポツは多量にある。

無論、厳重に管理するよう、取扱責任者を定めなければならない規則がある。

「八田、君が昨日から責任者だったな」

八田源一は、以前から居た工員の最後の一人だ。自動的に取扱い責任者にさせられた訳だが、そこに罠があった。

源一は、善助の目の前で、金森達治から馘首を云い渡された。

「お茶を淹れ替えましょうね、お父さん」

午後五時になると、毎夕、京子は優しいいたわりを籠めた声で云って、善助のために、新しい茶を淹れる。

源一が辞めて二三日すると、ポツの缶は、どこからともなく出てきていた。

数十人分の致死量が抜かれていたかもしれなかった。

そして、その一部は、いつか、茶の中に入ってくるかもしれなかった。

とにかく、京子は、五時には新しいお茶を淹れ、お先にと云って帰って行く。

事務室の壁の外では、工員達が残業することもあり、定時退社して行く事もある。

金森達治は、いつも最後まで残って、仕事をしていた。

彼のお気に入りの国産のほうの高速旋盤は事務室の板壁に最も近い位置にある。

前の職長の島田の古旋盤にくらべると、驚くほど振動が少ない。

「最高速《トップ》で重切削をすると危険回転数が低下して、すこしビビりますがね。それもガタ旋盤のビビリにくらべたら半分も響かんでしょう、お父さん」

と、金森達治は、自慢する。

だが、振動が少ないと、却ってそれが何か不気味だった。

善助は、近ごろは午後五時以後、事務室のドアに内側から鍵をかけて、閉じ籠ることにしていた。

金森が残業をやめて帰宅して行く足音を、壁一重の内側で息を殺して耳を澄ましてから、時計を見て、きっかり五分経つと、そろりと鍵をあけて外へ出る。

三十年、見馴れた工場の土間が、機械類も入れ替って、まるで他人の工場のようだ。

「この齢になって、こんな目に遭わねばならんとは……」

善助は、老妻や、伜夫婦の顔を次々と思い泛べながら、トボトボと裏の住居に戻る。

居間の電燈をつけると、そこにまた京子が踞っている事がある。

「私たち、早く養子の入籍して頂けないかしら、お父さん」

病み犬のような目で見上げながら、云うのである。

7

「事故の弔慰金のことで、国鉄から来いと云ってきたそうよ」

「勝手に、あのおやじに行かしておけばいいじゃないか」

「とんでもない……」

女の声が叱るように云った。

「……入籍が済んだ以上は、ここの財産は全部もう私たちのものと同じよ。国鉄へ行かして、何か工作でもされて、ヘソ繰られたら、それだけ損じゃないの。あんたが行ってこなければだめよ」

「そうか」

男は、女の物慾の凄じさに、やや気押されたようであった。しかし、気をとり直して、

「何時からだ、国鉄は」

「午後二時、東京駅前の国鉄本社よ」

「すると遅くも五時か六時には、ここへ帰れる。間に合うな」

「やはり、今日やるの？」

「やるとも」

男の声には重苦しい殺気があって、女は圧されて、しばらく絶句した。ややあって、

「明日に延ばしたら？」

「ばか、あの高速旋盤の職人が休むのは今日だけだ。明日は出てくる。うっかり、最高速《トップ》で運転でもされてみろ、えらい事だ」

「装塡した物をはずせばいいじゃないの」

「そう簡単に着脱できるか。手を滑べらせてポンと飛び出したら、こっちがお陀仏だぞ」

「じゃあ、やっぱり今夜やる他はないのね」

「そうとも」

女は、また暫く考えこんだ。

やがて、決心したように云った。

「じゃあ、必ず間に合うように帰ってね。私はわざと、定時退社してます」

「うん、そうしろ」

それで、男と女は、左右に別れた。

金森達治は、午後五時半に、国鉄本社から帰って来た。

今日は工員連中は一斉に定時退社している。そうなるように、金森は作業伝票をうまく按配しておいた。

京子も退社したと見え、事務室のドアの鍵穴を覗くと、内側から鍵が差し込まれていた。

板壁の隙間からは、事務室の内部の明りが洩れている。

「じいさん、また鍵をかって、中で居眠りでもしとるだろ」

金森達治は、愛用の高速旋盤の前に立った。

下請け仕事の大口径の軸《シャフト》が掛っている。

金森はギヤを最高速《トップ》に入れて、旋削を始めた。機械は滑らかに切削を開始した。

十五分ほど、仕事に余念なく打ち込んでいるように見えた彼は、ふと、急にスイッチを切った。

機械の回転が、見る見る落ち始める。

すこし、ビビリ振動が出だした。

高速の回転軸では、回転を落すときに、このビビリ振動が出ることがある。それを危険回転数とも云う。ふつうは、危険回転数が、実用の回転数範囲より高い所にあるように設計されていて、ビビリ振動は起らないが、重い品物を回転軸につけると、危険回転数が低下して、実用範囲内の回転数でビビリだす。

だが、そのビビリかたは大したこともなく、既にスイッチをとめた高速旋盤の回転は、見る見る落ちて、やがてピタリと停止した。

「帰るか」

独りごとを云って、手を洗いにかかる。

ロッカーの平服に着替えて、工場の表戸のほうへ、ゆっくりと歩いて行った。

それで、密室殺人は、終っていた。


「あっ、あなたは……」

金森達治は、表戸の所で、バッタリと鉢合わせをしそうになった。

一瞬、相手の顔を眺め、幽霊でも見たように蒼白になった。

善助がそこに立っていた。

「あなたは、事務室の中にいたのでは……」

「いや」

善助は平然として答えた。

「……わしは、外出しとった。事務室には、京子さんがおる。気分が悪くて、すこし休ましてもらうと云ったった。それなら内側から鍵をかけたほうがいいと、わしは云っておいた。鍵はかかっておっただろう？」

「京子が中に……そ、そんなバカな……」

金森は走りだしていた。

「無駄じゃろ」

冷え冷えとした善助の声が、その背を追った。

「……部屋中は、もう殺人ガスで一杯だ。今さらドアをブチ壊してみても、とても救かる見込みはないな」

「し、知っていたのか」

「ああ、全部な」

8

「わしはいま、ポストへ手紙を出しに行ってきた所だよ。わしの知人宛に、わしの知っていることを全部書いた手紙を送った。もし、わしが不審な死にかたでもすれば、その知人が警察に届ける」

善助は冷やかな態度で、ほとんど錯乱したような目付きの、相手の顔をじっと見詰めた。

金森達治は、唇を震わせていた。

呻き声が、歯の隙間から洩れるが、それは言葉にはならなかった。

　善助は、ゆっくりと、また云った。

「あんたの着想はよかった。事務室にある危険物運搬車の振動吸収装置には、いろいろな部品がついている。ガタ旋盤のガタ振動でひどく揺れる部品もあれば、高速旋盤の早いビビリ振動に敏感に感じて激しく揺れる部品もある。とにかく、部品が揺れれば、その振動が吸収されるわけだからな。わしゃ、難かしい事はよく知らんが、昔、ガタ旋盤の振動で、あの装置の中のあるバネが外れて、勢よく飛び出したことを知っとる。高速旋盤のビビリ振動を壁の外で起せば、それであの装置の中に共振ということが起って、ガタ旋盤の振動で揺れるのとは別の部品が勢よくはじけ出るかもしらんということは、わしゃとっくに気がついとった。特に、あんたがその部品の留めネジでも緩めておけば、そりゃあもう確実に飛び出すだろうな」

「し、知っていたのか」

「あいにくだが……全部な。どの部品が飛び出すだろうかも判っとった。振動数の一番高いやつだ。つまり、一番小型の振動吸収用部品にきまっとる。それは油圧緩衝器《オイル・ダンパー》を兼ねた筒だということも、わしゃすぐに判った。筒の中に、青酸カリを入れる。そこへ、ガラスのアンプルの口を切ったやつに稀硫酸を入れたものを一緒にしておく……そうじゃなかったのかね」

「そ、それも知ってたのか」

「ふむ。やっぱり、そうだったな。あんたはとにかく、壁の外で高速旋盤にビビリ振動を起させるだけでよかった。その振動が伝わって、留めネジがはずされてある部品の筒をひどく揺する。バネがはずれて、筒は勢よくはじけ出される。その勢いで、筒の中の青酸カリと、稀硫酸とが混って、猛毒のガスがシュウシュウと部屋の中へ噴きだす。シアン化水素ガスとか云うんだそうだな。わしゃ源一に頼んで、他所でいろいろ調べてもらった。それで全部判ったよ」

　金森達治の目は、今にも飛び出しそうに、事務室のほうを凝視していた。

　そこには、妻の肉体がシアン化水素ガスの猛毒に包まれて死んでいるのだ。

　ドアには内部から鍵がかかっている。破って入っても、もう間に合わない。入れば、入った者自身が即死するだろう。

「あんたは……」

と、善助は、浴びせるように続けた。

「……あんたはじつに見事な人殺しの方法を考え出したわけだ。なにしろ部屋には内側から鍵がかかっとる。床には毒ガスをシュウシュウ吹いた筒が転っとる。警察が見ても、これはもう覚悟の自殺としか判断のしようがあるまいからな。わしは源一に、いろいろ調べさせて、事情が判った時は、ゾッとしたよ」

「京、京子……」

「京子さんはな……つまり、お前さんの奥さんはだ。いつも貧血の薬を持っとった。わしは、今日、その薬包を、こっそり睡眠薬と掏《す》りかえておいた。夕方になると、奥さんは、強い睡眠薬とは知らずにそれを飲んで、まもなく昏睡してしまった。今ごろ、やっとその薬の効き目が切れて、目がさめる頃だろうが、遅かったな」

「京子……京子……うう、畜生」

「未練は、よしなさい。お前さんの自業自得というもんだ。わしを殺そうとして、それが、あの女と入れ替っただけの事だ。ただ、あんたは、わしがドアの内側に鍵をかけたまま外へ出た方法を見抜けなかっただけの事だな」

「ど、どうやって出たんだ」

「ふふ、聞きたいかね。いいだろう。教えてやるよ。ふうつのドアの鍵には、大抵マスター・キーというものがある。そいつはひどく簡単なものだ。つまり、鍵穴というものは、ほんのその一部だけを引っかけて廻せるようになっていれば、それで充分なのだな。だからだ。まず内側から鍵をほんの少し差し込んで、やっと鍵穴の間にひっかかっているようにする。今のマスター・キーの理屈から逆に考えると、こういうふうに鍵にひっかかった鍵は、もし反対側から別の鍵をさし込んで廻すときに邪魔にはならないという事だ。そこで、この端にひっかかっている鍵の回転軸にエナメル線（しなやかな細い銅線）を巻きつけて、その線の両方の端を鍵穴から戸外のほうへ引張りだす。その二本の銅線の間に挟むようにして、もう一本の鍵を外側から差しこむ。外から差し込んだ鍵は、先のほうを切り取って、マスター・キーについている部分以外は全部欠いてしまっていい。そいつをぐっと鍵穴に差し込んで、ドアをピタリと閉めて、外側から廻すと鍵がかかる。それから、外側の鍵を抜いて、エナメル線をひっぱると内側の鍵が鍵穴一杯に入ってくる。外側の鍵を廻したときエナメル線は捻れておるが、それは簡単に捩りを戻せる。一方の端から引張って、内側の鍵からエナメル線を丹念にほぐして、引張って取ってしまえばいい。わしは何度もこれを練習するつもりだったが、その必要はなかったな。一度で誰にでもできる。これは……」

池辺善助は、云いながらニヤリとした。

そして、また一言、云った。

「さ、そろそろ、外側から鍵をあけて、奥さんの目をさまさせてやるとするかね」

「え？」

「筒の中身はわしが入れかえておいた。ただの麻酔薬だ。空《から》にしておこうかとも思ったが、重さが変ると、共振点が変って、筒が飛び出さんということもある。せっかく、あんたの苦心の作だから、結果ぐらいは見届けてやろうと思って、わしゃ、あの筒に元来入れるべき油量と同じ量の麻酔薬の液を入れといた。無論、あんたの青酸カリと稀硫酸のアンプルの重量も、そうなっとったと思うがな」

やがて、窓を開けて空気を入れ換えた事務室の中で、三人の人間が向き合った。

「前にも云ったとおり、わしは、今日の一件を書いた手紙を知人宛に送ってある。いいかな。もしも、今後とも、わしが不審な死にかたをすれば、わしの知人は警察にその手紙を届けるだろう。わしが生きておる限りは、それをせんでくれと云うてある」

それだけ云って、善助は、目の前の二人の顔を等分に見くらべた。

云うべき事は、終っていた。

急に疲れが出ていた。善助は、弱々しい声になって、また一言云った。

「わしを殺さんでくれ。私たちは、なんとか平和に暮せるだろうじゃないか」

善助は、あの、狭心症の妹のことをふと思いだした。そして、妹が読めと勧めた芥川の「鼻」を思いだした。

禅智内供のように不気味なものを鼻先にぶら下げた奇妙な生活ではあるだろうが、妹が善助の手紙を保管していてくれる限りは、善助の老後には、不安定なある種の平衡が成立するはずであった。

さっきから電話が鳴っていて、京子が受話器をとった。

善助は考え続けた。もし彼が「内供の鼻」をうまく扱って生き抜いて行けば、妹は多分、あの肥えた顔に、人の悪い微笑を泛べてにやにやすることだろう。

電話に出ていた京子が、受話器を置いて、善助のほうを向いて、きっとなって云った。

「杉並の叔母さんがおなくなりになったそうです。狭心症で……」

杉並といえば、妹のことだ。善助の生命の安全を保証するただ一人の人だ。それが、急逝したというのだ。

金森達治と京子が、顔を見合わせて、大きく頷き合っていた。薄気味の悪い微笑を泛べて、二人は両側から、善助を挟むようにして、ゆっくりと寄って来た。

殺気が、じんわりと、善助の周囲を包み、震えが、身体の奥からこみ上げてきた。

その背後から、京子の柔い手が、善助の頸筋にかかった。

恐怖の目をとじた善助の耳に、京子の優しい声が囁いた。

「お父さんと呼ばせて頂いて宜しいかしら」

柔い手が、善助の肩を、そっと撫でた。

「いいとも、そう呼んでおくれ」

と、善助は答えた。

危険は去った。

善助は、手紙の送り主を知人とだけ云っておいて、本当によかったと思った。

ユダの窓はどれだ

（カーター・ディクスン『ユダの窓』のメイン・アイデアにふれています。未読の方は御注意ください）

1

わが家の賢夫人が、いや、愚妻が……つまりその、じつの所を云えば愛妻が、ある朝の出勤間際に妙な事を云いだしたので、私は慌てた。

「あなた、行ってらっしゃい」

「ああ」

「お帰りは、いつもと同じね」

「ああ」

「早いものね。私たち、結婚してそろそろ三年目」

「ああ」

「すると、もう倦怠期だわね」

「ああ……な、なに？」


三年経ったら、どうして強制的に倦怠期にならなくちゃならんのかと、その日一日、頗る面白くなかった。

主任が横目で、ときどき私の顔を眺めていた。退庁時になると、主任は私を呼んで、一杯付き合えと云った。

「ありがとうございます。お伴します」

私は云ったが、別に有難い事はなかった。

主任は常に軍隊勘定《わりかん》主義である。得となる所はない。しかし、ちょうどいいから、ひとつ訊いてやろうと、私は思った。
二三、献酬のあと、単刀直入に尋ねた。
「主任、倦怠期って、何年目くらいのものですか」

三度結婚して、公平に一人ずつ子どもを作った人だ。この質問の回答者としては三倍の信頼性がある。ただ、難を云えば、富士山頂の測候所にすこし長く居過ぎて、誘導性パラノイア症とかの傾向があるそうだ。

「君、倦怠期なんて、何年目とは、きまっとりゃせんよ」

「そうですか、三年目では早いですか」

「そりゃあ、早い。誰だ、そんなセッカチなことを云いだした奴は」

「私の家内です」

「そ、そうか、うむ……うーむ、う、う、うひひひ」

バーンと背中をどやされて、酒に噎《む》せた。

誘導性パラノイア症の威力が、鼻に沁みて判ったので、ほどほどに切り上げることにした。

帰途、駅前の書店がまだ開いているのを見つけた。私は主任の別れ際の忠告を思いだした。

「謝国権の本は、ありますかね」

書店の主人は、四角い縁の眼鏡の奥から、照れくさそうな私の顔を、暫く眺めていた。

「失礼ですが、お宅は結婚三年目でござんしたね」

「そ、そうだが……」

「それじゃあ、ここは私にお任せなすって」

「なんだい、この本は」

「推理小説でさ」

「なぜ、それを売りつけるんだね」

「奥さんに読ませなさいよ。推理本は妙薬ですぜ、ワセの倦怠期の……」

倦怠期に早場《ワセ》と遅場《オクテ》があるとは知らなかった。結局、カーター・ディクスンの「ユダの窓」というのを押しつけられて、我が家に戻った。

「お帰りがいつもと同じ」でなかったので、妻はすこしツンとしていた。

私も慌てて、同じようにして見せた。

だが双方とも、芝居は真に迫ってはいなかったらしい。

結局、倦怠期とはまだ先のことらしいと、まもなく判った。

私は書籍代が、ムダであったと思ったが、妻は私の土産を無邪気に喜んで、なんだか面白そうだから読んでみるわと云った。

2

何日か経って、書店の主人に慇懃に呼びとめられた。

私は警戒した。

次の推理本を、もう買ってもいい時期ですぜという顔をされても困る。

給料日前だし、ニセ札の件もあった。

大体、ニセ札に三倍の褒賞金をつけるのが困る。日頃は亭主のヘソクリに比較的寛大な妻も、三倍と聞いては、心境に変化を来たすらしい。

峻烈なガサ（家宅捜索）をかけて、壁の電線差込口《コードソケット》の留めネジまでもはずす。

「あら、ホンモノなのね」と、詰らなさそうに、押収した二枚の千円札を、エプロンのポケットに、捻じ込んでしまう。

そういう訳だから、書店のおやじに、

「いかがでしょう。お手間はとらせませんが、その辺でチョクと一杯」

とこられても、今は困る。

書店のおやじが、チョクと一杯分の投資を利潤で回収するには、すくなくとも五冊の推理本を売りつける必要があるだろう。

「ま、いいじゃありませんか」否応なしに、私はソバ屋の二階に連れ込まれた。

「ビール二本に上天皿、持っといで」

これはもう、推理本の五冊では済むまい。

私は観念した。

「お蔭様で」と、書店のおやじは、縁の四角い眼鏡を拭き拭き云った。

「あれ以来、推理本が飛ぶように売れだしましてね」

「へえ?」私は、キョトンとした。

「奥さんのお蔭ですよ」

「どうして」

「どうしてって、あなた、奥さんはもう、推理小説にえらいご執心で、なにしろ、麦ケ丘団地へ乗り込んで、同好の士を募って、推理研究クラブてのを、作って下さったんですからねえ。お蔭でこちらは推理本が売れて売れて、ひひひひ」

書店のおやじにも誘導性パラノイアの気があることが判った。

私は、いささか酩酊して、我が家に辿りついた。

我が家は、麦ケ丘団地の外れにある。

先祖代々、官職の家柄だが、閑職と閑静が好みの祖父が、退職金で野中の一軒家を建てたものだ。

団地ができてからの最近の雑踏ぶりは、祖父を甚だ当惑させるものがあるが、当惑するずっと以前に祖父は死んだ。両親が離屋《はなれ》にいて、私と妻が主屋《おもや》で暮している。

妻が外出すると、主屋は無人になる。

「はて、今ごろ、どこへ出かけたんだろ」

家の中が暗いので、私は驚いた。

だが、すぐに思い当った。

書店のおやじが話していた推理研究クラブとかの会合

で、団地のほうへでも行っているに違いない。

私は鍵を開け、ドアの把手を引……ひ、ひっくり返って、後頭部をしたたか打った。

どういうわけで、こんな目に遭わなくちゃあならないかが判ったのは、私が息を吹き返してからあとの事である。

原因は。あの推理本、カーター・ディクスンの「ユダの窓」であった。

妻は、私の後頭部を冷やしながら、その一節を美しい声で朗読してくれた。

「さて、モットラム刑事……。『ユダの窓』は監房の扉についておって、看守などが中の囚人に悟られんようにのぞきこんだり、しらべたりするための小さな四角ののぞき窓のことじゃ……どこのどんなドアにも、握りがある。

握りを、ドアからはずしたらどうなりますかな？　鋼鉄づくりの四角な心棒が、ま四角な穴――ちょうどユダの窓のように通っておる……」

そういうことを妻が実験中であったとも知らず、私は鍵を開け、ドアの把手を引いて、ひっくり返ったのである。握りだけが、私の掌に残って、後頭部には、その握りほどのコブができた。

3

麦ケ丘駅から出る上り通勤急行列車の数は少ない。

私は否応なしに、団地の誰彼と、朝のおなじ電車に揺られることになる。

なるべく顔を会わせたくない相手もあるが、先方はなるべく顔を会わせたがる。会えば熱心に喰いさがられる。

「どうですかな。今日の天気は」

私は気象庁の職員ではあるが、予報課員ではない。そこをいくら説明しても、高田五郎氏には判ってもらえない。

下町の盛り場の映画館の営業主任をやっていて、天候のことというと喰いつきそうな顔になる。

せっかく気象庁の人とご昵懇《じっこん》に願えたのだから、新聞に発表された予報以上に、なんとか色をつけて特別な情報を聞かせ願えまいかと、氏は云う。

「色ぐらいつけておあげなさいよ、あなた」

と、妻も云う。

高田氏の奥さんは病気で里帰りしている。

だから使い途がないのだと云って、ときどき、同じチェーンの映画館の切符をくれる。そういうものをもらっている以上、そのくらいのサービスは当然だと、彼女は主張する。

そういう経緯のある高田氏に、今朝は逆に色をつけられる羽目になったから、私は驚いた。

「ユダの窓というのは、大したものらしいですな」

と、氏はまことに唐突に云った。

「……お宅の奥さん、挑戦なさるそうですよ」

「挑戦？」

「そうですとも、なんでも、ああいう型のトリックはじつに難かしくて、もしそういうトリックを新しく考えついたら、どんなに文章の下手な人でも一作をものしてみるべきだと推理評論にも書かれていたそうでしてな」

「ははア、なるほど」

私は妻の文章のことを思ってみた。その推理評論によれば、妻は一作をものしてみる資格があると、私は思った。

「ところで、これは人伝てに聞いたんですが、林夫人も挑戦なさるそうですよ。なにしろ、お二人とも、才色兼備。いずれアヤメか、カキツバタ。勝負は観ものですな」

と、高田氏は、話に色をつけた。

私はいささか緊張した。

林夫人は、麦ケ丘団地で最高級設備のE棟にいる。電話と大型のインスタント・ガス湯沸器つき。自前で買ったというクーラーが自慢だ。私の妻はといえば、よせばいいのに、門と庭つきの独立家屋に住んでいますわよウという顔をしたがる。

仲がいい訳がない。

これは、そろそろ話が穏やかでなくなってきた。

「昨夜は盛大だったそうですよ。推理研究クラブの集りは……」

と高田氏がニヤニヤしだした。気になる。

「うちの家内が何かやりましたか」

「奥さんと、林夫人が――です」

彼は私の言葉を訂正して、仔細に説明してくれた。

「……なにしろあなた。一方が、私の家にはほんもののユダの窓があるのよと云って、玄関の来客用の覗き窓のことを云うと、もう一方は、うちなんか徳川時代から忍術使いと大掃除の時には必ず使っているユダの窓があるのよと云って、日本間の天井の隅の跳ね板のことを云いだすといった按配だそうでしてな」

「ふうむ」

「それで一方が、ガスの検針窓の事を云いだすと……」

そこで、高田氏は、顔をくしゃくしゃとさせて、次の言葉を云った。

「……もう一方は、便所の汲取口の蓋を、鎌倉時代以来のユダの窓だと云って引用するという具合だったそうです」

私は、よほど、次の駅でおりてしまおうかと思った。高田氏は「一方が」「もう一方が」と云うが、麦ケ丘団地は全部水洗で、四角い汲取口などついていない。

四角い穴のことで、妻が林夫人と満座の中で張り合うのも結構だが、そういう穴があったら、今は私が入りたい所だった。

妻は日一日と深刻な顔付きになった。

すぐれた構想の「ユダの窓」が、なかなか見つからないらしい。

だが、本当に深刻なのは、私のほうであった。なにしろ妻は、むやみと四角い穴に目を光らせる。

早い話が、先日のニセ札騒動の時に、妻に押収された二千円だ。

壁の電線《コード》ソケットの、クリーム色のプラスチック板を二カ所の留めネジを廻して、はずすと、その裏には金属製の四角いスイッチ箆《ばこ》がキチンと壁に嵌《はま》っている。千円札の四枚やそこいらは、折畳んで楽に格納できる空間がある。

日頃の妻なら、とても気がつく場所ではない。それが、四角い穴であったために、突如摘発されたのだ。

ある日、また妻が云った。

「あなた、もうお彼岸ね、また、ご仏壇のお磨きよ」

「ああ」

「仏具のお磨きって、細工がこまかいから、艶を出させるのが大変」

「僕が日曜にやるよ」

「あら、私、もうやってしまったわ」

「やってしまった?」

「いけなかったかしら」

「い、いや」

あとで調べると、案の定、位牌箆の屋根形の裏蓋に、四角く畳んで隠しておいた千円札が消えていた。

私は、もしやと思って、なにげなく妻に訊いた。

「あれはどこへ行ったかな、ほら、古い焼鏝《やきごて》」

「あるわよ。使ったんですもの」

「使った?」

「ええ、だって急にアイロンが切れたから」

後刻しらべて見ると、やはり、柄の所の四角い穴を、すこし掘り拡げて埋めておいた千円札が見当らなかった。

こうなると、もう破れかぶれだ。

私はガタガタと音を立てて、廊下の三枚目のガラス戸をはずそうとした。

「その戸、とてもガタつくのね、私なおしておいたわ。滑車が浮いていただけでした。一度はずして、締め直したら、キチンとなったわ」

滑車の奥の四角穴に、こまかく畳んで埋めておいた千円札の運命については、もはや点検するまでもなかった。

4

「いや、やられましたね、林夫人に」

高田五郎氏が電車の中で、パーンと私の背中を叩いた。

この人にも誘導性パラノイアの気があるのだろうか。

私はキョトンとした。

「林夫人と私と、何か関係があるのですか」

「あなた、そういうふうに迂闊だから、虎の子を全部、奥さんに捲き上げられることになるんですぞ」

「あ」

私は、すべてを了解した。

妻は、我が家に林夫人を引き入れたに違いない。

そして、恐らくは、こんなふうな会話を交したにちがいない。

「林さんの奥様、じつはね、いま、良人《たく》がヘソクリ作りに夢中になっていますのよ」

「あらま、可愛いいわね、旦那様がチマチマと小さなヘソクリ作りに夢中になっている間は、ご夫婦仲もご円満」

「あら、そんな……でも、林さんの奥様。奥様なら、宅のヘソクリの隠し場所、お判りになりまして」

「ええ、簡単ですわよ、まず、ガラス戸の戸車の奥」

「まあ、ガラス戸! 戸車の奥ですって!」

「あら、ご存知じゃなかったの?」

「い、いえ、もちろん知ってましたわ。ただ、奥様が、そんなに簡単にお判りになるとは思わなかったものですから」

「まあ、失礼ねッ。こうなったら、私、一件残らす調べ上げてごらんにいれます。ちょっと、お宅の中を拝見」

「さ、どうぞどうぞ」

と、多分こんな調子で、妻は林夫人を煽動したものに違いなかった。

私は、断然、面白くなかった。

妻は、忽ち、私の表情の変化に気がついた。そして、ひどく、シュンとしてしまった。

毎晩の食卓に、ウナギだの、特級酒だの、いろいろなものが載り始めた。

「アレ、トッチャッテゴメン」と可愛いい眄《なが》し目のサービスもついた。

しかし、林夫人に、亭主のヘソクリを摘発させたというのが面白くなくて、私はまだ態度を軟化させる気にはならなかった。

すると、今度は、妻のほうが硬化しだした。

夕食のサービスが悪くなり、膳に皿を並べたまま、私を放っておいて、林夫人の所などへ、繁々と遊びに行くようになった。

私も、我を張って、放っておいた。

そして、何日か経った。

「もうそろそろ、平和会議でも開くか」

と、そう思いだしたある夜、私が明りの消えた我が家の扉を鍵で開けようとすると、鍵が廻らなかった。

つまり、鍵はかかっていなかった。

玄関の靴脱ぎの暗がりに、妻が放心したように蹲っていた。

「あ、秋子、どうした」

「あ、あなた」

妻は、弾丸のように私の胸に飛び込んできた。

「ど、どうしたんだ」

「わ、私、もうダメ。警察へ連れて行かれるわ」

「お、おい、秋子、しっかりしろ、どうして、警察へつれて行かれるんだ」

「林夫人が……林夫人が、し、死んだのよ」

「秋子、き、君はまさか」

「あ、あなた、私、もうダメ。警察へ連れて行かれるわ」

妻が林夫人を殺したのではないという事を訊きだすま

では、タップリ十五分かかった。

5

私は、妻から大体の事情を聴き、重大な決断を下した。

愛妻の危機を救うためには、刑法上の罪を敢えて犯さなければなるまい、と私は考えた。

私が悲愴なる決意をして、家を飛出すと、妻は、縋りつくような目をして、いつまでも私を見送っていた。

幸いに、麦ケ丘団地のE棟一階廊下には、人影がなかった。廊下の窓よりも背を低くして歩いたから、D棟の部屋々々からも見られる事はなかった。

私は無事に、林夫人の部屋に侵入する事ができた。

ドアは閉っていたが、ピンク色の紐のついた鍵が、外側から鍵穴にささったままであった。

そこには、妻の指紋がある。

中には、林夫人の死体がある。

これでは、どうしたって、妻が疑われる。

私はハンカチを出して、急いで妻の指紋を丁寧に吹き取った。


それから、慎重に要心しながら、そろりと室内に入った。

明りをつけなくても、緑地帯の照明灯で、室内は大体見える。

夫人は庭に面した八畳の居間のテレビに、おっかぶさるようにして死んでいた。

それを見て、妻は錯乱して、何もかもおっぽり出して逃げてしまったのだろう。

初めから、妻の行動を順序立てて云うと、多分こうなる。

妻はこの部屋へ、いつものように、庭に面した居間のほうから訪れた。

ガラス戸は錠がかかっていたが、ガラス越しの緑地帯の灯で、夫人が中にいるらしいのを認めて、玄関へ廻った。

そこも、鍵がかかっていたが、妻は夫人から預っていた鍵で、あけて入った。

林夫人は、夫君の夜遊びにお灸を据えるため、鍵をとりあげてしまっていた。

夫君の兼之助氏は、遅く帰れば、お詫びのかなうまで、室内に入れて頂けないという制度になっていた。

兼之助氏は、「俺から取り上げた鍵を誰か、よろめきの相手にでも渡すのだろう」と放言したので、林夫人はカチンときて、身の潔白を証明するため、私の妻にそれを預ってくれと頼みに来た。もっとも、ずっと以前から預っていたことにしてくれと、頼むことを忘れなかったそうだ。

　そういう因縁のある鍵で、妻は林夫人の部屋の戸をあけて入った。

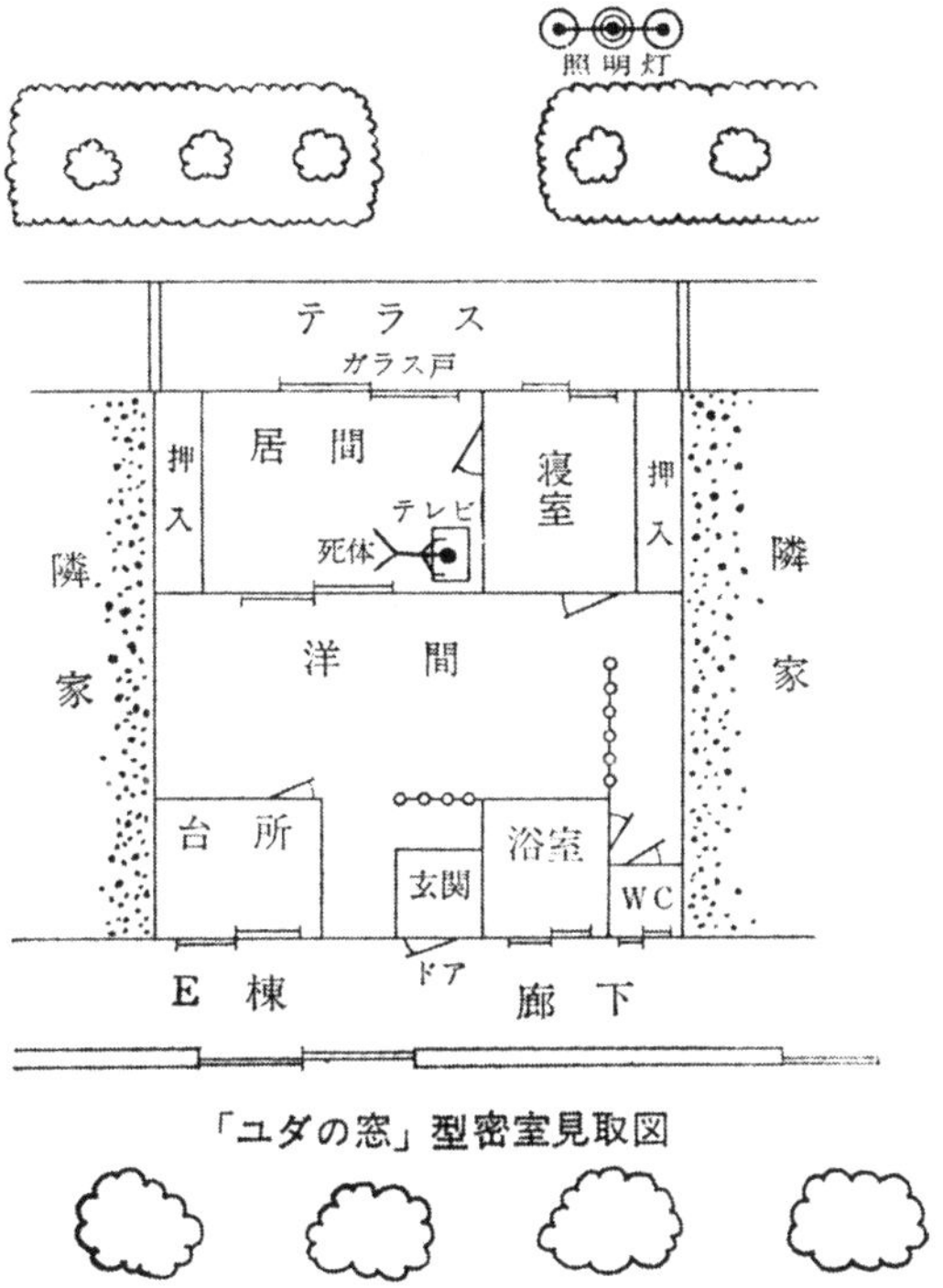

「ユダの窓」型密室見取図

　すると、夫人が居間でテレビの上に突っ伏していた。妻は夫人の肩に手をかけ、冷たくなっているのを知って、仰天した。

　妻には、自分の置かれている立場が判った。

　これは、何かの罠かも知れない……と、そこは推理小説ふうに考えた。

　とにかく、夫人は密室で殺されて、そこへまた、ご丁寧に鍵をあけて妻は入ったのだ。

　警察に捕まれば、弁解のしようがない。

　妻は震え上った。それで、あとは何がなんだか判らなくなって、何もかもおっぽりだして家へ逃げ帰ってしまった。

　鍵をしめてくることも、持ってくることも忘れた。

　そういう厄介な状況で、妻の残した証拠を湮滅してやろうというのが、夫たる私の、当面の仕事であった。

　私は、懐中電燈を注意深く使って、妻が侵入して何かを掻き乱しはしなかったか、血溜りに踏込みはしなかったか、落し物をしてはいなかったかと、すべてに亘って、注意深く点検した。

　だが、要するに、妻は何もしてはいなかった。

ドアの鍵の指紋を拭き消した以上、妻の無断侵入に関する手がかりは一切残されていないことが、確認された。あとは、私が誰にも見られずに、この部屋を脱出すればいい。

幸いにも、それは無事に成功した。

私は、飛ぶようにして、我が家に戻った。

妻は、玄関に立ち尽くしていた。

「あ、あなた」

「秋子、安心しなさい、万事うまくやったよ」

「わ、私の指紋は?」

「全部拭き消してきた」

「そ、それじゃあ、もう安心ね」

「うん、もう安心だよ」

「それで、あなた、あの鍵は?」

「あ」

私は、その時になって気がついた。鍵の指紋をハンカチできれいに拭いて、ドアをピッタリと閉めてきたが、鍵をそのままにして、持ってくるのを忘れた……。

今さら、妻にはいえなかった。

「す、捨ててきたよ」

「そう、それがいいわ……、あなたって、とてもすばらしい方よ」

6

麦ケ丘あたりで夜に起った事件は、とても翌日の朝刊には載りはしない。

私は、私の失策を妻にはヒタ隠しにして、甚だ落着かない気分で出勤した。

電車ではまた、高田五郎氏と顔が合った。

私は内心の不安を隠すためには、ここは先手を打って、天気予報に色をつけるよりほかはないと思った。

「高田さん、じつは今日の天気ですが……予報課で特別に聞いてきた所によりますとね」

「ふむふむ」

「今日中に必ず一雨降るそうですよ」

「ふうむ。やっぱりそうですか。そうすると、今降っとる分とまぜて、二度降ることになりますな」

「そうですとも」

私は、もっともらしく頷いた。

高田氏も、それに倣った。

「あれれ」と思ったのは、だいぶ後のことである。

高田氏も、妙な顔をしていた。

電車が終点に着いて、私は逃げるようにして、氏と別れた。

そんなふうな、トンチンカンな事ばかりして、勤務先での一日が暮れた。

帰りに夕刊を買い、喰いつくようにして社会面を拡げた。やはり出ていた。読んでみて私はアッといった。

「団地夫人射殺さる。
　麦ケ丘の密室殺人
　　弾丸はＴＶ受像機から出た？」

記事によると、ドアの鍵はちゃんとかかっており、死体のサッシュ・ベルトにくくられている鍵束の中には、ドアの鍵がちゃんと一個あったので、殺害された夫人が、事前に内側から鍵をかっていたことは、まちがいないと書いてあった。

冗談じゃあない。

私は、狐につままれたような気分で、我が家に戻った。

「ねえ、あなた、この記事の書きかた、面白いじゃない？　だって、あなた、弾丸はＴＶのスクリーンから出ただなんて、きっと、これはＮ・Ｅさんの短篇を読んだ証拠よ、でも、もしそれが本当なら、これはユダの窓だわ。だって、あなた、テレビの画面て、四角いんですものね」

妻は、むやみと「あなた」を連発して上機嫌だが、私はさっぱり浮かない気分だった。

私が閉め忘れてきたあの部屋が、新聞によれば密室だという。そんなバカなはずがない。

その夜、私は甚だ寝心地がよくなかった。

寝不足の夜が明けると、朝刊の記事が、また私を驚かした。

「映画館営業主任召喚さる
　団地密室殺人犯の容疑
　　現場に遺留のライター」

紛れもなく、それは高田五郎氏であった。

私には、すこし判ってきた。

私が鍵をかけ忘れて脱出したあと、高田五郎氏が、あの部屋に入った。死体を見て驚いた。

そして、逃げるとき、わざわざドアに鍵をかけた。

密室にしておけば、彼がその部屋に入ったなどとは誰も思うまいと、その時考えたからだろう。だが、逃げるときに、ライターを落して、それが逮捕される手がかりになってしまった。

「恐らく高田氏は、鍵がかかっていなかったから入ったとは、警察にはいわないだろう」

と、私は思った。

考えてみると、高田五郎氏は推理研究会には所属していないし、奥さんは病気で里帰り中だというのに、推理研究クラブや、林夫人の情報について、詳し過ぎた。

彼は、林夫人と密通していたに違いない。

だから、林夫人が、妻にピンク色の紐をつけた鍵を預ける前は、それを高田氏に渡した事もあるに違いない。

見覚えのある色の紐のついた鍵が、ドアの鍵穴にささっているのを見て、高田氏はびっくりした。そして、これは罠かも知れないと考えて、その鍵をかった上で、抜いてどこかへ捨ててしまったに違いない。

私は、やっと安心した。

7

私の予想どおり、高田五郎氏は釈放された。

「やァ」

「やァ、ひどい目に遭われましたな」

「全く、どうもお恥かしい」

電車の中でまた顔を合わせたとき、高田氏は案外陽気だった。

「なにしろ、あなた。現場は初めから密室ですよ。私のライターがその中に投げ込まれてあったからといって、それで私が犯人といえるものじゃない。警察も初めからそれは知っとって、新聞が私を犯人扱いしたことで、ひどく恐縮していましたよ」

「そうでしょうな」

「そうですとも」

「現場が密室ということで、押し通したのは本当によかったですよ。高田さん」

「密室じゃなかったとでもいうのですか」

と、高田氏は、俄然気色ばんだ。

私は後悔した。

なんとか、いい訳をしたが、高田氏は納得しなかった。彼はムキになっていった。

「私しゃ本当のことをいいますがね。あのライターは、林夫人と昼のうちに逢った時に落したものなんですよ。なるほど、ドアには私の指紋がついとったという。しかし、それは、私が夜になってまたあそこを通りかかって、なんとなくドアを揺ってみただけなんですよ。しかし鍵は確かにかかっておったし、結局私は入らなかった」

「へえ?」

私は考え込んだ。

こいつは妙な事になった。

高田氏が、夜そこを通ったとき、鍵がかかっていたのが事実だとすれば、彼のほかにわざわざ鍵をかけた人間が一人いるはずだ。

その人間は、もしかしたら……。

私は愕然とした。

鍵がかかっていないのを見つけて、わざわざそれをかってから、知らん顔をして自分のポケットにそれを入れてしまう可能性のある人間はたった一人ある。

林兼之助氏、つまり、夫人から鍵を取り上げられていたご亭主である。

もしかしたら、林氏は、我々大婦がダブルミスをやって鍵をかけ忘れたのを、どこかの物蔭で見ていたのかもしれない。とすると、林夫人射殺の犯人は、林兼之助氏自身なのかもしれない。

私の推理はまちがっていなかったようだ。

夕刊は、林兼之助氏の逮捕を報じた。

私は、またひどく不安になった。

林氏は、我々夫婦の不法侵入を警察にいうだろうか。

妻は、私よりも遥かにのんきな心理状態であったらしい。

「ねえ、あなた、私はあの密室トリックは、やはりユダの窓だと思うわ」

「へえ、そうかな」

「そうよ。私いま『ユダの窓はどれだ』っていう推理小説を書いているの。その中で使ったトリックが、きっと真犯人にも使われたのだと思うわ」

「ほう」

「ユダの窓は、きっと、郵便受けよ。ほら、私たちのような独立家屋と違って、団地は郵便受けがドアについているでしょう？　ブザーを鳴らして、奥から出てくる夫人を、あの窓から拳銃で撃つの」

「だって、夫人は奥の部屋のテレビに突っ伏していたんだぜ」

「あら、検死の結果は即死じゃなかったらしいって、新聞に出ていたわ。撃たれてびっくりして夢中で逃げて、あそこまで来て、力尽きたんだわ」

妻は得々として説明した。

私はふと、妻をからかってみようかなという気を起した。

「僕は、ユダの窓はもっと別にあると思うな」

「あら、あるはずないわよ、だってガスの検針窓のガラスは外されていなかったし、来客用の覗き窓の高さからでは、犯人が夫人の胸を水平に撃つなんていうことは、ムリだし……」

「いや、まだ他にあるよ。いいかい。ガラス戸には黒い四角い金具の引き手が嵌め込んであるだろう。そこへ指をかけて戸を引くわけだ。あの金具をすこし浮かして、はめたりはずしたりができるようにしておけば、そいつをはずせば裏に角穴ができる」

「うふふ、お相憎様」

「どうして」

「ガラス戸の引き手は、内側だけしかついていないのよ、それをはずしても、外側まで四角い穴が通じるわけはないわ」

「えへへ、お相憎様」

「あら、どうして」

「庭に面したガラス戸だけは、内と外と両方に引き手がついている。外からあける事だってあるんだからね。だから両方の引き手の間をくり抜いて四角い穴を貫通させることはできるさ。内側の引き手金具だけは銅製のものにしておくんだ。そして裏に上下二カ所に針金を一本ずつハンダ付けして、それを折り曲げて貫通させた四角穴の中に押しこんでおく。庭から来た犯人は、まず外側の引手をはずし、次にハンダ付けの針金を、一度引張ってまっすぐに引伸ばし、それから、そいつを押して、内側の引手を室内へズリ落す。そこにできたユダの窓から拳銃を発射する。ユダの窓の幅はすくなくとも一センチ以上あるから小口径の拳銃弾なら悠々と通過する。発射を終ったら、また針金を引張って、内側の引き手金具をもとの角穴にはめる。このとき、針金が上下二カ所にあるから、角穴がタテに長い穴でも、うまくはめることができる。はまったら針金を強く引張ると、ハンダづけは剝れて、針金を取り去れる。それで外側の引き手金具をはめて、犯人は立ち去る。どうだい？」

妻は、目をパチクリさせて、私の説明を聞いていた。私がそんなトリックを考えだすとは、思いも及ばなかったのだろうか。

だが、私が妻にそんな事を話した理由は、他にあった。翌日の日曜日、私は妻が買物に出た隙にこっそりと廊下のガラス戸の引き手金具を点検した。

確かにそれは、一度誰かに外された形跡があった。しかし、その奥に畳み込まれていた私の虎の子の最後の一枚は、ちゃんと手もふれずに残されていた。

私は、思わず微笑した。

その上、そこには紙片が挟まっていた。

「ルック・アット・ジ・アザーズ」

妻の筆跡であった。

私は、他のガラス窓の引き手を調べた。

驚いたことに、それぞれの引き手の奥は、かなり深く刳り込まれていて、それぞれの穴に、一枚ずつの千円札が、そっと畳み込まれていた。

妻は、そのような方法で、私の虎の子を全部返却したのであった。

8

私は、夕刊を見て、またまた驚いた。

私は冗談で、戸の引き手金具の跡を「ユダの窓」に仕立てたのに、林兼之助氏は、実際にそのとおりを実行したと白状した記事が出ていた。もっと驚いたことに、林氏は、それで釈放されたのであった。

つまり、林氏は、林夫人の姦通に気がついて、撃ち殺してやろうとして引手にトリックを施し、あの夜は実際に現場のすぐ近くまで潜入していた。

ところが、緑地帯の照明灯が明る過ぎた。

林氏は結局、夫人に気付かれずに、ガラス戸へ接近することはできなかったのである。

警察は、問題のトリックが施された引き手金具を検証して、確かにユダの窓にはなっていたが、至近距離から拳銃弾を発射した痕跡は全くないことを確認した。

そのユダの窓は、幅が狭くて、奥行きが深いから、至近距離でなければ、発射は不可能だった。

警察は、林氏を釈放した。

事件は迷宮入りになりそうだと、新聞は書き立てた。

通勤電車の中では、それが恰好な話題になった。

林氏を警察が釈放したのは、わざと泳がしておいて、氏が真犯人にイヤがらせか、ユスリをしに行くのを待っているのだろうなどという、素人探偵ぶりを発揮する声もあった。

私はまた不安になった。

林氏は、我々夫婦の秘密を知っているのだろうか。

林氏は、我々夫婦を真犯人だと思って、イヤがらせか、ユスリをしにくるつもりだろうか。

私は、もう一度、林兼之助氏と、高田五郎氏の両方を注意深く比較してみた。

どちらも、嘘を云っている可能性はあった。

たとえば、高田五郎氏は、林夫人から鍵を渡されたとき、それを秘かに複製している可能性がないとは云えない。鍵が別にあれば、あの犯行は密室でもなんでもない。

また、林兼之助氏の場合、緑地帯の照明灯が明る過ぎたと云うが、E棟は団地の一番外れだから、短時間、照明灯の電源スイッチを切っても、誰も騒いだりはしないだろう。それにガラス戸の引き手のユダの窓にしても、そこへ、ほそい筒をさしこんで、それを通して拳銃弾を発射すれば、ユダの窓自体には、拳銃発射の痕跡は残りはしない。消音拳銃を使えば、音だって目立たない。

私は、あらゆる条件を詳細に検討して、絶対にまちがいないと見当をつけた真犯人に対決することにした。

私は、真犯人に「二人きりで会って話がしたい」と手紙を送ったのである。

真犯人は、呼び出しに応じた。

私は、麦ケ丘八幡の裏の暗がりで、真犯人と対決した。

私は開口一番云った。

「あんたが、ここで私を殺せば、私の妻が警察へ駈け込む」

「判っている」

と、真犯人は嗄れた声を出した。

9

「なぜ、私を真犯人だときめた」

と、真犯人が云った。

「その前に、犯行に使われたユダの窓を説明しよう」

と、私は落着いて答えた。

「よかろう」真犯人が云った。

「やはり、ユダの窓は郵便受けだったな」

と、私はチラと妻の顔を思いだしながら云った。妻は定めし得意がることだろう。

だが、真犯人はせせら笑った。

「馬鹿云っちゃ困る。これだから、団地に住んだ事のない人間は困るんだ。いいか、団地の郵便受けは、なるほど、確かにドアについていて、大抵は腰の高さにある。しゃがむと、内部がガラガラにすいて見える。だから無用心で困る。そこで近頃はどの団地でも、郵便受けの内側に、郵便ポストの雨除けと同じような庇がつけてあるんだ。その庇を避けて、郵便受の向う側に接近してきた人間の胸を水平に撃ち抜くことなんか、できる訳があるか」

と真犯人は云った。

「馬鹿云っちゃ困る……」

と、私は同じ言葉で応じた。

「……私が、その先まで読みをせずに、真犯人と対決するはずはないだろう」

「よし、聞こう、始めから話せ」

と真犯人は云った。

私は話し始めた。

「まず、私が疑問に思ったのは、夫人が真暗な部屋で死んでいたことだ。第二に、撃たれた場所から夫人は動いて、別の場所で死んでいたことだ。これは、女の場合には、よほどの精神力が要る。犯人は、夫人に暗示をかけることの名人だったに違いない。つまり犯人は、夫人がすっかり心を許したことのある人間だ」

「それなら、亭主とも、姦通の相手とも、きめられまい？」

「まあいい。そのことは、すこしお預けにしよう。本題に入るぞ。犯人はまず、夕方の薄暗がりを利用して、郵便受けから一挺の拳銃を投げ込んだ。郵便受けには金網の籠がついているから、もちろん大きな音がする。夫人はびっくりして、思わず手にとって見る。そこへまた一通の手紙を投げ込む。それにはに例えば、こう書いてある。『この拳銃は三人バラした兇器だ。俺は追われている。すぐ警察がくる。しばらく預ってくれ』夫人は仰天する。どうしたものかと困っていると、まもなく、真犯人から、なにげなく電話がかかる。困っているときだし、日頃の馴染もあるから、夫人は、飛びつくようにして、ぜひ相談に乗ってくれと云う。それじゃあ、私の云うとおりにしなさいと云って、ここで夫人に軽い暗示をかける。日頃、暗示をかけつけているから、軽い暗示なら、簡単にかかる。だから夫人はどんなことがあっても電話で云われたとおりにしようと思う。それで、電気を消して、鍵を内側からかけて、内部で息をひそめている。するとまもなく、真犯人の使いの者が、電話で打合わせたとおりにやってくる。ドアを、特別の符号でノックする。『拳銃は始末してあげる。早くこの穴からそれを出しなさい』と含み声で云う。夫人は電話で指定されたとおり、郵便受けの内側から拳銃をおそる恐る外へ差し出す。そのとたんに、その拳銃を夫人の手からもぎ取って、す早く発射する。この姿勢なら、夫人は胸を水平に撃ち抜かれることになる。だが、そのショックを受けたとき、暗示が強く効いてくる。『何かがあったら、必ず居間へ逃げこめ、どんなことがあっても、居間へ逃げこむんだ』簡単な暗示だから、夫人は瀕死の瀬戸際にも、必死になって、その暗示どおりに行動した。居間のテレビの所まで行って、そこで力尽きて死んだ。ブラジャーをしているから、そんなに急に血痕がポタポタなんていうことはないんだ。夫人がテレビ受像機に俯伏せてから、初めてそこに血溜りができた。そうじゃなかったのかね。真犯人君」

「みごとだ」真犯人は嗄れた声で云った。

「どうするね、この結末は」

と、私は訊いた。

「私に任せてもらえないか、悪いようにはしない」と、真犯人が云った。

「いいだろう」

私は肚の大きい所を見せた。

10

翌日、真犯人は睡眠薬で自殺した。懺悔録という文庫本の間に、遺書をはさんで死ぬという気のきいたやりかたをした。

もっとも、書籍は彼の商売道具だ。犯人は、書店のおやじだったのである。

彼は、林夫人によろめきの素質があると見抜いて、大いに姦通小説など読ませた。たちまち、その効果によって、林夫人は、よろめいてきた。

書店のおやじは、あれで眼鏡をとると、案外の好男子だったのである。

ところが、林夫人は姦通小説を読み過ぎた。

書店のおやじの気のつかないうちに、今度は高田五郎氏とも浮気を始めた。

おまけに、書店のおやじとの時は、林夫人は必ず他所へ出て逢っていたのに、高田五郎氏との場合は、夫人はちょくちょく鍵を渡して、自室に引き入れて逢っていた。

書店のおやじのように自意識過剰な男にとって、こういうふうに差をつけられたのは、我慢がならなかった。

「ようし、殺してやる」

彼はじっくりと犯行を計画した。

そしてそれを実行し、みごとに成功した。

それだけではない。彼は林夫人の後釜を探していたのだ。

私の妻にも、彼は倦怠期の暗示をかけようとして、妻が本を買いに行く都度、倦怠期の早場《ワセ》は三年目だとか、いろいろなことを吹きこんでいたらしい。

あの奇妙な四角い眼鏡は、それを、ヘンだなと思わせて、相手に見詰めさせ、その眼鏡の奥から、催眠術の定石どおりの暗示視線を送るという作戦であったのだ。

あの奇妙な四角いガラスこそ、じつはユダの窓だったのだ。そのユダの窓が、次には私の妻を狙っていたのだと思うと、私はぞっとした。妻がその暗示にかからないだけの精神の健康を持ち合わせていてくれたことを、私は心から感謝した。


「ねえ、あなた、私の推理小説、ものになるかしら」

と、妻に訊かれて、私はふと返答に困った。

本当の所を云うと、真犯人と対決したときに私が喋った筋書は、妻の小説のとおりを受け売りしたに過ぎなかったのである。

私がそれをそのとおり話したのは、妻の筋書がうまくできていたからでもなんでもない。

私は真犯人が、恐らくは妻の小説の構想を聞いて知っていて、それをそのとおりに実行したものに違いないと見当をつけたからである。

書店のおやじは、団地の推理研究クラブの会合には、推理本の出張販売のために出席していただろうから、断片的にでも妻の小説の構想を聞き、それをまとめて一つの筋書に仕立てるチャンスがあったはずだ。

私は、多分そうだろうとヤマをかけた。

果せるかな、ヤマは当っていた。

書店のおやじは、私の妻に暗示をかけるどころか、逆に暗示をかけられていたわけだ。

そうなると、一つ問題がある。

厳密に云えば、妻の小説は殺人教唆になるだろう。

本当のユダの窓は、じつは四角い原稿用紙の桝目《ますめ》だったわけだ。

「ねえ、あなた、この小説をどこかへ売り込んで下さらない？」

真相を知らない妻は無邪気に云う。私は困った。

発表させるわけには行かない。

だが、いいことを思いついた。

「秋子、残念だけどね……」と、私は優しく云った。

「……せっかくの力作だけど、それは失格なんだ」

「あら、どうして？」

「催眠術を使ったのは、推理小説としては失格だって、ほら、君がいつか自分で、読んだ本の中にあったと云ってただろ」

「あら……、そうだわ！」

妻は、すなおに私の云うことを聞きわけてくれた。そして、すごくガッカリしたような様子になった。私は云った。

「でも、そのかわり、僕がそれ、買い上げてあげるよ」

「あなたが？」

「稿料は、六千円なんだ」

私は妻が、そっと返してくれた虎の子の総額を云った。

「安くて悪いけど……」

「ううん……」妻は、魅力的な潤んだような目を私に向けて云った。

「……高過ぎて、もったいないくらいだわ」

目の毒

1

十郎という男が、ある社宅街を狙っていた。

生業は窃盗、置引き、万引き——とにかく何事もおだやかに、静粛に処理することを日頃のモットーにしている。

横文字もなんとか、読めるほどの教養を身につけていながら、ここまで身を落したについては、いろいろと深い事情もあるのだろうが、それは顔に出さない。陽気で、仕事熱心な男だ。

いま十郎が狙っているのは、Kという月賦販売会社の、課長クラスの社宅街である。

二軒一むねの長屋式の小住宅に、板塀で狭い庭を囲ったものが六むねほど、雑木林のはずれに建てられている。鶏が啼き、寒雀の群る、閑静な新開地である。

K社は数多くの営業所を持ち、課長クラスは絶えず出張する。有能でタフな中堅幹部の、若くて小綺麗な細君たちが、とかく夫の留守がちな、二軒棟割りの長屋暮しをしている。

六棟十二世帯も密集しているから、さして不用心という気持もおこらないらしく、細君たちも勝手に家をあけることがある。

十郎のように、静粛な仕事を好む男には、持ってこいの環境である。おまけに塀が高い。各棟と棟割りの隣同士は、この塀で視界を遮断されている。

各世帯には内風呂があるが、建築設計が不手際で、近所の悪童がのぞきにくればまる見えになると、細君たちから抗議が出て、塀を囲わせたものらしい。それがまた十郎にとっては、願ってもない好都合である。

仕事熱心な彼は、塀の内側から内側へと、三晩ほど慎重な偵察をつづけ、この社宅街の内情について、すでに相当知識を持っていた。

「そろそろ、やるか」

と、十郎が決心したとき、その候補は四軒あった。

2

どの家の雨戸も、すこぶる建てつけが悪かった。

野鼠が多い。下水管の排水が悪いと、事ごとに、やかましい社宅街の細君たちも、雨戸については文句をいわない。

寝室を閉めきって寝ると、目覚し時計が故障すれば、たちまち寝坊して夫の出勤時刻を遅らす危険があるが、雨戸にガタがあれば、そこから朝の陽がもれるから、天然確実な目覚しになる。

というわけで、雨戸に関しては細君連の抗議がない。むろん、十郎にとっても文句はなかった。窃盗準備の偵察作業には、これほど好都合なことはない。

冬の寒夜に、早や早やと戸を立てきった隙間からは、思い思いの家庭の暮しの哀歓が、冷え冷えとした外気の中にも、ふと洩れてくる。

若い細君たちが、とかく留守がちな夫を持てば、いろいろと心の屈託事もあるのだろう。

女同士の虚栄と嫉妬、噂、艶聞、痴話喧嘩、金銭話――と物慾、色慾さまざまなことが雨戸の向うで起っている。

「あなた、食後のお散歩にしてはごゆっくりだったわね」

「ああ、すこしばかり本の立ち読みをしてきた」

「嘘おっしゃい、また野口さんの奥さんのところに寄ったんでしょう」

とかく喧嘩の多いのが加倉井家。戸締りの悪いこと社宅街随一で、これが十郎の物色した第一候補である。

細面《ほそおもて》で、やや険のある細君が詰問すると、ぼてぼてと気前よく肥った加倉井恵吉氏は、懸命に弁解これ努める。

「あ、あれはだね、君の誤解ですよ。つまりその、野口君の奥さんは薬剤師の免状を持ってるんだな。だから僕は、ビタミン注射をしてもらいに行っただけじゃないか」

「ビタミンを打つほど、お疲れになるようなことがあったのじゃなくて?」

「ばかばかしいことを云いなさんな」

加倉井恵吉氏は、ほんとうに野口夫人の家へは立寄らなかったのだ。彼は事実を語っているのにと、十郎は思わず声をかけてやりたくなる。

加倉井氏は、現にたった今、野口家とは壁一つ隔てた棟割り隣りの伊勢田夫人のところから、目的を果した泥棒猫のように忍び出てきたばかりなのだから——

十郎の選んだ第二候補は、島崎家である。ここは三つと一つの児がいて、細君は、この界隈では一番薹《とう》がたっている。

「あなた、今週はこれだけ？」

「あまり欲張るな。バレたら元も子もなくなるぞ」

「でも、たった四千……」

「いいじゃないか、二万を越す週もあるんだ」

集金係とグルで、集金額のピンはねをしているのが、島崎源太郎氏の世帯である。十郎にとっては、第一候補の加倉井家よりも魅力が大きい。現金は全部タンス預金だ。場所もわかっているし、タンスのカギの置き場も知れている。

この二軒のほかに、加倉井家の痴話喧嘩の材料になる野口夫人と、伊勢田夫人が棟割りで隣り同士に住んでいる一棟がある。両世帯とも、目下のところ夫君同士が帯同して九州へ長期出張中だから、もし細君が外出すれば家は無人《ぶにん》になる。

以上の四軒が、十郎の選んだ候補である。ここまで調べるには骨が折れた。寒さが骨に滲《し》みる偵察作業であった。

これで、もうあとは、どこかが留守になるのを慎重に待てばいい。ところが、ここにそう気永にも構えていられない状勢が出てきた。

「ひょっとすると、殺人が起るかもしれんぞ」

十郎はふと、そう感じたのである。

3

加倉井家が痴話喧嘩をしようと、島崎家が集金のピンはねをしようと、それはプライバシーの問題だ。この社宅街で、誰が誰を殺そうと、それもまたプライバシーの問題であろう。

他人のそんな事には干渉しないというのが、十郎のモットーの一つである。しかし、いまこの社宅街で、殺人などという派手なことを起されたら、警察や新聞屋が乗りこんできて、十郎のモットーとする穏やかで静粛な仕事のためのムードは、滅茶滅茶になってしまう。

三日の余《よ》を費した周到な準備行動の成果も、全部フイになるだろう。

「こりゃあ、いかん」十郎はすこしあわてだした。

「それにしても……」と彼は思う。「……あいつらは、ひどい奴らだ」

十郎は、島崎家の窓の下にひそんで、彼ら夫婦の殺意の話しあいを耳にした。

「あなた、このところ、だんだん入金が減る一方ですね」

「集金のほうが思うように行かんのだろう。なにしろこう不景気では」

「でも、強請《ゆす》られる額は増える一方ですよ。あの女ときたら、まるでダニみたいな奴!」

「それはそうだが……。しかし、秘密をしゃべられたら最後だしな」

「あなた、いっそのことあの女を……」

「ば、ばかを云いなさい」

「大丈夫ですよ。過失死だと思わせる方法でやればいいんでしょ」

「そんなうまいことができるか」

「できますよ。私、推理小説をいろいろ研究してみたんです。お金のかからないいい方法がありそうですよ」

十郎は、黒皮のジャンパーの襟を掻きあわせて、寒空の星を仰いだ。すこし索莫《さくばく》たる気分になった。この女は、人一人殺そうというのに、なるべく金のかからない方法を探している。物慾もここまでくれば大したものだ。

十郎は、ふと、君代のことを思いだした。押しかけ女房で、十郎にはよく尽してくれたが、むやみと大喰いで、物慾もさかんを極めた。

十郎の稼ぎが悪いと、世にも哀れな、ひもじそうな眼をして見せる。挙句のはてに、

「あんた、こんな稼ぎじゃ、どうにもなりゃしないよ。私も稼ごうかしら？　憲法第二十九条第三項っていうのでさ」

と、どこで聞きかじってきたものか、ひどくまた、えらそうなことを云いだしたのだ。

「ま、勝手にしろよ」

と云ったものの、十郎も気になった。

さっそく、六法全書とやらを万引きして繙《ひもと》いて見ると、憲法第二十九条第三項には、次のようなことが、書かれてあった。十郎はカンカンに怒った。

「私有財産は、正当な補償の下に、これを公共のため

に用いることができる」

君代は、憲法上の条文にもとづいて、女の私有財産を公共のために用い、娼婦をして稼ぎの悪い亭主を喰わせてやろうかと云ったのであった。

「云っただけだよ、あんた。云っただけなんだってば」

という君代の泣き声をあとにして、十郎は憤然として家を出た。それ以来、君代とは会っていない。

「君代も慾の深い女だったが……」

いま雨戸の隙から搔間《かいま》見る島崎夫人の物慾のすさまじさには、とてもかなわないと、十郎はつくづく思った。

その島崎夫人の殺意の視線が、チラと走ったのは、たしかに斜め筋向いの棟割り二軒の方角であった。

野口夫人か、伊勢田夫人のどちらかが島崎夫人の考案による「金のかからない殺しかた」によって、安あがりに殺されることは、ほぼ間違いのないところであった。

4

伊勢田美樹は、一見して清楚な感じの、なかなかに美貌の若夫人である。

野口琴子のほうは、胸を張ってバストを誇示するようなところがあり、どちかと云えば、やや肉感的であった。これも、もちろん美人の部類に入る。だが、一方は着瘠《きや》せ、一方は着ぶくれで、素肌の線は外観とはまるで正反対なのであった。そんな秘事も、十郎にはわかる。

この社宅には内風呂はあるが、脱衣場がない。脱衣は廊下か居間ですることになる。

細君たちが、高い塀で囲えとやかましく云った理由はそこにあるのだが、十郎にとっては、塀の有無は障碍とはならない。窃盗の準備作業中には、ずいぶんと思いがけない光景にも、まざまざとお目にかかった。

目の保養と云いたいが、押しかけ女房と喧嘩別れのいまの十郎にとって、それはむしろ目の毒であった。

伊勢田夫人にしろ、野口夫人にしろ、外観とは正反対の、肉体的内容を持っていることは確かに見とどけたが、さて、その肉体の奥に棲む女心の正体とやらは、十郎には見当がつかない。二人のうちのどちらかが、島崎夫妻の集金のピンはねの事実を知っており、それをタネに島崎家を強請《ゆす》っていることは確かなのだが、その服をまとった外観からも、あるいは服を脱いだ入浴前後の姿態からも、どちらが強請《ゆすり》かは、到底、判断がつきかねた。

結局、十郎は、その詮索をやめた。それより、自分の仕事を大切にすることにした。

殺人の計画があるなら、窃盗の作業はどうしても、その先を越さなければならない。

多少の危険を犯しても——と、十郎にしては珍らしく大胆な決意をして、翌晩を実行の日と決めた。無理を押しての実行ということになれば、人数の多い家よりは、一人住いの世帯のほうが安全性がある。

十郎は、四軒のうちから加倉井、島崎両家を候補から削って、伊勢田家か野口家のどちらかの若妻の、わずかな油断を見すまして決行することにした。

三日間にわたる偵察で、金や宝石類の置き場については、もう充分にわかっていた。野口家のほうが、宝石類が多いことも知れていた。

十郎は、第一候補を野口琴子の家ときめた。時刻は、午後九時半から十時の間と予定した。

その時刻に、野口夫人は入浴する。たっぷり十五分は、座敷内を物色できるはずであった。

侵入経路として、勝手口のドアの鍵穴と、雨戸の溝の一部とに、それぞれ特殊な工作をすでに施しておいた。どちらからでも、侵入はできる。

用意は万全で、あとは翌晩を待つばかりであった。

5

翌日から、冷雨《ひさめ》が降りだした。意外に腰のすわった降り方となり、その翌日も降りつづいた。

十郎の財布は空《から》になり、胃袋も空っぽになりかけていた。そのことよりも気になるのは、十郎の窃盗計画が、島崎家の殺人計画に先を越されはしないかという点であった。

さいわい新聞には、殺人の記事は出なかった。

三日目に、天気はやっと恢復した。十郎は出動した。野口夫人は、定刻どおりに入浴をはじめ、十郎は勝手口を侵入経路に選んだ。

穏やかで、静粛な侵入は成功した。物色の作業も、順調に進捗した。貴重品は和箪笥の上の小文庫に集中している。壁に作りつけの洋服ダンスだの、違い棚の状筐《ばこ》だのを見る必要はなかった。

事前の周到な偵察の結果にまちがいはなかった。

現金六万余。宝石貴金属七〜八点。高級カメラ一台

——それだけいただいて、再び台所の戸口に向うまで、穏やかで静粛な雰囲気は、すべてそのままつづいていた。

あと一息であった。そこで突然、なにかが起りだした。ガガッ、ガガッと、異様な音がした。

十郎は飛び上った。隣家との境の壁に作りつけになった洋服ダンスの奥で、野ネズミが隣家との仕切り壁をかじっているのだとわかるまで、十郎は冷汗をかいて、流し台の蔭で身を硬くしていた。

結局、それも文字どおり、泰山鳴動してネズミ一匹であった。他に、格別のことは何もおこらなかったようだ。十郎は無事に脱出したが、野口琴子は風呂場で無心に湯をはね返していた。

島崎家では、灯りが消えて、雨戸の内側が真暗なのを、十郎は横目で睨んで通りすぎた。

もし、島崎家が留守なら、それは大したチャンスだ。あそこには、タンス預金で莫大な現金がある。しかし、幼児が二人もいる家が、完全に無人とはどうしても思われなかった。

「いいさ。あそこは、いずれまた頂戴する機会がある」

島崎夫妻が殺人を実行して、それがバレて警察へ連行されて行ってしまえば、あとでゆっくりと忍びこむ機会がいくらでもあるはずだ。

十郎は、そんな人の悪いことを考えながら、足早にその場を去って行った。空っぽの胃袋を、一刻も早くいたわってやる必要があった。

6

郊外地のささやかな窃盗事件など、新聞記事になるものかとタカをくくっていた十郎は、翌日の夕刊に、都下M市のK社宅——という小見出しを見てギクリとした。

「若妻のガス中毒死、原因は台所のガス栓の不始末か」

結局は、十郎の行動とは関係ないことがわかったが、彼の心中は穏やかでなかった。

「畜生、とうとう殺《や》りやがった」

島崎夫妻の陰険そうな顔が目にうかんだ。彼等が殺したのは、野口琴子ではなく、伊勢田美樹のほうであった。新聞記事によると、死亡推定時刻は午後八時頃とある。十郎が野口琴子の家に侵入したころ、壁一つ向うの隣家には、すでに伊勢田美樹の死体が転っていたわけだ。

十郎は、薄気味悪くなった。新聞記事によれば、伊勢田美樹は、自宅の台所のガス栓のそばで突っ伏したままで死んでいたという。

ガス洩れに気づいて、這うようにしてガス栓のところに辿りつき、そこで力尽きて、そのまま死んで行ったのだと報じた新聞もあった。

ガス中毒死の場合の、一酸化炭素の毒性についてくわしく解説をし、伊勢田夫人のように、ガス栓を自分で締めたときはすでに遅くて、全身麻痺が起って死ぬケースが多いと書いた新聞もあった。

「どいつも、こいつも、わかっちゃいない。新聞は無邪気なもんだ」

真相を知っているのは自分一人だと思うと、十郎は愉快になった。

だが、無邪気であった新聞も、翌朝になると、あまり無邪気では、なくなってきた。

「K社宅の人妻ガス中毒死体、
死因に疑問、当局捜査に乗り出す」

十郎はむさぼるようにして、その記事を読んだ。

伊勢田夫人の死体の血液からは、あきらかに一酸化炭素中毒の痕跡が検出されたが、肌に現れるはずの桜赤色の死斑が非常にすくないのが不審であった。死体発見当時、ほとんどガス臭さがないのも奇妙であった。

被害者の死後、誰かが室内の空気を入れかえたのではないかと、当局は推定した。しかし、死体発見当時、窓もドアも勝手口も、全部が内側から戸締りされていた。

「つまり、密室殺人事件て奴かい」

十郎も、万引きした推理小説の何冊かは読んだことがある。

「こいつは、小説もどきだ」

十郎は、おもしろがった。だが、その日の夕刊は、小説もどきどころではなくなっていた。

「当局、ナゾの男の行方を追求開始
隣家の夫人の証言、
犯行は通り魔の仕業か」

と大見出しが出て、野口琴子の目撃談として、十郎の人相、背恰好などが、かなり詳細に報じられていた。当局は目下、モンタージュ写真の作成に全力を挙げているとも書かれていた。

「じょ、冗談じゃない」

十郎は、蒼くなった。それから、真赤になって怒りだした。「ばかも休み休み云え」

7

十郎自身が、休み休み考えたところによると、それは、おかしいことだらけだった。

野口琴子は、十郎の人柄などをいつのまにか知っているくせに、盗難に遭ったことを一言もしゃべっていない。やはり盗られた金は、他人に云えない性質のものだということになる。

それなら、島崎夫婦を強請《ゆす》っていたのは、やはり野口琴子の方なのだろうか。もしそうだとすれば、島崎夫婦はまだ殺人計画を実行に移してはいないわけだ。そして伊勢田美樹は、やっぱりガス中毒の過失死ということになる。

死んだあとで、室内の空気を入れ替えた奴がいるとすれば、それはたぶん、ぼてぼてと気前よく肥った加倉井恵吉あたりだろう。

伊勢田美樹には、部屋の鍵を平気で他人に貸し与えるような淫らなところがあったのかと思うと、なんとなく興ざめた気がした。とにかく、面白くないことだらけだったし、よく判らないことだらけだった。

それに、不安もあった。新聞にモンタージュ写真でも出された日には、うっかり町を歩くこともできなくなる。

十郎は、ひどく落ちつかない気分になり、気を紛らすために、ずっと以前から顔馴染みの飲み屋に行った。宵の口から痛飲して、やがてそこを出たが、気分は一向にまぎれなかった。それどころか、かえって不安が増していた。

どうも、誰かに尾《つ》けられているような気がする。河岸《かし》を変えてまた飲み、また出てくると、やはり尾けられているような感じだった。

十郎は、そろそろ自暴《やけ》を起した。それからは、無茶苦茶に梯子酒《はしござけ》をやった。

何軒目かで、ひどく楽しい気分に、やっとなれた。そこで酔いつぶれた。自分ではそこまでの記憶だったが、気がついたときはギョッとした。

どこをどうやって、来てしまったものか、十郎は野口琴子の家の雨戸の隙間に鼻をねじこむようにして、

「ばかやろう。お前なんざ、島崎の夫婦にいずれ殺されちまうんだぞ。金のかからない方法でな、金の……」

と怒鳴っていた。

「キャッ」

鋭い押し殺したような悲鳴が近くで聞えた。勝手口の戸から、野口琴子の白い顔がのぞいていた。バス・タオルを巻いただけの入浴姿だった。琴子の口がまた動いた。こんどは、前よりも本格的な悲鳴をあげようとする間一髪で、十郎の掌《て》がやっと間に合ってその口をふさいだ。はずみで、縺《もつ》れるようにして、十郎は家の中に転りこんだ。家の中に身体をのり入れてから、改めて転んだと云ったほうが正確だった。向う脛の高さに紐が張られていて、十郎はそれにひっかかってもんどり打ち、気が遠くなった。

すべては、野口琴子の思いどおりに運んだようであった。

8

気がついたときは、縛られて、口にも布を咬まされていた。

「きっとまた、くると思ったわよ」野口琴子の顔が、のぞきこむようにして笑っていた。「あんたに、生きていてもらったら困るもの」そう云って、また笑った。この女はなにか、誤解しているらしいと、十郎は思った。

「あんた、毎晩のぞきに来ていたわね。その上お金や宝石までとって行ったわ」

それは認めるが、それだけのことで、何も殺すことはないだろうと十郎は抗弁した。口に布を咬んでいるので、オングウ、ガキガ、グブッと意味のない音にしかならなかった。

これは無駄だと、十郎は観念した。

女は云いたいことを勝手にしゃべりだした。蓚酸《しゅうさん》だとか硫酸だとか、アンモニア、アルカリ性の塩化第一銅溶液だとか、十郎にとっては、理解し難いこともあったが、加倉井家の夫婦喧嘩から判ったところでは、野口琴子という女は、薬剤師の免状持ちだということだから仕方がない。とにかくこの女には、一酸化炭素を好きなだけつくったり、それを集めて吸いとって、無害なものにしてしまったりするぐらいは、朝飯前なのだということだけは判った。

野口家と、伊勢田家の境の壁には、作りつけの洋服ダンスが双方の家庭にあって、板壁一枚隔てて隣接している。そこにネズミが穴をあけている。その穴から小型の送風機で一酸化炭素を送りこみ、向う側の洋服ダンスを一酸化炭素だらけにしておく。そして、ガリガリとひどい音を立てれば、伊勢田美樹が、洋服をネズミにかじられはしないかと、あわてて向う側から首を突っこんでくる。そして、一酸化炭素をたっぷり吸いこむ。

何分かすると、ひどい目まいがしてくる。ガス栓が洩れているのではないかと夢中で台所まで這って行くが、そこで麻痺を起して死んでしまう。

そのあと、ネズミの穴から、こちら側へ先方の洋服ダンス内の一酸化炭素を送風機で吸いとって、無害処理をしてしまう。あとは、またネズミが平気で暴れだすほどの、ふつうの空気の状態にもどっていて、証拠は残らない。

そういう密室殺人のからくりであったことが、女の説明で大体わかってきた。

野口琴子は、十郎が窃盗にはいったとき、洋服ダンスの中の密室殺人用の小道具を見てしまったと思いこみ、なんとかして、十郎をもう一度さそいこんで殺してしまおうと、新聞記事を利用して、十郎を怒らせようと挑発したにちがいなかった。

「恐ろしい女だ」

十郎は唸った。オンボワ、ブリッと意味のない言葉が出ただけだった。

恐ろしい女は、なぜ恐しくならなければならなかったかを、力説していた。

「伊勢田美樹って、悪い女なのよ」

と、自分のことは棚にあげて、野口琴子は熱心に主張した。

「あの女は、見かけはおとなしそうなくせに、すごい欲張りなの。会社の誰彼の秘密を嗅ぎだしては、それをタネに強請《ゆすり》をやっているという話も聞いたわ。でも、あの女の欲張りはお金のほうだけじゃないの。あのほうだって……」

それが、どのほうであるかは、次の言葉ですぐ知れた。

「あの女は、私に親切な男性が現われると、片っぱしから横奪《よこど》りしたわ。加倉井さんのご主人だってそう。結婚前にも二、三人あったわ。彼女のご主人だって、もとは、私の恋人だったのを横奪りしたの。それに……彼女は、私の夫にまで手を出していたことがわかったの。それも判ったのはごく最近。二、三日前に、ご近所の島崎さんの奥さんが教えてくださって、それでやっとわかったのよ。それまで私、いいようにバカにされていたんだわ。そうと判ったら癪で癪で、どうしてもすぐに殺してやろうと思ったの」

　十郎は、肚の中でううむと唸った。やはり島崎夫人は、「金のかからない方法」で、強請《ゆすり》の相手の伊勢田美樹を殺したのだった。

　島崎家を強請っていたのは、伊勢田美樹。その美樹を殺したのは野口琴子。殺すように仕向けたのは島崎夫人だ。これで何もかもはっきりした。まだ判っていないことが、あるとすれば、それは、この薬剤師の免状を持つ野口琴子が、十郎を殺すために、どのような料理のしかたを用いるかということだけだった。

「そうね。ちょうど麻酔薬がすこしあるから、これをあんたに嗅いでもらうわ。それから縄をといて、着ているものを剝いで、シャツとズボンだけにして、通りに寝かしておくわ。この寒さなら、朝までに凍死はまちがいない。新聞には、ナゾの通り魔、泥酔して凍死と出るわ」

　云いながらも彼女は、麻酔薬の準備にかかりはじめていた。

9

　恐ろしく寒いが、身動きができない。

「死んでしまう。頼むから助けてくれ」と叫ぶと、「では助けて上げる」と女の声がして、服をかけてくれた。すこし暖くなって、やっと助かったと思ったところで、十郎は完全に正気にもどった。

「大丈夫かい、あんた」

　君代の顔がのぞいていた。泣き笑いしたような顔だった。

「新聞で見たのよ。てっきり、あんたの仕業だと思った。いつもあんたが行く飲み屋をのぞいたら、あんたが、俺じゃねえぞとかなんとか云って飲んでいたわ。それからあとは、ずっと尾けていたのよ」

「そ、そうかい。尾けていたのはお前だったのかい……いや、お蔭で助かった。有難うよ」

　礼を云ってしまってから、十郎は後悔した。

　感謝されているのだとわかると、君代はとたんに、もとの押しかけ女房の心境にもどった。

「あんた、のぞきなんてさもしいことをするから、こんな目に遭うのよ。あれはあんたなんかには目の毒。もう、やるんじゃないのよ」

十郎は肚の中で、俺はお前の「のぞき」のお蔭で助かったんだと抗弁したが、口に出して云うのはやめた。

とにかく、また当分は、この食い気と物慾のさかんな押しかけ女房から離れられそうもなくなったが、K社の社宅街の細君連の、一皮剝けばなんともすさまじいあの物慾と色慾にくらべたら、君代のほうがまだマシかもしれないと、十郎は秘かに自らを慰めたのである。

同じ星の下の二人

1

路面電車を桜新町の停留所で降りたところに、左へ折れるバス道路があって、商店街の家並を抜けると、長い桜並木がどこまでも続いていた。

閑静な住宅街を、けだるいような春の夜気が、しっとりと包み込んでいた。

七分咲の夜桜の下を、桑野菊子は足音を忍ばせるようにして、独り俯向き加減に歩いて行った。

街路灯や、自動車の前照燈が近付くたびに、菊子は顔をそむけて、そっと桜の木蔭に寄る。まるで悪い事でもしているかのように、なにかおどおどした様子であった。

今夜が初めての道ではなかった。

秋の落葉の面を踏み、冬の木枯しにオーヴァの襟をたてて、黒川久作の邸へは、すでに何度か呼びつけられて、通《かよ》ってきた。

来るのはいつも夜である。来るたびに、いつも耐え難い気持に襲われる。

思い切って引返してしまおう……二三歩踏みだすごとに、菊子はそう思う。だがそれは、とてもできそうもなかった。

何を思ってみたところで、思いどおりにできることは何一つありはしないと、菊子はもう、世の中に絶望しかけていた。

このまま引返してしまえば、久作はあとで何をするか知れない。

この世に自分の思いのままにならぬ事などあるはずがないと自己を過信していて、一度怒りだせば気狂いのようになる五十男の顔が、目の前に泛んで消えた。

菊子は、足をとめた。

頑丈な造りの、高い石塀が聳えていた。それが黒川久作の邸であった。

「うむ、来たか」

いかにも待ちかねていたという様子で、久作は菊子を自分で玄関まで迎え、手を引かんばかりに、二階の書斎へ誘う。

「待っとった。上れ。さ、上れ」

階下の茶の間から、久作の妻の初恵の顔がすうっと覗いて、じっと萄子の顔を見詰め、能面のように無表情のまま、襖の蔭に消えた。

「構わん、わしはこういう男だ。なんでも開《あ》けっぴろげにやっとる。女房もそれはよく知っとるんだ。遠慮は要らんぞ、さ、上れ」

大声で云い捨てて、久作はどんどん二階に上ってしまった。

萄子は気まずい思いで靴を脱ぎ、片隅にそれを揃えてから、うなだれて、一段ずつ階段を踏みしめて上った。

上り切った窓のガラスに、夜桜が滲むように、常夜灯の光に淡く浮いていた。

萄子は、放心したように暫くはそれを見詰め、やっと決心がついたように、重い足取りで久作の書斎に入った。凝った造りの日本間であった。そこに男臭さが充満していた。

「立っとらんで、座れ」

久作は機嫌がよかった。

「社長、今日はお話があるんです」

「む、話? まあ、いいじゃないか」

云いながら、身体に手をのばそうとする。

萄子は必死に逃げて、身を硬くした。

「今日はどうしても、聞いて頂きたいんです」

声がふるえていた。

久作も、すこし鼻白んだ。

「なんだ。簡単な話なら、先に聞こう」

「わたくし、やめさせて頂きたいんです」

やっとの思いで、それを云った。

云ってしまうと、背筋に新しい震えが起った。

久作の視線がゆっくりと萄子の身体から顔に移って止った。

急な事なので、どんな言葉を投げつけてやろうかと、咄嗟には途惑っているようにも見えた。やがて、ひどく低い嗄れたような声で云った。

「萄子、本気か」

「本気です」

久作の顔色が改った。目が据って、たるんだ頬がぴくぴくと攣った。

「お前、俺に抗って、本当に会社をやめることができるつもりか」

語気にゾクリとするようなものがあった。

「萄子、お前はこのわしが誰だか判っとるか、むう？……裸一貫から黒川建材会社を作って、今じゃ一億の金を右から左へ動かすこともできる黒川久作だぞ。惚れた女に逃げられました、はい左様でございと引込むような男だと思ったら大間違いだ」

「でも、会社を辞めさせて頂けば、もう、わたくしがどこで何をしようと、自由です」

「そうはさせん。お前、あれを知っとるだろうが、あれを」

黒川久作は「あれを」と云って、ある男の名を挙げた。ストで潰れた某映画会社の社長で「おれは女優を二号にしたのではない。二号を女優にしたんだ」と云った高名な人物のことであった。その人物は、問題の女優がやめたいと申し出ると、あらゆる手段を尽して彼女の他社出演を妨害した。

嘗て買い与えたものは、根こそぎ差押えた。生活の息の根をとめるまで、いじめて、いじめて、いじめ抜いた。

「……わしゃ、あの男の気持がよう判る。ありゃあ、あの女優にぞっこん参っとったからだ。精魂打ち込んで男が惚れた。その気持が判らんで、袖にするような薄情女が憎くて耐らんかった。だから、どうしても息ができんようにしてやるんだと、いじめ廻した。判るか、お前に判るか。そういう男の気持が」

久作は、肩で大きく息をしていた。

額に、むくむくと太い血管が浮いていた。

「いいか、わしがお前を、どこにも就職させまいと思えば、そりゃあ簡単なことだ。どこの会社でも『その女は、当社で不都合があったから馘にした。お傭いにならんほうが貴社のおためでしょう』と云ってやれば、すぐにもお前を馘にする。わしゃ徹底的にお前のあとを追いかけて、そうしてやるぞ」

萄子は唇を噛んだ。

この男なら、それはやりかねないと思った。

背筋がまた寒くなり、身体中の力が抜けて、震えが足のほうから襲ってきた。

久作が、男の目でそれを見ていた。

「判ったか、判ったら、降参しろ。むう？」

急に男の息が、のしかかってきた。

あっというまに、萄子は抱えこまれた。

久作は、萄子を組み敷いたままで云った。

「いいか、お前がたとえバーかキャバレーの女給になろうとも、俺は追い廻してやる。俺は土建屋の材料を扱う会社の社長だ。やくざの親分衆にも顔が利く。お前がどこの河岸で夜の蝶になろうと、地廻りの二、三人も差し向ければ、商売ができんようにしてやる事もできる。お前の住んでいる界隈に妙な噂を立てて、住んでいられんようにすることだってできるんだぞ、このばか」

久作の目は、吊り上っていた。

欲情と、手前勝手な憤懣に醜く歪んだ顔であった。

「あなた」

いつのまにか、背後に、久作の妻の初恵がぬっと立っていた。

「心臓の薬をおのみになる時間です」

初恵は、抑揚のない声で云った。

久作は、びくりと飛び上った。

ひどく慌てて、萄子の上から、もがくようにして身を起した。

心臓でも苦しくなったものか、しばらくは呆然としていたが、やがて火がついたように、まるで意味のない言葉で、怒鳴り散らし始めた。

初恵はとりあわず、冷然と久作の顔を見詰め、やがて細い声で、ぼそりと云った。

「人事課長から、お電話です。階上《うえ》に切り替えますよ」

そして後も見ずに、階下へ降りて行った。

久作は、喘ぐように息をして、口の中でなおもぶつぶつと、わけのわからぬ事を云い続けていた。

だがやがて、おそろしく不機嫌な声で、電話口に向った。

萄子は、やっと身の自由を得た。

惨めに乱された身仕舞を整えて、マスカット色のプレタポルテの襟を合わせ了えたとき、電話はもう終っていた。

「組合の奴等、つけ上りやがる。やりたければ、勝手にやらせろ、どいつも、こいつも俺をバカにしおって……」

罵声をまき散らしながらも、その視線はまた、萄子の身体を凝視しだしていた。

「おい」

急に、奇妙な作り声になった。

「お前がそれほどまでに云うなら、お前の云い分を聞いてやろう」

本心の判らない声の調子であった。

「秘書をやめたければやめてもいい。肉体関係も清算してやろう。だが……」

と、猛禽のような目で、じろりと萄子を見据えて、

「会社をやめさせるわけにはいかんぞ、いいか。わしはお前をこの会社に置いたままで徹底的に苦しめてやる。お前は会社からは逃げられん。逃げれば、野垂れ死だ」

憎悪と、そして多分に未練がましさの混った、五十男のだみ声で云った。

2

桑野萄子は、北品川工場の、資材課の倉庫に廻された。

黒川建材株式会社は、ビニタイル、ルーフィング（屋根材）、フローリング（床材）などの建築材料を生産している。その会社の資材課の倉庫管理と云えば、身体の楽な仕事ではなかった。

もちろん、男子社員も工員も、いることはいる。従って、そこでのBGの事務と云えば、伝票管理が主な仕事になるわけだが、埃っぽくて喧騒をきわめる倉庫内で、慌しく原材料や仕掛品の出納を照合する仕事は、重労働であった。

女でも、身体の折れるほど重い物品を持ち上げたり動かしたりしないと、即座の用は勤まらない事がある。

そんなとき、職員も工員も、萄子には頗る冷淡だった。

同性は特に意地が悪かった。女子職員たちの刺すような視線が、萄子には耐らなく辛かった。

一日の重労働をやっと終ると、シャテーヌのスラックスの膝は埃にまみれ、爪は割れて、唇は紅が乗らないほど荒れていた。全身の節々が、脱けるように痛かった。

だが、庇ってくれる者はなかった。

労組はいま、会社側と賃上げの団体交渉をしていた。

会社側のひどく不誠実な回答に、組合員たちはいきり立っていた。

そんな空気の中で「社長の二号」であった桑野萄子が、好意を以て迎えられるわけがなかった。

屈辱と疲労に打ちのめされたように、毎晩しょんぼりと、身寄りのない一人住まいのアパートに帰ると、萄子は死んだように、蒲団に伏して、声を忍んで泣いた。

脱出不能の檻に閉じこめられた者の惨めさが、ひしひしと全身を包んだ。

脱出不能の檻——それは以前にも、経験したことだっ

た。

　去年の夏、総務課付のＢＧから社長秘書に抜擢されて、まだ一月ほどしか経たなかったある暑い日の午後、萄子が冷い食物を持って社長室に入ると、黒川久作は、暑さにげんなりしたような顔をして、居汚なく長椅子に寝そべっていた。

「そうだ、シャツを替えよう。君、済まんが、その洋服ダンスから、ポロシャツを出してくれんか、黄色いやつだ」

　社長室の一隅には、分厚いチーク材を使った豪華な特大の洋服ダンスがあった。

　人を疑うことをまだ知らなかった萄子が、言われたとおりに、下の段の引き出しを開けて、ポロシャツを出しにかかったとき、不意に腰のあたりを軽々と持ち上げられた。

　あっと言うまに、洋服ダンスの中に閉じこめられていた。

「出して下さい。お願い、出して」

　驚いたことに、観音開きの扉には、鎖錠が外側からついていた。ふつうなら内側につけて使用するはずの鎖錠が、外側からついている。

　好色な久作は、こんな時の悪戯のために、わざわざ鎖を外から取付けさせたものであろうか。

「ははは」

　久作の大笑する声がした。

「鎖錠がついとるから、出るわけにはいかんだろう。当節流行《はやり》の密室というやつだ。そのかわり、鎖錠だから、すこしは扉が開く。息をするぐらいの事はできるようになっとる。まあ、あまり暑苦しくならんうちに、降参しておとなしくわしの言う事を聞くんだな」

「いやです。出してください」

「わしもいやだ」

　そしてまた、黒川久作は大笑した。

　暑さと屈辱で、半ば失神しかけた萄子の身体が、洋服ダンスから担ぎ出されて、長椅子に置かれるまでに、十五分とは経たなかった。

　そこで、萄子は犯されたのである。

　処女を奪われた衝撃から、萄子の心は容易に立直る余裕もなく、ただずるずると、黒川の言いなりの日々が始まった。

　黒川は次第に真面目に、萄子を愛しだしていた。だがそのことは、すこしも萄子の心の慰めにならなかった。

社内の誰彼の底意地の悪い視線を避けて、日蔭者のような生活の毎日が続いたあと、ある日決心して、社をやめる気になった。

だがその結果は、先夜のあの騒ぎであった。

事態は一層、惨めになった。

日当りの悪い倉庫で、重労働に喘いで暮らす萄子の惨めさを思い浮べて、黒川久作は西八丁堀にある六階建ての黒川ビルの本社の一室でぬくぬくと北叟笑《ほくそえ》んでいるに違いなかった。

恐らくは、萄子が精も魂も尽き果てて、降伏してくるのを待っているのだろう。

萄子は、重大な決心をした。

決して降伏はしまいと、心に誓った。

とりあえずは、今の境遇に耐え抜くことが、あの憎い男に勝つ道であった。

翌日からは、気をとりなおして、仕事に精を出しはじめた。

どんな重労働にも体当りでぶつかり、汗と埃で真っ黒になっても、化粧直し一つしなかった。

そんな中で、やっと見つけたたった一人の友だちが、井口喜美子であった。第二原材料掛のBGで、いつとはなしに、退社時刻には言葉を交わし、やがてはお茶に誘ってくれるようになった。

二人で話すときは、井口喜美子は当りさわりのない話題を選ぶように、気をつかっている。その親切が、萄子には嬉しかった。

お茶を飲んで、会計を萄子が払おうとすると、

「いいのよ」

と、喜美子の手がそれを抑える。

萄子が恐縮すると、喜美子は意外な事実を告げた。

「私、組合の婦人部からの情報をちょっと耳にしたんだけれど、あなたのお給料、社長秘書のときの半額に下げられるんですって」

「半額！」

「そう、六千円とちょっとじゃないの？　ずいぶんひどい仕打ちだと思うわ」

井口喜美子は、心の底から気の毒そうに言った。そうして、もうひとこと、つけ加えた。

「あなたのお給料を下げる案は、社長の奥さんが言いだしたのだという噂があるのよ」

萄子は、あの能面のように無表情な、初恵夫人の顔を思い泛べた。

今までとは異質の、新らしい恐怖が、ぞくりと萄子の背筋を走った。

3

黒川久作は、桑野萄子を北品川の工場倉庫に追い込んだあと、新らしい秘書を入れるように人事課に命じた。職安からは、入れ替り立替り何人かの秘書志願者が来たが、二日とは保たずに馘を言い渡された。

「近ごろ、ろくな奴はおらん」

久作は不機嫌そうに、だみ声でぶつぶつ言い、萄子のことを分厚い胸の中に思い泛べた。

「あいつ、早く降参してこんかな」

憶いだすたびに、醜く目尻が下った。

萄子は一度、久作の留守中に本社へ来たという。だが、それは、秘書室の机にあった身の廻りのこまごましい物品をすべて引き揚げて行っただけであった。

それきり五日経ち、一週間経っても、萄子は詫びを入れてこなかった。

久作は絶えずいらいらし、時間がくると思いだしたように持薬の大瓶から、血圧降下剤と強心剤を主剤とした糖衣錠をとりだしては飲み、秘書のいない社長室で、不便そうに仕事をしていた。

電話をかけるのも、封筒の宛名書きも、自分でやっていた。

その不便さが、久作を一層不機嫌にした。

労組が態度を急速に硬化しだしていることも、久作の機嫌を損う材料の一つになっていた。

自己の実力だけで、今日の黒川建材を作り上げたと信じ切っている久作の目には、労組の賃上げ要求は、ドラ息子の小遣いせびり程度にしか映らぬようであった。

ある日、久作は、黒川ビルの本社に出社すると、三階の社長室に、品質管理課員の安井恭一を呼びつけた。

安井は、労組の委員長であった。

元来が陽気で、飄々としたところのある独身青年だが、選出されて組合委員長の椅子を押しつけられてから、このところめっきり寡黙になっていた。

「どうだ、お前、だいぶ弱っとるようだな」

「は?」

「副委員長の石森が、蔭でお前の足を引張るようなことばかりするそうじゃないか。あいつ、お前に委員長の椅子をとられたのが気に入らんのと違うか」

久作はにやにやしながら、書き終えたばかりの書状を封筒にいれて、上目遣いに安井恭一のほうをじろりと見た。

老獪《ろうかい》な古狸のような表情を見せ、それから、人を小馬鹿にしたように、舌を出して、封筒の封糊をぺろりと舐め、急に探るような目付きになった。

「お前、本当にストをやる気か」

「それは、委員長の一存できまるものではありません。なるようにしかならないでしょう」

「ふむ、そりゃそうだろうな、お前も、つらい所だ」

久作は、別の封筒をとりあげて、その封糊をまたぺろりと舐めた。

お前のような青二才は、頭から舐めているんだという意思表示の仕草のようでもあった。

だが、ふと思いだしたように態度を変えて、急に猫撫で声をだした。

「どうだ、ここらあたりでひとつ、お前から組合員を説得してみんか。給料のことも、社長が行く行くは悪いようにはせんと言っとるとかなんとか、その辺はお前の舌の先でうまく丸めろよ、な」

「それでは問題になりませんよ。実質的なゼロ回答じゃあないですか」

とたんに、久作の顔が不機嫌な色になった。

青筋がむくむくと浮んで、険悪な目付きを見せた。だが、すぐにその表情を顔の奥に仕舞い込むと、ちょっと舌舐めずりをして、口調をやわらげた。

「まあ、待て、今日はお前に新らしい話をしようと思って呼んだんだ。じつは人事課長の椅子だがな。課長の児島は、これだけ組合が騒ぎ立てとるのに、よう抑え切らん奴だ。わしゃ、あいつを飛ばして、お前をかわりに据えてもいいと思っとる。給料もいまの五割増にはなるぞ、どうだ、考えてみんか」

「おことわりします」

「ふうむ」

久作の顔に、一度は引っ込めた険悪な表情がまた出てきた。

ジロリと蛇のような目で安井を見て、語調を一変して、低いだみ声にドスを利かせた。

「おい、お前、わしがこれだけ腹を割って話しとるのに、話は聞きました、おことわりしますで済むと思っとるのか」

「社長の今の話は黄犬契約《イエロー・ドッグ・コントラクト》だ。労働組合法第七条第一項の不当労働行為です」

「法律の話をしとるんじゃない、お前が、わしの言う事を聞けるのか聞けないのかと尋ねとるんだ。いいか、お前がわしの言う事をことわって、ストにでも持ちこむようなことになれば、お前を早速処分してやる。そして、どこへも就職ができんように、徹底的に追い討ちをかけてやる」

「男一匹、どこへ行っても、なるようにはなりますよ」

「そうはさせん。わしは、やくざの親分衆にも顔が利く。お前が住んでいる界隈に、地廻りの二、三人も差し向けて、住んでいられんようにしてやることもできる。わしは、お前の生活の息の根がとまるまで、徹底的に叩いて叩いて、叩きのめしてやるぞ」

安井恭一は唇を噛んだ。

この男なら、確かにそれはやりかねないと思った。背筋が寒くなった。

返す言葉が、咄嗟には見当らなかった。

黒川久作は、傲然と安井の顔を見据えて突き放すように言った。

「俺の言うことはそれだけだ。今夕五時。ここへ返事を持ってこい。帰れ」

それだけ言うと、久作はもう安井のほうを振り向きもしなかった。

高血圧に特有の猪首のしわに、真赤な血がのぼっていた。机の抽出しから、持薬の大瓶を取りだすと、不器用に指をつっこんで錠剤を口綿の裏からほじくりだすことに専念しだした。

安井恭一はぼんやりとそれを見詰め、やがて悄然と、肩を落して退出した。

夕方の五時半になっても、安井は社長室に姿を見せなかった。

「あいつ、何をぐずぐずしとる」

久作はひどく不機嫌そうに煙草をふかして、社長室の中を行ったり来たりした。だが、内心は上機嫌であった。とにかく、世の中に、自分の思いどおりにならない事はない。あれだけ脅しておけば、安井は震え上っているに違いない。今ごろは汗だくになって組合員の説得に当っていることだろう。いずれはスト中止のしらせを持ってくるにきまっていた。

久作はふと、また桑野菊子のことを思いだした。

「あいつも、そろそろ降参してくる頃だ」

思わずニヤリとしかけた所へ、安井恭一が蒼白い顔をして入って来た。

「遅いぞ」

久作はできるだけ不機嫌そうな声をだし、荒々しく吸いさしを灰皿で捻じ消した。

「もう、とっくに退社時刻を過ぎとる」

「どうも済みませんでした」

「まあいい。で、どうだった、結果は」

「はあ、それが」

「お前、まさか」

「それがやはり、なるようにしかなりませんでした」

安井恭一は、一通の紙片を、黒川久作の目の前に差し出した。

団体交渉の申し入れ書だった。

同時にドアが開いて、どやどやと組合の闘争委員たちが入ってきた。北品川の工場から、トラックで駈けつけてきた組合員たちの姿もあった。

久作はやっと、一杯喰わされたのだと悟った。

「安井、お前、いいのか。そんな態度で、いいつもりか」

久作の声は、上ずっていた。

「いいも悪いもありませんよ」

安井恭一の言葉には、追い詰められた者の捨鉢な調子があった。

こうなったら、もう行く所までは行くんだと、覚悟をきめたような態度であった。

組合員たちは口々に叫んだ。

「社長、会議室に移ってもらいましょう」

「誠意ある団交に応じて下さい」

「納得できる回答を聞くまでは、今夜は社長を返しません」

組合員たちの人垣の中には、桑野萄子の敵意に満ちた顔もあって、井口喜美子の肩の蔭から、じっと久作のほうを見詰めていた。

黒川久作は、やっと自分が、脱出不能の檻に閉じ込められる番になったのだと悟った。

4

労組委員長の安井恭一は、いつも「なるようにしかならない」というのが口癖である。

酒呑みの父親は、詐欺の前科を遺して死に、そのため、恭一はよい会社へは就職できなかった。

脊髄カリエスの母親は、ずっと病臥したままで、生活は絶えず苦しい。

そんな事は顔には出さず、なるようにしかならないと、飄々と暮して来た。

他目には、ひどく楽観的にも見えるらしい。職場の同僚間では人気があって、独身だが、労組の委員長に選ばれた。

当人は、えらい事になったと心に思ったが、それでも、なるようにしかならない主義で、今日までなんとかやってきた。

だが、今日は絶体絶命であった。成り行きまかせではどうにもならない立場に追い込まれていた。

できれば、社長との正面衝突は避けたいという弱気が、絶えず心の中にあった。

だが、執行部会議の空気は、そんな委員長の弱気を許さなかった。

副委員長の石森文夫に巧妙にアジられて、執行部は強引な団体交渉の即時開始をとり決めてしまった。

それは、安井にとって、黒川建材での地位の破滅を意味していた。

団交の結果がどうなるにもせよ、久作は、正式に敵対してきた安井を馘首することは、目に見えていた。おそらくは、あの偏執狂のような執拗さで、安井の他社への就職を妨害することになるだろう。

安井恭一が生活の息の根をとめられて悲鳴をあげるまで、黒川久作は、性格異常のような残忍さで、安井のあとをねちねちと追いかけてくることだろう。

安井がそんな窮地に立つことを百も承知で、副委員長の石森文夫は安井に団体交渉を迫ったのである。

委員長として、執行部の総意が団体交渉決行ときまれば、その要求を斥けることはできなかった。

安井恭一も、ついに肚をきめた。あとは文字通り、なるようにしかならない。

団交の申し入れ書が、黒川社長のもとに突きつけられ、組合員の分厚い人垣にとり囲まれた黒川久作の身柄は、半ば強制的に社長室から会議室に移された。

久作は顔面蒼白となり、頬の肉をぴくぴくと、絶えず痙攣させていた。

だが、それでも絶えず虚勢を張り続けていた。

「わしは実業四十年の経験でソロバンをはじいて、お前たちに賃上げしてやるだけの利潤は、この会社からは上っとらんと判断した。いいか、四十年の経験だ。お前達も文句があったら、四十年の経験を積んでから云ってこい」

その一点張りであった。

押し問答が何度となく繰返され、話合いは一歩も進まなかった。

双方とも息苦しくなると、休息のために久作はしばらく社長室に戻り、また、会議室に出直して、同じことの繰返しになった。

社長室から会議室への往復には、組合員の分厚い人垣が絶えず久作について廻った。

何度目かの往復のあと、遂に久作が感情を爆発させた。

「わしを何だと思っとる。裸一貫から叩き上げて、今じゃあ億の金を右から左へ動かす黒川久作だぞ。お前等に脅かされて、はい、そうですかと云いなりになる男だと思ったら、大間違いだ。お前等がいくら喚いても、何もなりはせん。帰れ、帰れ」

「帰りません」

「それじゃあ、わしが帰る」

「帰しません」

久作は、虚勢を張るように、肩をそびやかした。低いドスのきいた声で云った。

「お前等、腕ずくでくる気か」

「そうじゃない。我々は法律ずくです。これは労働組合法で認められた正式な団体交渉だ」

「何が法律だ。法律なんぞ、弁護士に金をくれてやれば、どうにでもなる。わしは弁護士を呼ぶぞ、いや、警察だ、警察を呼ぶ。わしに電話をかけさせろ」

「かけさせません、我々は秘書室の親電話を抑えている。社長室の電話は通じませんよ」

「お前等、わしを不法檻禁するつもりか」

「不法じゃない、合法です」

結局、組合員たちは廊下に座り込み、秘書室の電話を抑えた。

社長室のドア一枚隔てて、室内と廊下の対峙が始められた。

廊下に黙然と座りこんだ組合員の姿を眺めながら、委員長の安井は、「ああ、くるところまで来た」と、肚で思った。

彼自身の明日の運命が思いやられた。

黒川久作は、社長室にとじこもるとき、「安井、あとで覚えていろよ」と捨てぜりふを残したのであった。

5

午後八時過ぎ、所轄の署から、警部補が二三人の部下を連れて現われた。

委員長の安井と、副委員長の石森が応対に出た。

「我々は労組法第七条第二項による正式な団体交渉中です。申し入れ書を手交して、誠意ある回答を社長に求めている所です。違法ではありませんよ」

「なるほど」

と、中年者の警部補は穏やかに頷いてから、ゆっくりと左右を見た。

「我々は、適法な労働行為を取締る気は毛頭ありません。しかし、廊下に座り込みというのは、やはり穏やかではないと思うのだが」

「これは座り込みではありませんよ」

と、副委員長の石森が陽気に答えた。口先の交渉になると、石森文夫は巧者だった。

「なにしろ、うちの社長は、お前等の顔は見るのもいやだと、勝手に社長室に閉じ籠ってしまったのですからね」

「しかし、お宅の社長も、お若くはないのでしょう。あまり長時間一室に閉じ籠っては、健康に障りませんか」

「その点はご心配なく、我々の手で医師を一人依頼してあります。社長の健康管理については我々が責任を持ちます」

警部補は「ふうむ」と溜息をついて、目をぱちぱちとしばたたいた。

「それはなかなか、周到な事ですな」

それから、眉を上げて、皮肉を交えた口調で、もう一言付け加えた。

「それに、なかなか計画的だ」

「しかし、違法ではありませんぞ」

「そう、概ね違法ではない。しかし、電話を抑えて通話の自由を拘束するのは、よくない。電話は開放すべきでしょう」

結局、警部補は、組合員に秘書室の親電話を抑えることをやめさせた。

しかし警部補にも、それ以上の干渉はできなかった。

警部補が部下をつれて引揚げて行くと、そのあと、廊下の一隅で騒ぎが起った。

安井と石森は急いで飛んで行った。
七、八人の人垣の中で、桑野萄子が目を真赤に泣き腫らしていた。
「どうしたんだ」

「委員長、桑野君に事情を訊いてほしい。我々がここに集った事を、警察がなぜ知った」

「そうだ、我々は電話機を抑えて外部への通話は遮断した。それなのに警察は嗅ぎつけてきた。そして電話の遮断は排除されてしまった。これは明らかにスパイがいたからだ」

「そうだ。桑野君は、以前は社長の寵《おも》い者だ。こんな場合に、社長側のスパイとして働かないという保証があるか。我々はそこを問い訊していたのだ」

「我々は心配なのだ。やがて警官隊が来て、実力行使をするかもしれん。そうなれば、我々はひとたまりもないんだ。だから、今のうちに敵に内通するスパイを摘発するべきだ」

皆、かなり興奮していた。

桑野萄子は、泣きじゃくっていた。

「ひどいわ、わたくし、社長を憎んでいるんです。社長を助けようだなんて、そんな事をするはずがないわ」

委員長の安井は、じっと双方の云い分を聞いていた。

ややあってから、顔を上げて云った。

「どうだ、諸君、桑野君はああ云っている。我々は桑野君の言葉を信用しようじゃないか」

「執行部がそう云うなら」

「そうだ。執行部が責任を持つなら、我々はそれでいい」

大部分の声が和した。しかし、釈然としない面持ちの者もあった。なんとなく重苦しい空気が、あたりを支配していた。

「いつ、警官隊が実力行使にくるか」

誰の胸にも、その事があったからである。

6

午後十一時。

西八丁堀界隈の夜も更けた。

東京湾で夜業中の艀《はしけ》のエンジンの音が、かすかに聞えていた。

廊下に座り込みの労組員たちの顔に、疲労と不安の色が濃くなって行った。

「警官隊は、いつ現れるかな」

「さあ。いずれにしろ、今度くる時は、ただでは済むまい」

委員長の安井と、副委員長の石森は、他の者には聞かれないように声をひそめて話し合った。

石森が、ちょっと探るような目で、安井に訊ねた。

「委員長、君はスパイの一件をどう思う」

「と云うと？」

「スパイがいるとは、君は思っていないのかということだ」

「しかし、桑野菊子が社長のためにスパイをする理由がなかろう」

「彼女の云うことを信じるとすればそうだ。信じないとすれば、そうでないという事になるな」

「それはどういう意味だ」

「安井君は独身で、俺は女房持ちだということだ。桑野菊子は美人だからな」

云いながら、石森文夫はちらっと菊子のほうを盗み見た。菊子はまだ、井口喜美子の肩に顔を寄せて、ひくっ、ひくっと、泣きじゃくっていた。

だが、安井も石森も、いつまでも、そのことに構っていられなかった。

「警官隊が来たぞ」

階下からざわめきが起った。

安井と石森は、思わず顔を見合わせた。

二人とも、べっとりと脂汗をかいていた。

春の朧月《おぼろづき》の下を、隊伍を組んでやってきた警官隊は、二十人余りであった。

先刻の警部補が指揮をとっていた。

三階の廊下を占領している労組員たちの数も、二十人を越えていた。そのほか、階下には、ほぼ同数の支援労組員たちもいた。

警部補は目の隅で相手の人数を読み、やはりここは穏やかに出るほかはないと、咄嗟に判断したようであった。

部下を三階の廊下の遠い一隅に待たせて、警部補は一人で労組員たちのほうに寄ってくると、わざと快活に手を挙げた。

「お宅のおやじさん、まだ一人で頑張っとられるのですか」

「はあ、どうも頑固者でしてね、お恥かしい」

と、副委員長の石森が答えた。

「いま、何をしとるんです」

「さあ、居眠りでもしとるでしょうな。なにしろ、我々が立ち入ろうとすると、お前等の顔は見たくないッと、嚙みついてきますからな。それじゃあ血圧にもよくなかろうから、一人でお休みを願っているようなわけで」

「ふむ、すると、あれから、医師の診察は受けていないのですな」

「どう致しまして。医者には一時間ごとに診に入ってもらっています。血圧は、最低百十、最高二百。高いことは高いが、日頃もそんなものらしいです。持薬の血圧降下剤も机の抽出しには入っているというし、食物も丼物をとって差し入れてある。別に警察がご心配になるような事はありませんな」

「ううむ」

警部補は唸った。

なんとしても、社長室に檻禁された黒川社長を連れだす口実がない。警部補はしきりと苦慮している様子であった。


「どうでしょう。万一という事もあるので、我々も暫くここに居らしてもらいたいが」

安井と石森は顔を見合せた。いよいよお出でなすったと、お互いの腹の中でうなずきあった。

しかし、そこはさりげなく、安井が答えた。

「結構ですとも、どうぞ、どうぞ」

警部補は鄭重に感謝の意を表し、部下に命令を与えに引返して行った。

十人ほどの一隊がそのまま廊下に残り、残余の十人ほどは、警部補に引率されて、ビルの外で待機するために、階下へ降りて行った。

警部補のほうにも、無用の刺激や摩擦を避けようとする意嚮《いこう》があるようであった。

しかし、副委員長の石森は、心配そうに安井に云った。

「彼等、何かを企んでいるのじゃないかな。こちらも誰かが降りて行って、監視しとったほうがよさそうだ」

「そうだな」

結局、石森が階下に降り、支援労組員を指揮して、戸外の警官隊と対峙することになった。

階上にも、おなじような対峙が、組合員と警官隊の間で、無言のうちに始まっていた。

暫くは、静かな睨み合いのままであった。

だが、その均衡は、階下のほうから破れた。

下のほうの支援労組員たちが騒然となり、やがて副委員長の石森が、緊張した顔付きで上ってきた。

「見てくれ」

石森は安井に一通の封書を手渡した。

安井が見て、顔色を変えた。

封は開いたままで、中には、黒川久作が走り書をした社用箋が一枚入っていた。

『屋上から椅子をつりさげて、窓から脱けださせてくれ。こっそり抜けだして、労組の奴等の鼻をあかせてやりたい。窓はあけておく』

そんな文意の書面であった。

「テキは社長室の窓をあけて、こいつを投げおろしてきたんだ」

と、石森が安井に説明した。

石森は、かなり昂奮していた。

安井が、石森の顔を見ながら、訊ねるような調子で云った。

「警官隊に渡すつもりだったたのだろうか」

「そうだろう。だが、支援労組員たちがそれに気付いて抑えた」

「そうか、そいつはよかった。すると社長は、電話を確保したから、それを最大限に使い始めたんだ。電話で警察と連絡して、階下の警官隊にこっそり手紙を渡そうとしたわけだな」

安井が云うと、今度は石森が安井の顔を穴のあくほど見返して、こんな事を云った。

「そうかも知れんし、そうでないかもしれん」

「どういう事だ」

「やはりスパイがいて、このビル内のどこかの室の直通電話を使って、予め社長室へ電話をかけておいたということもあり得る。『警官隊がきたら、脱出の方法を書いて窓から落せば、警官隊に渡してやる』とでも電話すれば、社長は喜んでそのとおりにするだろう」

安井はそれを聞いて、歎息するように云った。

「石森君、君はまだ、桑野菊子のスパイ説にこだわるつもりか」

「彼女とは限らんがね」

「じゃあ、たとえば誰だ」

「たとえば、委員長、君だ」

沈黙の睨み合いが、二人の間で起った。

ややあって、石森が、追い討ちをかけるように云った。

「君は団交の結果がどうなろうと、会社を馘にされる可能性が高い。馘をつなぐためには、社長にすこしばかり恩を売っておく必要があるからな」

それだけ云って、また穴のあくほど、安井の顔を見詰めだした。

7

気まずい沈黙が続いた。

やがて、石森の方から先に折れた。

「委員長、もし違っていたら、謝るよ」

「謝るだけで済むことじゃないぞ。だが、今は喧嘩はやめておこう、それどこじゃない」

安井がそう云って、自分から先に、睨み合いの視線を外した。

そこへ、警部補が階下から上ってきた。

「どうでしょう。もう一つお願いがあるのですがなあ」

と、警部補は相変らず、穏やかな態度で云った。

だが、その視線は、敏捷にあたりを動き廻って、隙があれば、なんとかして社長を脱出させようと焦っているようにも見えた。

「あなたが組合側で医師を傭って遺漏なくやっておられるのに、こんな事を申してお気に障るかも知らんが、我々警察側も、医師を一人と、看護員を二人ほど本庁から呼んであるのです。一応、彼等にもお宅の社長さんの健康診断をさせて頂くと、私どもも本庁に対して、顔が立つというわけなのですがなあ」

「そうですか、それもまあ、結構でしょう」

云ってしまってから、安井と石森は顔を見合わせた。

小細工を弄されそうな不安が残った。

社長の健康状態が籠城《ろうじょう》には耐えないほど悪いと口実をつけて、一気に連れだすこともできない相談ではない。拒否すれば、たちまち実力行使に出てくるだろう。

あるいは、もっと別の小細工をして、ひそかに社長を脱出させてしまう成算があるのかもしれなかった。

だが、とにかく、「まあ、いいでしょう」と安井が云ってしまった。

警部補は、ほっとしたように、警察医を手招きした。

白い上被をつけた警察医と看護員たちは、一揖《いちゆう》して、社長室に入って行った。

だが、たちまち、顔色を変えて出てきた。

「社長は、室内におりません」

警察医が云った。

組合員たちは騒然となった。我先にと社長室に飛びこんで行った。

社長室の、表通りに面した窓が開いていた。

卓上には、蓋のあいたままの心臓薬の瓶や、書きかけの便箋封筒の類が散乱していた。

だが、黒川久作の姿は、社長室のどこにも見当らなかった。

「窓から逃げた」

「誰かが手引をした」

「いや、地上には支援労組が固めている。とても地上まで降りることは不可能だ。隙を見て一階上か下の窓まで取りついて、その階に入ったとしても、まだこのビル内にいる」

「そうだ、袋の鼠だ」

組合員たちは手分けして、各階の部屋に駆けて行った。

だがやがて、皆、安井と石森の残っていた社長室に戻ってきた。

「いない」

「どこにもいない」

次々と組合員たちの報告が集ってきた。

安井が頷いて、云った。

「それなら、まだこの室内にいるんだ。逃げたと見せて隠れているんだ。探そう」

組合員たちは、一斉に物色し始めた。

狭い部屋の中である。探すべき部分は多くはなかった。

社長室の一隅に、分厚いチーク材を使った特大の洋服ダンスがあった。扉には、嘗て久作が桑野萄子を閉じこめたときのように、外から鎖錠がかかっていた。外から施錠してある以上、捜索の対象にはならなかった。

それを安井が、なんの気なしに開けた。

そして、思わず息をのんだ。

中には、黒川久作が死んでいた。

8

「皆、動いてはいけない」

警部補は厳しい声をだした。

態度は、先刻と一変していた。

彼は気負い込んでいた。

警官隊を率いてビルの内外から監視している直前で、堂々と殺人がおこなわれたのだ。

犯人は、開いた窓から入って、社長を殺し、死体を洋服ダンスにとじこめて外側から鎖錠をかけ、また窓から脱出したものだろうか。

目と鼻の先でおこなわれた殺人を阻止できなかったという立場の悪さが、警部補をいら立たせていた。

本庁の捜査一課が乗り込む前に、犯人を逮捕したいという焦りも見えた。

警部補は階下の警官隊にビルの出入口に非常線を張るように伝令を出し、警察医には死因の所見を求め、別の部下には本庁と署長宛の連絡電話をかけさせた。

「先生、なるべく死体を動かさずに願いますよ」

警察医は、判っているというように頷き、
死体を簡単に見終ると、警部補のほうに向きなおって云った。

「青酸性毒物による急性中毒死です。まちがいありません」

「ううむ」

と、警部補が唸った。


すると、労組側の医師が口を挿んだ。

「信じられません。私が先刻血圧を測定したときには、なんの異常もなかった。血圧はかなり高かったが、日常と比較してまず危険はないと思われたし、黒川氏も心臓病の持薬を服用するというので、それがいいでしょうと勧めておきました。強心剤と血圧降下剤を主剤とした糖衣錠で、いまその卓上に蓋のあいている大瓶がそれです。おそらく二錠ぐらいは服用したと思うが、まさかその中に青酸性毒物が……」

労組側の医師は、興奮していた。

死の直前に診たのは、この若い医師である。

医師が部屋を出たとき、黒川久作はまだ確かに生きていた。

ドアの開閉のとき、それを確認した労組員も何人かあった。

「ううむ」

と、警部補がまた唸った。

「すると、この瓶の内容は青酸性毒物にすりかえられたか、もしくは、本来の心臓薬の錠剤に青酸性毒物が塗りつけられていたことになる。だが、変だな」

警部補は、時計を見た。

本庁の捜査一課が現場に到着する前に犯人を挙げて、目と鼻の先で起った殺人を阻止できなかったことの不手際を償おうと焦っているようであった。

警部補は結論を急いでいた。

「もし、この瓶の中身がすりかえられていたとするなら、犯人は当然、この瓶をどさくさ紛れに処分する事を考えたはずだ。あの騒ぎの中で、それだけの時間は充分あった。だが、薬瓶はこうして、そのままここに残っている。恐らく、残った錠剤には、なんの異常もない証拠だと思われるね」

「すると、青酸性毒物はどこにあったということになるのですかな」

警察医が、ちょっと皮肉まじりに云った。

すこし、にがにがしげな顔をしていた。

警察医は、警部補の焦りをたしなめるような目をしていた。

その目へ、警部補の視線が切り返すように搦んだ。警部補は云った。

「とにかく、洋服ダンスには外部から鎖錠がおりていた。外部からです。まずこの鎖錠をかけた者を探しだせば、そこから急速に犯人が割り出せると思う」

急速に、という言葉に、警部補は力を入れて、きつい視線で労組員一同の顔を順々に見廻した。

労組員たちの間には、微妙なざわめきが起った。

先刻までは、黒川社長が洋服ダンスの中に閉じこめられて死んでいたことに、一種の小気味よさを感じていた群衆心理が、急に一転して、閉じこめたのは、この私ではないという個人主義的な気持に変化しだしていた。

皆、誰云うとなく、桑野萄子のほうを見ていた。

萄子が久作に、洋服ダンスの中へ閉じこめられて、ひどい目に遭ったことは、誰もが知っていた。

報復のために、萄子が外から鎖錠をかけるという事は、誰にでも考えられる事であった。

萄子は周囲の視線を懸命に避けるようにして、廊下の片隅で井口喜美子の肩に取り縋って、蒼白な顔をしていた。

その顔色に、警部補が気付いた。

「あなたの名前は？」

警部補が萄子に訊ねた。

そのとき、別の方角から声が飛んだ。

「犯人は桑野萄子君じゃない」

声の主は、安井恭一だった。

9

警部補が、説明を求めるように、安井の顔をじっと見た。安井は考え考え、喋りだした。

「桑野君は関係がないと私は思う。洋服ダンスに鎖錠をかけるチャンスは、この人にはなかった。先刻、皆で手分けして各階を探したときも、桑野君は井口喜美子君と一緒に廊下にいた。社長の失踪が判明して以後、社長室に入った女子組合員はいません」

「すると、死体をとじこめて鎖錠をかけた犯人は男だということになる」

「いや、死体をとじこめたかどうかは判らない。黒川社長は頑丈な体格です。その社長を洋服ダンスに担ぎこむのは楽なことではない。

社長は恐らく自分で洋服ダンスに入った。入りがけに、毒物を飲み、扉をしめてから、毒が体内に廻りだして、中で死んでしまった。

そのあとで外部から、鎖錠がかけられたのだと私は思います。恐らく犯人は、ビルの内のどこかの直通電話を使って社長室に電話をかけ警察からの指示だと嘘をついて、社長に洋服ダンスの中に隠れてチャンスを待つように勧めた。社長は、先に自分で窓から投下した『脱出したい』という手紙に警察が返事をくれたものと思いこんで、早速とじこもることにした。その時、急いで心臓薬の錠剤を飲んだ。慌てていたから、瓶の栓をするのも忘れるほどだった。多分、洋服ダンスに飛びこむのと同時に薬をのみこむほどの慌てかただったのでしょう。タンスの扉を社長が自分でしめたあと、心臓薬の中に仕込まれた毒が身体に廻りだして、やがてタンスの中で死んでしまった。そのあと、警察医の先生が社長室に入って、部屋が空になっていることを発見した。我々は大騒ぎを始めた。その隙に、犯人は洋服ダンスに、外から鎖錠をかけた」

「しかし、先刻も云ったように」と、警部補が遮った。

「……犯人は心臓薬の瓶を全然処分していない。それだけ手の混んだ事をして、薬瓶に毒物の入った錠剤を残したままでは、なんにもならないでしょう。薬瓶がここにこのまま残されているのは、この薬瓶には毒物が入っていないという証拠だと思う」

警部補が云うと、安井が反駁した。

「警部補さんは、薬瓶が処分されていないのは、現在残っている錠剤に、青酸性毒物が塗ってない証拠だとお考えのようですがね、たしかにそれはそうかもしれない。しかし、現在残っている分には毒が塗ってなくても、黒川社長が飲んだ分には、錠剤の表面に毒物が塗られていたかもしれない」

「冗談云っちゃいかんよ、君」

と、警部補がきめつけるように云った。

「見給え。この瓶には中身が十数錠しか残っていない。瓶の中は、がらがらに近い、口綿も底のほうに遊んでいる。こんな状態で、何も知らない黒川氏が十数個の錠剤の中の特定の二錠だけを必ずとりだして飲みこむような、そういうトリックは不可能でしょう」

「いや、不可能とは思いませんよ」

安井は、自信ありげに云った。

「私は以前に、社長室で、社長が錠剤を飲むのを見たことがある。社長は不精者だから、口綿をとらずに、指でほじって錠剤をとりだしていましたよ。じつは私もそれに劣らぬ不精者で、あるとき濡れた手で、風邪薬の糖衣錠の瓶を指でほじってみたことがある。ガラスが濡れると、糖衣錠の表面がすこしとけて粘りだし、動きが非常に悪くなります。それでふと思いだしたのだが、もし犯人が瓶の口から霧を吹きこんで、十数錠の錠剤をガラスの壁にへばりつかせておいてから、その上に口綿を突っこんで、口綿の間に青酸性毒物をまぶしつけた分の特定の二錠だけをからませておいたとすれば、瓶を傾ければ、もちろんその二錠だけが出てくる。幸か不幸か、黒川社長は慌てていたから、瓶の蓋をあけ放しにしていた。だから、吹きこんだ霧は、もうほとんど蒸発して、乾いてしまったから、今では証拠が何も残っていませんがね」

警部補が半ば感心したような、半ば反駁するような視線を安井にあてて云った。

「君のトリック説は面白いが、証拠が残らないと証明のしようがありませんよ」

「いや、私はそうは思わない」

と、安井ははね返すように云った。

「おそらくは、犯人がこの錠剤の特定の二錠に毒物を塗って細工をしたのは、我々が会議室に集って、社長室が空になった間のことだ。

その間、大部分の組合員は会議室に入っていた。だが、便所に立った者もあるし、戸外へ出た者もある。現にこの私でさえ席を外したし、副委員長の石森君も中座した」

石森文夫が、ぴくりと顔をひきつらせた。

その顔へ視線をあてたまま、安井は云った。

「犯人が洋服ダンスに鎖錠をかけたとき、じつはそれを私に見られていたのです。あのとき鎖錠をかけた男は……」

だが、そのとき、安井恭一の予想もしなかったことが起った。

犯人は男ではなかった。

井口喜美子が蒼白になり、失神してバッタリと床に倒れた。

白い粉末入りの小瓶と、洋服の襟の糊づけにつかう紙糊の小片が落ちた。紙糊をとかして、青酸性毒物を錠剤の上にまぶしつけたのだということは、もう云うまでもなかった。

10

「いや、お蔭様で、捜査一課がくる前に、犯人を挙げることができて、私も鼻が高い。助かりました」

と、警部補は安井にしみじみと礼を云った。

「いや、そうおっしゃられると、かえってお恥かしい。私は犯人が石森君だとばかり思っていたのですよ」

すると、警部補は微笑しながら云った。

「井口喜美子が、すべてを告白しましたがね、真犯人は、初恵夫人と云うべきでしょうな」

「初恵夫人？」

安井は驚いた。

これはまた意外であった。

警部補は、真犯人逮捕のきっかけを作ってくれたことへの感謝の意味をこめて、すべてを安井恭一に語ってくれた。

「黒川社長に電話をかけて洋服ダンスの中に隠れるようにと云ったのは、初恵夫人だったのですな。つまり、初恵夫人は、黒川氏の女狂いを憎んでいたし、夫の愛を奪った桑野萄子のことも憎んでいた。だから、夫を殺してその罪を桑野萄子になすりつけてやろうと一石二鳥を狙っていたのです。桑野萄子と同じ職場の井口喜美子を手馴ずけて手先に使ったり、青酸性毒物を秘かに手に入れて井口喜美子に持たせたりして、機会を待っていた。たまたま今回の団交騒ぎで、井口喜美子が好機到来とばかり、早速、初恵夫人に電話で連絡をとった。初恵夫人は、井口喜美子に、あらかじめの手配どおり、社長の心臓薬に青酸性毒物を塗りつけるようにと命じて、自分は頃合いを見て、社長に電話をかけたわけです。

『警察と連絡をとってあなたを救出する方法を問い合わせたら、警察では、洋服ダンスに隠れていれば必ず救け出すと云ってきました。警察の云うとおりにして下さい』と、そんなふうな電話をかけた。そして心臓薬を飲むのをお忘れなく、とも云った。こうしておけば、社長が洋服ダンスに閉じこもったことに、桑野萄子が気付いて、外側から鎖錠をかけるだろう。もし桑野が洋服ダンスに気づかなければ、井口喜美子から、それとなく暗示して、気付くように仕向けてもよかった。そうして、桑野萄子が鎖錠をかけたところで騒ぎたてて、桑野が疑われるように仕向けようとしたんです」

「なるほど、そうでしたか、いや、驚きましたね。女の怨みは怖い」

安井恭一は、歎息しながら云った。

警部補は笑いながら、説明を続けた。

「井口喜美子は、隙があれは、桑野萄子のポケットに、あの薬物の紙糊を捻じ込んでおくことも考えていたらしいですな。ところが、そこで一つ誤算をした。桑野萄子は警察のスパイではないかと疑われだして、皆からじろじろと監視されていた。だから桑野萄子は何をすることもできなかったし、井口喜美子も、毒物や紙糊を桑野萄子のポケットに捻じこむ隙がなかった。おまけに、桑野萄子は皆からスパイ扱いされてからというもの、口惜しいやら、心細いやらで、井口喜美子にとり縋って泣いてばかりいた。井口喜美子としては、毒物を捨てに外へ行くことさえできなくなってしまって、まごまごしていたというわけだったのですな」

警部補は、そう云って笑った。

そしてもう一度、

「とにかく女の怨みは怖いですよ」

と云い、部下をまとめて引揚げて行った。

組合員たちも、三々五々、思い思いに夜更けの町を去って行き、広いビルの中には、取り残されたように、安井恭一が残っていた。

もう何をする気もなかった。

あまりにいろいろのことが、あり過ぎた。

明日からは、この会社はどうなるかわからなかった。

だが、その時はもう、持ち前の楽観的な人生観が、安井恭一の心の中で頭をもたげていた。

「いずれ、なるようになるさ」

彼がそう呟いたとき、背後に微かな人の気配を感じた。

桑野菊子の、面悴れした顔が、安井の肩越しに覗いていた。

「安井さん、どうも有難う」

「いや、お礼を云われる事なんかない」

「でも、鎖錠のことで、わたくしが疑われていたとき、助け舟を出してくださったわ」

「ああ、あれか。あれは僕が見ていたからさ。鎖錠をかけたのは、君ではなくて、石森君だったのだからね」

「まあ、そうでしたの」

「そうなんだ、だから僕は石森が犯人だと思った。ところが彼は、洋服ダンスの中に社長がもぐりこんだことに気付いて鎖錠をかけただけだったんだね。彼のことだ。あとで鎖錠をひらいて、社長を救いだして、社長に恩でも売ろうという気だったのだろうな。要するに彼はその程度の男さ。根っからの善人でもないが、悪人でもない。まずそんな所だ」

安井恭一は愉快そうに笑った。

だが、思いだしたように、菊子に訊ねた。

「それにしても、あなたはあの時どうしてあんなに真蒼になったんです」

菊子は俯向いて、黙りこんだ。

暫くもじもじして、遂に決心したように云った。

「本当は、あの錠剤の中に、毒薬を塗った糖衣錠を二錠だけまぜておいたんです」

「な、なんだって?」

安井恭一は仰天した。

「すると、君が?」

「いいえ、私のは井口さんのとは別です。一週間ほど前、秘書室の私物を整理しに行ったとき、こっそりと、毒薬を塗っておいたんです。アパートの人が使っていた、旧式の猫イラズをこっそり盗みだして、それを塗りました。私はトリックなんか使わなかったから、私が塗った猫イラズの分を、いつ社長が飲むかは判りませんでしたわ」

「ふうむ。すると、社長は今日までまだその分を飲んでいないわけだ」

「ええ、残っている十何錠の中に、まだそれが残っているんです」

「ううむ」

安井恭一は唸った。

こんな、おとなしそうな娘でも、あれだけ久作から無法な仕打ちを受ければ、やはり殺意を抱くものなのだと判った。

まして、男である自分も――。そう、安井恭一自身も確かに殺意を抱いていた。

『警官隊が到着したら脱出方法を指定した手紙を書いて、封筒に入れて封をして、窓から投下しろ』

と電話で久作にすすめたのは安井恭一である。警察の者だと声を偽ったから、黒川久作はそれを信用した。久作は手紙を書き、封筒に入れ、窓から投下した。

ただし慌てていたから、いつものように封糊を舐めるのを忘れた。もし舐めていたら、そこに塗られていた農薬で、久作は悶死したはずである。

会議室での団交の途中、便所へ立つと見せて、社長室へ忍びこんだ安井が塗っておいたものだが、久作は封糊を舐めなかった。

結局、それがよかったのか、悪かったのか。

とにかく、安井恭一の口癖のように、これですべては、なるようになった。

明日からはまた別の人生が開けてくるだろう。この自分にも、そして萄子の上にも。

安井恭一は、自分と同じような星の下に生まれ、同じように痛めつけられながらも、同じように間一髪のところで運命の逆転に出遭った美しい女の顔をしげしげと眺めた。

桑野萄子にも、それは同じ思いであるのか、彼女も安井恭一の顔をじっと見詰めていた。

六月に咲く花

花と働く人々

春の花は四月に一斉に咲き競う。

そして五月が、一年中でもいちばん花の種類の多い季節となる。

六月になると、野山に緑がもえて、花の盛《さかり》と云うには、すこし遅い。

だがもちろん、六月に咲くきれいな花もある。

スイート・ピー、アマリリス、ペチュニア、薔薇、花菖蒲、ダリア、シャスターデージー、友禅菊……そして人間にも、六月の花のような美しい女性もいる。

菅原容子は、今年で二十六才になる。

自分ではそろそろ齢を気にしだしているが、同性でも目をみはるほど、みずみずしい美貌である。

当人は、そのことがまるで判っていないような顔をして、毎日、スラックス姿でこま鼠のように、よく働く。

結婚話や、見染められた話はいくつもあるのに、それを皆ことわってきた。

両親を早く亡くしたので、弟が大学を出るまでは私が頑張らなくてはと云って、笑う。

そのえくぼに参って、容子の勤め先の若主人が、彼女を真剣に愛しだした。

「だめですわ、私なんか……」

使用人と主人という身分上の溝に、自分でもいささか抵抗を感じて、容子はついにイエスとは云わなかった。

「それに、唯男さん、齢がすこし若すぎるもん」

と、これは心中だけでそっと呟いて、また、花に囲まれて、勤めに精をだしていた。

容子は、東京山の手のS区にある生花市場に勤めて、もう五年になる。

区内一帯の花屋仲間の客や、生花市場に住み込みの若い衆など、男っ気の多い中で、容子はいつも屈托なく、朗らかに過している。

それでいて、浮いた噂が立たない。

「だらしがねえ話さ、これだけいい男が揃っていて」

「まったく、申し訳ない」

「いやいや、お構いなく。どっちみち、旦那のつらでは、関係ない話だ」

「なんだと」

「いいから、いいから」

朝市の商内《あきない》が済んだ事務所では、荷主やら手空《てあ》きの客たちが、なんとなく、とぐろを巻いて、のんびりと雑談を交して行く。

そんなとき、何かといえば容子の話が出る。

「若大将も、ふられたって云うじゃないか」

「彼女、だいぶ望みが高いようだな」

「あれだけの容貌《きりょう》だ。無理もねえさ」

「ま！　くしゃみが出たわよ」

と、茶碗やら、海苔煎餅やらを持って、容子がくる。

明るく笑って、茶を淹《い》れて、行ってしまうと、男たちはまた容子の噂に戻る。

「俺は、彼女が高望みをしているのじゃあないと睨んだな」

「ほほう」

「つまりだ、彼女は例の口癖のとおり、結婚は齢が遅くなると自分で決めている。だから、相手の男も若いのは採らない」

「なるほど」

「三十か、もそっと上っていう所で、さしあたり、俺なんぞはその年廻りだな」

「あれだ、黙って聞いていりゃあ、すぐにいい気になる」

「はっは、だが、まじめな所、彼女は、せり人に気があるのと違うかな」

「ふうむ、そいつあ、いい線を云ったじゃないか」

そんな噂が聞えると、容子は、ふと赤くなる。

せり人の坂井久一《きゅういち》は、聞いて聞えぬふりをしている。

その澄ました顔を、こっそり窺《のぞ》き見して、容子はちょっと怨めしそうな目の色になる。

「坂井さんて、冷たい人！」

そんな容子の横顔を、あきらめきれない様子で、若主人の唯男が見詰める。

おなじような視線が、他にもう一人ある。

帳付け（取引台帳係）の滝健吉、通称滝やんである。

滝やんは、この市場では、住み込みの若い衆上りで、五年勤めて、帳付けに出世した。

容子とは年期も同じで、同期生のつもりでいる。だから、一番親しい口をきく。

容子も、気さくに、受け答えする。

しかし、それ以上に彼女の心を傾けることは滝やんにはできない。

彼はそれが、腹が立つ。

腹が立つと、商売物の花を、つい足で踏んづけたりする。

すると、若主人に、叱言《こごと》を喰う。

それで、滝やんは、ますます面白くなくなる。

この店で立ち働く各自各自の胸の中は、そんなふうにそれぞれ複雑だがお互いに長くはこだわっていられない。

仕事は、いつも忙しい。

商内《あきない》は順調で、建坪が百坪に余る二階建の生花市場の内部には、いつも雑然とした活気が満ちている。

その忙しさに振り廻されるように、一年、二年と年が経って、容子も今年は二十六才。

すこしは齢が気になりだして、

「坂井さんてば、冷たい人！」

と、心の中で、またすこし焦《じ》れてくる。

そんなある日、この市場にとって、未曾有の大事件が突発した。

市場主の鈴木順作と、若主人の唯男とが連れ立って、多摩川の温室栽培を見に行くと云って出かけたが、まもなく唯男の操縦した軽四輪トラックが、高津街道の砂利トラックを避け損ねて激突したという報らせが、所轄署から市場の事務所に電話で入ってきた。

父子《おやこ》ともに即死。

あまりの出来事に、誰も彼もが呆然として立ちすくんでしまった。

市場主の鈴木家には、男の跡取りはもういなかった。

唯男の妹が一人、女子大生で、学友といっしょにアパート暮しを楽しんでいるのが、ただ一人の身内であった。

市場を背負って立てる人が、他には誰もなかった。

これから先、どうなるのか、誰にも判らなくなってしまった。

皆、花とともに働く以外に術《すべ》を知らない人たちばかりである。

優しくない女主人

一月余りが、慌しく過ぎて行った。

唯男の妹の多恵子が大学を休学して、帰ってきた。

「私が跡を継ぐわ、皆、心配しなくてもいいのよ」

と、多恵子は、健気《けなげ》に云い切った。

それで、市場の人達は気を取り直した。

鈴木家の遠縁に当るというK区の花屋から、若主人の島村五郎という青年が、店員の通称勘平という働き手をつれて、当分の間、応援に来てくれた。

それで、人手の穴もなんとか埋めることができた。

従来どおり、朝市は九時から、そして午後の市も週に二日は立つようになった。

花屋仲間のせり声も、また以前のように張りを帯びてきた。

「さ、さ、いくらいくらいくらいくらいくらいくら」

「ゲタメ」

「ゲタメ、いくらいくらいくらいくらいくらいくら」

「ダリ」

「ダリハン」

「ダリハン、いくらいくらいくらいくら」

カーネションの六〇本束が四五〇《ダリハン》円で落ち、ガーベラの百本束が七〇〇《セイナン》円と値ごろも上々だった。

せり人は以前のとおり坂井久　。

帳付け（台帳整理）も、前のとおり、滝やんと容子。

下取り（せり人の介添え役）は、島村から応援に来た通称勘平さん。

勘平さんの年配は、せり人の坂井と同じくらいで、呼吸《いき》のあわせかたもうまい。坂井も、いい助手が来てくれたと、喜んでいる。

応援の島村の若旦那のほうは、何もしないで、若い女主人の多恵子の顔を眺めてにやついたり、手空《てす》きの誰彼をつかまえて、むだ話をしたりしている。

朝市が終ると、事務所の者は後始末に忙しいが、花荷を配達にきた荷主方の者や、花屋連中の遊び人たちが、勝手に事務所を占領して、いつものように、お茶を飲み飲み、一しきり雑談を始める。

「この店も、お嬢さんが戻って来なさってから、どうやら持ち直したな」

「若いが、しっかりした娘さんだ」

「それに、別嬪《べっぴん》だしな……どうだろう。容子ちゃんと美人コンテストをやったら、どっちが勝つかな」

「そいつは、難かしい所だ。季の物の六月の花にたとえれば、いずれアヤメかカキツバタっていう所だろう」

「だがな、あのお嬢さんは、すごくきかん気らしいぜ、容子ちゃんと較べられるのが気にいらんらしい。帳付けの滝やんやら、せり人の坂井やらをせっせとお茶に誘いだしては、容子ちゃんより自分の方がもてるんだっていう所を見せつけているそうだぜ」

内緒話とも云えない高声だから、噂は事務所の者の耳にも入る。

容子にもそれが聞えて、客にお茶を出しに行くのが辛い。

どうしようかと、台所のガスコンロの前でためらっていると、背後にくすっという笑い声がした。

驚いて振り向くと、若い女主人の多恵子がそこに立っていて、

「皆、勝手な事を云うわね、くしゃみが出ちゃう」

と、いたずらっぽく笑った。

それから、きらきらする瞳をつぶらに張って、じっと容子の顔を見詰めた。

「容子さん、あなた好きな人があるのね」

「いいえ、そんな……」

「あら、そう、じゃあ、私が誰を好きになっても、かまわないって云うのね」

「え……ええ」

「はっきりしない返事だわ」

多恵子はそう云って、また容子の顔をじっと見据えた。

それから、挑戦するように、強い調子でまた云った。

「容子さんがはっきりしないなら、私、遠慮しないわよ。滝やんでも、せり人の坂井さんでも、気が向いたら、私は本当に奪《と》るわよ。この店は私のもの。この店の物は全部私のものですもの」

それだけ云うと、くるりと背を向けて、さっさと行ってしまった。

容子は、そっと唇を噛んだ。

「坂井さん、お嬢さんにお茶に誘われたって、本当かしら」

噂が、急に気になりだした。

「私、お嬢さんには負けたくないわ」

と、心の中で思った。

「負けたくない」

溜息が出た。

「いやだわ、負けるなんて」

とうとう、声になった。

「なんの事だね、容子さん」

また、背後で声がした。

島村の若旦那が、のっそりと顔をだした。

容子は、ひどく慌てた。

「いえ、あの、なんでもないんです」

「そうかなあ、なんでもなくはなさそうな顔をしている」

島村の若旦那は、のそのそと、容子のほうへ近寄ってきた。

距離がかなりせばまっても、若旦那は一向に足をとめない。

彼が一歩前に出る。

容子が一歩さがる。

奇妙な睨み合いが続いた。

やがて島村の若旦那は、にやりとしながら云った。

「私の顔は、そんなに美人に嫌われる顔かねえ」

云いながら、いきなり腕をのばして、容子の肩をむずと摑んだ。

「あっ、やめてください」

「しいっ……、すこし静かにしてくれないか、じつは内密に聞きたいことがあるんだ」

「なんですの？　まじめな話なら、お答えしますから、手を放して下さい」

「まじめな話さ。しかし、内密の話だから、手を放すわけにはいかないね。それより、もっとそばへ寄ってもらおうかな」

あっというまに、容子は若旦那の胸に引き寄せられた。もがいて逃げようとする容子の耳に、低い声がした。

「自動車事故のあった日、唯男さんはお酒を飲んでいたかい」

「いいえ」

思わず返事をしてしまってから、容子はけげんな面持ちになった。

「なぜ、そんなことをお聞きになるの」

「べつに、なぜって云うこともないんだが、ちょっと気になるんでね、もう一度聞くけど、唯男さんはあの日運転する直前に、なにか薬か飲物などを飲んで出かけなかったかい」

「いいえ、全然、そんなことありませんわ」

「そう、おかしいなあ」

島村の若旦那は、容子を抱き寄せたままで、じっと考えこんでしまった。

抱かれながら容子は、このひま人の若旦那は、きっとひどい推理小説マニアなのだろうと思った。

睡眠薬と麻酔薬

島村の若旦那が、容子の肩からやっと手をはなして行きかけると、物蔭から、呼びとめられた。

帳付けの、滝やんだった。

「島村の若旦那、容子ちゃんに、何の話があったんです」

と、滝やんは面白くなさそうな顔をしていた。

島村の若旦那のほうは、滝やんの思惑など一向に気にならない様子で、

「滝やん、あんた、お嬢さんにお茶に誘われたんだってね、うまくやったなあ」

と、ぽんと肩を叩いた。

「そ、そんな事は知りませんよ」

「しかし、皆が噂してるぜ」

「そりゃあ、誘われたことは誘われたけど、だからどうだって云うんです」

「どうって——そりゃあ、滝やん。あんた、うまくすれば、この生花市場の若旦那になれるっていうことじゃないか。しっかりし給え。お嬢さんは気が多いから、せり人の坂井君もお茶に誘ったという話だぜ、あんた、よほどしっかりやらんと、坂井君にゃあ勝てんよ」

「ほっといてください。私はお嬢さんのことは、どうでもいいんだ」

「ふうん、すると、やはりあんたのお目当ては、容子さんのほうだな」

「……」

「黙っている所を見ると、滝やん、これは図星だろ」

「図星だったら、どうだって云うんです。とにかく、私は容子ちゃんと一緒になりたいと昔から思っていたんだ。ずうっと、そう思い続けてきたんだ。そのためなら、どんな事でもするつもりだ」

「どんな事でも？」

「ああ、するとも」

「それじゃあ、人殺しでもかい？」

「人殺し？」

滝やんの顔色がちょっと変った。

島村の若旦那のほうは、相手の顔色にはお構いなしで、

「いや、なに。昔から恋敵を負かすためなら、人殺しぐらいはしかねないのがたくさんいたと云うだけの話さ、べつに、あんたが恋敵のこの店の若主人を殺したと云うわけじゃない。気にしないでいいんだ」

「気になりますねえ」

「そう搦みなさんなよ、弱ったねえ」

しかし、若旦那の声は一向に弱った様子でもなくて、

「滝やん、私はね、あんたにもし人殺しをするぐらいの度胸があるんなら、もっとましな方法で目的を達することもできるだろうと云いたかったんだよ、ただそれだけさ」

と云って、にやにやしだした。

滝やんが、目を光らせた。

「若旦那、もっとましな方法って、そりゃあ一体なんです」

「たとえば、睡眠薬か、麻酔薬さ」

「え」

「つまり、恋しい女は眠らせておいて、ものにしてしまえばいいということさ」

「まさか」

「本当だ。一度ものにしてしまえば、女は弱いものだよ」

島村の若旦那は、ぬけぬけと云って、滝やんの顔を横目で見た。

滝やんの表情には、なにか複雑なものが、す早く走って消えた。

それを見て見ない振りをしながら、島村の若旦那は、またなにげなく云った。

「よかったら、世話するぜ、睡眠薬でも、麻酔薬でも、お好みのほうを」

「睡眠薬ぐらい、自分で買いますよ」

云ってしまってから、滝やんは自分の言葉に気付いて慌てだした。

「まさか……とにかく、若旦那、あんたがからかうらいけないんだ。睡眠薬を買うだなんて、私は本気で云ったわけじゃない」

「まあ、気にしない、気にしない。ははは」

若旦那はひどく陽気な笑い声を立てて、その場を立ち去って行った。

呆然と立ちすくんでいる滝やんには聞えない距離までくると、島村の若旦那は、小さな声でひとりごとを云った。

「滝やん——か。あの男なら、本当に睡眠薬ぐらいは使いかねないが」

と、ふと考えこみ始めたとき、誰かがぽんと、その肩を叩いた。

せり人の坂井久一だった。

「島村の若旦那、いやにご機嫌ですね」

「いや、なにね、ちょっとそこで滝やんをからかってたものだから」

「若旦那は、人が悪いからね」

「どうせ、私は人が悪いよ。だから、誰でも、見かけると、ちょいとからかってみたくなる。坂井さん、あんたでもだよ」

「私を——ですか」

「そう。もとはといえば、あの滝やんにも、お嬢さんや容子さんの事でからかっていたんだ。だから、あんたもその件についちゃぁ、一応、からかわれる資格がある」

「冗談はよしてくださいよ。若旦那」

「容子さんは、あんたにかなり思いを寄せているらしいと、もっぱらの噂だぜ」

「噂はどうだか知りませんがね、若旦那、私は、容子のことは別になんとも思ってやあしませんよ」

「ふう、すると、坂井さんはお嬢さんのほうに気があるというわけだな」

せり人の坂井は、黙って若旦那のほうを見た。

それから、にやりと笑って、落着いた口調で云った。

「島村の若旦那、私は滝やんとは違いますからね」

「ほほう、そいつは、どういう事だい」

「私は滝やんほど若くはない。お嬢さんに一度お茶に誘われたからって、すぐ頭に来てのぼせるような、おっちょこちょいじゃあ、ありませんや」

「ふうん」

「ああいう跳《はね》っ返りのお嬢さんは、誰にでもすぐ、甘い顔を見せるんだ。そうしておいて、こっちがのぼせると、ぴしゃんと平手打ちを喰わせる。そのくらいのことは、やりかねないからね」

「ふむ、さすがに、坂井さんは年の功だ」

「へんなほめかたですね、若旦那」

せり人の坂井は、ちょっと苦笑した。

若旦那は、相変らずぬけぬけとした口調で、坂井に云った。

「坂井さん、あんた、そこまで見抜いた上で、あのお嬢さんをものにするのは、面白いと思っているんじゃないのかい」

「さあね」

「おや、とぼけましたね、もっとも、そうだろう。うまく行けば、あんたはこの市場の若旦那になれるわけだ。こりゃあ、慎重にならざるを得まいがね」

「若旦那、とにかく、どうでもいいじゃあありませんか、他人《ひと》のことは、ほっといてくださいよ」

「ところが、そうは行かないんでね。私は、お嬢さん、お嬢さんと云ってはいるが、遠縁の親戚だ、多恵子の性質は、あんたよりはよく知っているつもりだよ」

「どういうふうに、ご存知なんです」

「ああいう娘にはね、あんたみたいに、あまり慎重に構えているより、押しの一手がいいんだね」

「というと?」

「たとえば、睡眠薬でも、麻酔薬でもいいから、眠らしておいてものにするんだ」

「まさか」

「いや、本当さ、ああいう娘は、暴力だろうとなんだろうと、自分を征服したものには、いさぎよく屈服する。そういうところのある娘だよ」

「若旦那、あんたは、相当に悪い人だね」

「どうせ私は悪人だよ。悪人ついでに、よかったら、睡眠薬でも麻酔薬でも、お好みのほうを世話してもいいぜ」

「どうして、そんなにお節介をやくんです」

「あの多恵子という娘は高慢ちきで気に喰わんのだよ。親戚筋だと云っても、時には腹に据えかねることもある。あの高慢の鼻がへし折られる所を一度拝見したいと思ってね」

「若旦那」

「え?」

「あなた、あのお嬢さんに一度肘鉄砲を喰ったことでもあるんじゃありませんか」

「ま、そんな所かも、知らんな。とにかく、あの娘が眠らされているうちにものにされるなんていう所は、考えただけでも、ちょっと小気味がいい。どうだい、睡眠薬でも、麻酔薬でもお望みのほうを世話するよ」

島村の若旦那は、そう云って、さりげなくせり人の坂井の顔を見た。

坂井久一も、さりげない顔で若旦那の問いに答えた。

「若旦那、せっかくのご好意だけども、まあ、やめときましょう。麻酔薬ぐらい、自分で手に入れられない事もないが、そんな手をつかわなくても、私は私のやりかたで、あのお嬢さんを自分の物にするぐらいの自信はありますからね」

そして、ぽんと若旦那の肩を叩いて行ってしまった。

その後姿が見えなくなると、若旦那はまた考え込み始めた。

「あの男なら、本当に麻酔薬ぐらい、自分で手に入れられない事もないのだろうな」

それからまたぶつぶつと、独りごとを云いはじめた。

浜辺の砂の上で

ある日の午後の市が終って、手空《てす》きの連中がまた一しきり、雑談を始めた。

「島村の若旦那、お嬢さんと大喧嘩したっていうじゃないか、一体どういうふうなんだ?」

「うん、なんでもあの若旦那、せり人の坂井や張付けの滝やんに、好きな女は睡眠薬でも麻酔薬でも飲ませて、ものにしてしまえと煽って廻ったらしい。そいつがお嬢さんの耳に入ったから、彼女かんかんというわけだ」

「なるほど、そりゃあ怒るだろう」

「それで、せり人の坂井は、島村の若旦那の話にとり合わなかったからって云うんで、お嬢さん、このところ、坂井にはお覚えが目出たいらしいぜ」

「ふうん、すると、容子ちゃんは、せり人の件に関しては失恋というわけか」

「ま、そういうわけだな」

「やれやれ、可愛そうに、なんなら俺が」

「いいのかい、嬶《かあ》ちゃんに聞えるぜ」

噂雀たちの話を、容子は耳を蔽って、懸命に耐えていた。

「やっぱり坂井さんてば、お嬢さんがいいのね、財産があって、若くて、魅力的で……それに較べると、私なんか、六月の花」

梅雨もよいの空の下で、雨に淋しく打たれる六月の花を思い浮べて、しょんぼりしてしまう。

見るからに元気のない容子のところへ、島村から応援

にきている「勘平」さんが寄ってきて、

「容子さん、あんまりふさぎこむと、身体によくない」

と、慰さめてくれる。

勘平さんは、せり人の坂井とは年恰好も同じだし、落着いて、きびきびした仕事振りも感じがいい。

容子も、勘平さんとは、心安く話し合えるような気がして、

「有難う、私、そんなにふさぎこんでいるように見えるかしら」

「そりゃあもう、誰が見たって、ひどいもんですよ」

「あら」

「容子さん、気をつけなさいよ」

「何を？」

「滝やんが、容子さんを手に入れるためには手段を選ばないと、広言しているそうですからね」

「まあ、いやだ」

勘平さんは、滝やんのことをそれとなく注意して、行ってしまった。すると、そこへ、

「容子さん」

と、女主人の多恵子が声をかけてきた。

「容子さん、あなた、江見まで行って来てくださらない？」

「房州の江見町ですか」

「そう、あそこの出荷組合で、露地ものの秋の花の打ち合わせをしてきてほしいのよ」

「はい」

「滝やんが一緒に行きたいと云っているわよ」

「あのう、悪いんですけど、誰か他の人と一緒ではいけませんか」

「いいわ、じゃ勘平さんと行ってきて頂戴」

「はい」

思わず「はい」と答えてしまってから、容子はどうして、「坂井さんと行かしてください」と云えなかったのだろうと後悔する。

そんな容子の心を見透したように、

「坂井さんには、信州ものの手当てを頼んだわ。長野は遠いから、泊りになるわね」

と、若い女主人は、容子を見据えるようにして云って、きらきら光る視線を容子の顔にじっとあてながら、わざと、

「私も、坂井さんについて行こうかな」

と、ひとりごとのように呟いたりする。

そんな勝誇ったような多恵子の態度に耐まりかねて、容子が逃げるようにその場を立去ろうとすると、

「あなたのほうは日帰りでお願いするわ、内房一号という準急だと、朝は七時に新宿発よ」

と、いたわりのない声が追ってくる。

「いやです」

とは云えない使用人の悲しさにある。

だが、翌日の早朝、新宿駅に来てみて、容子は一層驚いた。

待っていたのは、勘平さんではなくて、滝やんだった。

「お嬢さんが、やっぱり私に行けと云うもんだから」

と、滝やんは照れたように頭をかいた。

おとなしい勘平さんに頼みこんで、強引に交代してもらったのだという事はわかっていても、今更追い返すわけにも行かなかった。

容子は、すっかり気が重くなってしまった。

準急列車の中では、なるべく滝やんと口をきかないように努めた。

滝やんはジュースを買ったり、駅弁当を買ったりして、しきりと容子に勧めたが、彼女は見向きもしなかった。

あまり、容子が不機嫌な様子なので、滝やんもしまいには諦めて黙ってしまった。

しかし、内房州から外房州へかけての風光明媚な車窓の眺めが、容子の心をだんだんにほぐして行った。

目的地が近付くころ、すこしは滝やんとも話をし、勧められるままに、ジュースなども飲んだ。

午前中に、目的地の江見に着いた。

駅近く、そこはもう一面の花畑で、その向うには海岸沿いの笹藪と灌木の林。そして、そのまた向うには、黒潮の水面を大型の商船がゆっくりと航行して行く。

十二月から四月までが、花の栽培の最盛期のこの地方では、いまは露地物（露天栽培）は一段落で、お花畑には人影もまばら。

「こっちから行こう、そのほうが近いよ」

「あら、そうだったかしら」

江見の町のことは、滝やんのほうが詳しかった。

抗《さから》うわけにも行かず、容子は漠然とした不安を感じながら、滝やんのあとについて、海岸への道を降りて行った。

不安といえば、さっきから、なんとなく誰かに尾行《つけ》られているような気がしていた。

そのことでもまた、なんだか落着かない気分になった。

灌木と笹藪を抜けて、浜に出た。

そのとたんに、明るい海の色に目を射られたせいか、容子は急に激しい目まいがして、耐え難い眠気に襲われだした。

引潮のように遠去かって行く意識の中で、これは下車間際に飲まされたジュースの中に睡眠薬が仕込まれていたのだと、容子は気がついた。

勘平さんが容子にそれとなく注意してはくれたのだが、まさか睡眠薬を使うとは思わなかった。それが油断だと判ったときは、もう遅かった。

砂浜にふわりと崩れ伏した容子の姿を、滝やんは頰をひき攣《つ》らせながら、暫くは黙然と見下していた。

「容子ちゃん、済まない。しかし、こうでもしなければ容子ちゃんは……」

云いながら、滝やんは、容子の上にしゃがみこんだ。手が忙しく、容子の服のボタンや肌着の上を動き始め、それはもう理性を失った者の、狂おしいような行動になった。

「あっ」

突然、滝やんが悲鳴をあげた。

彼の背中に、小石が当って落ちたのだった。

驚いて振返ると、笹藪の蔭に一人の人影が現れた。

「おい」

と、その影は呼んだ。

滝やんは、見る見る慌てだした。

容子は夢うつつの中で、危機が遠去《とおざか》ったらしいことを漠然と感じた。

鉄砲百合の謎

江見町から帰って以来、さすがに滝やんは、容子の顔を正視できかねていた。

容子も視線を合わすのを避けたが、睡眠薬のことは誰にも話さなかった。あの時、海岸に現れて、容子の危機を救ってくれたのが誰なのか、彼女にはついに判らなかった。

容子が気がついたとき、黒い影は既に立去っていたのであった。

容子たちが旅行をしている間に、島村の若旦那は、いつのまに多恵子と仲なおりをしたものか、また飄々《ひょうひょう》と現れて、何を手伝うでもなく、ぶらぶらしだしていた。

季の物の、鉄砲百合をしきりにおもちゃにして、黒い布で蔽ったり、急に陽にあてて蕾を開かせたりして、せり人の坂井から商売物をいたずらしないでくれと、文句を云われたりしていた。

坂井は、すこし不機嫌だった。

信州へは、お嬢さんと一緒に行けると思っていたのが、彼女の都合で一人で行かされてしまったためらしかった。

そんな坂井に叱られても、若旦那は至極のんびりした顔付きで、ぶらりと容子の所へくると、例の調子でいきなり彼女を抱きしめて、耳許で低く囁いたりした。

「自動車事故のあった日、あの軽四輪の車内には花が置いてなかったかい？」

「若旦那、また、推理マニアですか」

「まあ、そんな所だ、とにかく思いだしておくれよ」

「いいわ、ええと、一輪差しの花瓶が運転台の窓枠についていたわ。もしかしたら鉄砲百合か何かが投げ入れてあったかもしれないわ」

「鉄砲百合か――そうでしょう、そうでしょう」

「何が？」

「いや、こっちのこと」

「若旦那って、へんな人！」


そんな事があった日の夕方、事務所の全員が、二階の多恵子の部屋に呼び集められた。

「いまごろ、なんだろう」

「お嬢さんが、話があるんだそうだが」

皆、不審顔で集ってきた。

だが、話を切りだしたのは、女主人ではなく、島村の若旦那だった。彼はこう云った。

「私は、警視庁捜査一課の浜田部長刑事です。ご存知の自動車事故について、原因に不審の点があり、今日まで秘密裡に調査を進めてきました」

皆、一斉にあっという顔になった。

浜田部長刑事は、ゆっくりと皆の顔を順々に見渡してから、話を始めた。

「事故を起した運転者の唯男氏には、三年来無事故運転の実績がありました。それが白昼、砂利トラックと正面衝突をしている。車体に故障がなかったことは、事後の調査で判明しています。とすれば、運転者が酔っていたか、誰かに睡眠薬か麻酔薬を行使されていたかの三通りしか考えられない。そこで私は、せり人の坂井久一君と、帳付けの滝健吉君に、なにげなく、睡眠薬と麻酔薬のどちらをよく知っているかを質問してみたのであります。坂井君は麻酔薬と答え、滝君は睡眠薬と答えた。この場合、事故車に同乗していなかった犯人が、被害者に与えようとするならば、麻酔薬は困難で、睡眠薬のほうが容易です。しかし、私は菅原容子さんから、被害者が事前に何も飲まされてはいないという証言を得ました。そのため、私は大いに迷ったのであります。幸い、現在の経営者である鈴木多恵子さんのご協力を得て、事務員諸君に地方に出張してもらうようにしました。もしかしたら滝君は我々の知らないトリックで、誰にも気付かれずに睡眠薬を同行の菅原容子さんに飲ますかもしれない、もしそうなら、犯人は、滝君ということになる。だが、結果はどうだったか、滝健吉君は、ごく平凡な手段で、ジュースに睡眠薬をまぜて容子さんに飲ますという方法しか採らなかった。これでは、唯男氏が運転前に何も飲んでいないことが確かな以上、犯人は滝健吉君ではないということになる。すると残るのは一人――坂井久一の特殊なトリックによる犯行ということだ」

「嘘だ」

せり人の坂井は、真蒼になって叫んだ。

浜田部長刑事は、落着き払って、じっとその顔を見つめていた。

暫くして、部長刑事は云った。

「嘘ではありません。坂井は、この鈴木家の当主たちを殺害して、多恵子さんと結婚することにより、この生花市場を乗っ取ろうと計画した。そのため、まず当人たちを自動車事故死に見せかけることにしてトリックを考えた。私はこのトリックを追求してやっとそれを発見しました。坂井はまず、車内に香りの高い鉄砲百合の蕾を一輪差しに投げ込んだ。坂井は花のせり人だから、蕾の開く時期は知っている。すぐにも花が開きそうな蕾を黒い布で蔽っておいて、自動車の発車するすこし前に布の蔽いを取り去れば、蕾は陽に当って、開きだす。蕾の中に柔かいカプセルに入れた麻酔薬が仕入んであって、蕾の開く力でカプセルが裂けるように細工してある。そういうトリックが施してあったから、発車した軽四輪の車内では、やがて麻酔薬のガスが洩れだした。鉄砲百合の香りが高いので、すぐにはそれと気付かないうちに、運転者の唯男氏には、麻酔がかかり始めてしまった。それで朦朧《もうろう》運転をして、衝突事故を起してしまったというわけです。坂井にとって、これから後はもう容易なことだった。

世間知らずのお嬢さんを、気長に慎重に自分のものにすれば、それでよかった。だが、坂井が世間知らずのお嬢さんだと思った鈴木多恵子さんは、予想外に賢かった。多恵子さんは、大学を休学するときめたとき、警視庁に我々を訪れて、秘密裡に再調査を依頼されたのです」

「……畜生！」坂井久一が、うめくように叫んだ。

浜田部長刑事の身体が滑るように、坂井の横へ移った。ガチャリ、と、手錠が鳴って、坂井久一はがっくりと、頭を垂れた。やがて、全員が興奮し切った面持ちで多恵子の部屋から退出して行った。

「容子さん、ちょっと待って」と、多恵子が呼びとめた。

容子が戻ってきて、多恵子の前に座ると、多恵子は、あのきらきらする視線を容子の顔に当てて、じいっと覗きこむように見た。

「容子さん、いろいろ、意地悪してごめんなさいね、でも、こうなることが始めから判っていたから、すこしでも早くあなたに坂井さんの事を諦めてもらったほうがいいと思って、わざとした事なのよ」

「判りましたわ、私もあの人のことはもうかなり前から諦めていたんです。どうもご心配をおかけして済みませんでした、お嬢さん」

「多恵子と呼んで下さって宜しいのよ。これからは仲好しになりましょう」

「有難うございます。お嬢さん」

「いやッ」

「有難う、多恵子さん」

「それでいいわ。仲直りついでに、早速だけど、あなた、勘平さんのこと、どう思って？」

「どうって？」

「勘平さんはあなたを大好きなのよ。じつは江見まで、それとなくあなたを護衛して行ってくれたのは勘平さんなの。あの人、とても純情な所あるのよ。年廻りもあなたとちょうどいいし、お花の仕事はよく知っているし容子さん、あなたに、どうかしら」

「あら、そんな……」

容子は、赤くなった。悪い気持ではなかった。多恵子に、素直な気持で「イエス」と返事が出来そうな気がした。容子がこっくりすると、多恵子は急にいたずらっぽく微笑した。

「あなた、確かにOKしたわね、それなら、もういやだって云っちゃだめよ」

「え？」

「じつは勘平さんて、島村の店の店員じゃないのよ。彼が、つまり本当の島村の若旦那なの。始めからそれを云うと、うちの兄貴の時みたいに、容子さんが身分上の溝だなんて云ってこだわるから、それで黙っていたの」

「ま!」

「怒った?」

「ううん」

容子は、もう一度素直に、多恵子の好意を受けようと決心した。六月の花にも、倖せになる資格はあったのだと、改めて思った。

女三人

（1）

川村義作老人は、自ら称して大陸浪人ととなえている。

わかり易く言えば、戦前、戦中、支那大陸で何をやっていたのやら、見当もつかない男という意味にもなる。

山賊、馬賊、人買い、殺し屋、利権屋、政治ゴロ……何でも罷《まか》り通った時代の大陸で、俺は何でもやってきたさと豪傑笑いをするこの老人の過去は、全く見当がつきかねる。

現在の暮し向きの事でさえ、他人にはまるでわからない。

毎月どこからか、まとまった生活費の仕送りがある。

「奔流海に到らば、また回らず、人生意を得れば、すべからく歓《かん》を尽すべし」

と、したい三昧《ざんまい》のことをしている。

老人自身に言わせると、戦争中に、ある中国人の生命を救ってやったのが、のちに星港《シンガポール》華僑の大物になって、御恩報じの仕送りを毎月続けているのだというが、真偽のほどは不明である。

「そうじゃあないさ、あの男は、終戦のときに大陸から、べらぼうな量の銀をかっぱらって、軍の輸送船で堂々と内地に送りこんだ奴の秘密を握っているのさ。だから今でも、口留め料が毎月ガバッと入るんだ」

という噂もある。

それも、どこまでが本当かわからない。

とにかく、過去は過去、現在は現在と悟り切ったような顔をして、いまは三人の妾に囲まれて、天下泰平に暮している。

妾宅は三軒、別々にある。

大会社の重役クラスでも、ちょっと真似手がすくない豪勢な羽振りと言える。

もっとも、妾宅を三軒に分けたのは、老人の本意でない。

義作老人は、何かにつけて中国的慣習にこだわるから、妾の囲いかたも、すべてチャイニーズ・システムで行きたいと思っていた。

「あの国ではな、一号、二号、三号……と、みんな一つ屋根の下に住んで、姉妹《きょうだい》のように仲よう暮しとる。お前たちにもそうしてもらわにゃならんぞ」

と主張して、妾三人、一棟の屋根の下に住まわせようと試みたこともあったのだが、彼女たちの猛反対に遭って、それは挫折した。

「私たち、姉妹のように仲よくしますから、とにかく別々の屋根の下に住まわせて頂戴、それだけは、お願い」

「ふむ、まあ、それもええじゃろう」

と、その辺で話はついたものらしい。

だが「姉妹のように仲良く」と一本約束をとられていることで、彼女たちは折々に悩まされる。

「秦《しん》の始皇帝は、後宮の美女三千人、全部を一斉に風呂に入れて、そのホルモン湯に帝自身が浸って、大いに若さを吸い取ったということっちゃ。お前たちも、一斉に風呂に入らんかい」

と、その辺まではまだいいほうで、『素女経』とやら、『仙経』とやら、あるいは『洞玄子』とやらの、あちら仕込みの『性生活の知恵、コンナネンタル版』をしきりと振り廻して、やれ『蟬の体位』だの、やれ『鯉の体位』だのと、妙な要求をしては彼女たちを大いに悩ます。

あげくの果が『一男、二女ニ交ワルノ法』とやら『鸞双舞』とやらの秘戯の演目の数々までも逐一ご披露に及んで、変則ダブル・ヘッダーを要求してくるのだから、彼女たちとしても、いい加減悲鳴をあげたくなる。

「一体あれ、どういう程度なのかしら」

「あれじゃあ、とっても勤まらないわ」

「もう、やめようかしら、私」

そうは言うものの、三人とも、勤めるところはちゃんと相勤めている所を見ると、やはり月々のお手当金も、予想外な高額であるらしい。

内心はともかく、うわべの事は、義作老人の満足を買う程度には「姉妹のように仲好く」して、三人とも、どうやら今日までは持ち耐えてきた。

だから、その義作老人が、ある日突然に狭心症の発作を起して、ポックリと頓死してしまったとき、三人の女たちが、驚きよりも悲しみよりも、まず最初に感じたことは、

「やれやれ」

という安堵の心境に外ならなかったのである。

だが、その安堵も、ほんの一ときであった。

「こうしちゃあ、いられないわ」

「どうなっているのかしら、遺言と遺産のほうは」

「ぼやぼやしていたら、他の二人に引っ掻き廻されてしまう」

と、それぞれに血相を変えて、川村邸に駈けつけて、鉢合わせをしないばかりに互いの顔を見合わせたのである。

遠藤浮子、二十八才。——ソロバンには強いが、口説かれると弱い。男には散々だまされて、やっと今の境遇に落着いたという女。

林みどり、二十三才。——遊びごとと名のつくものにはすべて強いが、現ナマの威力には弱い。財産のない若い男なぞには魅力はないと、川村老人に進んで処女を捧げた。

及川早苗、二十五才。——夜の房事には強いが、家事には弱い。婚歴一回、お前さんは女としては申し分ないが、妻としては落第だと離縁されて、妾の生活に自ら甘んじるに至った。

みんな、自分は他の二人より美貌で、他の二人よりも老人に一しお可愛がられていたのだと確信している女たちばかりである。

三者三様の生活と意見の持主が、この際、最大公約数として一致したところでは、とにかく一刻も早く、遺言と遺産のほうをはっきりさせてもらおうということであった。

「私、いまだから言うんですけどね、死んだパパさんは、私だけが初めてのものを捧げたことに、特別な感謝をしてくれていたのよ。私には特に、特別な遺産をあげるって、そうお約束して下さっていたの」

「あら、それじゃあ、私も同じだわ、ほら、私がやめたいって言いだしたときよ。パパさんてば、お前のように献身的な女はいない。お前は私の生き甲斐だ、頼む、私を見捨てないでくれ、そのかわり、お前には、びっくりするような遺産を用意しておくからって」

「あら、私なんか、もっと具体的だったわ。私はね、私たちの月々のお手当が、ふつうの、こういうナニよりも、すこし安過ぎるっていうことをはっきりと数字で調べてパパさんに突きつけたことがあるのよ。おまけに私たち、ああいうふうに特別にナニされたりして……でしょう？　だから特別手当を頂かなけりゃあ、あいませんわって言ったのよ。そしたら、パパさんてば、まあ、そう言いなさんな。特別なこともさせたかわり、お前には八桁の遺産を残してやるからって、確かにそう約束したのよ」

「八桁？」

「ええ、数字が八つ並んでいるっていうことでしょ？」

「そうすると、えーと、十万円台か」

「ばかね、千万円台だわよ」

「せ、千万円！」

どたんと、音がした。

一人が気を失ったのであった。

（2）

三人の女は、ただちに徹底的な家宅捜索に移った。

建坪二十余坪――広いとは言えない家である。

老人はこの邸内で、河合ハツエというお手伝いの若い女の子一人置いて暮していた。ハツエは、幼時の躾けが悪かったせいか、今以て夜尿症がなおらない。

年は二十三で、綺麗な子だが、それが毎朝もじもじしながら、地図の書かれたフトンをこっそりと裏に干していたのである。

そんな女の子一人を相手の閑静な暮しだったから、調度だの、家具だの、けばけばしい物は何もない。

家捜しは、手間取るはずもなかった。

「ないわね」

遺書は、どこにも見当らなかった。

「そんなはずはないわ」

と、女たちは躍起になった。

「もしかしたら、あの娘が隠したのかもしれない」

お手伝いの河合ハツエが、聊《いささ》か殺気立った面持ちの三人の妾の前に引き据えられた。

「あんた、パパさんのものを何か隠したでしょう」

「私、何も知りませんです。奥様方」

ハツエは『奥様方』の権幕にべそをかきながら恐る恐る言った。

「……でも、隠し物でしたら、お探し致しますです。旦那様のことは私が一番よく知っていますですから」

そう言われると、妾たちは面白くなかった。

だがこの際、少々のことにこだわるよりは遺書を探すことが先であった。

「それじゃあ、あんた探してみなさいよ」

促されて、ハツエは、掛軸のほうを指さした。

「あれです。奥様方、私があれにさわろうとして、旦那様にひどく叱られた事がありましたですから」

それは老人の愛誦《あいしょう》していた例の「人生意を得れば、すべからく歓を尽すべし」の李白の詩の掛軸であった。

女たちは、わらわらと立上って、軸に殺到した。果して、

「あッ、あったわ、遺書が」

軸の表装の裏に、一通の封書が貼りつけられていた。紛れもなく、墨痕淋漓《ぼくこんりんり》と記された義作老人の遺書であった。

「一つ、書置きのこと……」

と古式に則って、非常な長文の内容。

宛名は公平に、三人の名を連記してある。

「ちょっと、あんたはもういいのよ。あんたの名前は書いてないんだから」

河合ハツエは追払われて、おねしょを発見されたときのように悄然と去って行った。

あとは三人、仲長く額をこすりあって、慌しげに遺言を読み下した。

「なアに、これ？」

「まあ、ひどい」

「こんな事ってないわ」

異口同音の憤懣の声が、まずあがった。

遺書の冒頭の部分には、

「金は一文もない」

そう書かれてあったのである。

義作老人が遺書の中で明らかにした所によれば、彼は現在財界の要人と言われる某人物が、満州時代にふとした誤ちから日本刀で邦人を殺した罪をかぶってやったのであった。

だから、その国粋主義的な財界有力人物は、義作老人に終生不自由はかけぬと約束をした。

同時に、天涯孤独、身寄りのない老人の死後は、一切の援助はただちに打ち切ると、そのような約束になっていたのだという。

「そうすると、私たちって、だまされていたというわけじゃない？」

「早く言えば、そうだわ」

「まあ、ひどい、無料同然みたいな安手当で我慢してきたのも、特別な遺産をくれるって言ったからじゃあな

いの、それを、金は一文もないとは、何て言い草よ」

だが、遺書はまだ長々と続いていた。

気を取り直して、読み進むほどに、三人はだんだんと元気を取り戻した。

「まあ、ヒスイ（翡翠）ですって！」

「豪勢だわ」

「世界でも三つとはない、超大型の珍宝だと書いてあるわ」

遺書を要約すれば、次のようなことになるのであった。

老人は、安菱銀行に、一個の巨大な翡翠を保管してもらってある。

それを三人で、仲良く分配するように、と言うのである。

ただし、翡翠の価値は大きさできまる。だから、それを三等分して叩き崩してしまえば、各三分の一の価額は、もとの三分の一どころか、百分の一にも下落してしまうであろうと言う。

「それじゃあ、頒けられないじゃないの」

「そんなことないわよ、その翡翠を売り飛ばして、おかねにして頒ければいいわ」

「それもそうね、でもそんな大きな石を、ポンと買ってくれる宝石屋があるかしら」

だが、遺責には、そのことにも触れて、もしこの石を売るつもりなら、次の説明をよく読んで充分に承知しておくべしと、翡翠についての講釈が長々と記されていた。

「翡翠は古来、ギョク（玉）と称し、その色調の美と繊維快の強靭《きょうじん》さを珍重せらる。古くは尭の時代、天下禅譲の礼として、舜に翡翠の名玉を贈ると記録せらる。周代に玉の流行さかん也。大名諸侯競ってこれを朝廷に献じ、朝の祭祀、衣冠の付飾、武具刀剣の装飾に至るまで、すべて翡翠を用う。玉の貴賤は身分高下の印し也。あるいはこれに鶏形を刻んで、婚儀の音物とも為す。古来、これ仁義智勇潔の象徴なり……」

と講釈は蜿々《えんえん》と続いて、要は翡翠がいかに高貴な宝石であり、またいかにその値踏みが難かしいかということを、くどくどと述べ立てていた。

翡翠の価値の基準は、目方や体積や色で、いくらいくらという確かな拠り所があるわけではなく、色の濃淡、明るさ、色のムラの有無、形のよしあし、大きさ、疵《きず》の有無などの綜合判断で決まるもので、専門の鑑定人でさえ、一人一人で値のつけようが全く違い、中にはその値踏みの金額に、天と地ほどの差が牛ずることも稀ではないのだという。

上質の翡翠は、北部ビルマのカチン山付近と、中国の雲南省で産するが、義作老人の所蔵する名玉は、三国の時代に諸葛《しょかつ》孔明が南征してビルマから得たという謂われの深い品で、その由緒を知る好事家には垂涎措く能わざる高価なものなのだという。

色は青竹と暗緑色の中間で、しかも明るく冴え、おのずから品格あたりを払うものがあるが、これを節穴同然の目で見たのでは、その真価がわからない。

是非とも、この名玉の価値がわかるほどな具眼の士を選びだして売らなければならないのだという。

「そんな事言ったって、無理だわ」

と、計数に最も明るいはずの遠藤浮子が、まずネをあげてしまった。

他の二人に、もとより良い知恵のあろうはずもない。

だが、遺書はまだ続いていた。

親切にも、具眼の士の探しだしかたについても、書かれてあった。

義作老人が死んだという風聞は、おそらく一年以内に、シンガポール華僑や香港華僑の耳にも入るに違いない。

ことに、香港華僑の大物、胡《ウー》一族や、シンガポール華僑の大物彭《ペン》一族あたりは、翡翠には目がない。

だからやがて、必ず、買い受けたいという申し出であるに違いない。

だが、決して売り急いではならない。

一年は、知らん顔をして、ほっておく。

次の一年、すこしは気のありそうな様子を見せる。

次の一年、値段次第では売ってもいいという意志表示を開始する。

それから、また一年じらす。

そして五年目、漸く、二億円と吹っかけてみる。

相手は一億円に値切ってくるかも知れぬが、さらに一年かけて折衝すれば、一億五千万円ぐらいの所で手が打てるだろう。

この間、三人は、姉妹のように仲良く、常に力を併せて、相手に当らなければ成功は覚付かないと書いてあった。

「それじゃあ、六年がかりじゃあないの」

「なんて、気の長い話なのかしら」

「それまでに、アゴが干上ってしまうわよ」

と、三人それぞれに顔を見合わせて、いささか、ゲンナリしてしまった。

それにしても老人の死の後までも三人揃ってベタベタとくっつきあっていなければならないように仕向けたとは、義作老も、相当にしつこい悪趣味ではある。

（3）

ある日、及川早苗は手土産持って、林みどりを訪問した。

二つ年上だが、早苗は、最年少のみどりよりも、派手な扮りをしている。

道行く時は、しきりと男の視線を気にする。

老人の死後、早苗のそんな物欲しそうな態度が、また一段と目立ってきた。

夜の秘事には人一倍強いというこの女は、早くも人知れず空閨をかこち始めたのかも知れなかった。

「この子は、その後どうしているのかしら、あのほうは……」

と、他人の事にまで気を廻す。

みどりのところで出された座布団が生ぬるかったから、余計にそんなことが気になりだした。

「さっそく、若い男でも引張り込んで、よろしくやっているのかしら」

早苗は、ひどく詮索的な目で、みどりの顔を無遠慮に眺めた。

相手の林みどりはと言えば、いかにも勝負事には強そうな、無表情なポーカー・フェースで、それでも、

「よく来て下さったわね」

と、紅茶を淹《い》れ、ケーキなどを勧めて、早苗を歓待した。

「座布団が生ぬるくてご免なさい」

と、ちゃんと相手の胸のうちを読んでいる。

「いままで、お手伝いのハツエちゃんが来ていたのよ。あの人、もう国へ帰るんですって」

「あら、そう」

と、相手に手の内を読まれて、どぎまぎした早苗は、急いでその日の訪問の要件を切りだした。

「……ねえ、みどりさん、私たち、浮子さんの所へお礼に行かなければ悪いかしら」

「そうねえ」

と、みどりは気のない答えかたをした。

「……私はどっちでもいいわ」

遠藤浮子にお礼の一件というのは、老人の死後、三人の女の当面した生活の問題であった。遺書に指定のあるように、六年がかりで翡翠を売る交渉をするのでは、とても互いの生活が保たないから、それまでのつなぎとして、安菱銀行に、翡翠を担保の生活資金を借りるという交渉のことであった。

最年長でもあり、ソロバンと六法全書には強いと自他ともに許す遠藤浮子が、その交渉を一手に引受けて、銀行からなんとか金を引き出すことに成功したのであった。

川村老人の家も、三軒の妾宅も、すべては安菱銀行の名儀になっていたが、それも遠藤浮子の折衝で、翡翠が売れるまでは立ち退きは待ってもよいと、銀行側が折れてくれた。

それやこれやで、早苗はみどりに、何かの礼物を遠藤浮子に贈らなければ悪かろうかと、その相談に来たわけであった。

言いだしはしたものの、早苗は、どうやら、気の進まない様子である。

「私は、浮子さんて、あまり好かないわ」

と、みどりが早苗の腹の中を見透かすように言った。

「あら、あんたもそうなの？　じつは私も」

と、早苗は満足そうな顔をした。

「あの人って、頭はいいけど、何かというと勘定高くてずるいでしょ、だから私はきらいなの」

「私もじつはそうなのよ」

と、みどりは早苗に話を合わせた。

「人間も、三十近くになると、とてもいやらしいところあるわね」

「そうね」

と、若い同志は意気投合して、

「よかったわ、私、今日ここへ来て」

「あら、私も。今日は、うんとご馳走するわ」

ぺちゃくちゃと、賑やかな話がはずみだして、二人揃って台所へ立ち、何やらチマチマと料理など作り始めたが、相変らず肴にされるのは遠藤浮子で、

「浮子さんてば、とてもケチなところあるわね、ほら、お手伝いのハツエちゃんのときだってさ」

「そうよ、ハツエちゃんだって、あの齢になって可哀想ですものね、だから私はお餞別《せんべつ》にせめて三人が一人三万円ぐらいずつは出そうって云ったのに、浮子さんてば、一人五千円も出せばたくさんだなんてね」

「そうよ、それで結局一人二万円ずつにきまったら、

もったいない、もったいないって、愚痴ばかりこぼして、いや味だったわね」

と、専ら浮子への人身攻撃に集中するが、さて互いの胸のうちは、

「このみどりっていう子、うわべは私に調子よく話を合わせているけれど、浮子のところへ行けば、こんどは私の悪口言うのじゃないかしら」

と早苗が思えば、

「もしかしたら、早苗ってば、私をそそのかして、浮子を何とかさせようなんて考えているんじゃあないのかしら」

とみどりも相手の肚の裏を探っている。

早苗は早苗でまた、

「このみどりときたら、金のためたら、なんでもやりかねないんだから」

と、やはり胸中隠やかでない思惑もあって、

「もし、みどりと手を組んで、浮子を除け者にすることができたら……」

と、じつはそんな事まで考えている。

もし一人が減れば、遺産の分け前は三分の一から二分の一にはね上る。

もらえるものは、少ないよりは多いに越したことはない。

だから、分ける人数は多いより、少ないに越したことはない。

早苗がそんな思案を胸にめぐらせば、みどりもまた、

「ふん、早苗の奴、自分で手出しをする勇気がないものだから、私をそそのかしにきたりして……」

と、相手の手の内は見透かしている。

だが、そこはさりげなく、

「お料理ができたわ」

とダイニング・キッチンのカウンターに皿小鉢の類をならべて、

「さあ、召し上れ」

「おいしそうだわ」

「まず、私からお毒見するわ」

と、主人側のみどりが、マカロニ・サラダをひょいとつまんで口にほうりこんだ。

「すこし、ビネガーがたりなかったかしら」

「どれどれ……あら、そうね、じゃあ、ちょっとその壜をとってくださ……あっ、みどりちゃん、ど、どうしたのよッ」

及川早苗は、蒼くなって声を浮かした。

食卓の向う側では、林みどりが、のどをかきむしるようにして、唇を震わせていた。

眼は白眼に吊り上り、やがてその唇からは、赤いものがスラーッと糸をひいて流れ落ちて行った。

(4)

及川早苗は、遠藤浮子の家へ転がりこんだとき、ガタガタと全身で震えていた。

「く、口から、どくどく、ち、血なのよ……そして、ガバッと突ンのめって、し、白眼……」

と、まだ歯の根も合わない様子であった。

浮子は二十八才だけの年の功で、泰然と早苗の様子を観察していた。

どんな場合でも、この女にはソロバンか六法全書的な考えかたが先行するらしい。

「早苗さん、あなた、みどりちゃんをそのままほったらかして来ちゃったの?」

「だって、もう死んじゃったんですもの」

「脈をとってみた?」

「それどころじゃないわよ。私、ただもう怖わくて、怖わくて」

「仕様のない人ね。すぐに救急車かお医者を呼べば、みどりちゃんは助かったかもしれないのに」

と決めつけるように言い、浮子は目の隅から相手の反応を冷静に観察した。

「とにかく、今が、この女を一生あたまが上らなくしてやる絶好のチャンスだわ」

浮子は、肚のなかでそう思った。

「早苗さん、あなた、今のご自分の立場がどんなものだか判っているの?」

「え?」

「あたたは、みどりちゃんと二人で、食事をしていた、そしてみどりちゃんが急に何かの毒に当って苦しみだした、とすると……」

「な、なんですって」

「そうなの。毒はあなたが入れたものっていう事になるかもしれないのよ。あなた、そう疑われて、言い開きができる? だれか、あなたの潔白を証明できる人がいると思う?」

決めつけられて、及川早苗は、子どものようにべそをかきはじめた。

「わ、私、どうしよう。浮子さん」

「心配することはないのよ」

と、浮子は鷹揚《おうよう》に言った。

「あなたはずうっと、私の家にいたことにしてあげる。あなたのアリバイは、私が証言してあげるわよ」

言いながら、浮子は肚の中で、これで、早苗という女の生殺与奪《せいさつよだつ》の権は握ったのだと北叟笑《ほくそえ》んだ。

みどりが死んで、遺産の相続人は二人になった。しかも一人は今や自分の言いなりになるのだ。

だとすれば、億の呼び声のあるあの巨大な翡翠は事実上はもう浮子独りの物……。

「だけど、もしかしたら」

と、ふとまた不安になったのは、今この目の前で歯の根も合わずに震えている早苗の動顛した態度が、じつは巧妙な芝居なのではないかということだった。

「……早苗は本当に、みどりを毒殺してきたのかもしれない」

だとしたら、余勢を駆って、早苗が浮子にまで一服盛らないとも限らない。

浮子は急に背筋が寒くなってきた。

「いっそ、それなら、こっちから逆に一服盛ってやろうか」

一瞬、険悪な表情が浮子の顔をかすめる。

それを目ざとく、早苗が読んで、

「浮子ってば、親切ごかしにアリバイ工作をしてやるだなんて、じつは、いざとなったら私を罪に陥す算段をしているに違いない。それなら、いっそ、こっちから、逆に一服盛ってやろうか」

と、これもおなじように険悪なものが、すばやく早苗の顔を横切って消えた。

（5）

その夜、遠藤浮子は熱心に、及川早苗に泊って行けと勧めた。

その親切にほだされたように、早苗も浮子の所に泊めてもらうことを応諾した。

話がきまると、そこは女同志、まずは食べ物の算段から、ということになり、早苗は外へ酒などを買いに出かけ、浮子は台所へトンカツを揚げに立って行った。

　一時間後――。

　食前に一風呂あびた湯上りの二人が仲好く食卓に向い合って、

「さ、どうぞトンカツでも召し上って」

「あら、お先にお酒頂きましょうよ」

「そうね、それじゃあ、お料理はお酒の肴にしましょ。このトンカツ・ソースはおいしいのよ。たくさんかけてね」

「ええ、頂くわ。でも、ウイスキーを一口いかが、角壜奮発してきたのよ」

　と、お互いがどうぞどうぞの掛け声ばかりの応酬となり、ワイン・グラスにもトンカツにも、双方なかなかに手が出せない。

　ややあって、

「なんだか、変だわ」

「そうね、お互いに、一体なにを用心し合っているのかしら」

　と、早苗も浮子も笑いだした。

　それで、互いの固い表情が崩れて、

「私が、まずまずお毒味をしますからね」

　と、早苗が角壜の口金をゆっくりと廻した。

「あら、早苗さん、そんなに注いで一度に飲んでしまうつもり?」

「そうよ、私、疑われたと思うと口惜しいの、だから、うんと飲んで、酔っぱらって、すこし浮子さんを困らせてあげる」

　早苗は、ワイン・グラスを一気にあおって、角壜に、たどたどしい手つきで口金をかけ戻しながら、

「私のお酒、毒なんか入っていなかったでしょ」

　と、すこし搦むように浮子のほうを見た。

　浮子も受けて立つように、

「判ったわ。それじゃあ、今度は私のお毒味の番。ほら、早苗さんのお皿のを一切れ頂きますからね」

　浮子は箸を根元に返して、早苗の皿からトンカツの端のほうの一切れをつまみあげると、口の中に入れて、充分に味わってから嚥《の》みこんで見せた。

「ほら、このとおりよ」

「そうね、これでお互いに、誤解がとけたっていうわけね」

　と、二人はそこで、始めて釈然としたように笑った。

「もうお互いに誤解はよしましょうね」

「そうね、私もお酒頂くわ。二人で酔っちゃいましょう」

「さあ、どうぞ、どうぞ」

と、怪しげな手つきで、女同志の酒盛りが始まって、酔うほどに、こんどは浮子が、がぶ飲みを始めた。

早苗が心配そうにそれを制して、

「浮子さん、およしなさいよ、そんなに急に飲んじゃあ身体に毒……だめよ、浮子さん、浮子さんてば、あら、寝ちゃったわ、もう効いたのかしら？」

と、浮子の顔を舐めるように覗きこんだ。

瞼を指であけて見たり、鼻にマッチ棒をさしこんでみたりしたが、反応はまるでない。

「ずいぶん、効き目が早いわね」

早苗は、始めてニヤリとした。

角壜の口金の裏には睡眠薬の粉を仕込み、その上にスコッチ・テープを貼っておいたのであった。

最初は口金がゆるくかぶせてあったから、スコッチ・テープの部分は壜の口には当っていなかった。早苗が毒味を終ったあと、口金をきつく締めたとき、スコッチ・テープは壜の口に押されてズレが出て、睡眠薬は全部ウイスキーの中に落ちたのであった。


「よく眠っているわ」

早苗は無造作に、浮子の身体を畳の上に転がせて、その服を剝いだ。

何もかも剝ぎとると、それを一つずつ畳み始めた。

浮子は裸のまま、ひどく気楽な顔つきで、鼾《いびき》をかいて眠りこけていた。

早苗は、浮子の衣類を湯殿の衣籠に運び込むと、うんうんと、浮子の身体を湯殿のほうに引きずって行った。

浴槽の蓋をあけ、浮子の腿を抱いて、頭からさかさに、湯の中に漬けた。

しばらくは、しっかりと、浮子の頭を湯の中に抑えつけていた。

ゴボゴボと、湯の表面に泡が立ち、ほんの二分間ほどで、騒ぎは終った。

湯の中の上半身は、完全に動かなくなっていた。

早苗は、湯舟の上に出ている浮子の下半身も、折り畳むようにして湯舟に押しこみ、いろいろと手足の位置を動かして、浮子が酔って足を滑らせて湯舟に落ちたような姿勢をとらせた。

「終ったわ」

あとは、早苗がそこにいたという証拠を消すだけでよかった。

手早くあたりを取り片付け、指紋を拭き、廊下の足跡を消し、土産物の包み紙は細かく畳んで自分のバッグに入れた。

食卓の上に、二人前の料理が出ているのは、まずかった。

厨芥容器に入れるよりは、一人前だけ食べて処分するのが安全だった」

その処分を終り、一人分の食器を洗って、戸棚に戻すと、あとはもう何もすることはなかった。

急いで、浮子の家から立ち去ればそれでよかった。

玄関の引き戸を細目にあけると、往来には人影があった。

それをやり過すのに、すこし時間がかかった。

やがて表通りは無人となり、早苗は急いで、細目に戸をあけて、すり抜けようとした、そのとき、

「うッ」

急に、早苗の身体がガクンと前にのめった。

ぴくぴくと全身に痙攣《けいれん》が起って、彼女の身体には急速に死の徴候が充満し始めていた。

「そんなはずはない」

薄れて行く意識の中で、早苗は必死に考えた。私は何もヘマはしなかったはずなのに……と。

確かに、トンカツには毒は入っていなかった。だが、トンカツソースには、たっぷりと青酸性の毒物が混っていた。

浮子はわざと、ソースをかけ残した端の一切れを、毒味と称して食べたのだった。

とにかくこれで、皆いなくなった。

みんな姉妹よりも仲好く、同じ日に死んだ。

(6)

だがここに、もう一人、河合ハツエという夜尿症の娘が残っていた。

夜尿症は幼時からの躾けのせいで、どうにもならないが、彼女はべつに知恵が遅れているわけではなかった。肉体のほうも、女として、齢相応に一人前であった。顔も、三人の妾のどれと較べても見劣りがしない。

ただ、オネショ娘という事が頭にあるから、誰もてんから相手にしなかった。そのことを別にすれば、ハツエ

は魅力のある娘であった。

　義作老人は、死のすこし前にその事に気付いていた。気がつけば、手を出さぬはずがない。ハツエも、老人の『素女経』やら『仙経』やらの実験台にされていたのであった。

　しかし、おとなしいハツエは、その事について何をねだるでもなく、老人の死後はしょんぼりと故郷へ帰って行ったという。

　だが、妾たちが相次ぐ不慮の死を遂げたあと、どこでそれを聞いたものかまた上京して来た。

　旅館の一室に身を落着けると、ハツエはすぐに安菱銀行のT支店に出頭した。

「私は、川村義作の妻です」

　T支店長が驚いた。

　調べてみると、確かに入籍されている。

　オネショの娘は、馬鹿どころか、大変な抜け目のないチャッカリ娘だったのである。

　大陸浪人の義作老が、戦後の民法などにはまるで暗いのを利用して、ハツエは、金などは一文も要らないが、愛情の証拠が欲しいと老人を口説いて入籍させたものであった。

　今や、あの巨大な翡翠は、完全にハツエ一人の所有物になるのであった。

「うーむ」

　銀行側も唸ったが、法的には異議の申し立てようがなかった。

「うーむ」

　警察でも溜息を洩らしたが、手の出しようがなかった。一応は河合ハツエが三人を謀殺した線を当ってはみたが、シロという証拠も、クロという証拠も出てはこなかった。

　現行刑法では『疑わしきは罰せず』となっていて、警察としてはそれ以上、手の打ちようがなかった。

　河合ハツエは、翡翠を抵当に、銀行からとりあえず何百万かの金を借り出して、千駄ケ谷の住宅街のアパートに移り住んだ。

　あとは、翡翠が高値に売れるのを待てばよい。それまでは、気儘な一人暮らしをエンジョイしていればよかった。

　近くのアパートに住む独身青年と、毎朝、窓越しのウインクを交わしたりして、ハツエは確かに気儘そのものの生活を楽しんでいた。

　青年は、まじめそうな好男子であった。

ハツエも、すっかり打ちとけるようになった。

老人の嬲《なぶ》りものにされていた女がいま解放されて、まじめな若い青年に好意を持つのは、無理からぬことであった。

青年はある日、意を決したように、ハツエの部屋に会いにやって来た。

「まあ、ようこそ」

ハツエは喜んで、手を差しのべた。その手首に、いきなり手錠が鳴った。

「林みどりだね、河合ハツエ殺害の容疑で逮捕する」

青年は警察手帳を見せ、白い歯を見せて笑った。女は噛みつくように、わめいた。

「あんた、どうしてこんな事をする権利があるのよ」

「証拠があるんでね」

と、刑事は言った。

「あんた、うっかりして、毎晩オネショをするのを忘れていた。私は毎朝、あんたが干すフトンを見ていたのだよ」

結局、林みどりは一切を自供した。

みどりは、河合ハツエの入籍のことをふとした折に知って、その裏をかこうと企んだ。

口実を設けて、ハツエを遊びに来させて毒殺したとき、たまたま及川早苗が訪問してきた。みどりは早速、そのチャンスをも利用した。食紅をつかって、早苗の前で毒殺される芝居をし、疑心暗鬼の早苗と浮子がお互いを殺し合うように仕向けた。どちらかが生き残ったら、みどり自身が手を下してもよかったのである。警察は死者が犯人だとは思わない。

みどりは狂言毒殺の一幕のあと、ハツエとは服を交換した。だから、警察は、ハツエの死体をみどりと誤認した。

天涯孤独の義作老は、孤独な女を愛した。

老人が関係した四人の女は、皆、身寄りがなかった。

みどりはそれを利用して、ハツエと入れ替ったのである。

そうなると問題は、翡翠の行方であった。

林みどりは銀行から借りた金をかなり費っていた。収監された彼女に費消分を返却できるはずもなかった。結局、安菱銀行は低当落ちとして、翡翠を受取る事になるはずであった。

銀行は、笑いがとまらなかった。

だが、そのとき、外務省から、翡翠の返還命令が出た。

川村義作が戦時中に非合法にそれを入手したことが判

明して、台湾政府から厳重な返還要求が出たのであった。

結局、女たちは、もし生きていても、あの大陸浪人の好色な老人からは、何も貰えない運命だったのである。

砂と新妻

霧の夜の不安

霧の深い夜であった。

ひんやりと湿って、奇妙に人の神経を焦らだたせるミルク色の分厚い幕である。

幕の向うで、何かが起こっていそうな晩であった。

タクシーの前照燈と屋根燈の灯《ひ》が、いやに赤っぽく霧に滲んで、のろのろと街路灯の青さの下に姿を現わした。

「君、ここでいい、降ろしてもらうよ」

「旦那、ここでいいって、ここは橋のたもとですぜ」

「いいんだ。ちょっとここで人を待つことになるから」

「こんな霧の中でですかい」

運転手は、ご苦労な事だと云いたげな顔で、客を降ろした。

それから、次の客を求めるために、なるべく歩道寄りに、目を皿のようにしてのろのろと走って行った。

霧に気をとられて、運転手は降ろした客のことはすぐに忘れた。

顔のこともおぼえていない。いや、顔はほとんど見なかったのだ。あるいは、客が見られまいとしていたのかもしれなかった。

平凡なレインコートを着て、ソフトをかぶっていた。上品な態度であった。だが、どこかすこし焦ら焦らしていた。

運転手の記憶にあったのは、そんな事ぐらいである。男を降ろして、一丁も走ると、運転手はもう、目の前の霧に神経を集中して、客の事は忘れてしまった。

客がすぐに後続するタクシーをひろって、Uターンして別の方角へ走り去ったことなどは知る由もなかった。

半時間ほどして、四度タクシーを乗り継いだ男は、山の手の高級住宅街の付近に来て、車をとめさせた。

「その辺でいいよ。あとは番地を頼りに歩いて探さなけりゃあならんのでね」

「この霧の中で、家を探すのは大変ですね、旦那」

「うん、昔の知り合いでね、確かこの辺に住んでいると云うものだから」

「じゃあ、お気をつけて」

四台目のタクシーは走り去った。

相変らず、ひどい霧であった。

その中を、男はまっすぐに歩いた。番地を頼りに家を探しまわるようではなかった。毎日通い馴れた道を歩く調子で、男は一軒の家の門を入り、敷石を踏んで、玄関の前に立った。

ベルも鳴らさずに、ドアを開けた。

そこで、女の身体と衝突しそうになった。

「あなた」

女が飛びついてきた。

男は優しく抱きとめて、そっと唇を吸ってやった。

「安心おし、何もかもうまく始末してきた。これでもう大丈夫だ」

「怖いわ、私」

「本当に大丈夫なんだよ、登紀子」

男は、荒々しく唇を吸った。

女の身体から震えが去るまで、じっと動かずにいて、それからやっと唇を離した。

女の頰に血が上って、すこし喘いだ。

なだめるように、男は優しい声で云った。

「車はモビル・サービスの修理工場に入れてきた。大してどこも傷んでいたわけでもなかったよ。血痕もついていなかった。ただ、タイヤの溝に砂がいっぱいつまっていた。修理工には、砂の山に乗りあげて、車のハンドルをとられて、ちょっとどこかの車にあてたらしいが、急いでいたからそのまま来たんだと説明しておいたよ。修理工は、よくあることですよと云って笑っていた。タイヤは全部替えさせた。誰かが調べに来たらうまく頼むよと云っておいた。修理工は、エンジン整備で二日前から預った事にしておきますと云っていたよ」

「でも、大丈夫かしら」

「念のため、二万円やってきた、大丈夫だ」

男は、自信ありげに云った。

だが、登紀子は、まだ不安であった。

金さえ出せば、なんでも解決すると思っている夫である。

登紀子が嫁に来たのも、結局は金の力に屈したのではなかったのかと、嫉《ねた》み半分に噂する者があるとも聞いている。

結婚四カ月、無論、夫を心から愛している登紀子ではあったが、金の力を過信する所は好きになれない。

「修理工の口さえ塞いでおけば、アリバイがある。轢いた現場はひどい霧の中だ。仮に目撃者があったにしても、証言などあてにならんよ」

「目撃者がありそうなの」

「仮にあっても、という話さ。２メートル離れたら、ナンバーがまるで見えない霧の深さだ。車の色が黒だというだけで、この僕が轢き逃げ犯人にされる気遣いはないよ」

「でも……本当に目撃者がありそうなのかしら」

登紀子は、また不安そうに呟いた。

夫の昌二は、肩をすくめた。

「困ったお嫁さんだ」

おどけた調子でいい、いきなり抱きすくめて、長椅子の上に押し倒した。

「いやよ、こんな所で」

「構うものか、誰が見ている訳でもなし」

新婚のときは水入らずがいいと、わざと女中も置かずにいる二人暮らしである。

夫は傍若無人に振舞いだした。

「待ってよ、あなた」

「待つものか。これはお仕置だ」

昌二はまた、おどけて云った。

「その心配症をなおして、何もかも忘れるまで、お仕置を続けてやる」

優しくて、激しいお仕置であった。

ダーク・グリーンのソファから、燃える緋色の絨緞《じゅうたん》の上へ、熱く縺れあって二人は落ちた。

甘い息声で、夫が囁いた。

「さあどうだ。これでもう、何もかも忘れると誓うか」

「でも……」

と美貌の新妻は、夫の腕の中で、一瞬まだ不安そうな目の色をしていた。

「ようし、それなら」

火のように熱く、お仕置は再開された。

サイド・テーブルで花瓶が揺れ、バラの花弁が一ひら散って床の上の美しいものの素肌に落ちた。

「どうだ」

夫も喘ぎながら云った。

「何もかも忘れると誓うか」

「……」

妻の返答はなかった。

「さ、誓うか」

「……う」

魅力的な姿態が、目をとじて、夫の下で美しく悶えていた。

戸外では霧が音もなく、不気味な厚さを一段と増していた。

悲劇の開幕

藤川昌二は、オリオン貿易の青年社長である。

先代が死んで六年。引き継いだ会社を三倍の規模に拡げて、「親の七光り」ではない非凡の才を示した。

Mデパートの外商部と結び、T紡績と優先契約を交わし、同業者を瞠目させるような、切れのよい動きを見せる。

アメリカへも何度か飛んだ。

三十一歳。仕事が面白くてたまらない盛りである。

スポーツマンらしい緊ったスタイルの肩のあたりには、限りない自信が漂っている。


怖いものがない、といった感じであった。

「社長、お早うございます」

「お早う。まず文書を見よう」

出社する早々から、きびきびと仕事にかかる。

お茶汲みの総務課員のBGが退ると、文書課員の久保田五郎がくる。

その間、経理部長と社内電話で話し合う。卓上メモの行動予定表を見る。どこかへ慌しく直通電話をかける。

秘書の女は置かない。

それは、新妻への心やりであろうか。

英語で、外線との電話に応答しながら、文書課員の久保田が次々と差し出す文書を横目で見て、赤鉛筆でチェックをする。

返答の要するものには、二三行の走り書をつけて返す。

その間、お茶を一口すすり、また電話をかけ直し、時計を見る。

常務を置かないワンマン決済で、目の廻るほど忙しい。

「よし、ではそういった所で処理してくれ給え」

電話三本かけ終ったときには、久保田五郎の差し出す文書への指示も殆んど了えている。

「あと一通です。これはどうしましょう」

「なんだ？　……うむ、返答の必要なし」

「はい」

久保田は頭を下げ、肚の中で思う。

「俺は結局、この男には一生勝てないようにでき上っているのだ」

一瞬、自嘲の色が久保田の顔をす早く横切って消える。

登紀子のこともそうであった。

社長秘書だった時代の登紀子と、久保田は交際があった。

お茶を何度か飲み、映画は二度ほど、それに唇を奪った事が一度ある。

「あの時は、彼女のほうが進んで与えた」

奪ったのではなかったと、久保田五郎は思っている。

登紀子から奪った物は何もなかった。そして、結局、登紀子自身をも奪うことができなかった。

社長の藤川昌二が登紀子を愛し始め、美貌の秘書も、青年社長の逞しさに心を傾けて、やがて、二人は結婚した。

久保田は一夜、自暴酒《やけざけ》を飲み、それですべてを諦めた。

「登紀子も、結局は金の力に弱い女だったのだ」

そう思って、みずからを慰めた。


しがないサラリーマンの、せめてもの鬱憤の持って行き所がそこである。

「久保田君」

藤川が、じっと久保田の顔を見ていた。

「はい」

久保田は慌てて、我に返った。

手にしていた文書の束が落ちそうになった。

「君」

藤川は、難かしい顔をしていた。

「何でしょうか」

「その最後の手紙は、置いて行ってくれ。私的なものだ。あとで僕自身返事を書こう」

「はい」

云われた一通をそこへ置いて退出しながら、久保田はふと疑問を持った。

「なんだろう。あの手紙は」

封を切ったとき、内容は久保田も見ている。

「△月△日午后七時、○○町での件につき、委細は御面談の上何分の決定に到達致したきものと念じおり候。二十万御用意置き下されば幸甚《こうじん》……」

以下は、会見の場所を、追って電話で連絡申し上げたいとだけ書いてあった。

候文というのもすこし異様だが、文意もどこかおかしい。

商用文を装っているが、そうとは見えない。

しかも社長はプライベート（私用）のものだという。

「△月△日午后七時、○○町でか……ふむ、そこで何かが起ったのだな」

久保田は、次第に関心を持ち始めた。

翌日、こっそりと会計課員のＢＧに訊ねてみた。

「社長が小切手か現金を引き出さなかったかい」

「あら、久保田さん、知っているの？　二十万よ。社長仮受けで、現金で揃えろって云われたわ」

「いつのこと」

「昨日《きのう》の午後よ。銀行は閉りかけているし、私、慌てちゃったわ」

「そうかい」

久保田はなにげなく、そのＢＧと別れた。

部屋へ戻り、煙草を一本灰にして、結論を出した。

「社長は脅迫されているのだ。だが……」

二本目に火を点けて、また考えた。

「相手は何者だろう」

そこまでは、わからなかった。

久保田五郎はふと、この脅迫が藤川社長の命取りにまで発展するのではないかと思った。

藤川が失脚し、失命したときの、登紀子の悲歎を、妙になまなましく、久保田はあれこれと想像してみた。

心の底に、残忍な快感が湧いた。

蛇の狙い

藤川昌二にとって、二十万は大した額ではない。

全額を現金で揃えさせ、それをきれいにやって話をつけるつもりでいた。

やがて電話が来て、脅迫者は始めてその肉声を聞かせた。

「金は新聞紙に包んで、西雲寺《さいうんじ》の境内に持って来て頂こう。現場から二丁ほど東へ寄った所にある寺だ」

「金は確かに持って行く。だがあんたのほうの目印はなんだ」

「目印など要らんよ。お互い会う必要はないのだ。寺の絵馬堂の扉の前に置けばそれでいい」

「会って話し合いたいが」

「その必要はないと今云ったはずだ。同じことを二度云わせることはない」

それだけで、電話は切れた。

声は四十がらみと、藤川は見当をつけた。

指定された時刻には、あまり間がなかった。

藤川は席を立ち、すぐに西雲寺に向った。

車はタクシーを使った。

会社の車をつかうことは避けたほうがいいと判断したからである。

寺に着いたときは、初冬の西日が老樹の幹に鈍くまだ残っていた。

子供たちが元気に駈け廻っており、他には老婆が一人と、失業風の青年がうそ寒そうに、襟を立てて本を読みふけっている姿が見られた。

藤川は、指定の場所に新聞包みを置き、そのまま引返した。

寺を出て急いで左に折れ、墓地に沿って半周した。

それから、身軽な動作で、墓場の垣を越え、墓石の蔭を伝って、絵馬堂の裏に接近した。

新聞包みは、指定の位置よりややずらせて、絵馬堂の西隅の柱の下に置いてきた。

墓地内から、充分に見透せる位置である。

藤川が、墓地から見たとき、新聞紙包みは、すこしも動かされた様子がなかった。

老婆も、失業風の青年も位置を変えていない。

子供の他に動き廻る者はなく、新たに境内に入ってくる人影もなかった。

冬の陽は、つるべ落しに暮れかけていた。

「おい、もう帰ろう」

「うん、また明日遊ぼう。あれ? なんだ、これ」

子供が新聞紙包みに気付いて近寄った。

「ああ、よせ」

と、藤川は心で叫んだ。

だが、子供たちはすでに紙を破っていた。

「あっ、おかねだ」

「誰が落したんだ。警察に届けよう」

わいわいと声高に話し合いながら、四五人の子供の群は消えて行った。

「余計な事をしてくれた」

藤川は舌打ちした。

だが、また思った。

「犯人も見ていたはずだ。事情は納得するだろう。恐らくはまた連絡してくるに違いない」

藤川は諦めて、墓地を出た。

老婆も青年も、暮色の濃くなった境内から漸く立ち去ろうとしていた。

翌朝。脅迫者からの電話は、藤川の自宅にかかってきた。

登紀子の給仕で、藤川はトーストを嚙んでいた。

電話に出た登紀子が一瞬蒼白になり、

「あなた……」

と、わなないて受話器を夫に渡した。

藤川が出ると、四十がらみの声が、案外機嫌よく、

「金は確かに受取ったよ」

と云った。

「受取った?」

藤川が、いぶかしんだ。

「そうさ、あの子供たちの中の餓鬼大将に頼んでおいたのだ。君等が帰るときに、絵馬堂の所の新聞包みをひろって、おじさんに届けろ、他の子に気付かれぬようにうまくやるんだぞってな。餓鬼大将は、うまく行ったら百円もらう約束だから、一生懸命やった。金は無事に私の手許に届いたよ」

「そうか」

と、藤川は相手の陰険さに舌を巻いた。

だが、気をとりなおして、せきこむように受話機に向って云った。

「とにかくこちらは、君の要求にきれいに応じたのだ。これであの件は一切忘れてもらおう。いいだろうね?」

藤川は強く念を押した。

「そうは行かんよ」

図太い声が返ってきた。

「とにかく、あんたは二十万持ってきた。これであんたに後暗い所があることがはっきり証明されたわけだ。二十万持ってきてもらったのは、つまり、それを確かめるための手順だ。話の本筋はこれからだ。まあ急がずに、だんだんと、やりましょうや」

聞いて、剛腹な藤川が、さすがに顔色を変えた。

「おい」

藤川は、受話機に向けて怒鳴った。

「陰険な真似はやめろ。出て来て堂々と話し合ったらどうだ」

「口はばったい事を云いなさんな」

と、脅迫者は云った。

「堂々と云うが、警官立会いででも話をつける気かね」

皮肉な口調であった。

藤川は、ぐっと詰った。すこし焦りがでた。

「君、とにかく、この問題を後腐れのないように解決したいのだ。一度会って話をしよう。私のほうは、相当な要求には応じてもいいつもりだ」

「会う必要はないが、要求に、応じるというのは殊勝な心がけだ。それじゃあ、とりあえず、もう五十万も届けてもらうか」

「取り敢えずなどと云うのではだめだ。これ限りという一時金の額を云い給え」

「ふ、ふ」

と、脅迫者は含み笑いをした。

「俺はまだ四十二歳だ。俺を養う期間は長いぜ。それに俺には浪費癖がある。金を持つと、すぐ費《つか》ってしまうのでね。まあ、なるべく遠慮はするが、無くなったら、その都度よろしく頼む。取り敢えずは五十万だ」

受話器の横で、激しい物音がした。

頬を寄せるようにして、一緒に聞いていた登紀子が、ふらふらと床に倒れたのであった。

小細工の代償

その後、五十万が二度。三度目の要求が七十万であった。

「あなた、どうしましょう」

登紀子は、おろおろしていた。

半病人のように窶れて、蒼白な顔をしている。唇には、紅も乗らぬようであった。

昌二は、そっとその唇を吸い、優しく愛撫してやった。

「心配することはないのだよ」

云い聞かせるように云い、

「打つ手はあるんだ」

と、笑顔を見せた。

三度目の現金は、藤川邸に近い公衆電話ボックスの中と指定された。

邸宅群に取り囲まれたこの一劃の公衆電話は、どこかの女中が逢引き電話をかけに入るくらいが関の山である。

午後九時以後は、利用者は絶えて無い。

指定の時刻は午前三時である。

藤川は約束を守った。

今まで、小細工は一度もせず、云いなりに金を渡してきた。

犯人も漸く警戒を解き始めている頃である。

その時期を、藤川は待っていた。

だが、その日も、藤川は、金を公衆電話ボックスの中に置くと、指定されたとおり、ボックス内の電球をはずし、真暗になった箱を出て、まっすぐに家に帰った。

微熱を出して、寝ついてしまった妻の床に付き添い、まんじりともせずに夜明けを待った。

東の白む前に、けたたましく電話が鳴った。

受話機をとった藤川は、二言三言聞くと、

「そうか、よし」

満足そうに頷いた。

「すぐに出かける」

電話を切り、ただちに仕度にかかった。

妻は睡眠薬で熟睡していた。

車庫から車を出し、藤川は人影のない冬の払暁《ふつぎょう》の町を、猛烈なスピードで飛ばして行った。

私鉄沿いの街道に出て、駅を五つほど越すと、ターミナル駅の盛り場が近付く。

右へ大きく廻りこんで、裏手の町へ出ると、そこは旅館街であった。

とある一軒の前で車を停め、門を叩いて、眠そうに出てきた女中の鼻先に、五千円札を突きつけた。

女中は目をこすり、愛想笑いをし、藤川の問いに頷いて「ではどうぞ奥へ」と先に立った。

「こちらです」

女中は指さして引き返して行った。

藤川はいきなり襖をあけた。

「あっ」

女が蒲団の中から、飛び起きた。

だが、男の姿はなかった。

「逃がしたか」

藤川は唇を噛んだ。

探偵を傭い、四台の車と、携帯用無線機と数人の探偵員を公衆電話ボックスの四方に配しての張り込みであった。

紙幣を運ぶ者がどの道を行ったとしても、車で追跡できる手筈を整えていた。

その一台が、脅迫者の乗ったタクシーを捉えて追い、ついにここを突きとめたのである。

「だが、やはり逃がした」

地団駄踏む思いであった。

もしやと思って、急いで外に出て見ると、旅館街のはずれに探偵社の車があり、探偵が一人、麻酔薬でも嗅がされたものか深々と眠りこけていた。

その膝に一通の手紙が乗っていた。

「つまらぬ細工をしたものだ。この私には効き目はない。こういう事をすると、どれほど高くつくかを教えておこう。次からは、百万円単位で要求を出すことに決める」

藤川の手がぶるぶると震えた。

だが、手紙はまだ続いていた。

「その上に、もう一つ要求を増やす事になる。貴殿の細君は美人だと聞いた。当方は目下独身で、不自由している。時々その細君を貸して頂こうかと思う。その都度、ホテルの室《へや》と時刻を前以てお知らせする」

「ううむ」

藤川は、手にした手紙を地面に叩きつけようとした。

だが、一瞬、手紙のその次の文言が目に入ると、思わずそこに棒立ちになってしまった。

「ことわるとまた後悔することになる。私は知っているのだ。轢き逃げをしたのは、貴殿自身ではなく、じつは君の細君である事をだ。そこまで知られていると云い聞かせば、細君もいやと云うまい。よく話し合いの上で納得ずくで来てもらいたい。そして精々、楽しませてもらいたいものだ」

「登紀子」

藤川は思わず妻の名を呟いた。

「必ず守ってやるぞ。誰がこんな獣に、登紀子を渡すものか」

終りは叫ぶような大声になった。

探偵が息を吹き返して、とろんと目を開けた。

藤川は血走った目で、探偵を睨んだ。

「探せ、どんな事をしても、奴を探し出すのだ。ただちに、第二段の策を実行してくれ」

探偵は申し訳なさそうに頭を垂れ、まだふらつく足で、大きな手提鞄を手に、慌ててその場を走り去って行った。

拳銃と睡眠薬

登紀子は、床を離れた。

おちおち寝ている気にはとてもならなかったし、案じてくれる夫にも済まないと思う。

登紀子は、今では夫の昌二に対する見方を変えていた。金で何でも解決がつくと思いこんでいる人間のようなあの昌二が、今度のことでは、裸一貫の一人の男として、必死に妻を守り通そうと、それにすべてを賭けて戦ってくれている。

「あの人に済まない」

と、登紀子は心底から思った。

轢き逃げを起したのは、登紀子である。上流社会のパーティでのエチケットを習う必要から、毎週金曜は夫の知り合いの某財閥の老婦人の家へ、エチケット見習いかたがた、夕食をよばれに行く。

その帰りに、霧の深い傍道で人を轢いたのであった。のめるように黒い影が車の前に飛び込んできて、あっと云った時はすでにハンドルに衝撃を感じていた。

急いで停め、駈け寄って見ると、中年の男が一人、仄かな街路灯の光の下にもがいていた。口からはぶくぶくと血の泡を噴き、幽鬼のように呻いて、白眼を宙に吊り上げていた。

登紀子は鬼気せまるその形相に震え上り、錯乱して、ただその場を逃れたいという衝動に駆られた。

気がついた時は、我が家のサロンで、子供のように激しく泣きじゃくっており、帰宅した夫が、優しく背を撫でてくれていた。

夫はすべてを自分がやった事にして、跡始末の一切をうまくやってくれた。

登紀子には、「轢いたのはこの僕なんだ。そう思い給え」とくどいほど云いきかせた。

「万一、ばれる事があっても、君には関係ないのだ」

夫の好意が、身に泌みて嬉しかった。

脅迫者が現われ、金をゆすり始めてからも、昌二は登紀子に「いずれにしろ、君には関係がない事だ」と云い続けてきた。

脅迫者が、轢き逃げ者の正体を見破ったとは、昌二は登紀子には知らせていない。

もちろん、脅迫者が、登紀子の身体を代償として求めてきたとは、昌二は妻に知らせていなかった。

だが、その後にも、じつはこんな電話のやりとりがあった。

「そろそろ、奥さんの身体を一度試してみたくなったが」

「待て、今度の件は妻には関係のない事だ。轢いたのはこの私だ。妻にだけは手を出すな」

「ところが、こっちは動かぬ証拠を握っているんだ。現場には砂がたくさん散っていたそうだな。お前さんはタイヤを替えさせて、それでいいと思ってるか知らんが、そうは行かん。砂の上で、奥さんは靴の踵を取られたんだ。砂のついたままの踵をこの私が拾った。砂はたぶん、警察の鑑識で記録に取って保管してあるはずだ。私の持っている証拠品を警察に送りつければ、奥さんは一度で有罪だ。近頃、悪質な轢き逃げは殺人罪だぜ」

「待て、待ってくれ。その砂のついた踵というのを買いとらせてくれ。これは他の話とは別だ。それを買いとるためなら、金はいくらでも出す」

「だいぶ、愛妻家のご様子だが」

と、電話の声は憎々しいほど落着き払っていた。

「しかし、そう聞くと、余計にその美人の身体を頂きたくなったね」

結局、その日の電話は物別れに終った。

その事も昌二は登紀子には告げていない。

昌二も、登紀子に顔を合わせた時は、無理に笑顔を作っていた。

そんな事のあった翌日、留守宅の登紀子へ電話がかかってきた。

登紀子は、震える手で受話機をとった。

「まあ、久保田さん」

電話の主は、昔のボーイ・フレンドの文書課員であった。

「近ごろ、いかが、お元気?」

さすがに、昔懐かしい思いがした。

だが、電話の久保田の声は硬かった。

「奥さん、ちょっとお耳に入れておきたいことがあるので」

「え?」

「社長が拳銃を手に入れましたよ。何か変ったことでもしないでくれるといいですが」

電話は、それだけで、そっけなく切れてしまった。

登紀子は不安になった。

その夜、夫の帰りを待ち受けて、それとなく訊ねてみた。

「いや、べつに」

と、夫は元気そうに笑った。

その夜の夫は、本当に元気そうであった。

酒を飲もうと云いだし、登紀子にホーム・バーでマーティニーをつくらせて、それをあけながら勢いよく語りだした。

「とうとう。あの男の居所を突き留めた。これで、こっちも次の手を打ちやすくなったわけだ」

「まあ、本当？」

「本当とも、ここに番地がある」

登紀子を安心させようとするかのように、昌二は住所を記した紙片《かみきれ》を見せた。

「でも、よく判ったのね」

「それはこうなんだ。この前、電話ボックスへ七十万を置いて追跡に失敗したとき、じつはちゃんと第二段の手が打ってあった。あの電話ボックスの床に、僕はラジオ・アイソトープの液体を手に入れてたっぷりと撒いてきたのだ」

「なんですの？　それ」

「放射能のある液体だ。だから、旅館からあいつに逃げられたあと、探偵に用意したガイガー計数管という装置を持ってそのあとをつけさせたんだ。靴にはアイソトープがしみこんでいるから、計数管で、足跡をたどるとかすかに音がするんだ。あいつはすぐ近くの駅から国電の環状線に乗ったことが判った。そのまま、一駅ずつあいつが乗ったと同じ車輌位置のホームを当ってみた。それであいつの降りた駅が判った。だが、さすがにその辺で、靴の裏に泌みついた放射能の痕が薄れだした。だから、探偵は、直接には居所を突きとめられなかった。しかし、探偵には辛抱強く駅で張り込みを続けさせて、ついにその男の正体を捉えたのだよ」

「でも、相手の顔が判らないのに？」

「じつは、渡した七十万の札の一枚一枚にもラジオ・アイソトープが泌ませてあったのだ。だから駅の出札所に張り込んでいた探偵には、ガイガー計数管が鳴ってすぐにそれと判ったのだ」

「そう、よかったわね」

「本当によかった。これでこっちの手の打ちようも出てくる」

「そうね、それじゃあ。今夜はお祝いしなくちゃあ。

もう一杯召し上る?」

「うん」

登紀子はまた、カクテルを作って勧めた。

夫はそれを干した。

酒に強い夫が、やがて珍らしく陶然とした顔になった。

「登紀子」

「え?」

「愛しているよ」

「私だって……心から愛していますわ。あなた……あなた」

夫は眠りかけていた。

登紀子が酒にまぜた強い睡眠薬が、効き始めていたのであった。

「私だって心から愛しています。だから、行くのよ」

登紀子は立ち上った。

脅迫者の住所を書いた紙片を、バッグにしまった。

暫く夫の寝顔を見て、しみじみと言った。

「さようなら、あなた」

妻の推理

いきなり、ノックもせずに部屋に入って来た女を見て、男は一瞬棒立ちになった。狭いアパートの一室に、最近俄かに取り揃えたと思われる不釣合な家具や電化器具類が、所狭しと並んでいる。

それが、藤川家から絞りとった金で購《あがな》ったものであることは一目瞭然であった。

「手塚勇吉という人はあなたですね」

名ざして云われたが、男は落着き払って答えた。

「藤川登紀子さんだね。いずれあんたには呼び出しをかけようと思ったが、そっちから出向いてくるとは意外だった」

「夫を救うためです。あなたが、藤川を骨の髄までしゃぶり尽そうとしているのに我慢ができなくなったからです」

「ふうん。大層なことを云うな。だが、のこのこ出て来て、女手一本で、どうやってご主人を救うつもりだね。まさか、身を投げ出すから、そのかわり主人を助けてくれというのじゃないだろうな」

「もしそうだったら?」

「やはりそうか」

男はにやりと笑った。

「だがな、そりゃあだめだ」

「どうしてです」

「どうせ、あんたの身体は頂く事になってる。それに、あんたなんぞはどのみちただの景品だ。じつは藤川昌二を破滅させるのが俺の目的なのだ」

「やはり、そうだったのね。判ったわ」

「何かだ」

「何もかも、あなたが藤川を破滅させるために仕組んだ芝居だったのだわ。私が轢き逃げしたように見せかけたのも」

「あんたは轢かないと云うのかね」

「そうよ。私じゃない。あの時は夢中だったけれど、今は違います。あなたは砂のついた靴の踵を手に入れたと云ったわ。その電話を私、寝込んだふりをして聞いていました。その時からすこしずつ、これはおかしいと思い始めたわ。私の靴の踵が、もし現場に散っていた砂の中ではずれたのなら、そのまま車に駈け込んだ私は、靴裏に出ていた釘で、床のゴムシートを踏んだはずよ。私は、運転席のゴムシートを詳しく点検して、靴裏に残った三本の釘で刺した痕がないことを確かめました。踵は現場で落したものではないわ。家のすぐ近くまで来て、目まいがして、溝にすこし吐いたのをうつろに覚えています。そのあたりでよろけて、踵をとられたのよ。あなたはちゃんと私をつけてきて、そこで拾ったのだわ。そうだとすれば、これは何も、かも、あなたが最初から企んだ事なのではないかと、そろそろ気付き始めていたの。私が轢いたのは人ではなくて砂袋よ。轢かれた男というのは、じつはあなたの芝居だったのです。あとで現場に残されていたほんものの死体は、あなたがわざわざどこかで轢いて運んで来た男の人の死体よ。殺人者は、あなただわ」

「ふむ」

男は鼻を鳴らした。

「よく見破った。それなら教えてやろう。確かに、俺はあの日ドライブ・クラブの車を借りて、あんたが今云った通りの事をした。そして、あんたに轢き逃げの罪をかぶせた。俺は戦時中に対戦車兵という特殊訓練を受けた歩兵だ。戦車の下に潜り込んで地雷を押し込む、その訓練を受けているから、タイヤの下に砂袋を押しこむぐらいは朝飯前だ。あんたが毎週金曜にあの道を通る事も知っていた。だから、その三十分前に人間一人轢いて、あんたが轢いた事にする分も用意しておいたんだよ」

「どうしてまた殺人を犯してまで、私たちを苦しめたかったんです」

「あんたのご亭主の父親というのが、戦時中、我々対戦車兵の隊の隊長だった。部下を盾にして命を助かろうとしたひどい奴だ。この俺も無理矢理に、敵戦車の前に突き飛ばされた。そんなひどい奴が、戦後に大きな顔をしてのさばっていると判っては、我慢がならなかった。だが、俺は胸を悪くして、半死半生だった。やっと癒ったとき、そいつはもう死んでいた。だから俺はそいつの息子に仕返しをしてやろうと決めた。長い間、慎重に計画を練って、やっと実行に移したんだ。もうここまで来たら、とことんまで、やめる気はない」

「やめさせるわ」

登紀子の手に、拳銃が光った。夫の昌二のポケットから探り出して抜いて来たものである。男が笑いだした。

「うしろに誰がいるかも知らずにか?」

「え?」

思わず振り返った一瞬、男は登紀子の手許に飛び込んでいた。

「俺は、対戦車兵だぜ。相手の下から潜り込む訓練を受けた男だ」

拳銃は難なく取り上げられていた。

「こうなったら……」

男の手が、登紀子の首にかかっていた。

「死んでもらうより他はないな」

男の腕に、力が入った。苦しげな呻きが洩れ、やがてそれが終った。登紀子の身体が床に崩れた。

「殺す前に、すこしは楽しませてもらおう」

男は淫らに笑って、気を失った登紀子の下半身に跼んだ。

「ううっ」激しく唸り声を立てて、男が前にのめった。文書課員の久保田五郎が、拳銃の台尻を掌にしてそこに立っていた。

「間に合ってよかった」

久保田は、登紀子を藤川邸からつけてきたのであった。

「登紀子さん、しっかり」

気を失った登紀子を抱き上げたとき、久保田はふと、その唇を吸いたい激しい衝動に駆られた。

だがその唇からは、かすかなうわ言が洩れた。

「あなた、愛しているわ。だから、私、あなたのかわりに死にます」

久保田は、ふっと腕の力を抜いた。

「やはり俺は、藤川には一生勝てない」そう思った。

登紀子がはっきり息を吹き返したとき、久保田は勤直な文書課員の態度に戻って云った。

「奥さん、お宅へお送り致しましょう」

13/18・8

1

終戦後まもない頃、東京の秋葉原界隈には、ジャンク屋という商売が繁昌した一時期があった。

国電のガード周辺の焼跡に、バラック建ての小店が何軒も並んで、思い思いに、軍がストックした通信機材の類を売り鬻《ひさ》いでいたが、それは食料や衣類の闇市とはまた性格のちがった一種独特の存在であった。

店頭には、開閉器《スイッチ》や継電器《リレー》や真空管《バルブ》の類を雑然とならべ、店の奥には電線、ジュラルミン板、ゴム布、ガソリンなどを隠匿していて、商いの主力は無論、後者の闇売りであった。

生きるに難かしい時代ではあったが、不思議と、ジャンク屋の街には、いつも活気が溢れていた。

経営者が変り、あるいは転業し、戦後十八年の風雪の間には、さまざまな変遷はあったが、その一劃の生業《なりわい》の活気は一度も途絶えることはなく、現在は電気機具の卸問屋街として栄えている。

佐古角造は、この街で、戦後四年の余をジャンク屋をやって過した。

金属やゴム類の闇流しも適当にやり、ほどほどに儲けて、蒲田のほうに小工場一軒持つまでになった。

工場では、スイッチやリレーやマグネットなど、配電器具類を主体として作った。

そこでも、角造は、よく儲けた。

鬼瓦のようないかつい顔をして、扮《な》り振り構わずどこにでもひょこひょこ出かけて行くが、人をそらさない独特な愛嬌があって、なかなかの商売上手であった。

戦闘帽にサンダル履きで、どこへ罷り通ってもおかしくない時代に、角造のような飾らない商法は、むしろ強味でさえあった。

妻帯して、子も作った。

結婚後七カ月目に出産という多少強引なやりかたではあったが、まずまず家庭も固まり、角造にとっては最も自信に満ちた人生の一時期であった。

だがやがて、軍袴《ぐんこ》やカーキー色の上衣ではおかしいという時代がきた。

ララ物資の古背広の一枚も持たねば外交廻りもできない時代とあって、角造もやむなくそれに倣ったが、鬼瓦の容貌に、寸の余ったアメリカの古着では、ズワイガニがズックを纏うたような無恰好さがついて廻った。

客の失笑を買うこともたびたびとあり、角造は大いに気を悪くした。

持ち前の、彼独特の愛嬌がなくなり、客扱いもどこか及び腰になった。それが営業成績にも微妙に響いた。

売り上げがガタ落ちとなって行くのに気付いた角造は、大いに慌てた。

「外交を傭おう」

彼は決心した。

幸い、よい外交員が見つかった。営業の業績はたちまち恢復して、以前よりも上廻るようになった。

「俺はもう、外廻りはよそう」

と、角造は弱気になった。

結局、外交をもう一人ふやした。

「これで充分やって行けるのだからいい」

確かに、工場はそれでやって行けた。

だが、妻が乳呑児を抱えたまま、外交員の一人と駈落ちしてしまった。そのことが、角造にとっては、ひどくこたえた。

「女房の奴、俺のつらを見るのが、そんなにいやだったのか」

と、角造はそう解釈した。

卑屈なまでに、自己の容貌を気にするようになった。

工場のほうは、戦後の復興景気に乗って順調に発展して行ったが、角造の心は怏々として楽しまなくなった。

「まあ、そう気にしなさんなよ」

と、同業の友人たちがしきりと再婚を勧めた。

「いやだ、俺は」

と云っていたものが、友人連中の度重なる勧めに、四年経って角造もやっとまたその気になった。

「よく、だが、なるべく面《つら》のまずいのを探してきてくれ」

「引受けた、安心しろ」

友人たちは、角造の註文どおりの嫁を探してくれた。

女は、六月の筍のように間伸びのした顔をしていた。

「うむ、これなら俺といい所だろう」

角造は腹の中で安心し、縁組みを受諾した。

再婚でもあったし、派手な事は何一つせず、こっそりと式を挙げたが、妻はそれで満足した様子で、八つ年上の夫にまめまめしく仕えだした。

角造の人生に、やっとある種の落着きが戻ってきた。事業も順調だった。

工場は資本金百五十万、従業員三十人とふくれ上っていた。昭和三十一年、そろそろ神武景気の風も吹き初めようという頃であった。

「やるぞ、俺は」

と、角造は馬車馬のように働きだした。

工場は倍額増資した。

妻は頼もしそうに、夫の姿を見ていた。

工場はついに再度の倍額増資を決行することになった。社名も新興電機とし、資本金六百万、当時の配電器具メーカーとしては、まずまず一かどの会社といえる所まできた。

そのとき、妻が突如として行方を晦《くらま》した。

周到に計ったものと見え、角造名儀の預金をこっそりと持ち逃げして行った。

増資分の払込みに備えて、角造個人で借りた金も根こそぎやられた。

「あの女……あの女でさえ、やはり金が目当てで、俺のつらと辛抱してつきあっていたのか！」

角造は、深刻な衝撃を受けた。

気落ちして、増資も見送った。

次の不況期には、散々の業績になった。

倒産というほどではなかったが、昔日の活気は、この会社にはもう見られなかった。

角造は、渉外や営業のいっさいを社員たちにやらせ、自分は社長室に籠って、社員の尻を叩いて督励するだけに終始した。

「あの男も、ああして終りか」

古い友人たちも、近来とみに偏屈になって、碌につきあおうともしない角造の姿を、同情と多少の軽侮をまじえた眼で眺めた。

確かに、角造の余す人生に、格別の楽しみが残されていようとは思えなかった。

「だが、あいつは自殺をするような柄じゃあないからな」

と、友人たちも、その点は安心していた。

ところがその角造が、自殺どころか、友人たちを暫く啞然とさせるようなことをやってのけた。

角造は三たび妻を迎えたのであった。

三浦筆子といい、二十七才で初婚の女である。

婚期の遅い映画女優に美人が多いというが、筆子もその仲間に入れておかしくないほどの美貌を持っていた。

筆子の婚期が遅れたのは、慢性の結核を病んだためということだったが、今は快癒していた。

正確にいえば、角造が手を尽して快癒させたものであった。

筆子の一家は貧しく、充分の治療も栄養補給もできかねていると聞いて、たまたま筆子の父と多少の面識があった角造が救済に乗りだしたものであった。

新薬、転地療養、行届いた食餌療法と集中的な手を打てば、結核は癒らぬ病気ではない。

醜いまでに痩せ衰えていた筆子の身体は、見る見る生気と健康と美を恢復した。

「全快です」

医師の宣言を聞いて、快癒の祝いに訪れた角造の前で、筆子は思い詰めたようにこう云った。

「私を一生、あたたのお傍に居させて」

角造は弱々しい微笑を返したが、彼女のいう事には取り合わなかった。

だがその夜、筆子は睡眠薬自殺を図り、危うく一命を取りとめた。

そんな経緯《いきさつ》があって、佐古角造は三浦筆子を三度目の妻として迎えたのであった。

「いつまで保つかな」

旧友たちは、完全に批判的であった。むしろ野次馬の目を以て、眺めた。

だが、世評は完全に裏切られた。

一年……二年……筆子は献身的に角造に尽した。

他目もいじらしいほどであった。

角造も、筆子を溺愛した。

三年……二人の間に、愛情の揺らぎは兆さなかった。

筆子の父、三浦源作は、迎えられた角造の会社の総務部長となった。

さして有能ではないが、誠実な老人であった。

角造は、それでよいのだと満足の意を表し、物質的にも源作を厚く遇した。

筆子の一族からは、他にも誰彼が角造の会社に身を寄せるようになった。

筆子とは従兄妹《いとこ》の村上信之は営業第二課長に、村上より二親等ほど筆子とは遠い矢島透も技術課長代理になっていた。

「一族があまりお世話になり過ぎては……」

と、美しい妻はむしろ、夫の厚遇を恐縮していた。

「いや、いいんだ、皆それぞれ、よく働いてくれる」

と、角造は筆子を安堵させるようにいった。

「他にも、まだ親類で困っている人があったら呼んできなさい」

とまでいった。

だが、やがて、困った事がひとつ起ってきた。営業に抜擢された筆子の従兄妹の村上信之が、目に見えて勤務振りが怠慢になった。

元来が怠惰な男であったものか、忠勤のメッキが一度剝げだすと、それは日増しにひどくなって行った。

総務部長の三浦源作が、それに気付いて厳しく叱責したが、まるで効き目がなかった。

源作から娘の筆子に話が行き、筆子が角造にいった。

「村上が、とてもいけないそうですね、父がそういって憤っていました。私に遠慮なさることなんか何もないのですから、どうぞ処分してください」

筆子にいわれて、角造も気が楽になったようであった。

村上信之は、就任したばかりの営業二課長の座を追われ、後任には横浜の同業者から「是非使ってやってくれ」と推薦された高井宗太郎という男が入って、早速仕事に就いた。

営業二課の仕事というのは、国鉄で使用するスイッチ類の受註が主体で、国鉄関係者への饗応、リベート、贈賄など、際どい所までやらねばならない。

やりようによっては、随分と甘い汁も吸えるポストであった。

その営業二課長の座を追われて資材課付きにされた事に、村上信之は深刻な不満を懐いているようだと源作が筆子に告げ、親娘はその問題を心配そうに話し合った。

だが、表だって、憂慮すべき事態は何も起らなかった。

筆子のもう一人の縁者、矢島透は技術課長代理の職を忠実に勤めていた。電気工学専門の大学出身というこの独身青年には、与えられたポストは適任のようであった。

適任といえば、営業二課長の後任の座に就いた高井宗太郎という男も、その職所に極めて適任のように見えた。

以前から官庁や大会社への入札仕事には経験が豊富であったものらしく、着任すると同時に着手した仕事が、出入りのブローカーを使って、業界一般の業者たちの、国鉄職員に対する饗応、袖の下、リベートの相場を一覧表にして調べ上げる作業であった。

「こいつを作っておけば、こっちの仕事もしやすいですよ。競争入札のときに同業者を牽制するのにも役に立つし……」

と、高井宗太郎は豪傑笑いをした。

彼も、社長の角造にひけをとらぬほどの容貌魁偉な男であった。だが高井は角造とは違って、自己の容貌をすこしも気にかけていない様子であった。

自信を以て、仕事に精を出す。

「すこしやり過ぎるのじゃないか」

と角造がはらはらするような事もやった。

「ほどほどにやってくれ」

と、正面切って高井に注意した事もあった。

角造の心配は杞憂ではなかった。

やがて、どこからともなく、警視庁捜査二課が、角造の会社に目をつけ出したらしいという風説が流れてきた。二課が目をつけたのだとすれば、それは当然国鉄関係の汚職摘発の線という事になる。

高井に不正入札の秘密の詳細を握られた同業者たちが、逆に先手を打って、捜査二課に角造の会社の行状を密告したのではないかとも想像された。

いずれにしろ、叩かれれば、この会社も埃は無論出る。

角造は慌てだした。

総務部長の三浦源作では、人がいいだけで頼りにはならない。

角造は、国鉄関係の帳簿書類の改竄《かいざん》を自分一人でやることとし、社員の退社後の時間を選んで、社長室に籠ってその作業を始めた。

ジャンク屋時代の昔から、商売の要領の良さは身につけている。

贈賄証拠の湮滅ぐらいは、角造にとって、さしたる難事でもなかった。二日間であらかたの作業を終った。

三日目の晩は、もう最後の仕上げだけであった。

「今晩は早く帰れる」

角造は、手製の夕食を差し入れに来た筆子にそういった。

だが、角造は、その夜、遅くなっても帰宅しなかった。

夜半に、巡回中の守衛が、社長室で死んでいる角造を発見した。

2

警視庁捜査一課第×号の班に「トボカメ」という綽名《あだな》の刑事がいた。

本名は亀田広泰。おとぼけの亀さんを略してトボカメというのだとの説もあり、背姿がひどくとぼとぼしているその雰囲気から、トボを冠した綽名をもらったのだとの説もある。

齢は三十二で、血気の時代は過ぎていたが、まだとぼとぼしなければならぬほどの齢でもない。

歩きかたにまでおとぼけが立ち混るようでは、これは作られたポーズというよりも、むしろ性癖の一部なのであろう。

犯罪捜査に「おとぼけ」は、なかなか有力な道具となりそうだが、彼の場合には、そうでない。

亀田刑事の部内での評判は、あまり芳しからざるものがあった。

最近の捜査一課では、捜査のチーム・ワークという事を非常に喧《やか》ましくいう。

とぼけた顔でひそかに個人捜査をやって、土壇場に来てさっと功績をかっさらって行くようなスタンド・プレイは許されない建前である。

亀田刑事のやり口には、どうもこのスタンド・プレイの要素が多分にあって、捜査実績では非常に良い成績を挙げていながら、一課各班の主任や同僚には嫌われる。

最初、一課の第△号の班に編入されてから、既に二回も各班を盥廻《たらい》しにされて、今は第×号の醍醐警部の下についている。

前の班を出されるとき、主任が亀田刑事にいった。

「亀さんよ、あんた今度もし醍醐君の班で嫌われると、青梅署か五日市署あたりに飛ばされることになるかもしらんぞ」

以来、おとぼけの亀田刑事は、極力とぼけるのを慎むようになったのであった。

捜査途中で知り得た事実は細大洩らさず班の主任に報告し、自分一人で調査してみたい線があっても、別の線の捜査を割り振られれば、黙々としてそれに従うように努めてきた。

「亀さん、近頃よくやっとる」

と、すこしは評判もよくなった。

新興電機社長、佐古角造氏の変死事件で、醍醐主任の班が出動したときも、トボカメ刑事は、おとぼけを返上して、努めてチーム・ワークの線に乗るように努力をした。

もっとも、主任が現場で捜査の分担を割り振るまでは、全員が任意に行動して、思い思いの現場観察をすることもできる。

亀田刑事も、一わたり丹念に現場を見た。

佐古角造の死体は、帳簿やら伝票類やらの山に顔を俯伏せていたというが、今は既に鑑識の手で仰向けにされていた。

亀田は、いかつい死に顔をしみじみと眺めた。

「まずい面だ。だが自殺をする面構えじゃない」

死者の顔には、物欲色欲いろいろと、この世への未練がまだたっぷりと残っているように思えた。

「これは、他殺《ころし》だ」

その目で現場を見ることにした。

卓上には、帳簿類のほかには、インクスタンドとコーヒー茶碗、それにステンレス製のボール型の卓上ガスライターと煙草入れ。

サイド・テーブルには食べ終った夕食の食器類。

そのほかには、これという目ぼしいものはない。

社長室には廊下に面するドアと、隣りの総務部の部屋に通ずるドアがあり、どちらも内側から鍵がかかっていた。

窓の戸閉りも完全。

開いていたのは、換気のために窓とドアの上の三カ所の回転窓だけである。

「社長は部屋に閉じ籠って夕食を採り、その後は何か秘密の帳簿整理をしていた。仕事に夢中になっているところを殺《や》られた」

亀田刑事は、まず状況をそう把握した。

死因は、刺殺、射殺、絞殺のいずれでもない。

鑑識が主任に報告しているのを傍聴したところでは、詳細は剖見後でなければわからないが、青酸系毒物の中毒死はほぼ間違いないという。

鑑識としては、食器、コーヒー茶碗などからの毒物検出を極力急ぐつもりだと、若い鑑識の課員は醍醐警部に報告していた。

「すると、ガイシャがどうやって青酸系毒物を摂取したか、これは鑑識待ちだな」

と、醍醐主任は呟いて、捜査班の全員を集めて、捜査の分担の割り振りにかかった。

亀田刑事には、聞き込みの仕事が当った。

今野という地元署の若い刑事と組んで、外廻りをしろという。

現場からは最も遠くて、最も成果の期待できない下積みの役割りであった。

「そういう事は地元署にやらせればいい」

と、亀田刑事は内心大いに腹を立てた。

「まあ、これもチーム・ワークとやらの内だ」

自らをなぐさめて、割り当てられた仕事に出て行く亀田刑事の後姿は、ひどくとぼとぼしていた。

醍醐警部が、ちらと横眼で見て、

「亀さん、腹立てとるわい」

と肚の中で思った。

「気の毒だが、止むを得んな」

警部が亀田を外廻りに出したのは、亀田を庇ってやるためであった。

トボカメ刑事の部内での評判は概ね芳しくないが、とりわけ鑑識課内では悪い。

鑑識課員たちの取沙汰する所によれば、トボカメ刑事は、現場で目ぼしい物を見つけると黙って拾って、それを事件解決まで一人で握っている事がよくあるという。

そういう手癖の悪いのに現場をうろうろされては、鑑識としては完全な仕事ができるとは保証し難いというのが、その云い分であった。

醍醐警部としては、鑑識と衝突させないためにも亀田刑事を外廻りに出す必要があったのである。

「あいつには、苦労させられる」

そんな警部の配慮も、当人の亀田には判っていない。

その日の午後遅く、地元の蒲田署の会議室で第一回の打合わせ会が開かれたとき、亀田刑事は面白くもなさそうな顔を、その席に連ねていた。

席上、鑑識からの報告は、概ね自殺説を裏付けたものであった。

死因は青酸系毒物による中毒死。

毒物は飲食物による経口摂取でなく、青酸系の気体を呼吸器へ吸い込んだものであると云う。

夕食の食器や、呑みかけのコーヒー茶碗には、全く毒物の痕跡なし。

事務机の袖が三段抽出しになった下の床面から、長さ五センチ、直径一センチ程度の筒型のガラス容器が発見され、そこから微弱なベルリン青反応を認めた。

変死者が青酸系毒物を吸入した容器としては、今のところ、右のガラス筒以外には考えられないという。

なお、このガラス容器は胃薬の錠剤などが入っていたものらしく、容器には変死者（佐古角造）の指紋が多数検出されているが、それは角造がこの容器内の胃薬を持薬として毎日服用していた時期に付着した指紋が大部分であると考えられる。

毒物の種類は恐らくはシアン化水素酸。これは摂氏二五・六度で気体となり、空気に対する比重は〇・九三五で、空気より僅かに軽く、緩やかに上昇拡散するから、死体周辺に立ち籠めた若干の有毒ガスは、回転窓からの通気に散らされて、室内には毒性気体が残留しなかったものと認められる。

だがもし、外部から、室内の佐古角造を殺害する目的を以て、青酸性の気体を屋外から室内に向けて発射したのだとすれば、それは室全体に立ち籠めて、死体発見当時、人間が安全に入室できる状態にはとてもならなかっただろうと云う。

従って、他殺説はこの場合考えられず、佐古角造は自分でガラス容器から発生する小量のガスを吸って自殺したものと考えるのが妥当である。

鑑識側の見解は以上のようなものであった。

だが、反対の声が上った。

「私は他殺だと考えます」

声の主は亀田であった。

「なぜだね」

醍醐主任が、思わず咎める目になった。

「遺書がありません。それに自殺の動機もない」

と、亀田は云った。そしてさらに続けて、

「灰皿の煙草は火のつけかけ、机の上の帳簿は書きかけで終っていますが、発作的に自殺をするような原因は全然見当らないでしょう」

「では、君は、他殺だと云うのかね」

「そう考えています。たとえば問題のガラス容器にしても、誰かがなにげない様子でそれを机の上に放りだしておけば、佐古社長は不審に思って、それをとりあげて嗅いでみる。そのために毒物を吸いこんで死んでしまうという事もあり得るでしょう」

「その事は鑑識さんも一応考えたそうだ。だがあの容器の毒物の量は非常に少ない。ちょっと嗅いだ程度では死には至らない。やはり自殺の意図を持って、充分に吸いこんだとしか考えられんそうだ」

「しかしですね、主任」

と亀田刑事はまた押し返した。

「……もし当人に自殺するつもりがあったのなら、容器の中に、そんなにけちけちと僅かな毒物を入れて、吸い難いのを我慢して一生懸命に吸い込むことはないでしょう。遠慮せずに、容器にはたっぷり毒物を入れておけばいい」

亀田は執拗に喰い下った。

醍醐警部は、顔の汗をぬぐった。

なにも、捜査一課長の同席する会議の席上でいちいち鑑識の鼻を逆撫でするような事を云う必要はないではないか。これだから、亀田という男は皆から嫌われる。俺も厄介な部下を背負い込んだものだと、その事で警部は汗をかいたのであった。

だが、汗を拭き拭き、また思った。

考えてみれば、亀田も可哀想だ。

オトボケを封じられて、意見があればその都度はっきり云えと云われたから、それでこうして、むきになって突っかかってくるのだろう。

亀田としては、これが精一杯のチーム・ワークへの協力のつもりであるかもしれなかった。


「いずれにしろ、とにかく厄介な男だ」

と、醍醐警部はいつまでも汗を拭いていた。

3

結局、自殺他殺の決定は時期尚早という捜査一課長の発言で、その日の打合わせ会議は終った。

以後の捜査の分担がまた割り振られ、亀田は引続き地元の今野と組まされることになった。

こんどは毒物の入手経路の捜査を割り当てられた。

考えてみると、これはどうも「佐古角造が毒物をいかにして入手したかを捜査せよ」と云われているような気がする。

捜査一課長が、自殺他殺は決めずに行くという線を打ち出したのに、結局は、やはり自殺を前提とする捜査に追い使われているのではないか。

そう考えると、亀田刑事はまた面白くなかった。

チーム・ワークとやらへの協力の意欲がとみに薄れだした。

今まではオトボケの独走を極力抑えてきたし、会議の席でも堂々と意見を述べてみた。だがそれは、あまりいい顔をされなかった。

それなら、やはりオトボケに戻る他はないではないか。

「よし、一つやってみるか」

と、亀田刑事はついに決意した。

幸い、毒物入手経路の捜査を口実に、佐古角造の周囲の人物の一人一人に当ってみる機会はある。

じつはそれが、「少しは亀田の思いどおりの事もやらせてやろう」という醍醐警部の秘かな思いやりの捜査配置であったのだとは亀田刑事は思ってもみなかった。

彼としては、常にパートナーとして行動する今野刑事の目をいかに掠めて、他殺説の裏付け資料を取るかが当面最大の関心事である。

「まずアリバイ、次が動機そして犯行の方法だが……」

幸いにアリバイの件は判っていた。

鑑識から、自殺の裏付け資料が提出される以前に、醍醐班や地元署が手分けをして集めた関係者のアリバイ資料が既にあった。

当夜、佐古角造は午後七時まで工場内におり、それから事務所の社長室に戻って妻の筆子が自宅から運んできた心尽しの手製の夜食を受け取り、筆子を帰宅させたあとドアに内鍵をかって、帳簿整理を始めた。

死亡推定時刻は、鑑識の発表によれば午後八時半から九時までの間。

従って、アリバイは午後七時から九時までを問題とすればよい。

筆子の父の三浦源作は、午後七時には婿夫婦とは別居している北千束《きたせんぞく》の自宅に帰って、隣家の主人の訪問を受け、雑談をして夜を更かしたという。

現営業二課長の高井宗太郎は、自宅への帰途、渋谷で映画館に入り、久し振りに洋画を観ていた。

また、営業二課長から左遷されて資材課付きとなった筆子の従兄妹の村上信之は、銀座のビアホールで飲んだり、夜の盛り場をうろついたりしていたと申立てた由であった。

筆子のもう一人の遠縁の、技術課長代理の矢島透は、納入スイッチの故障で、午後六時頃から会社を発って、鶴見の某オートメーション工場に駆けつけて、始んど夜を徹する修理作業をやらされていた。

アリバイの明白なのは、三浦源作と矢島透である。

村上信之と高井宗太郎のアリバイには、確実な目撃者がなく、裏付けは成立しない。

また、アリバイの点から云えば、午後七時半過ぎには馬込の自宅へ戻って一人で夫の帰宅を待っていたという筆子にも、それを確証できる裏付けはなかった。

「高井、村上、筆子の三人に絞れるわけだが、さて次は犯行の動機調べだ」

それには、この三人に一人ずつ当ってみる他はなかった。

ただし、亀田の行動には、いつも今野刑事というお供がある。

他殺の線のおとぼけ捜査をやろうとすれば、今野の存在は、お目付け役にも等しかった。

「表面はあくまでも、自殺用の毒物入手経路の捜査という顔をせんといかんな」

と、亀田刑事は肚をきめて、まず筆子から会ってみることにした。

同僚の噂には聞いていたが、なるほど筆子は美しい。夫の急死に気も転倒しているためか、碌に化粧もしていない様子だったが、色白の肌に、際立った目鼻が絵に書いたように美しかった。

「ご主人は薬の小瓶とか缶などの類を、秘密に隠していた様子はありませんでしたか」

「いいえ、心当りがありませんわ」

「では会社から薬品類を持ち帰ることは」

「ございませんわ、第一、薬品なんて、会社にありますかしら」

「では、出入りの薬屋で特に懇意な所がありますか」

「それはありますけれども、主人が自分で買うことはありませんわ、大抵私が致します」

「そうですか、いやお邪魔しました」

与えられた任務の範囲では、これ以上の事項を訊くことは許されない。

早々に腰を上げて、退散しなければならないのだが、幸い筆子が、「ま、せめて、お茶でも一つ」と云い、亀田が「いや、奥さん、お構いなく」ともじもじして、結局、お茶一杯の馳走に預れば、雑談めかして、またいくらかの訊問ができる。

「それにしても、奥さん、これからがまた大変ですな、葬儀万端、遺産相続、いろいろと面倒なことを控えていますからな」

「ええ、でも、遺産なんて、ございませんのよ」

と、筆子はすこし寂しそうに笑って、意外な事実を告げた。

筆子の前妻が、角造個人の財産を持ち逃げしたとき、増資分払込みのために社長個人で借りた金までも持って行かれたのが尾をひいて、現在でも角造個人の資産と借金の額はほぼ匹敵し、差引きは恐らくは何も残らないのだろうという。

もちろん、筆子は初めから百も承知で、妻の座にあって苦労を頒ってきたのだという。

「でも、生命保険があるでしょう」

「はあ、主人は万一のためを思って五百万円入っていてくれました。でも、こうなりますと、それもどうですか」」

「どうですかと云いますと?」

「主人が自殺したのでは、保険金は頂けませんでしょう?

「奥さん、ご主人が自殺だとお思いですか」

「でも、あなた方は、自殺用の毒物の入手経路を捜しているとおっしゃいました」

「そうでしたな。しかし、もし他殺なら、保険金はおりるでしょう」

「他殺の疑いもありますの?」

筆子はすこし膝を乗り出した。

「さあ、今はなんとも申上げられませんが」

「他殺でしたら……」

と筆子は思案するように呟いた。

「私、一刻も早く知りたいですわ」

「そりゃあ、そうでしょうとも」

「あら、保険金のためではありませんのよ」

筆子は、ぴしゃりと云い、刑事たちのほうをちょっと蔑むように見た。

それから目を伏せて、呟くように、

「夫は一体誰に殺されたというのでしょう」

と畳の上に強い憎しみの籠った視線を投げた。

筆子は角造を愛していたのだと、亀田は思った。

とにかくこれで、遺産問題からの犯行という線は完全に崩れ、筆子の動機はシロになった。

次は、筆子の従兄妹の村上信之の番であった。

遊び過ぎて左遷されたというこの男は、資材課のデスクにいた。一見して女蕩しという感じの、容貌を鼻にかけたような軽薄な男であった。

態度にも、同じような軽薄さが露わに見えた。

「お宅の資材倉庫には、何か青酸系統の毒物を保管してありませんか」

「ど、毒物？　さあ、ありませんねえ」

「しかし、下請や取引先には、毒物を扱う所があるでしょう」

「さあ、そ、そんなもの知りませんなあ、多分ないんじゃないですか」

「しかし、メッキ工場、旋盤工場、熱処理工場から時計屋まで、青酸カリを大量に持っている所はいくらでもありますよ」

「ああ、それだったら、もちろんあるでしょうよ」

「では、お宅でも、青酸性毒物を取り寄せたり、頒けてもらったりすることは簡単にできるわけですな」

「刑事さん、私じゃありませんよ、私は殺さない」

と、村上信之は訊かれもせぬ事を答えはじめた。

ひどく、おどおどして、問わず語りに、喋りだした。

「そりゃあ、左遷されたのは怨んでますよ。それに筆子との事だって」

「筆子さんとの事？」

「もう調べ上げてきているくせに、とぼけることはないでしょう。刑事さんがいま、筆子の所へ行ってそこから直通でここへ来たんだろうぐらいのことはこっちもちゃんと見当がついているんだ。全く女というのはお喋りだから、ありもしない事まで、本当にあった事まで……」

「じゃあ、どこまでが、本当にあった事なんです」

「そりゃあ何度かあの女に手を出そうとした事はありますよ。腕ずくでやろうとして、やりそこなったこともある。本当なんです。あいつは女の癖に死もの狂いで暴れると馬鹿力がある。ですがね、刑事さん、私はそれ以来、本当にあきらめたんですよ。仮に社長を殺してみたところで、あの女を手に入れることはとても無理だ。だから私は、やりはしない。やった奴は決っているじゃないですか」

「決っていると云っても、はっきり証拠がないとね」

「証拠ぐらい、その気になって探せばいくらでも出てきますよ。あいつは悪い奴なんだ。前に横浜にいた頃だって何をしていたか知れたもんじゃない。あいつ、費《つか》い込みをやってどうにもならなくなって、それで、社長が急に帳簿いじりを始めたものだから、ばれるといかんと思って、社長を殺したんですよ。あいつに決っているじゃあないですか」

全くこういう訊問には世話は焼けないと、亀田刑事は思った。

こちらは不得要領に相槌を打っていさえすれば、相手のほうで一切を喋ってくれる。すくなくとも、毒物捜査という与えられた任務の範囲から外れた質問は、こちらからは一つもしていないし、それで喋ってくれたのだから、亀田刑事は訊問範囲に責任を負う必要はない。

村上があいつと云うのは、営業二課長の高井宗太郎のことだろうがそれだけ聞けば村上にもう用はなかった。

亀田刑事は、とぼけた表情に戻って云った。

「村上さん、あなた色々と誤解しているようだが、我々は佐古社長が自殺用の毒物を入手した経路をお訊ねしたいと思っただけなのですよ。ですから、下請や取引先で、青酸類を扱っていそうな所のリストを作って頂きたい。ただそれだけです」

亀田刑事は穏やかに云ったが、すっかり取り乱したこの軽薄な青年は、リスト作りの役にさえ立ちそうもなかった。結局、資材課のＢＧに手伝わせて、やっとリストができた。

一覧して、亀田刑事は渋い顔になった。

「これは、かなりの件数だ」

そう云って、パートナーの刑事を振返った。

「今野さん、こりゃ手分けをして当らんと、とても手が廻らない。あんた、この六軒を当って下さい。残りは私がやる」

「はあ、承知しました」

と、地元署の若い刑事は、張り切って分担分の聞き込みに飛び出して行った。

「これで、お荷物がなくなった」

と亀田は肚の中で北叟《ほくそ》笑《え》んだ。

次は、高井宗太郎を当る番であった。

「待てよ、その前に高井の前住地の横浜を洗ってみよう」

なんとしても、身軽に一人で飛び廻れるのが嬉しかった。

彼はその嬉しさを押し隠して、とぼとぼと歩いた。

4

「亀さん、あんた横浜へ行ったらしいな」

いきなり醍醐警部に云われた時は、ドキリとした。

「はあ、毒物入手経路の線で、横浜のが一軒あったものですから」

「ふむ、で、そこに青酸はあったのかね」

「ありませんでした」

「無駄足かね」

醍醐主任は、嫌味のように云った。

今日の主任は、機嫌がよくなかった。

亀田刑事は、冷汗をかいた。

「今野君はどうしている」

「毒物入手先の線を分担で当っています」

「二人別々にかね」

「はあ」

「ふうむ」

主任は、むっつりと黙りこんだ。

亀田刑事は、また汗をかいた。

「まあ、いいだろう」

と、やっと解放された時は、背筋がぐっしょり濡れていた。ドア開ける亀田の背に、醍醐警部の声が飛んできた。

「亀さん、俺の班であんたをもて余すようになると、あんたは日野署か氷川署行きだぜ」

「はあ」

頭一つさげて、逃げるようにそこを出た。

散々であった。


横浜行きを、どうして主任に嗅ぎつけられたものか。

だが、亀田は、独自の捜査をやめる気はなかった。

いま彼のポケットには、ハトロン紙の状袋に入れた大切な証拠品が眠っている。

状袋のなかみは、鉄芯に針金を巻いた小型の電磁石と、壁スイッチ型の小さなスイッチを組み合わせたものであった。

亀田刑事は、それを社長室の窓に近い草叢で拾った。

その事実は誰にも伏せてある。

そのような隠匿行為をするから、鑑識はトボカメ刑事を目の敵にもする。

だが、鑑識の思惑など考えていて、いい捜査ができる訳はないと、亀田制事は、そこは図々しく構えていた。

彼は、その隠匿物件を持って、技術課長代理の矢島透のところへ行った。まじめそうな独身青年であった。

矢島は、亀田の依頼に答えて、親切に説明してくれた。

「つまりこれは、ごくありふれた電磁石です。電池から電流を取ってスイッチを入れれば電流が流れて磁石になる。スイッチを切れば磁石でなくなる。ただそれだけです。このスイッチは三極型と云って、スイッチ棒を真ん中に立てると電流が切れ、左右どちらへ倒しても電流は流れるというタイプだが、それも特に珍らしいというものではないですよ」

「そうですか、すると、とにかく電磁石に電流を流せば、鉄ならなんでも引きつけられますな」

「そうです」

「ステンレスは鉄ですか」

「もちろん鉄です。引きつけられますよ」

亀田刑事は、矢島青年の鑑定に満足したように礼を云い、今度は別の事を訊ねた。

「この程度の装置なら、村上氏や高井氏あたりでも扱えますか」

「そりゃあ、これなどは簡単なものですから、誰でも扱えますよ。特に高井さんは、戦時中は工兵だったとかで、技術の事は優秀ですからね」

「ふうむ、ところで矢島さん、これから私と一緒にある人々に会って下さいませんか」

「お安い御用ですが、何か?」

「いや、別に大した事ではないですが」

と、亀田は一応とぼけて、矢島を促して営業二課長の高井宗太郎の所へ行った。

「高井さん、ちょっと社長室でお話ししたい事があるんですが」

「ああ、そうですか」

と、高井は気さくに応じた、村上とは対照的な容貌魁偉な男であった。

目付きがかなり鋭い。

亀田刑事は、高井に関して横浜で調べ上げた事を、その場では口に出さなかった。

高井を促して社長室に行くと、三浦源作と筆子の親娘が、角造の遺品整理をしていた。

ちょうどそこへ、村上信之も落着かない様子の顔を出した。

「私が来て頂いたのですよ」

と、亀田刑事が弁解するように云った。

「じつは、皆さんに見て頂きたいものがありましてね」

と、亀田は例の電磁石を出した。

「これについて、何かお心当りがあったら、おっしゃって頂きたいが」

どの顔も「?」という表情をしていた。

亀田は、高井の表情を注視していた。だが、何の変化も読みとれなかった。

「じつはこれが、殺人の兇器の一部かも知れないのですがね」

どの顔にも一斉に、愕きの色が走った。比較的静かだったのが、高井の顔である。

「これはまだ私だけの推理ですが」

と、亀田刑事は断って、説明を始めた。

「私は、佐古社長の死体現場を見て、死体の周囲の器物があまり動いていないのに不審を持ったのです。夕食の食器、コーヒー茶碗、ボール型のステンレス製ガスライター、どれか一つぐらいは引っくり返っていてもおかしくない。それが皆、正しく置かれていたということは、そのうちのどれか一つが兇器で、犯行後に別の器と掏《す》り替えられて置き直されたからではないかと考えたわけです。もちろん現場は密室です。掏り替えるとしたら回転窓しかない。しかし、陶器の食器やコーヒー茶碗を窓から吊り上げ、吊り下げて掏り替えることは至難です。だが、鉄製品なら電磁石で吊り上げ、吊り下げが確実にできる。回転窓から竿をさしこんで竿の先端の滑車からワイヤーで電磁石を上げ下げする。その方法で、掏り替えられたのがこのガスライターです」

亀田刑事は、卓上のボール型のガスライターを高々と手に取った。

「犯人は、これと同型の市販品を手に入れて、その内部に、殺虫剤の押ボタン式噴霧缶とおなじような仕掛けをした。殺虫液のかわりに青酸系の液をいれ、ライターをカチカチやるとそれが噴霧になって出るようにしておいた。佐古社長はそれと知らずに煙草に火をつけようとカチカチやって、たっぷりと青酸性の液体の霧を吸いこんで死んでしまった。そのガスライターは机の上にほうりだされたでしょうが、犯人はこれを回転窓から電磁石で吊り出して、もとのライターを吊り下して定位置に正しく置いて掏り替えたのです」

亀田別事は説明を終った。

すぐには声を立てる者はなかった。

一同しいんとして、部屋の空気が重苦しくなった頃、

「面白い、そいつを実験してみたらどうです」

と、高井宗太郎が云い出した。

矢島がすぐに賛成した。さっそく電池やら配線やらが取り寄せられた。

「では私がやってみますかな」

高井が実験を買って出た。実験と云っても、電池を電磁石につないで、スイッチを指で押して倒すだけである。

「どなたか、鉄製品をお持ちでないですか」

三浦源作が、書類の綴紐切りに使うポケットナイフを持っていた。ステンレス製であった。

高井がそれを借りて、電磁石に近寄せると、生物のように、さっと吸いついた。スイッチを指で起して電流を切ると、ナイフはポトリと床に落ちる。高井は二三度その実験をくり返したのち、再びスイッチを指で引いて倒して電流を流し、そのまま亀田刑事に渡した。

「さあ、刑事さん、実験してみて下さい、そのガスライターが、これに吸いつくかどうか」

亀田が受け取って、電磁石をガスライターに近付けた、だがそれは、すこしも吸いつこうとはしなかった。

「そうだろうと思いましたよ。刑事さん」

と高井宗太郎は微笑しながら云った。

「このガスライターは18・8ステンレスだ。吸いつかんのですよ」

「ジュウハチハチ?」

「そう、クロム18パーセント、ニッケル8パーセントの最高級のステンレスです。ふつうのステンレスは13クロム鋼などが多くて、磁石に吸いつくが、18・8鋼だけは磁石が効かないのですよ。だから刑事さんの考えたトリックは、無理でしょうな」

「そんなばかな」

亀田刑事は顔を赫くして怒鳴った。

「いや、それが……」

と傍から矢島が申訳なさそうな声を出した。

「ふつうのステンレスは13クロム鋼だから磁石に吸いつくのですが、18・8ステンレスだけは、やはりだめなのですよ」

「ううむ」

亀田刑事は、へたへたと椅子に座りこんだ。

5

よく考えてみれば、18・8ステンレスについては、亀田刑事も知っていたのである。

テレビのコマーシャルで、18・8の流し台や食器などのメーカーが、この純良製品を13クロムステンレスと見別けて買うには、磁石をつかって磁性のないのを確かめてからお買い下さいとさかんに宣伝している。

恐らく大抵の人が一度は視聴した事があるだろう。亀田も確かに見た事があった。

あらかじめそれを思い出していれば、こうした赤恥をかくことはなかった。

「18・8……ううむ」

皆の立去って行った社長室の椅子で、彼はいつまでも天井を睨んで唸っていた。

すると、ドアをノックする音がして、筆子がまた入って来た。

「刑事さん、お話がありますの」

と、筆子は、熱の籠った調子で云った。

「私いま、矢島と話をしてきたのですけれど、高井二課長の実験には不審な点があるそうです。このガスライターは、18・8ステンレスではなく、13クロムだろうと矢島は云っていましたわ」

「なんですって？」

「私見ていたのです。高井二課長は、自分で実験をするときは指を押してスイッチを倒し、刑事さんに渡すときは指を引いてスイッチを倒していました。恐らく、スイッチを引いて倒したときは電流が流れないように、うまく絶縁をしてあるのだろうと矢島が云っていました。ですから、刑事さんが実験なさったとき、あれは電磁石にはなっていなかったので、13クロムのふつうのステンレスなのに吸いつかなかったのですわ。ですから、刑事さんのトリックは、やはり立派に使えます。犯人はそのトリックを使って、あの晩、停電の前に、主人を殺してしまったのです。犯人は高井です。きっとそうですわ」

「ううむ」

亀田刑事は思わず唸った。

筆子の美しい顔を、しげしげと眺めた。

それから、いかにも感服したという声の調子で云った。

「奥さん、いま、停電の前に犯人がご主人を殺したと云いましたね」

「あ」

筆子の顔色が、さっと白くなった。

「すると、ご主人が亡くなってからあと停電が起った事になる。ところが、あなたはご主人の亡くなる前に、あの部屋を出て家へ帰ったと云っておられる。停電をご存知のはずはないのですがね」

「……」

「奥さん、あなたがご主人を殺しましたね。ちがいますか」

筆子の身体がぐらりと揺いだ。亀田は急いで立ち上り、抱きかかえるようにして、筆子を椅子に掛けさせた。

筆子は両手で顔を蔽っていた。

肩が震えていた。

「私がやりました」

そう云って手を顔から離したときは、筆子は泣いてはいなかった。

「でも、私のやったのは停電の後です。停電前に、主人はすでに高井のトリックで殺されていました。私が矢島のトリックを使ったとき、使った相手はもう死体だったのですわ」

「矢島氏のトリックですか?」

「ええ、私は、矢島には何でも相談していましたの。もちろん私は主人を愛していました。愛そうと努力してきました。主人は私の病気を救ってくれた恩人です。一時は本心から夢中で愛しました。主人も夢中で私を愛してくれました。でも、主人は過去の度重なった苦がい経験から、自分の醜い顔形について、すっかりいじけた卑屈な考えかたに取り憑かれてしまっていたのです。そのため、主人は愛情の表現にも、いじけた卑屈な形をしか採れないような人になってしまっていました。私の足許にひれ伏して女神に仕える奴隷のような態度をとったり、一晩に何十遍も、『お前は確かにこのわしを愛しているのだろうな』と私に愛の言葉を誓わせたり、急に涙声になって、『頼む、私を捨てないでくれ』と三十分も一時間もかきくどいたりしました。初めのうちは、私も何とかして主人の心のしこりを取り除いてあげようと、根気よく主人の相手をしていました。でも、主人は一年たっても二年たっても、変らないのです。私にもだんだんに、主人の態度が耐らない負担になってきました。このままでは私自身がどうにかなってしまう、そう思われてきました。その頃になって、もっと悪いことに、従兄妹の村上が入社してきました。あの男は、自分の顔を鼻にかけています。村上は、意地悪く、主人の劣等感を刺激するような事ばかりしました。挙句には私に挑んだ事さえあります。もちろん、私は村上を問題にしていませんでした。けれど、主人が村上から受けた心の傷の痛みが、そのまま主人から私にはね返ってくるようになったのです。主人は陰気に、ねちねちと私の心身を責めるようになりました。『ああ、ふつうの人と結婚したかった』私は切実にそう思いました。村上のように容貌を鼻にかけた男でなく、主人のように容貌のために心を歪ませた男でもなく、ただありふれた平凡な男に頼りたい、そんな私の気持にぴったりだったのが矢島ですの」

「なるほど」

「もちろん、矢島とは、清潔な交際でした。今でもまだそうですわ。矢島も、初めはただ私の相談相手というだけでなんの野心もなかったのです。多分、今でもそうだと思いますわ。でも、私が何でも矢島に打ち合けているうちに、矢島には次第に、主人に対する怒りがこみ上げてきたようでした。主人を殺そう、そうでないとこの私が滅茶苦茶になってしまうと、矢島は云ってくれました。その頃私は主人の変態的な責めかたのために、いい加減に神経をすり切らせてしまっていました。矢島の申し出をことわる理性は、私にはもうありませんでしたの」

「判るような気がしますな」

「そう云って下さって、有難うございます。矢島は技術出身ですから、トリックも巧妙でした。万年筆型の筒に、殺虫液の噴霧缶と同じような毒液噴霧装置を仕組んで、そのまわりに小型ヒーターを巻きつけました。ヒーターに電流を流すと、噴霧筒が温まって、憤霧用のフレオンという気体も圧力が上り、シアン化水素酸という青酸性の毒液もどんどん気体になるのだそうです。その圧力のために噴霧筒の噴射孔の栓が吹きとばされて、毒ガスは激しい勢いで噴出します。そして噴出した毒ガスは、もともと空気よりすこし軽いところへ、あたためられているので空中を上のほうへ上昇していくのだそうです。ですから、この万年筆型の筒を、主人の机の書類の蔭にかくしておいて、その噴射孔を主人が椅子に掛けるときのみぞおちのあたりに狙いをつけておけば、噴射した毒ガスは主人の身体にまつわりつくようにしながら自然に這い上って、鼻の孔から入ることになるのだそうです。ですから、主人が天井を向いていようと、俯向いていようと、椅子にかけてさえいれば、かならず毒ガスが鼻に届く仕掛けになっていました。それというのも、ヒーターをつかって加熱することを利用したお蔭だと、矢島はそのことでは自慢していました」

「ううむ、そりゃあ恐るべきトリックですな」

「矢島は、当夜午後五時半頃、社長室に入って、その噴射器を主人の机の上に仕掛けました。噴射器の筒には、ヒーターに電流を送る電線と兼用の曳行用の金属線が取りつけられていました。矢島はその線を机の下や応接セットの下や回転窓の引き綱の蔭などにうまく隠して這わせながら、総務部の部屋との境の回転窓を越して、総務の部屋まで引き出しました。そして袖机の下には、自殺用に偽装するために、少量の毒液を塗ったガラス容器を転がしておいたのです。それだけのことをして、矢島はわざと出張を遅らせていた鶴見のオートメーション工場の修理に出かけてしまいました。あとは私が社長室へ夕食を届け、一度は帰宅するように見せかけて、またこっそりと総務部の部屋へ戻って、噴霧筒に電流を流すスイッチを入れたのです。かっきり五分たってから、電線をゆっくりと引張ってたぐり寄せて、無事に噴霧筒を回転窓を越えさせて回収することができましたわ」

「なるほどねえ」

「でも、刑事さん、これはさっきもお話ししたように、私がそれをする前に、主人は高井のトリックで殺されてしまっていたのですね」

筆子の頰に、血が上ってきた。目には、勝誇るような色さえ見え始めた。

「刑事さん、死体を殺しても殺人罪にはならないはずだわ。そうでしょう。矢島もそう云っていました。それを聞いた時から、私は人生が変ったような気がしましたの。私、矢島と結婚します。そして、あの忌わしい佐古角造の亡霊を私の心の中から追い払ってやります。角造のことでは、後悔する必要などないと思いますわ。だって法律でさえ、私を罰する事ができない。私は完全に自由なのですもの。そうでなければ、こんなにあっさり罪の告白をしたりなどしませんわ。そうでしょう?」

筆子の態度に、漸く驕慢さが見え始めた。

やはりその辺が本音なのだろうと、亀田刑事は思った。

「奥さん」

と、亀田刑事はひどく陰気な声をだした。

「つまりあなたは、高井宗太郎氏が、ガスライターを電磁石で掏り替えるトリックを使って、奥さんより先に、佐古角造氏を殺害したとおっしゃるんですね」

「ええ、そうだわ。高井はいつも仕事をやり過ぎると云って、角造がはらはらしていました。きっと高井は、派手な費い込みか、のっぴきならない不正でも働いて、それがばれるのが怖わさに殺人を思い立ったものに違いありませんわ」

「ふむ、すると奥さんは、このガスライターが、18・8ステンレスではなく、13クロム製で、高井宗太郎は電磁石のトリックを使うことができたと、そうお考えなのですな」

「そうですわ。さっき説明した通りです」

「そうですか」

亀田刑事は、浮かぬ顔付きでポケットに手を入れた。ゆっくりとつまみだしたのは、馬蹄型の永久磁石であった。

彼はゆっくりとそれをガスライターに近付けた。ガスライターは吸いつかなかった。

「やはり、13クロムじゃあなかった。これは、18・8でしたな」

亀田はそろそろと磁石をしまいながら云った。

「そうすると奥さんは、やはり生きていた佐古角造氏を殺害した事になる」

6

呼び寄せたパトロールカーに筆子と矢島を送り込んだあと、亀田刑事は廊下で高井宗太郎に低声で挨拶した。

「お蔭様で一件落着しました」

「よかったですな、亀田さん。私も経済捜査の最中に予期しない殺人事件にぶつかったものだから驚きましたよ」

「いや、驚いたのは私の方ですよ。警察庁が官庁や国鉄の汚職の実態調査のために、面の割れていない近県の県警捜査官を極秘のうちに都内各方面の中小企業に潜り込ませて、広く贈賄の実態を探っているという話は全然知らなかったですよ。横浜で神奈川県警の前科カードを調べさせてくれと、あなたの写真を出した時はどやされましてね」

「ははは、しかし今後とも内聞に願います」

「承知しました」

高井宗太郎とは笑って別れ、亀田刑事はとぼとぼと蒲田署の捜査本部へ帰って行った。

本部が近くなると、足が重くなった。

犯人を護送して先行した刑事から一部始終を聞いて、醍醐警部は今頃かんかんに憤っているにちがいない。

「やはり、俺は五日市署か、それとも氷川署かな」

恐る恐る近付いたドアの内側から、醍醐主任の声が洩れてきた。

「……そういうわけで、神奈川県警の高井君の件は、亀田刑事から早期に耳打ちがありまして、捜査の本命は亀田の線に置いとりました」

「すると自殺説は陽動作戦だったという訳だね」

「つまりそういう事であります」

醍醐主任と、捜査一課長のやりとりだと、声で判った。

聞いていて、亀田刑事はあきれ返った。

醍醐主任に、おとぼけの株を完全に奪われたと思った。

だが、西多摩あたりの僻地廻りをさせられるよりはよほどましだと思った。

危険な目撃者

1

電話が鳴りだした。

夜光時計は、蒼く真夜中の零時をさしていた。

部屋には二人の人間がいたが、どちらも電話に出ようとしなかった。

女は、脱がされたものを身につけるのに忙しかったし、それを脱がせた男は、死んでいた。

口移しの毒殺は、思ったほどにむずかしくはなかった。

男は女のみずみずしい肉体に溺れ切って、女が口移しに水を飲ませる素振りをすると、喜んで唇を合わせてきた。

カプセル入りの青酸性毒物が、スルリと男ののどを通り、やがて胃の腑に落ち込んでそこで融け、胃酸との反応が起って、猛毒が全身の血管に流れこみはじめるまでには、すこし時間がかかった。

その間を、男はむさぼりたいだけ女体をむさぼり、女はそっと唇を噛んで、むかむかするほどの嫌悪をこらえていた。

突然、はげしい痙攣《けいれん》が男の全身を走ってベッドの上に倒れ、女は、料理屋の板前の掌でもがいていた魚のようなみじめな姿勢から、ドサリと床の絨緞《じゅうたん》の上に投げだされた。

起き上ったところへ、電話のベルが鳴った。困ったことになったと女は思った。

受話器をあげて、また黙ってそれを置けば、送話者が、これはおかしいと思うだろう。

だが、このまま鳴らせておけば、けたたましいベルの音で、隣室が目覚める可能性が大きかった。

「各室電話付高級アパート、賃二万四千」と、割安なのが売りもののこのアパートだが、じつは木造で、深夜の音は意外に大きく隣接の部屋に筒抜けになる。

夜中には、上階から鼾《いびき》が聞えることもあると、男が言っていたのを、女は思いだした。

「このままでは、誰かが起きてくる！」

女は、刻一刻と不安になった。

送話者があきらめて、先方の受話器を置くのを待つしかないが、ベルは腹立たしいほど執念深く、いつまでも鳴り続けていた。

隣室のドアが鳴った。

「喧《うる》せえなあ」

と、声が廊下でして、足音が寄ってきた。

ドアのノブがカチカチと鳴った。

「いないのかい？　お隣りさん、あれ？　鍵がかかってない」

ねぼけたような声が、ついに室内にまで入り込んできた。

ナイト・ガウン姿の若い男であった。

「いないのかい」

気安く上りこんで、奥のベッド・ルームのほうまでも覗いた。

「なんだ、いるじゃないか。酒井さん、電話だ、起きなさいよ」

隣室の男は、しきりとベッドの中の死体を揺った。その足が、ベッドの下に潜った女の服の裾を踏んでいた。

女は、身動きがならなかった。

冷汗が滲んで、鳥肌にペタリと肌着が密着していた。

「あきれたね、前後不覚だ」

隣室の男は、いつまでも目ざめようとしない死体を起すことには見切りをつけ、まだ鳴りつづけている電話機のほうへ、足早に歩み去った。

「もしもし、あんた誰？　なにィハイヤーを呼べだと。バカにするな、ここは自動車会社じゃない」

ガチャリと乱暴に受話器を置き、人のよさそうな隣室の男は、あくびを連発しながら白室のほうへ戻って行った。

「それにしても、あんなに、死んだようになるまで睡眠薬を飲んじゃ毒だ」

そんな声が、隣の部屋のドアの内側へ消えて行った。

女はベッドの下から這いだして、脂汗を拭った。

すぐには、気を取り直すこともできず、女は五分以上も、そのまま呆然としていた。

それから、急に、こうしてはいられなかったのだと気が付いて、慌てて動きだした。

書類棚や小箪笥《こだんす》などを、かなり執念深くかき廻して、女は次々と現金を探り当てた。

十万、二十万、五万、と出て来て、全部で八十万近いものになった。

女は、それを自分のバッグに収めた。

もとはといえば、それは女が男に搾り取られた金であった。

女は、商事会社の経理のBGをしていて、たった一度だけ、入金伝票をごまかして三万ほどの金を手に入れたことがあった。

がそのたった一度が、男に嗅ぎつけられた。

男は、その商事会社の系列下の、子会社に勤める連絡員である。

男は女をゆすり始めた。

最初は一万、二万……。それが五万、十万と次第に多くなった。

女の身体も要求した。

女には恋人がいた。

だから、身体だけは強く拒んだ。

すると男は、それなら五十万持ってこいと言い出した。

「無茶だわ、そんな……」

出納主任でもないBGに、会社の伝票を一時に五十万も不正操作することは無理であった。

結局、身体を奪われて、女は一晩泣き明かした。

涙の涸れるころ、殺意が湧いて、それからは男を殺す計画に取りつかれだした。

「絶対に見つからないように、殺さなければ……」

と、その点を特に入念に研究した。

推理本を読んで、アリバイ工作が重要なのだと知った。

散々考えて、ついに、自信の持てるアリバイ作りが成功した。

だから、今夜、女は男を殺しに来たのである。

部屋からの出入りの際に、顔を見られさえしなければ、あとのアリバイ工作には、絶対の自信があった。

2

流し台に、水が流れる音がしていた。

石鹼の泡に混って、赤いものがスウッと糸を引いて流れ去った。血だ。

手をきれいに洗い終った夫は、奥の寝室のほうを振り向いた。

ナイフで、惨殺された妻の死体がそこにある。さすがに、夫は、目をそむけた。

終るまでは、無我夢中であった。

改めて今見ると、正視し難い。

だが、できるだけむごたらしい現場を作ることが必要であった。まさか夫が、妻に対してこれほどのことはしまいと、誰もが思うように——。

ただし、凌辱だけは、してはならなかった。

暴行の痕跡から血液型が割れ、そこから犯人が逮捕されることが多いという。

だから、暴行寸前で拒まれて、カッとなった犯人が女を惨殺したと、そう見せかけるのが狙いである。

犯行の現場は、まさに、その様相を呈していた。

妻の着たネグリジェの裾は、縄のれんのように、滅多切りに斬り裂かれている。

枕からはパンヤがはみだし、蒲団からも鳥の毛が飛び散って、死体には血糊のほかに、白い羽毛や綿毛が一面にまみれていた。口には敷布の端が、拳《こぶし》ほどの塊になって押し込まれている。

どう見ても、狂暴な精神異常者の仕業としか見えなかった。

次には、物奪りに見せかけることも必要であった。

戸棚、洋服簞笥、抽出しのすべてから、目ぼしいものは一切抜き取った。

十万ほどの有価証券類も、五カ円以上はするダイヤの指輪も抜いた。これは惜し気もなく、取り捨てる予定である。

ただし、生命保険の証書は残した。

額面三百万。

夫婦相互保険という種類のもので、どちらか一方が死ねば、配偶者がその額を受けられる仕組みである。

それさえ残してあれば、あとは取り捨ててもよかった。

三百万あれば、競馬ですって、会社の金を費《つか》い込んだ百二十万円の穴は優に埋められる。

妻は、この大穴に気付いて、毎日のように半狂乱になって夫を責めていた。

木造で、声がよく隣へ抜けるアパートでの口論である。テレビのボリュームをあげ、隣近所には聞かれまいと、夫は人知れず苦労する日が続いた。

だが、今はもう、その半狂乱の妻はいない。

おまけに、近々のうちに三百万の大金が転りこむことが保証された。

「まさに、一石二鳥だ」

と、夫はほくそ笑んだ。

あとは、気付かれぬようにこの部屋を脱出して、二日の後に出張から帰った形をとればいい。

「手抜かりは、なかったかな?」

もう一度、入念に部屋続きの全体を隅々まで見渡して、そろそろ退去しようかと腰を浮かしたとき、いきなり、ドアをノックする音がした。

「もしもし、奥さん……奥さんてば」

女の声であった。

ドアのノブが、ガタガタと鳴った。

だが、鍵は内側からおりていた。

「仕様がないわね、内山さんの奥さん、奥さんてば」

ノックの音は、激しかった。

「下の部屋ですけどね。……お水が流しのあたりから洩ってくるのよ、流しが出しっぱなしじゃないの? 奥さん」

女の声がわめいた。

だが、ふと、その声がとまって、シインとなった。

内部の様子を窺っているようであった。

「おや?」

と、廊下の女の声がした。

室内で夫は身を硬くして息を殺していた。

小刻みに、震えが身体中を駈け巡っていた。

「あら、水の音がしないようだわ。それじゃあ、もうとめたのね、……それならいいんです、お休みなさい」

廊下の声は階段を降りて、去って行った。

「やれやれ」

やがて階下の廊下で、女と男の声がした。

「今夜はなんという晩だ」

「全くだわ。あんたはお隣りの酒井さんの所へ電話のことで文句を言いに行かなくちゃならないし、私は階上の内山さんの所へ、水のことで叩き起しに行かなくちゃならないし……」

「全く、人騒がせな晩だよ」

気のよさそうな若い夫婦者は、しきりとぼやきながら、連れ立って自室のドアのなかに消えて行った。

しかし、騒ぎもそれで漸くにして一段落を告げ、真夜中のベッドタウンは、もう瞼をあけていることに疲れ切ったかのように、やがてとろりと眠りこけて行った。

暫くして、アパートの二階の非常梯子から音もなく男の人影が滑り出て来た。

音を立てずに、鉄梯子を降り切ると、すこしほっとしたように、男は肩で息をした。

途端に、犬がひどく陰気な声で遠吠えを始めた。

近くで、もう一匹の犬が、それに和した。

むごたらしく殺された者の不幸を悼《いた》むように、遠吠えは、長く、物悲しく尾を引いた。

妻殺しの男は、不愉快そうに顔をしかめ、街路灯の光の輪を避けるようにして、急ぎ足にそこを立去りかけた。

だが、

「あっ」

と思わず、棒立ちになった。

一人の若い女が、闇に佇んで、透かすようにしてこちらを窺っていた。

絶対に見られてはならぬ場所を見られたという狼狽が、男の気を顚倒《てんとう》させた。

なにげない素振りで歩み去るだけの心の余裕はなく、男は手で顔を蔽うようにして、やにわに背を向けて、その場を小走りに走り去った。

我ながら、まずい動作だったと気付いたときは手遅れだった。

振向いて、闇を透かした時は、女の影はもうなかった。

だが、じつは、半町ほど先の物陰で、女も男と同じような動作をしていた。

「見られたかしら、私の顔」

男一人を口移しに毒殺してきた女にとっても、不安は同じことであった。

3

斬殺一件と、毒殺一件とが、一夜のうちに同じアパートで起ったのであった。

例の、気のいい若夫婦は、朝になって事件の真相を知ると、気も動顚《どうてん》して、おろおろしてしまった。

夫の名は梅原五郎、妻は杉枝。

夫は隣室へ電話のことで文句を言いに行き、それとは全く気付かずに毒殺死体を揺ってさたことになる。妻は妻で、流し台の水のことで階上の部屋を叩き起しに行って、ドア越しに怒鳴って水をとめさせた。今にして思えば、水をとめたのは犯人であったのだろう。もしあのとき、もうすこし小喧《こうる》さく怒鳴り続けていたら、犯人が躍り出してきて、彼女も滅多斬りにされたかもしれないのだった。

階上の部屋で起った斬殺のむごたらしさを知らされたとき、梅原杉枝は、うむとばかりに引っくり返って、二人の警官が手取り足取り、杉枝の身体を、夫の五郎のところへ担ぎ込まなければならなかった。

その五郎はと言えば、これもまた、ただうろうろして、事件についての心当りを捜査官に訊かれても、まるで要領を得ない返答を繰り返していた。

「だめだね、夫婦とも……どうやら刺激が強すぎて、ショックから抜け切らんらしい」

捜一の青い腕章を巻いた本庁の係官たちは、小声を交しあった。

「ま、すこし落着かせてから訊いてみるさ」

とあきらめて、捜査一課の連中は鑑識課員とともに専ら二つの現場の検証に力をそそぎ出した。

「二つのヤマは偶然の一致だろうか」

「いや、同一のホシの流し的な犯行だと思うな」

「だが、一方はヤッパで、一方は毒物というのは変じゃないか」

「レツがいて、二人で同時にやったのかも知らんぞ」

「毒死のほうは、自殺じゃないのか」

「まさか、現金は全部抜かれとるんだ」

捜査一課員たちの意見は、なかなかまとまらなかった。

そのうちに、気のいい夫婦者たちが、やっと平静を取り戻したらしいと、係官の一人が主任の警部に報らせてきた。

主任はまず、夫の五郎に会って、いろいろと訊いてみることにした。

「毒殺された酒井氏の部屋は、ドアに鍵がかかっていなかったのですな」

「はあ、カタカタッと揺るとスウッとあいて……もっとも、それはその日に限ったことでもなかったですから」

「と言うと?」

「はア、つまり、ときどきは酒井さんを深夜に訪問してくる客が……」

「女ですな」

「はア、そうです」

「女は一人だけですか」

「さア、顔を見たことはないですから。しかし、一人だけではなかったようです」

「どうして判ります」

「それは……」

と、気のよさそうなこの男はまっかに照れながら、

「壁越しに聞いていても、よく笑うのもいますし、いやがるのもいますし、それに……」

「それに、どうしました?」

「いや、もうやめませんか、その話」

「じゃあ、結構でしょう」

主任のほうも、なんとなく照れたような顔になった。

とにかく、毒殺された酒井詮造には、女出入りが激しかった。戸締りは悪く、いつでも出入が可能だったらしい。

「とすると、これは痴情の線だ。酒井詮造の女を片っ端から洗ってみろ」

と、それで、毒殺事件のほうは捜査方針も確定した。

だが、階上の斬殺事件の証言のほうは、そう簡単には抽き出せなかった。梅原杉枝は、まだショックからさめ切らないらしく、

「私ももう少しで殺される所だったんですね、あの廊下で、もう少しで」

と、そんなことばかりを繰返して言っていた。

それでも、なだめすかして、やっと聞きだしたところでは、斬殺された内山琴子とは、梅原杉枝は全然交際はなかったらしい。

内山琴子の夫、内山治夫とも、もちろん交際はない。交際はないどころか、じつは互いに顔を合わせたこともなく、道で会っても、双方判らないだろうという。

このアパートは、一階と二階の出入口が全く別の方角についていて、隣家の建物よりもずっと疎遠なのであった。

疎遠でない点と言えば、天井板をとおして、深夜には上階の物音が下に抜けることである。だが下の音は、それほど上へは伝わらないらしい。

「すると、内山さんの御夫婦仲がよかったか悪かったかはお判りでしょう?」

主任は、ずばりと訊いてみた。

梅原杉枝は、案外照れずに答えた。

「それが、このところ、あまり仲はよくなかったようですわ。ナニのほうも、せいぜい月に三回ぐらい」

「そんなにはっきりわかりますか」

「それは、わかりますわよ」

警部は憮然とした。

自分も木造アパートの二階に住んでいる。階下の奴に、夫婦生活の回数をかぞえられているのかと思うと、尻の

あたりがうすら寒くなった。

だが、ふと気がついて、重要なことを訊いてみた。

「それほど、深夜の物音がよく筒抜けになるのだとすると、昨夜は犯人の足音や、格闘する物音が聞えたでしょう?」

「それが……」

と、今度は梅原杉枝は照れたように、

「上の奥さんは、夜中のトイレがとてもお近いんです。それも気がついて急に飛び起きて、ドタバタとトイレにかけこむから、すごい足音がするんです。昨夜もそんな足音は何回もしていましたから」

警部は、自分も今宵からは夜中の小便には気をつけなくてはなるまいと反省した。

結局、訊問は不得要領に終った。

判った事と言えば、梅原杉枝が、階上の内山夫婦については、顔さえも互いに知らない仲だという事と、内山夫婦の仲は、最近あまりよくなかったらしいという事だけである。

「夫の内山治夫の線も一応洗ってみる必要はあるな。だが、本命は流し(流れ者)のタタキの線だ」

捜査方針は、そうきまった。

「しかし、梅原杉枝がドアを叩いたとき、鍵が内側からかかっていたと言うではないですか。すると合鍵を持った者の仕業、つまり本命は夫の内山治夫の線ではありませんか」

と異議を唱える者もあったが、

「いや、あのドアにはドア錠のほかに別に内錠がついとる。梅原杉枝がノックしたときにかかっとったのは、その内錠だ。ドア錠のほうは、こじあけられた跡があったじゃないか」

「なるほど」

という所で、ホシの本命はやはり流れ者の線と決ったのであった。

4

毒殺された酒井詮造は、確かに女癖がよくなかった。

沢村美加、桂木百合子、遠藤敬以子《けいこ》——。

洗ってみると、次々に女が出てきた。

さらに洗うと、酒井詮造は女たちから何やかやと金を絞り取っていたらしい事実も判ってきた。

商事会社の子会社である小さな町工場の註文取りをしていて、月給二万五千。それで家賃二万四千の電話付のアパートに住んでいるのだから、何かをせねば暮して行けるはずがない。

酒井は三人の女を喰い物にして、分不相応の生活を、結構豊かにやりくりしていたのである。

三人の女には、殺害の動機が充分であった。

沢村美加は、一流の繊維会社の重役夫人である。姦通の現場を酒井に抑えられて、それをタネに、このダニのような男にゆすられる破目となった。

桂木百合子は、商事会社の経理のＢＧをしている。一度だけ伝票を不正操作してつまみ喰いをしたのを、子会社の連絡員である酒井に嗅ぎつけられて、それからゆすられ始めた様子であった。

遠藤敬以子はバーの女である。この女だけは、ゆすられていたのではなかった。敬以子は、好男子の酒井にすっかり夢中であった。無理算段をして、他の男から搾りとり、それを酒井に入れあげていた。それなのに酒井には他にも女があることを知って、遠藤敬以子は酒井を憎み始めていた。

動機の線は、どの女も濃厚であった。


捜査官達は、当夜のアリバイを洗って、クロシロをつけることにした。

沢村美加は、当夜は夫と一緒に過していたという。夫の証言なので、これは信憑性が薄い。

桂木百合子は、当日の夜はトランジスター会社の女子寮にいる同郷の友人の所へ遊びに行った。だべり込んで遅くなり、とうとうその室に泊めてもらった。同室の女子工員たちも気さくな連中で、三つの蒲団を横につないで、そこに三人が仲好く寝た。

これには、三人分の確かな証言がある。

遠藤敬以子は、その夜はカゼをひいて自宅で寝込んでいたという。

目撃者はない。

捜査一課では、遠藤敬以子、沢村美加の順に容疑が濃いとみて、鋭意その身辺を洗い始めた。

ホシが二人のうちの一人という所まで絞られれば、ヤマの解決はもはや時間の問題だと、誰もが思った。

だが、それが以外にも長びいた。

決め手となるものがなく、ホシは遠藤敬以子、沢村美加のどちらとも、容易には決めかねて、捜査陣は漸く焦りの色を見せ始めた。

その段階になっても、桂木百合子が疑われるという事はなかった。

トランジスター工場の女子寮の三人の女子工員の証言は、捜査当局を信用させるに充分なものであった。

桂木百合子は完全にシロとされ、容疑圏からは遠くはずされてしまっていた。

じつは百合子には、声や身体つきのよく似た従姉妹の菊子という娘がいた。

当夜、女子寮が十時半に消燈されると、百合子はトイレに立って、そこで菊子と入れ替った。菊子は暗い室内に戻って、女子工員たちとの蒲団にもぐりこみ、百合子になりすまして、だべったり、ふざけ合ったりした。

暁け方、菊子はトイレに立ち、そこで百合子と入れ替った。

朝になって百合子は、ふとんの中のだべり合いや、悪ふざけの話を蒸し返した。だから、三人の女子工員は、百合子と菊子の掏《す》り替りには誰一人気付く者がなかったのである。

桂木百合子のアリバイは、かくて完全なものになった。

ただ、捜査一課に身辺捜査をされたとき、酒井にゆすられて会社の伝票を不正操作したことが、捜査官たちには知られてしまった。

それが会社にばれると馘《くび》になる。だが、捜査一課では、それを握り潰してくれた。

アリバイが成立して、桂本百合子はシロときまると、同情した係官たちは、百合子の止むを得ざるつまみ喰いを見逃してくれた。

「そのかわり、今後はもうするんじゃないよ」

「はい、絶対にもうしません」

その事はそれで済み、会社は何も知らされずに終った。

百合子は胸を撫でおろした。

万事がこれでうまく行ったことになる。

「でも……」

と、ただ一つ不安になったのは、当夜、二階の非常階段を降りてきた男に、百合子は自分の姿を見られたのではないかということであった。

「大丈夫よ、あんなに暗かったんですもの」

百合子は自分で自分を安心させるように呟いた。

事実、事件後、五日、七日と経っても、別段の事は起らなかった。

百合子はすっかり安堵し、久し振りに羽を伸ばして町を遊びまわりたい気持になった。

会社には休暇をとり、その日は都心に出た。

酒井詮造宅から奪ってきた金が八十万もある。百合子が酒井に搾りとられた金額は、じつはその半額にも充たなかった。

「当然だわ、このくらいの余碌」

その余碌の分だけでも、パッと豪遊してしまったら、さばさばするだろうと百合子は思った。

だが、女一人、大金を費って遊ぶのは骨が折れる。

結局は、大劇場の特等席という、ひどく月並な遊び方に落ち着いて、当日売りの券を買いに百合子は売り場に近付いて行った。

だがそこで、はっとして、思わず足がすくんでしまった。

一人の男が、じっとこちらを見ていた。

顔が合うと、先方も、はっとしたように視線をそらせた。それから、覗き見をするように、また百合子の顔を窺った。

「あの晩の男だわ。あの時やはり顔を見られていた」

と、百合子は思った。

一瞬、目の前が暗くなるような気がした。

だが、次の瞬間、

「これはなんとかしなければいけない」

という意識が強く働いていた。

突嗟の判断で、百合子の考えはきまった。

彼女は、自分でも驚くほどのしなをつくって、媚びたように男のほうを見た。

「こうなったら、セックス・アピールで、相手をうまく丸めこむしかない」

必死に自分を励ますように、百合子は内心で呟いた。

5

斬殺された内山琴子の夫、内山治夫は、出張先の九州で、事件を聞かされて、泡を喰って上京してきた。

「この度はまことにどうも」

と、捜査一課の主任は、内山治夫に鄭重な挨拶をして迎えた。

「何かとお取り混みになる所を恐縮ですが、まず、捜査の必要から二、三お訊ねしておきたいと思いますので」

内山治夫は、蒼ざめた顔で無言のまま、うなずいた。

妻の変死に、気も顛倒しているという様子が、その表情に切実に出ていた。

主任の警部は、同情してなるべく簡単に訊問を打ち切ってやろうと決心した。

「お勤めは？」

「工作機械の会社のセールス・エンジニアです」

「九州へのご出張は？」

「納入機械の巡回点検のためです」

「なるほど、では、事件の当夜はどうしておられました」

「博多のK館という宿に泊っていました」

「奥さんの今度の事で、犯人について何かお心当りでも」

「いえ、全然」

「そうですか、いや、そうでしょうな。我々も流れ者の偶発的な兇行と見ておるわけです。こういうのは、なかなか犯人の足取り捜査が難かしくて……」

「警部さん、摑まえて下さいよ、絶対に摑まえて下さい。妻をあんな目にあわせた奴は、どうしてもつかまえてもらわにゃあ」

内山治夫は、次第に興奮して、血走った目で、警部を睨むように見た。

「わかっとります。我々もできるだけの事はやってみます」

そう言いながらも、警部は内心で、「流しの犯行はなかなかつかまらんからなあ」と呟いていた。

だが、やれるだけの事をやってみると口に出したのは嘘ではなかった。

内山治夫の事件当夜のアリバイも、一応は福岡県警に照会もした。

やがて県警からの返事が来て、K旅館の女中の証言で、内山は確かにその夜投宿していたことが判然とした。

内山は九州地区の販売や巡回修理に出ると、博多ではいつもK旅館を選ぶのだという。そこの女中とは顔なじみで、その夜は内山が腹具合をこわしていたので、女中は粥まで炊いてやったのだから、確かにまちがいはないと証言したのだと言う。

内山のアリバイは、動かし難い完全なものであった。

捜査はやはり、流し（流れ者）の犯行の線一本に絞って進められることになり、主任警部以下、足取り追求には全力をあげたが、捜査ははかばかしく進捗しなかった。

「オミヤ入りだな」

と、記者クラブの連中は、早くも見切りをつけていた。

じつは、主任警部ですら、内心はそう思っていた。

流しの犯行では、逮捕の自信はない。

せめてもう一つの、毒殺のほうだけでも解決したいというのが、主任の本当の肚であった。

内山治夫は、完全なアリバイに守られて、容疑の線の外に置かれた。

城南のこのアパートからは、深夜の国道を車で飛ばせば、羽田までは一時間とかからない事は、主任警部以下、捜査陣の誰もが見落していた。

内山治夫は、当日の昼間から、K旅館にいて、腹具合をこわしたと言ってふとんにもぐり込み、夜は早目に粥をたかせて、力なさそうな顔でそれをすすった。

女中が退ると飛び起きて身仕度を整え、鞄に用意した靴をはいて、庭から木戸を抜けて板付空港に車を飛ばした。

上り三一八便は、二〇時二〇分に板付空港を発って二一時三五分に羽田に着く。

内山治夫は、その夜悠々と自宅での兇行を了え、下り三三一便で午前一時四〇分に羽田を発って、朝日の上らぬ午前五時〇分に福岡に帰ることができたのであった。

まさか、福岡から東京まで、そのような直行の特急便があろうとは、捜査陣の誰もが気付かなかったのである。

「うまく行った」

と、内山は、再び心の中でほくそ笑んだ。

三百万円の保険金受領は、もう目の前であった。

会社は出張から帰京後一週間の忌引き欠勤を認めてくれていた。

妻の葬式を了えると、内山は身体をもてあまして、

「一つ厄払いと、三百万円の前祝いに、今日は羽を伸ばしてやろう」

と、昼間から町へ出た。

「ああ、やめておけばよかった」

と思ったのは、ずっとあとの事である。

内山は、町で、あの夜の女とばったり顔を合わせたのであった。

あの夜は暗くて、女の顔ははっきりとは覚えていなかったが、女の態度でそれと判った。

女は、内山と顔をあわせたとき、一瞬ギクリとして顔色を変え、すこしためらってから、急に馴れ馴れしく近寄って来た。

「やはり、この女は俺の顔を見ていたのだ」

そう思うと、一瞬、目の前が真っ暗になるような気がした。

だが、次の瞬間、

「これではいかん」

と気を取り直した。

なんとかして、この急場をしのがなければならなかった。

「よし、この女の身体を陥《おと》してやる。モノにしてしまえば、女は言いなりになるだろう」

内山治夫は、そう心をきめ、親しみ深そうな視線を女の顔にあてながら、ゆっくりと近寄って行った。

やがて、女のほうも、男のほうも、互いに相手をたらし込もうとしているこの奇妙なカップルは、タクシーを呼びとめて、昼間から愛の逢瀬を楽しめる場所を求めて走り去って行った。

6

桂木百合子は、男にはすっかりしてやられたと思った。あとで考えると、忌々《いまいま》しくてならなかった。

「なにも、あの男と、あんなに親しくなることはなかったのに」

と後悔した。

なんと言っても、百合子はまだ未婚の娘であった。それが既婚の男に、一世一代、腕によりをかけて甘い優しいテクニックで愛撫されて、相手を蕩《とろ》かすつもりが、その逆になってしまった。

「私、心まで裸にされてしまったわ」

温泉旅館のベッドで、夢心地のうちに、もう何でも喋ってやれという気になって、男から優しく問われるままに、百合子はあの夜のことは細大洩らさず告白してしまったのであった。

もっともそれは、男が先に、自分の犯行を告白したからである。

「やはりあの男も、人殺しをしていたのだわ」

そう判ると、張りつめていた気持が安心感で緩んで、身の筋肉がぐったりしてしまった。

そこを男に、優しく執拗に愛撫された。そして問われるままに「じつは私も……」と百合子は口移しの毒殺のことを告白してしまったものである。

夢中で過した数時間が終って男と別れてから、急に後悔の念が起った。

「何もあんなに親しくすることはなかった」

と、百合子は思った。自分のことは喋る必要はなかったのにと思うと、忌々しくてならなかった。

百合子は、むしゃくしゃした気分を叩きつけるように、男に一本の手紙を書いた。

入れ違いに、男から手紙が来た。

開いて読んでみて、百合子は思わず唇を噛んだ。手紙の文面は、明らかに脅迫状の一種であった。

「あなたが毒殺した男から巻上げた八十万のうち、全部とは言わないが、五十万ほど頂きたい。そうでないと、あなたは監獄行きは間違いない事になる。悪くすれば死刑だろう。金は必ず渡してくれたほうがいい」

呆れたと、百合子は思った。

あの男は自分の犯行を棚にあげて、相手をゆすろうとしている。自己の犯行の証拠湮滅には、それほどに絶対の自信があるのだろうかと、ふと、不審にさえ思った。

一方、内山治夫も、女のことでは、あとでいまいましく思っていた。

「何も、こっちから先に告白することはなかったんだ」

と後悔した。しかし、相手にも当夜の犯行を告白させたのは、せめてものお手柄である。

「あの女もあの夜、人を殺していたんだ」

という安心感に気が緩んで、内山治夫はつい本名までも名乗ってしまった。もちろん、女の住所姓名は聞いてある。

「これからも、お会いしたいわ」

「こちらもだね」

そんな会話を交してから、温泉旅館を出て、別れたのであった。

あとになって、次第にいまいましさが増してきた。

「何も、あんなに心を許すことはなかった。女を手玉にとって、うまく丸めこみさえすればそれでよかったのだ」と後悔した。

むしゃくしゃして、女宛に手紙を書いた。

すると、女からも手紙が来た。

あけて一読して、内山治夫は思わず「畜生！」と唸った。

女の手紙は脅迫状であった。

「あなたは、三百万の生命保険金をも受取ったそうですね。今の私は、あなたの配偶者も同じことです。ですから半分の百五十万を、私は頂く権利があると思います。

もしそれを私に下さらないと私はあなたの犯行を警察に訴えます。私の犯行は、絶対に有罪の証拠があがらないようになっています」

読み終って、内山治夫は歯がみをした。小娘のくせに、ひどい奴もあったものだと思った。

大した自信だと、内山は思った。

「ようし、それなら、会って結着をつけてやる」

内山は、女にあてて「この前の場所でもう一度会いたい」と手紙を書いた。

7

前回と同じ旅館の、同じ部屋の、同じベットの上であった。

ともすれば、男の技巧に溺れそうになる自分の気持を激しく叱って、桂木百合子は今日こそ、交渉の主導権を自分が取らねばならぬと固く心に誓っていた。

「ねえ、どうしてもだめ?」

「だめだね」

「考え直して頂けません?」

「だめさ」

男の、にべもない返事で、百合子の心は決った。

「あなたには勝てないわ」

あきらめたように言い、それからは相手のなすがままにして、恍惚感に溺れたような演技に没頭した。男にもできるだけ疲労を与えるように仕向け、

「のどが乾いたわね」

と、ふと相手の気を誘った。

「うん」

「いいわ、私、口移しに、お水のませてあげる」

「うふふ」

百合子はすばやく、用意した青酸剤のカプセルを口に含んだ。その上にさらに水を一口含んで、相手の顔に口を近寄せた。相手も、そこへ唇を寄せて来た。

口移しが始まろうとするとき、いきなり男の掌が、ドスンと百合子の背をどやしつけた。

「あっ」

百合子は思わず口の中のものをゴクリと飲み込んだ。青酸剤のカプセルが、スルリと百合子のノドを通って、胃の腑に落ちて行った。

男は百合子の上に馬乗りになり、口に枕を押し当てて、

女体にびくとも動く隙を与えなかった。

やがて女体にはげしい痙攣が起ったのを知って、男はニヤリと笑って、始めてその手を緩めた。

……。

内山治夫は、女の手の内はすっかり見すかしていたつもりであった。女が口移しに毒を飲ませてくるだろうというのも判っていた。だから逆手をとって、相手にそれを飲みこませることに成功した。

だが、たった一つ手抜かりがあった。それは、青酸カプセルが女の胃の腑に落ちて、猛毒が効力を発揮し始めるまでにはかなりの時間がかかることを、内山が見落していた事である。

女は死んだものと、手を緩めたとき、女の手がすばやく動いて、内山のま正面から、一突きしてきた。

虚をつかれ、刃物は心臓に深々と刺さって、内山は即死した。刃物は、内山が万一の用意に携行して来たものである。

それがいつか、女の手に渡っていた。

女は内山を刺殺すると、地面に倒れた内山の死体の下から、這い出すように身をどけた。

そこは、同じころに絶命していた桂木百合子のいる旅館のベッドではなく、多摩川の川原の、無人の砂利っ原であった。

内山を刺したのは、無論、桂木百合子ではなく、ずっと百合子にばけ通して内山に会っていたあの気のいい夫婦者の梅原杉枝である。

そのころ、旅館のベッドで、正真正銘の桂木百合子を押えつけて、青酸中毒死をさせた男は、内山治夫にばけ通して今まで百合子に会っていた梅原五郎であった。

かくて内山治夫は、無人の川原で刺殺され、桂木百合子は連れ込み宿の一室で自殺と見せかけて毒殺され、結局、どちらも真犯人は永久に闇から闇へ葬られることになるであろう。

「うまく行ったわね、あんた」

その夜、アパートの自室で、杉枝が夫の五郎に戯れながら言った。

「うん、こううまく行くとは思わなかったな。それにしてもあの晩、お互いに、隣室と二階の部屋が怪しいと気付いて、真犯人をつきとめるまでねばり抜いたのが成功のもとだったな。もっとも、お前のほうは真犯人があの室の亭主だと突きとめればそれで終りだが、私はあの女の身許が判るまで、徹底的に尾行を続けたのだからな。

こっちのほうが苦労をしたよ」

「あら、苦労はお互い様よ。私だって、あの室の主人内山治夫とは互いに顔を知らなかったんですからね。すぐに羽田へすっ飛んで行ったから、一体どこの誰かと、突きとめるにはずい分苦心をしたわ」

「それにしても、男も女も、相手をしたのが我々夫婦だとは最後まで気付かなかったから助かった」

「そうね、それに、男も女も、私たちから脅迫されると、すなおに現金を用意して来たところは可愛いいじゃないの」

「いや、現金を見せて油断をさせそれで相手を殺すつもりだったんだろう」

「ところが我々夫婦のほうが一枚うわ手だったという訳ね」

「そうさ、お蔭で男からは百五十万、女からは五十万、〆めて二百万の現金が転がりこんだ。これで三カ月分溜っていた家賃を払ってあのごうつく張りの管理人をペコペコさせてやることができる」

「あら、そんなのほっておけばいいわ。それより自分の家を買いましょうよ、そうすれば毎月高い家賃の心配することもないし……」

「そうだな、お前は知恵者だね、それに、可愛いいし……」

「ふ、ふ」

夫婦はまた、互いに戯れ始めた。

二百万の金をみごとに捲き上げたという成功の快感が、二人を有頂点にさせていた。

だから、ごうつくばりの管理人が、隣室の毒殺された酒井の押入れで、顔中を耳だらけにして、梅原夫婦の会話を逐一聴きとってしまったことには、気がつかなかったのである。

梅原夫婦は、明日になれば買えるはずの新居の事を思ってゾクゾクし、管理人はその金をゆすりとる時の快感を思って、もっとゾクゾクしていた。

静かなる復讐

1

三上敏子は、変った娘である。

嫁入道具は殆んど自力で揃えたのに、肝心の婿選びにはまるで熱を示さない。今年はもう二十六。ぼつぼつオールド・ミス化の傾向もあると、肉親、縁者はやきもきしだしている。

美貌だし、才女でもあるし、当人がその気になれば、相手には事欠がないのだが、どの話も一向に進捗を見ない。

「とにかく、変った子だから……」

と、母親はもう匙を投げていた。

変っているといえば、勤め先のこともある。

三上敏子は、とある秘密探偵社に勤めて調査員をしている。月給二万六千円、ふつうのB・Gよりは高給だが、働きのある外交員ほどの稼ぎではない。

「でも外交員より気楽な商売だから……」

と、当人は、軽い気持で勤めているらしい。

探偵といっても、仕事の大部分が縁談調査、信用調査、素行調査の類である。天才的な推理を必要とするほどのこともなし、婦人用の拳銃を振りまわすような事件もない。しかも、深夜の尾行が必要なときは、必ず男子調査員が当る規定である。

探偵社を主宰するのが女社長だから、女子調査員の純潔防護に関しては、まことに行きとどいている。

「だから、スリルなんて、まるでないのよ」と、三上敏子は、いささか物足りない気さえいだいている。

「それじゃ一体、どこが面白くて、いつまでもそんなお勤めをしているの」

片親の母に、非難がましい目をむけられたことも何度かある。

「さあ、私にもよくわからないわ」

敏子は、他人《ひと》ごとのように答えて、あまりとり合わない。うっかり本心をのぞかせれば、母親は押しつけがましい同情を寄せてくるだろう。それが鬱陶《うっとう》しくて敏子は黙っていた。

社での勤務には、特に情熱を注いで仕事をしているわけでもないが、成績は非常によかった。

敏子の手がける調査では、概して悲劇的な結末になるケースが多い。縁談調査なら破談、素行調査は離婚話まで行く。

素行不良の決定的な、ポイントを探りあてることにかけては、敏子には独特な才能があるように見えた。

やり過ぎて、かえって怨まれることも時々ある。一度は調査を依頼しても、いざ破談となると、後から未練がわいて、辛辣《しんらつ》な報告書を怨んでいる依頼人もあると聞く。

「そんな未練がましいのって……私、大嫌い！」

と、敏子は怒ったように言う。すぐむきになるのは、じつは敏子自身の心の底に、大きな未練がましさが巣喰っているためなのだとは、自分では気づかない。

敏子の未練は、佐田厚という青年の面影であった。三年も前のことだが、今でもヒリヒリするほど、鮮明に心に焼きついている。

「僕は結婚するなら、もちろんバージンを選ぶよ」

佐田厚青年は、笑顔でそういった。当然敏子が、そうであると信じて言ったものらしかった。

だが、敏子は、すでに、そうではなかった。

遊びのつもりで、あるキャンプ地で、大学生相手にそれを失っていた。その後も数回交渉があって別れたが、そのことを知っている友人も何人かいる。とても隠しきれるものではないと、敏子は観念した。

「私はバージンではないのよ、さようなら」

叩きつけるように言って、佐田厚青年とは別れた。追ってくれるかと期待したが、その期待ははずれた。それ以来の未練である。

心の中の佐田厚の面影は、今ではかなりくたびれ薄れかけているのに、未練だけが、焼きつけられたように、鮮明に残っている。

つまりそれは、処女を失ったことに対する未練に、掏《す》り替えられているのであった。今さらとりかえしの効くあやまちではないと思うと、未練は一層強い。

他人のあやまちをあばくことで、自己のあやまちへの未練心をなだめようと、それで敏子は、探偵社の仕事に執着しているのである。

そんな調査員に調査されるものこそ、いいツラの皮であった。

2

この探偵社では、依頼人と調査員が、直接に顔をあわせるということがない。直接取引をさせれば、依頼人はとかく調査員にチップをやりたがる。それを許すと、調査費の水増し請求がやり難くなるから困るのだと、女社長は考える。

娘時代を、大阪の丼池ですごした勘定高い女社長としては、客から搾れるだけの金を会社の窓口一本で搾りとるべく、依頼人と調査員の直接取引を禁じてしまっていた。

依頼人の話は、社長自ら承って、それを後刻調査員にとり次ぐ。調査員を按分するのも、社長自身の仕事である。その按分にしたがって、一つの素行調査が、ある日、三上敏子に廻ってきた。

島村慶三という――某商事会社員の女関係を調べてほしいという依頼で、依頼人は島村夫人である。

「奥さんが、くれぐれも頼むと念をおして行かはったのよ。あんた、気を入れてやってみてほしいわ」

と、肥えた女社長は、剝げかけた関西弁で敏子に言った。機嫌のよいのが、依頼人の金離れのよさを物語っていた。

女社長の話によると、島村慶三の浮気のしかたは実に巧妙で、他社の探偵が一カ月の余も張って、ついに尻尾をとらえ得なかったのだという。そんな話に、敏子はふとやる気を起こした。

「なんとか、やってみます」

「ま、ひとつ、頼むわ……」

仕事は即日だった。やりだしてみて、「なるほど難かしそうだわ」と、すぐにわかる仕事であった。

日本橋のビルの四階に室を持つ商事会社の部長として、この中年男の生活は、舶来の統計機械のように、能率的な事務処理一色に塗りつぶされていた。技術屋上りらしく、叩けばサイン、コサインと音の出そうな石部金吉の風貌の持主でもある。

たまに、取引筋の客を、キャバレーに招ずる程度のことはあっても、宴が崩れだす頃から先の始末は、必ず同行の部下にまかせて、島村慶三はさっさと家に帰る。四十代にしては、珍らしい品行方正な夫であった。

「奥さんというのが、やきもち妄想家なのではないかしら？」

三上敏子は、そうも思ってみた。

しかし、島村夫人の言によれば、夫の慶三が、女に宝石類などを贈っている現場を見たものがあるのだという。

「確かなのかしら？　その話」

敏子は、夫人の話をそろそろ疑いはじめていた。

だが、見かけは「完全な夫」である島村に、ひそかに秘めた蔭の愉楽があるのだとしたら、それをあばくことには、いささかのスリルと快感はある。

敏子は持ち前の、ある種の残酷さを心の中にとり戻して、なおも執拗に、島村を張ってみることにした。

するとある日、気づいた。

島村は、近くの喫茶室を愛用して、客とともに、日に何度かはそこのドアを押す。時には、部下の社員と同行して入ることもある。

そんな時、部下は分厚い書類を携行していて、島村は二～三時間、喫茶室から出てこないことがある。

「すこし、長すぎる！」

と気づいて、その日は、喫茶室の中まで尾《つ》けて入った。果してボックスには、書類を持った部下だけがいた。

「籠抜けだわ」

見れば裏戸は、そのまま裏通りへ抜けていた。そうと判れば、簡単なことであった。なお二三日張って、三上敏子は、島村の籠抜けの現場を捉えた。京橋の美術館のサロンまで尾けて、若い女と会った所まで突きとめた。

やがて島村が美術館から出てきた時、敏子は、それには見向きもせず、相手の女の方に、しっかりと喰い下っていた。

かなり尾け歩いたが、日比谷のガーデン・プロムナードのあたりにさしかかったとき、敏子は、思いきって声をかけてみた。

「あの……」

敏子の声に、ギクリとして振りむいた女の顔が、真蒼だった。目には恐怖の色が見えた。

「殺さないで……」

そっと、それだけ言って、女は掌《て》をあわせた。いきなり拝まれて、敏子のほうが度胆を抜かれた。

3

三上敏子は帰社すると、まっすぐ社長室に入った。

「テレビと共に痩せましょう」とばかりドスンバタンとやっていた女社長は、照れもせずに、スクワットとやらの姿勢をつづけながら、目だけはきょとんと、敏子のほうを見た。

「私、この仕事、おりさせていただきますわ」

「どしてエ?」

社長は向き直った。敏子は心持ち蒼ざめていた。投げつけるような真剣な語調で、早口に言った。

「犯罪捜査は警察の仕事です。それを黙って、私にやらせるなんてひどいわ。いつ殺されるかもわからない仕事なんか、私、まっぴらです」

「ふうん」

さも感心したような、とぼとぼした表情で、社長は敏子をゆっくりと見た。

「あんたって人、相当に空想力が豊からしいわ」

「空想ですって?」敏子は、眉をつりあげた。まだ顔色が蒼ざめていた。

「……私、今まで河合清美という女に会って、事情をたずねていたんです。島村慶二と、何度かアフタヌーン・デートをやっていたことを告白させました。ところがその何度目かに、錠のついた鞄を島村からあずけられて、河合清美は、言われるままに正直に保管していたのだそうです。そしたらある日……」

「鞄の中身がわかった?」

「そうじゃありません。鞄を盗まれたんです。河合清美は困って、島村に会って詫びるつもりで、今日は京橋の美術館へ呼び出したのだそうです。そしたら……」

「叱られた?」

「それどころじゃないわ。島村が顔色を変えて、『お前はえらいことをしてくれた。すぐにも弁償しないと、お互いの命が危い』って……」

「大仰《おおぎょう》な話やな」

「なんでも、鞄の中身は一千万円相当の品なのだそうです。大して重くもない小型の鞄で、それだけの金額といえば、中身は麻薬……」

敏子の声が低くなった。ひどく危険なものに捲きこまれかけているのだという不安が、顔にも、言葉の端にも小刻みに出ていた。

女社長も、口先だけは、

「そりゃあ、大変な話やなあ」と言ったが、声の調子には、大してさし迫った様子もなかった。

「とにかく社としては、河合清美とやらの報告書を出せばええのんよ」

「でも、このことはまず警察に……」

「ほっておけばいいから……」

女社長はばかに大きな声をだした。それからきめつけるように、

「そんな話、その女のでたらめに決っているわ」

と、断定的に言った。

社長としては警察に報《し》らせて島村が逮捕され、依頼人からの調査費をとり損《そこな》うことになるのを恐れているのであろう。

だが、このままでは、敏子は大いに不安であった。

日比谷公園の花壇で、河合清美を問いつめていたとき、遠い木蔭で、双眼鏡をこちらにあてていた人影をふと見たからである。どうやら、それは島村慶三に似ていた。

4

三上敏子は、河合清美に関する報告書を早々にまとめるようにと、女社長に厳命された。

それにはどうしても、河合清美の告げたアパートの住所の確認が必要である。一刻も早くこの一件から手を引きたい敏子は、その夜、ただちにアパートの確認に向うことにした。

場所は杉並。私鉄の沿線では、最も繁華な駅の一つで降りて、北へ二十分ほど歩いた小公園裏の、二階建てのアパートである。

駅から二キロもはずれると、さすがに家並は疎《まば》らで、夜道はひどく寂しい。

星空の下をあわただしく擢れちがったのはたった一人。それも道が暗くて、老けてはいない男だとわかる程度である。しきりと、手で針金のようなものを輪に巻いている動作が、街燈の光の輪をくぐった時に、ちらっと見えた。

見馴れぬ動作だが、その時は、別段気にはならなかっ

た。それは男が、落ちつき払っていたせいでもある。

だが、アパートの入口から、二階へ登る踏段を上りかけて、もう一人の男が、やはり針金の輪を手にして降りてくるのと摺れちがったときには、「はて?」と思った。

服装は、電線工夫のようではなく、背広である。ひげの濃いその男は、顔をそむけて、戸外の闇に消えて行った。

河合清美の告げた部屋のナンバーの、ニス塗りのドアの隙間からは、灯りが洩れていた。

だが、鍵はかかっていた。のぞくと、鍵穴の内側から鍵がささっていることが判った。あきらかに在室する証拠だが、何度ノックをしても返事がなかった。

敏子は、漠然と不安になった。急いで階段を駈け降りて、戸外から建物の裏側にまわって見た。

やはり二階の河合清美の室の窓には、灯りがともっている。バンブー・カラーのカーテンは半開き、窓ガラスはぴったりと閉っていた。

「なんとか、のぞきこんで見たいわ」

見まわすと、恰好の場所に、黒々と幹の太い立木があった。幸い暗いし、スラックスをはいている。

木登りは、お茶目の少女時代にいささかの経験もある。

おまけに、張り込み用の小型の双眼鏡も携行していた。

条件はすべて揃っていて、敏子は難なく、部屋の中を覗きこむことができた。

「あ……」

思わず、双眼鏡をとり落す所だった。

河合清美は、地味な色の蒲団をのべて寝ていた。ちんまりした鼻に見覚えがある。当人であると、およその見当はすぐについた。だが、双眼鏡の視野に、敏子は、もっと由々《ゆゆ》しいものを捉えていたのであった。

緑色の睡眠薬の小ケースが一つ、二つ——六つまで、枕許に散らばっていた。

ブロバリンのコンマイが三十錠ずつとして、六ケースで十八グラム。致死量には優に足りる。

蓋のはずれているケースもあって、百八十錠がすでに、使用済みであることはほぼ確実だった。

「殺されたんだわ!」

咄嗟にそう思った。窓もドアも、密閉した部屋の中のこの出来事は、本来なら自殺を連想する所である。

「でも、これは他殺だわ」と、敏子にはわかった。

昼間からの経過を考えても、また最前の二人の男の針金を巻く奇異な動作からみても、トリックによる偽装殺人にまちがいない。

思わず背筋が寒くなった。ずり落ちるように、木の股から降り、息をつく間もなく、敏子は夜道をまっすぐに交番に駈けた。

交番は駅への道の途中にある。往復十五分と踏んだが、意外に手間取った。

若い警官は、本署への電話連絡にくどいほどの手数をかけ、何やかやと時間を潰した。

年配の警官がパトロールから戻ると、救われたように、

「自分は未経験なので……」と自信のなさそうな顔を見せた。

結局、どやされた若い警官が、渋々腰をあげ、敏子と共に現場に駈けつけるまでに、三十分近くは経っていた。

管理人を立会わせ、部屋に踏みこんで見て、驚いた。室内は、ひどくガランとしていた。そこにはもはや、河合清美の死体はなかった。

5

警察では人騒がせなでたらめを云う女だと、散々にあぶらをしぼられて、敏子はやっと釈放された。管理人の話では、部屋の正当な住人は、鏑木《かぶらぎ》順治という独身者で、化学機器製作所に勤めるまじめな技術者である。

現在は三重県下に出張中で、おそらくは今日あたり、まだ帰京していないはずだと云う。

河合清美などという女は、見たことも聞いたこともないと管理人は申したて、敏子の目撃談は、完全に無視されてしまった。

「いいわ、真相はいずれ突きとめてやるから」

敏子は、心の中で反撥した。

幸い、問題の部屋の鍵型が、わかっていた。

警官たちと踏みこんだとき、敏子はすばやく二枚のガムを嚙んで、ドアにさした管理人の鍵束から、型をガムに写しとったものである。

知人の町工場で、ヤスリ仕上げの真鍮の鍵を作らせるのに、二日。

「もう部屋の主《あるじ》が、出張から帰っているかもしれないわ」

そう考えて、侵入の日には、昼間の時間をわざと選んだ。これは成功だった。

勤め人の多い昼間のアパートは、死んだようにひっそりして、深夜のように静まり返っていた。

敏子が潜入した時、部屋の主は、まだ出張から帰っていない様子で、室内のすべての物は、あの夜以来手つかずのようであった。

これは有難かった。敏子は、部屋中を舐めるように探しまわった。果して、成果が続々と出てきた。

畳の隙間に落ちたブロバリン錠、数本の女のものらしい頭髪、指紋のとれそうなコップ——時間の経過をわすれて、敏子は捜査に熱中した。

「あっ……」

突然、敏子の顔色が変った。

足音が、意外の近さに接近していた。

押入れに隠れるのと、ドアが開くのとが同時であった。

足音は荒々しく、室内に立ち入ってきた。敏子はふと、河合清美と同じ運命に置かれる、哀れな自分の死体を思いうかべた。

忽ち押入れの戸が開いた。男の手がのびてきて、むずと敏子の膝頭を摑んだ。

ずるずると引き出されながら、これから殺されるのだという実感の前に、まず残酷に弄ばれるのではないか、という恐怖が先に立った。

「誰だ？　君は……」男の声は、意外にまともなものであった。

「僕がこの部屋の住人だ。いま出張から帰ってみると、このざまだ」

男はそう云い、怒りをふくんだ目で、美貌の空巣を見おろした。

6

懸命に事情を説明したあと、「信用していただけないかもしれないけど」と、敏子が弱々しく呟くと、「判った。信用しますよ」と、男がすぐに釈然としてくれたのは嬉しかった。

鏑木順治というその独身青年は、敏子に対する疑いを完全に解いて、むしろ大いに同情さえしてくれた。敏子の話を、全面的に信じている様子であった。

「あなたも、えらいことに首を突っこんだものだ。要心せんといかんのじゃあないですか。自殺と見せかけた密室トリックなどを使うところをみれば、尋常な犯人じゃなさそうだ。しかも、その犯人の一人の顔を、あなたが見て知ってしまったのだとすると……」

「ええ。その点が私、とても、不安なのです」

「そりゃあ、警察に届けたほうがいい」

「だめです。警察はもう、私の云うことなど頭から信用してくれませんわ。保護なんかしてくれるものですか」

「なるほど。犯人たちはそういう狙いで、一度作った密室を、わざと、また、消したのだな」

鏑木青年は、深々と腕組みをした。心から三上敏子の危険を案じてくれているようであった。

「それにしても。問題は密室のトリックだが……」

技術屋の青年は、ふと壁に突きあたったように、考えこんでしまった。

しばらくは黙々と、長考に耽っていたが、やがてホッと息を吐いて、ハタと膝を打った。

「わかった！」

「え？」

「それは多分、こういうことではないのですかね……僕は出張が多くて、留守中には後輩の学生などに、泊りに来いよと鍵を渡すこともあります。中には、合鍵を複製している奴もおるかも知らん。河合清美という女は、そういう学生の誰かと懇意なのでしょう。彼女は、たまたま身に危険を感じたので、自分のアパートに帰ることは避けて、僕のアパートに避難した。ところが犯人たちは、ちゃんと知っていて、彼女が食事にでも出たわずかの隙を見て、密室トリックの細工をした」

「そのトリックというのは？」

「それは、案外簡単だ。多分、こうですよ。このアパートの水道は、汲上げ井戸のタック式だから、各室の蛇口には漉水器がついている。その中に、致死量の睡眠薬をしこんで、出口はコロジオンの薄膜を張らせて塞いでおく。水栓をひねると、水圧で睡眠薬はコップの中に押し出される。河合清美はそれをのんで、忽ち眠くなった。そこで鍵をかけて、蒲団をしいて、電燈を消す間もなく寝込んでしまった。ところで、枕もとの睡眠薬のケースのトリックは、おそらくは、あなたの目撃したという針金を巻いていた二人の男の細工だと思う。それはこうです。睡眠薬の空《から》ケースをゴムでたばねて、そのゴムの両端に、一本ずつの針金をつける。一本の端は窓の隙間から外へ、もう一本の端は、ドアの隙間から廊下へ、目立たぬようにひき出しておく。ゴムで束ねた睡眠薬のケースは、机の下にでも潜らせておいたものでしょうね。河合清美が水道からの睡眠薬を飲んで、寝てしまったのを見すまして、二人の男が、窓の外と廊下からそれぞれ針金の端をたぐり寄せる。すると二本の針金は、ゴムで束ねた睡眠薬のケースを境いにして、一直線に部屋の中でピンと張られる。なおも引張れば、ゴムは切れて、ケースは畳の上に散乱する。針金の長さをあらかじめうまく計っておけば、ケースを枕もとに散乱させることも、もちろんできる。ケースが散乱したあとも、そのまま引張りつづけて、針金を窓とドアの両方から抜いてしまえば、あとに証拠は何も残らない。こうして、睡眠薬自殺に偽装した完全な密室トリックが成立した。ところが犯人たちは、針金を巻いている所をあなたに見られてしまった。そこでまた先手を打ち、河合清美の死体を運びだして、警察に対するあなたの信用を失わせる作戦に出た。それは成功して、あなたは警察から、信用も保護も受けることができなくなった。だから、犯人たちは、機会を見て、これからゆっくりと、目撃者のあなたを消す算段をすることができる……」

「私、怖いわ」

「大丈夫！」青年は力んで見せた。「僕が護ってあげます」

敏子は微笑を返して、青年の好意に感謝した。

だが、実際問題としては、頭はいいが人もよさそうなこの青年は、それほど頼りになりそうにも思えなかった。不安はやはり敏子自身が、背負わなければならないのであった。

7

確かに尾行されていると判る機会が、次第に多くなって行った。不安は日に日に募った。

警察にも頭から信用されず、女社長はまるで話相手にはならない。

敏子は次第にノイローゼ気味になり、ついにある日、捨て鉢な行動に出た。

わざと人通りの少ない路地を選び、そこで急にふり返って、足早に尾行者のほうに向って歩み寄った。

「私を一体、どうしようというの」

急にいどまれて、尾行者はあっけにとられた。

「どうって別に……、困ったな」

しどろもどろに云い、くたびれたトレンチ・コートの男は、数字を書いた紙片をもぞもぞと差し出した。

「とにかく、ここへ電話してみて下さい」

不審には思ったが、敏子は云われるままに、近くで公衆電話をかけてみた。

ダイヤルをまわすと、意外にも鏑木が出た。

「やあ、そのことですか。それは僕が、雇った私立探偵ですよ。あなたをしっかりと護ってあげてくれるように、依頼してあるんです」

「まあ……」

敏子は、思わず声をつまらせた。はじめて事情がわかり、青年の好意が、今さらのように身にしみた。

「探偵の報告では、例の犯人は、どうやらあなたのことをあきらめたらしいですよ。こう厳重に護衛していれば、手の出しようがないと悟ったのでしょう」

青年はそう告げて、なおしばらくは、要心をつづけましょうよと、優しく云って電話を切った。


その日から敏子は、鏑木を忘れ難く思うようになった。二十六歳の恋というのは、奇妙なものである。

齢《とし》相応に冷静に、自分を見つめているつもりのうわべの体裁があり、一方心の深層では、抑えきれぬほどに、激しい恋愛感情を燃えたたせてしまう。

自分から心を打明けることには、抵抗を感じていながら、相手がそれを云ってくれないことに、深刻な不満を持ってじれはじめる。

そんな内心の相剋が、もうどうにも抑えきれなくなって、結婚シーズンもたけなわの晩秋のある日、敏子は意を決して、青年をアパートに訪れることにした。そして羞《はじ》らいがちに、訪問のことを、あらかじめ、鏑木の勤務先に電話で告げた。

その夜、青年は約束どおり在室して、敏子を待っていてくれた。ドアが開いて招じ入れられたとき、彼女はちょっと相手の身体にふれて、少女のように胸をときめかせた。

だが、一歩室内に入って、思わず「あっ」と云った。そこには、一人の女がいた。死んだはずの、河合清美であった。

「私は、あなたに怨みがあったのです」

清美は、敏子に云った。突き刺すような鋭い声であった。

8

河合清美には、かつて恋愛が進行していた。親が知って正式な話合いになり、仲人が「念のために」と主張して、相手の身許調査を依頼した。

三上敏子が調査を担当し、男の過去のあやまちが洗いざらい浮び上った。

清美は、それでも構わないと思った。だが、結局は破談に終った。

あまりに峻烈に過去をあばき立てられたことで、先方がすっかり感情を害したからである。

「お祝い事の調査は、云わば形式的なものよ。当事者たちが、今後幸福になれるという目安があればそれでいいの。それをまるで罪人みたいに……」

と、清美の声には、敏子への憎しみが籠っていた。

「私だけではないのよ」

清美は、なおも云いつづけた。「この鏑木さんだって、実はそう」意外な話であった。

鏑木の許婚者《フィアンセ》の女性が、敏子の調査を受けたことがあったのだと云う。経過は河合清美の場合と同じで、やはり破談になった。経過の説明は、すべて河合清美がしたが、鏑木の顔がその話を肯定していた。

「まだあるわ」

と、清美はドアの方を振りむいた。すると、数人の人物がぞろぞろ入ってきた。

敏子は仰天した。あの夜、針金を巻いていた二人の男。鏑木が雇ったと称する探偵。そして他の二〜三人の中には、あの島村慶三の顔も見えた。

「島村さんは、御子息の素行調査を、あなたの社に依頼したことがあるのです」

一人息子の不良化をおそれて、ひそかに調査を依頼したことだったのに、敏子の仮借ない調査は、息子の級友にまでおよび、事態は表面化して、転校のやむなきにいたったのだと云う。

「瀬谷さんの場合は……」

「こちらの大井さんの場合は……」

一人々々についての清美の説明が、厳しい叱責が咎となって、ぴしぴしと敏子の耳朶を打った。

それは奇妙な復讐の光景であった。

敏子は満座の中に引きすえられ、見詰められて、身じろぎすらできなかった。

魔女焚殺《ふんさつ》——

敏子はふと、そんなことを思った。中世の宗教暗黒時代の、凄惨なリンチの一つである。

いま自分を取りまく一団の人物は、いかなる復讐を、二十六歳の女体の上に加えようとするのか。

やがて宣告を告げる河合清美の声が、冷たく敏子の頭上に響いた。

「私たち一同、相談して、復讐を誓いました」

清美はじりっと、膝を進めてきた。

「あなたをもう二度と、こんなことが出来ないような身にしてやろう。それが私たちの復讐の決議です」

どうにでもなれと、敏子は思った。

宣告はおごそかに敏子の身に下った。

「鏑木順治さんと結婚しておしまいなさい！」

悪党はいつも孤独

拾い屋と殺し屋

一階が不動産、二階が朝鮮料理屋、三階は得態の知れない貸し部屋で、その一つに、ときどき三人の悪党が集る。

悪人三人寄って、いい話の出るはずはない。

荒っぽい銭もうけの相談か、もうけた金の分配か、時にはカムフラージュのために、女一人加えて麻雀牌《マージャン》を遅くまでガラガラ掻いていることもある。

ある晩、五十万ほどの金の分配のことで、男三人だけが顔を合わせた。

「お疲れだったな」

と労をねぎらわれたのが葉山徹。

今度の金を持ってきたのは、この男である。

強請《ゆすり》先はインペリアル・トレーディング・カンパニーという朦朧《もうろう》商社。

通産省の許可証を偽造させて、石炭殻だかモミ殻だかをインチキ輸出しているところを嗅ぎつけたから、これが強請のタネになった。

「なにしろ、ネタがよかったから」

と、情報網の感度のよさを賞められたのが、鶴見周吉。刑事崩れで、怪しげな探偵社をやっている。強請のタネ探しのために開いているような探偵事務所である。

「済まんなア、今回は不労所得で山分けとは」

と、恐縮しているのが、鹿島謙二郎。

役廻りは、葉山徹とご同役だが、力のあるほうではないから強面《こわもて》仕事は葉山に任して、鹿島は細かい仕事でチマチマ稼ぐほうを担当する。

三人三様。仕事の上では、よく気が合う。

ボスもなく、手下もない。

一匹狼が三匹寄って、適当に我《が》を折って、まずまずうまくやっている状態である。

私生活には、干渉しない。

どんな女を囲っているのか、いくら金を貯めこんでいるのかお互いがお互いの生活を知らない。

乾いた付きあいかただ。

金はその都度山分けにして、終ればさっさと思い思いに散って行く。

「一緒に飲まんか」

「いや」

と、あっさり別れる。

その癖、一人になれば、めいめいがひどく孤独だ。

葉山徹は、沈んだ顔で、馴染のバーのドアを押した。

顔見知りの女が寄ってくる。

女は、ひどく無口である。

葉山は、この女をときどき構ってやる。

「俺よりも淋しそうな奴がここにいる」

そう思って構ってやるのだが、女は身上話を何もしない、葉山にも何も訊かない。

それでも、誘えば応じて、安ホテルにもついてくる。

「今夜いいか」

「いいわ」

看板まで待たされてから、やっと二人きりになる。

渋谷でバッタリ、鹿島謙二郎と顔を合わせた。

「どうしたんだ」

「別に」

それで別れた。

鹿島の奴、何をウロウロしているのかと、葉山は思った。なにか、話でもしたそうな顔をしていた。そういえば、さっきも「一緒に飲まんか」と誘ったのは鹿島だった。

「なに考えているのよ」

と、女が葉山の考えを妨げた。

「何も考えてやしないさ」

「そう?」

安ホテルに上ってから、女がポツンとまた云った。

「あなた、すごく淋しそうな顔している」

「ネオンが一つ一つ消えて行くのを見るのは、淋しいものさ」

「そうね、もうそんな時間だわ、寝ましょう」

女の声を葉山は聞き流して二階の窓から下を見ていた。

鹿島が、キョロキョロしながら、街路灯の下を通り過ぎて行った。

「あいつ、なぜ俺をつける」

不審に思ったが、その事はやがて忘れた。

もっと別な事が起って、ちょっと葉山の注意を惹いたからである。

見知らぬ男が一人、追われるようにして目の下の路地を駈け抜けてから、横に曲った。

曲る前に、道端のゴミ容器に踞んで、何かを捨てた。

男が横に曲り終ると、追手らしい男が目の下に現れた。

そいつも、横に曲った。

女がまた誘った。

「寝ましょう」

「うん」

と頷いて、葉山は女を抱きに行った。

今の鬼ごっこのことも、鹿島のことも、すっかり忘れた。女が燃えたから、葉山も燃えて、朝までは、よく眠った。

葉山が目をさましたとき、女は寄り添うようにして、グッタリとまだ眠《ね》ていた。

葉山は窓際に寄って、カーテンを引いた。

窓の外に、寝ぼけたような色の朝がきていた。

着こなしのいいスラリとした若い女が一人、目の下を歩いていた。

夜の人種ではない女だった。

こんな路地に、用のありそうな人種でもなかった。

だが、若い女は、番地をたずねるような様子で、一軒一軒表札を見て行った。

拾い屋の籠に突き当りそうになると、慌てて避けて通った。

拾い屋が二人、ポリエステル製のゴミ容器を、野良犬のようにゴソゴソ漁っていた。

女は、それを避けたとき、つまずいてよろけた。

急いで起き上ったとき、そこにちょっとした異変が起った。

黒目鏡にソフトを目深かにかぶった男が急ぎ足に寄って来て拾い屋の一人の胸倉をいきなり取った。

「出せ」

「な、なにするんだよ」

「いいから出せ」

「なにも出すもんなんかねえよ、旦那」

「とぼけるな、今ひろったダイヤを出せ」

拾い屋は、一匹十円の金魚のように口をパクつかせて、首を横に振った。

黒目鏡が、腕に力を入れた。

拾い屋はけたたましい悲鳴をあげた。黒目鏡は、人を痛めるコツを、よく知っているようであった。

拾い屋は観念して泥をはいた。

「あの……あの女の手提げの中に投げ込んだ」

黒目鏡は拾い屋を突きとばして、女のあとを追った。

だが、途中でもんどり打った。

打ち所が悪かったものか、殺し屋スタイルの男は、だらしなく路上にのびた。

その足許に、いつのまにか、葉山徹がモッサリと立っていた。

背中を狙う奴

白粉《おしろい》のはげた女の肌のように、盛り場の朝は味気ない。

そこここの店の半開きの戸の奥には、足を上にされた椅子の山が卓上に並んでいて、住み込みの女が床に水を打って廻る。

モーニング・サービスの純喫茶と、薬局と、質屋だけが早々と店を開けている。

葉山撤は、若い女を誘って、モーニング・コーヒーを飲みに入った。

女は、船橋裕子《ひろこ》と名乗った。

ある人の消息を尋ねていて、それについて知っているかもしれないという男を探して、あの路地に入ったのだと云う。

「私、本当にびっくりしてしまいました、でもお蔭様で、助かりましたわ」

船橋裕子は、えくぼを見せて笑った。

そんな笑いかたを、何年振りかで見たと葉山は思った。まだ真面目なサラリーマンでいた頃のことだ。あどけないえくぼの女に魅せられて、交際して、プロポーズしようと心を決めたときに、裏切られた。女は競争会社の産業スパイだったのだ。

そんな事もあったが、えくぼのある女に会うのは、なぜか心楽しかった。

葉山は無言で紫煙をくゆらせて、暫くはえくぼを楽しんでいた。

だが、えくぼはフッと消えた。

船橋裕子は、笑顔を消して、心配そうに云った。

「私、バッグにダイヤを投げ込まれたことなんて、ちっとも気がつきませんでした。で、これ、どうしたら宜しいかしら」

形のよい指が、キラリと光る宝石をつまんで、葉山のほうに差しのべられた。

ダイヤは、かなりの大粒であった。たぶん五～六カラット以上はある。

「いずれにしろ、あんたが持っていては……」

と、葉山は考え込みながら云った、「ろくな事にはならないでしょうね」

「では、預って頂けます？」

「私が——ですか」

「ご迷惑でなかったら」

「迷惑なことはないが」

と、葉山はまた考え込んだ。

「奴等はまだ、あなたがそれを持っていると思って、つけ廻しますよ」

「そうだわ」

と船橋裕子はうなずいた。

少女のように、すなおな頷きかたであった。

葉山は、また無言に戻って、紫煙の幕の中にむっつりと閉じこもった。

「どうしたらいいでしょう」

「……」

「私、困ってしまうわ」

「……」

「警察へ届けようかしら」

「さあね」

と、葉山の唇が動いた。

「そいつは考えものだな。どうせ奴等は、陽のあたる道を大手を振って歩ける連中じゃない。あなたがダイヤを警察に届ければ、連中は永久にダイヤに手を出せなくなってしまう。あなたは連中に怨まれますよ」

「そうだわ」

と、船橋裕子は、すなおに頷いた。

すっかり途方にくれたような女の顔を、葉山は紫煙の蔭から愉しんでいた。人の悪い笑いが葉山の口許にこみ上げてきた。

「一つだけ、方法はないでもないが」

「どうするんです？」

「あなたが私の家へくる。そして何時間か過して行く。すると奴等は、私があなたを丸めこんでダイヤをあなたから取り上げたと想像する。すくなくとも、あなたを追ってもダイヤは出てこないと、奴等にも判るでしょう」

それだけ云って、葉山は黙った。

目の隅から、女を見ていた。

女がどう答えるかと、葉山はまた人の悪い笑いを浮べた。

「私、あなたの家へ参ります」

女は、頰をあからめながら答えた、「もし、ご迷惑でなかったら。でも、あの……」

と、途中から、また、ためらいだした。

飛んでもないことを云ってしまったのだという狼狽が、表情の中にすなおに浮いていた。

「でも、どうしました」

と、葉山は意地悪く訊いた。

「でも……」女は、どもりながら云った、「もし私がそうしても、あの人たちがその事を知らなければ、何もなりませんわ」

「大丈夫、奴等はちゃんと見張っています」

「そうでしょうか」

「すくなくとも、拾い屋は、あとをつけてくる」

「なぜですの?」

「拾い屋の靴を見ましたか、ありゃあ、バタ屋の靴じゃない。多分、今ごろは、ふつうの背広姿に戻って、あのドアの向うに張り込んでいますよ」

女は無言で考え込んだ。


何と云ったらいいか、迷っている様子であった。

葉山徹は、冷たく云った、

「さあ、行きましょう」

女は、拒む言葉に窮していた。

「参ります」

と、遂に諦めたように云った。

外に出ると、葉山は脇目もふらずに大股に歩き、女は小走りについてきた。

タクシーを拾い、女を乗せ、自分も乗り、走り出してから、始めてニヤリとした。

「云った通りでしょう、一台、つけてくる」

「ええ」

船橋裕子は、すなおにうなずいた。

何か観念したような、神妙な顔付きをしていた。

碑文谷《ひもんや》のはずれの、安アパートの二階まで、女はおとなしく、ついて来た。

「三〜四時間は、ここに居てもらいますよ」

「ええ」

すなおな頷きかたではなかった。女は、ひどく緊張して、身を硬くしていた。

葉山の心から、ふと残忍さが消えた。

「なにも大人気ない事をするまでもなかったのだ」

そう思うと、もう、「女」への関心はなかった。

「私は眠い、すこし横になってくるから、あんたも楽にしていなさい」

云い渡して、葉山徹は、本当に寛ぎに行った。そのまうとうとして、一時間ほどして目がさめた。

女は、もとのままの姿勢でいた。

「寛いでいなさい」

葉山は、寝たまま声をかけた。

女は、呼ばれたのだと思って、立上って寄ってきた。

葉山の枕許に座って、じっと見詰めた。

「まだ、一時間しか経っちゃいない。そんなに固くなっていたら、疲れてしまうよ」

「いいんです」

「……」

「私、いいんです」

葉山は、耳を疑った。二度目の「いいんです」は、別の事を意味していた。女の表情が、それを示していた。

「いいのか」

「ええ」

手をのばすと、すなおに崩れてきた。

葉山の身体が回転して、女の上になった。

女は抗がわなかった。

「本当にいいのか」

女は、こっくりした。

葉山のほうに、むしろためらいがあった。

なぜ、この女は、不必要なことを決心したのだろう。

葉山には女の心が判らなかった。

女の顔をしげしげと眺めて、葉山がすっかり途惑っていると突然、首筋にヒヤリと冷たいものが当った。

「起きろよ」

男の声がした。

路地裏で、拾い屋をしめ上げた殺し屋スタイルの男だと、声で判った。

「さっきは、ご挨拶だったな」

背の声は、憎々しげに云った。固い冷たい物がグリグリと葉山の後頭部を小突いた。

「たっぷり礼をさしてもらう。さ、起きろよ」

葉山は、起きなかった。

女を下にしたままの姿勢で、女をかばうように、いつまでもそうしていた。

「聞えねえのかい」

背の声が焦れだした。

葉山は、それを無視して優しく女の顔を掌《て》で愛撫しだした。

「この野郎、起きやがれ」

背中の男は、葉山を女から引きはがそうとした。拳銃を左手に持ちかえ、右手で、葉山の肩を強く起した。

その僅かの隙に、葉山は男をはねのけていた。男の手から拳銃がすっとび、かわりに、葉山の手に枕の下から抜き出したウォルサーが光っていた。

だが、葉山の優勢は、それまでであった。

敵は一人ではなかった。

二人目がいたと気付いたとき、葉山は後頭部を強《したた》かに殴られて気を失った。

潮《うしお》のように退いて行く意識の中で、船橋裕子の「助けて」という悲鳴を聞いた。

意識が戻った時は、縛られて、猿ぐつわも咬まされていた。

船橋裕子も、おなじ目に遭わされているのだと、目の隅から知った。

反対側の目の隅から、殺し屋の動作を捉えた。幅の広い絆創膏《ばんそうこう》が、殺し屋の手にあった。

ニヤリと笑って、殺し屋は、葉山の身体をまたいだ。

女から先にやるつもりだと、葉山には判った。

絆創膏が、女の鼻の穴を、つまむようにして塞いだ。

猿ぐつわをはずした唇の上に、すばやく絆創膏が十文字に貼られた。女が身をよじって、もがきだした。

次が葉山の番であった。

機械油臭い殺し屋の手が、葉山の鼻をつまみあげ、べタリとテープが鼻の穴を蔽った。

猿ぐつわが外された瞬間、テープが口を蔽った。たちまち息が詰った。そして、

「うっ」

唸いて、のめったのは、意外にも殺し屋のほうであった。

もう一人の敵も、いつのまにか畳の上に伸びていた。

葉山は息苦しさの下から、鹿島謙二郎の姿を目の端に捉えて救かったのだと辛うじて意識した。

「昨夜はな……」

と絆創膏を剝がしながら、鹿島謙二郎が云った。

「朝鮮料理屋に妙な奴が張っていたのに気付いた。気になったから、俺は目をつけていた、奴等はあんたをつけ始めた、だから俺はズウッとそのあとについて廻って

いたんだよ」

鹿島謙二郎は、白い歯を見せて笑い、

「なあに、不労所得で分け前をもらったお礼だ。それじゃ、あとは任した」

と、それだけ云うと、さっさと引揚げて行った。

闇のなかの媾引《あいび》き

世の中には、損な性分に生れついた人間がいる。

たとえば、葉山徹は、云い訳ということをしない。それでずいぶん、損をしている。

小さいときから、「男は云い訳をするもんじゃない」と躾けられた。

船員上りで気の荒い葉山の父は、息子が何かをしくじって云い訳をしようとすると、顔を殴った。

それがもとで、葉山には左の耳の聴力がない。

この上、右の耳まで聾《つんぼ》にされてたまるかと、葉山はそれ以来云い訳はしなくなった。

優しかった母は、その頃すでにこの世を去っていた。

以来、新しい母親と称する女は二～三人来た。大して悪い女も居ず、葉山に大して関心もなかった。

だが、云い訳をしない癖と、左耳の聾は、そのまま残った。

その耳のお蔭で、葉山はむざむざと、自分のアパートに二人の侵入者があったことを気付かずに許したのであった。

危い所だった。

あのとき、鹿島が来てくれなかったら、どうなっていたか判らない。

だが葉山は、結局、二人の侵入者を、何もせずに放してやった。

「なに、放してやった?」

あとでそれを聞いて、鹿島は不満そうな顔をした。

葉山は云い訳はしなかった。

あの女の見ている前で、惨酷なことをする気にはならなかったのだとは、鹿島には云えなかった。

侵入者二人を追い返し、すっかり脅え切った船橋裕子を気の鎮まるまで居さして、結構は唇にすら触れずに、きれいなままでタクシーに乗せて、送り返してやったのであった。

「お前さん、あの女に惚れたな」

と、鹿島が葉山の顔をのぞきこむようにしてズバリと云った。

葉山は、ちょっと赫くなったが、やはり云い訳はしなかった。

鹿島はニヤニヤしていた。

「お前さん、口に絆創膏を貼られかけたときに、『頼む、女だけは救けてやってくれ』と喚いていたっけ」

そんなふうに、人の悪いからかいかたをしたかと思うと、すぐにケロッとして、

「まあいい、だが、二人の奴等には気をつけろよ。無事に帰らせて恩を売っても、それに感じるような奴等じゃない。背中から狙うことを専門にしているような手合いだ」

鹿島は云うことだけ云うと、さっさと帰って行った。

この男は、いつもそうだ。

散々云われて、葉山は、一人で苦が笑いをこらえた。

鹿島は、葉山が女を命がけでかばおうとして必死にもがいていたと云った。

「あるいは、そうだったかも知れん」

と、葉山は思った。

別に、恋とやらをした訳じゃない、ただ、あの女は別世界の人間だから、葉山と一緒に死なせたら可哀想だと思っただけだ。

彼はまた苦が笑いした。

「なんだ、俺は、俺自身に弁解している」

雑念を吹ッ切るように、彼は決心した。

「あの女に会おう」

その夜、聞いておいた電話番号を廻して、女に呼び出しをかけた。

船橋裕子は、呼び出しに応じて、渋谷に出てきた。

「何かご用でしたの？」

今日はいささか、他人行儀な挨拶だなと、葉山は思った。すると、意地悪く搦んでみたいという気が起った。

「この前、あなたは、いいと云ったね」

「ええ、でも」

「でもと云っても、あの時の約束はまだ済んじゃいない。あの続きをしてみたくなってね」

「いつです」

「今」

「今って、どこで？」

「ここでさ」

「ここでって……」

女は目を瞠《みは》った。

そこは、夜の駅前広場のまっ只中であった。

「ここでさ」

と葉山は繰り返して、女の腕をかかえて引き寄せた。

「待ってよ」

女は狼狽した。

「待てないねえ」

と、葉山は、腕に力を入れた。

女は途方に暮れた顔をした。その身体を引き摺るようにして広場の端まで行くと、いきなり一台の車のドアをあけて、女を座席の上に押し倒した。

ルーム・ライトは消えていた。

「誰も、暗闇の車の中を覗き込むものなんかいやしないさ」

と、葉山は女を座席のクッションに抑えつけたまま云った。

「さ、聞かせてもらおうか」

「なにをですの?」

「なぜ、俺を殺そうとした」

女が驚いて、葉山の下でピクリと動いた。

「私、あなたを殺そうとしたりなどしませんわ」

「嘘を云ってもだめなんだな」

と、葉山は落着き払って云った。

「なんなら、筋道を立てて説明してやってもいいぜ。どうせ、夜は長い。急ぐことはないんだ」

葉山は、自分の推理を、女に聞かせた。

「俺のアパートに入り込んできた二人の奴だが——一人は殺し屋で、もう一人は確かにあの拾い屋だった。だから殺し屋と拾い屋が、安ホテルの路地でやった芝居は八百長だ。奴等は八百長をやる必要があったわけだ。俺は最初は、その八百長が、あんたを捲き込むための芝居だと思っていた。だが、考えてみると違っていた、いいかね、あの前の晩に、追われていた男が、ゴミ容器の中にダイヤを捨てたとき、男はそれを捨てるとすぐに横に曲った。追われている奴が物を隠すときは、横丁を曲ってから捨てるはずだ、ところが奴は捨ててから曲った。つまり、あれも俺の目の前にそれを見せるための芝居だったわけだ、そうすれば、あの八百長は、俺が目当てでやったことだ。ところで、あとから相棒に聞いた所じゃあ、あの晩は、ずっと宵の口から俺をつけていた奴がいた。背中から相手をねらう奴には、俺を倒すチャンスはいくらでもあったわけだ。たとえば、安ホテルで泊っていたときにでも狙えた。それをせずに、わざわざ手の混んだ八百長芝居をした。つまり、あの八百長は、あんたを俺に接近させるための筋書きだったわけだ。そして、俺があんたに夢中になり、あんたを俺のものにしようとベッドの上で手を出す機会を待って、あいつらは始めて背中から俺を襲ってきた。つまり、あいつらの計画の中には、あんたが一枚重要な役割を咬んでいるわけだ。さ、あんたはどうして俺を殺そうとした？」

女は、すっかり脅え切っていた。

「私、知りません……私知りません」

と、ただそればかりをくり返していた。

「いいかね、ここは盛り場のどまん中だ、俺は今、あんたを素ッ裸にして、あの人混みのまん中にほうり出して、この車で逃げちまうこともできるんだぜ」

「私知りません」

「よし」

葉山は、本当に船橋裕子の服を剝がし始めた。女は懸命に抗がったが、葉山の腕力の前には物の数ではなかった。

脱がせながら、葉山はまだ説明を続けていた。

「アパートに押しかけて来た奴等は、確かにあんたを縛ったり絆創膏で息の根をとめようとした。だからあの時は、俺はあんたをうっかり信用した。だが、あとで救けに来てくれた相棒が云っていたぜ、あんたのほうの絆創膏はひどく緩かった。やはり殺し屋でも、相手が女だと手加減するのかなと、相棒は首をひねっていたよ。だが、今、俺はあんたに手加減する気はないんだ」

本当に、葉山は容赦なく剝いだ。船橋裕子の身体には、ストッキングの他に、いくらの布切れも残っていない哀れな状態になった。

「いいのか、このまま担ぎ出すぜ」

と、葉山は、女の裸身を抱えた。

「待って」

女は、喘いだ、

「私、云います」

「そうかい」

葉山は、女を座席におろして、肌着を投げてやった。

「私、確かにあなたを狙いました。でも、殺すつもりはなかったんです。あなたが私の父を殺したかどうか、本当の所を白状させたかったんです」

「あんたのおやじさんを？」

「ええ、父は、船橋慎吾と云いました。D物産の東南アジア総支配人でした。ですから、いつも東南アジアに出張ばかりしていて……でもとても優しい素適な父でした。その父が二年ほど前から、行方が判らなくなったのです」

女は、窮屈そうに衣類を身につけながら、懸命に説明した。

「一年ほど前に、日本で父を見かけたと云う人がありました。半年ほど前に、紀州の白浜で海岸に漂着した水死体が父ではないかと警察から照会がありました。でも、ひどく月日のたった死体で、はっきりしたことは何も判りませんでした。私は、思い余ってごく最近、ある女性週刊誌に、『父を探ねて』という記事を投稿したんです。そしたら」

「うむ、そしたら、この写真の人を殺した奴なら知っているとある男がたずねて来た。男は例の殺し屋スタイルだった、と、そうだろ？」

「ご存知なの？」

「その位は想像がつくさ。それであの殺し屋は、あんたのお父さんを殺した下手人をつかまえてやるから、あんたにも手を貸せと、筋書をつくった、そうだろ？」

「ええ」

女は、うなずいた。

ちょっと、沈黙の時間が流れた。

葉山は黙々と考えこんでいた。

しばらくして、ぽつんと云った。

「済まなかった、手荒なことをして」

「いいんです、悪いのは私のほうですもの」

「あんた、今でも、この私が犯人だと思っているのかい？」

「いいえ」

きっぱりと、女は答えた。

「どうして？」

葉山が訊くと、女は云った。

「あなたは、人殺しのできる人じゃないって、わかったからです。アパートで、あの二人を無事に逃がしておやりになったときから私はそれに気付いていました」

「そうか」

葉山はまた黙り込んだ。

もしこの女が、依然として葉山を父殺しの下手人だと信じていたとしても、葉山は云い訳をする気はなかったのだ。

だが、女は葉山を信じてくれた。

葉山はふと、もう一度、座席に押し倒したい衝動を感じた。

だが、辛うじて、それに耐えると、ハンドルをとって、貸車《チャーター・カー》をスタートさせた。

「どこかへ行って、踊ろう。いいかい？」

「いいわ」

葉山は今夜はこの女と一緒に踊り明かしてやろうと思った。

バンドの最後の演奏が終るまで、踊って、踊って、踊り抜いて、だがそれ以上のことはすまいと思った。

俺はそれ以上のことを、かたぎの女にしてもいいような人間じゃあないと自省した。

葉山は今、ただ無性に淋しかった。

洋服三着の遺産

翌日の新聞を見て、葉山は愕然とした。

鹿島謙二郎が死んだ。

有楽町の駅の階段から真逆様《まっさかさま》に落ちたものだと書いてあった。

「殺《や》られたのだ」

と、葉山には、すぐに判った。

たとえば階段の途中で、すれ違いざまに、アンモニアの小瓶の栓をとってつきつける。

刺激臭で目がくらんだところを、足払いをかけて背中から突き落す。

下はコンクリートだし、階段は高い。頭からもろに落ちれば一たまりもない。

下手人は、あっというまに人混みに紛れてしまうだろう。

「あいつだ」

背中から狙った奴の顔が目の前に浮んだ。

あの殺し屋どもを、生かして返したことを後悔した。

「どうしても、もう一度探しだして、この仇はとってやる」

葉山は、殺し屋どもの身許を洗うために、船橋裕子を呼びだして、心当りをたずねた。

裕子は熱心に葉山に協力したが、思いだせることは何もなかった。

男は変名で裕子に接していたことが、ちょっと洗ってみただけですぐに判った。

殺し屋は、裕子には、なんの手がかりになる事実も与えてはいなかった。

「こいつは、鶴見のとっつぁんの担当だよ」

と、葉山は、鶴見周吉の所へ行ってそう云った。

情報係の鶴見は、渋い顔をした。

「お前さん、その殺し屋の身許を洗いたてて、どうする気だ」

「どうするって、鹿島の仇を打つだけさ」

「俺たちの付き合いは、もっとドライなはずじゃなかったかな、仇を討ったり討たれたり、そういうややこしい事までする義理はなかったはずだ」

「それはそうだが」

「それよりも、葬式でも出してやるさ」

結局、鶴見と葉山の二人だけで、わびしい葬式を出してやった。命の恩人だからと、船橋裕子も来ると云ったが、葉山がそれをやめさせた。

「あなたのくるような所じゃないから」

実際そうだった。

洋服が三着、靴二足、オーバーが冬物と合物一枚ずつ。

それが鹿島謙二郎の遺産のすべてだった。

一人ぽっちで、淋しい男だった。

淋しさを紛らすために、賭け事に凝って、金はいつも、それですってしまっていた。

「俺もやがては、こうなるのか」

葉山は、ふと、そんな事を思った。

淋しい葬式が、いともあっけなく終ると葉山はまた鶴見周吉の所へ話に行った。

「とっつぁん」

と、葉山は鶴見に云った。

「最近、東南アジア関係で、何か暗黒街の動きはなかったかね」

「東南アジア？　さあ、そいつは知らんぞ、麻薬の線もせいぜいホンコンからアモイどまりだ。東南アジアからくるのは伝染病ぐらいなものじゃないかな」

「そうか、それじゃあ、船橋慎吾という男を知ってるかね、もとD物産の東南アジア総支配人だそうだが」

「さあ、知らんね」

「そうか、それじゃあ」

と、葉山は鶴見にもう一つたずねた。

「俺がこの前、ゆすってきたインペリアル・トレーディング・カンパニーというのは、東南アジア貿易にも手を出しちゃあいないのかね」

「さあ、あいつはなにしろ石炭殻商社だ、カモがいると思えば米州だろうと東南アジアだろうとたちまち喰《くら》いつくだろうがな。しかし、あいつは、やはりアメリカが主《おも》だったようだな」

結局、葉山にとってはなんの収穫もなかった。

帰りかけると鶴見が葉山を呼びとめた。

「おい、お前さん、無理しなさんなよ」

「大丈夫だ」

「恋は盲目とか云うからな」

「恋?」

「お前さん、近頃ネクタイの趣味が昔に戻った。昔の、まだかたぎのサラリーマンでいた頃のな」

葉山は赫くなった。

云い訳をするのがいやで、逃げるようにその場を去りかけた。

その背に、鶴見の声が追ってきた。

「どうしてもやりたけりゃあ、青竜会《せいりゅうかい》を洗ってみる事だ」

「青竜会?」

「あのインチキ商社のインペリアル・トレーディング・カンパニーには、暴力団の青竜会の息がかかっている」

「そうか」

「旭町のドヤ街に行って、レーダーのサブという爺さんに聞いてみることだな、縮れっ毛の、すが目のおやじだ、いつもごろごろしている。ドヤ銭百五十円出してやれば、なんでもしゃべるが、青竜会の事にかけちゃあ、詳しいぜ」

葉山は鶴見の好意を感謝した。

「俺が死んでも、仇討ちをしてくれなくていいんだぜ、とっつぁん」

そう云って、葉山は鶴見と別れた。

ドヤ街の情報王

旭町のドヤ街というのは奇妙な所だ。

大東京の地図をひろげたって、そういう町の名は出ていはしない。

新宿界隈をうろついても、ちょっとやそっとでは見当らない。

正式の町名は新宿四丁目。それなら地図にも出ている。

新宿御苑のはずれ。トロリー道路の還状線の端にへばりついた身欠き鰊《にしん》の干物のように細長い地帯だ。

一泊五十円から三百円までの簡易宿泊所やつれ込み宿が蝟集《いしゅう》している。

昼間は静かだが、ドヤの内部には血を売り過ぎて身体をこわしたようなのが、一日中寝そべっている部屋もある。

レーダーのサブという爺さんも、真昼間からそこでゴロゴロしていた。

ドヤ銭百五十円は、ドヤ街では貴族階級だ。

情報を人に売って、それで結構生活《くらし》は立って行くらしい。

葉山がたずね訊ねて、サブの寝ている下段の寝台にたどりついたとき、その老人はギョロリと剝いた二つの目を客のほうに向けて、あまり好意的でない様子の迎えかたをした。

鶴見のとっつぁんに聞いた通り、なるほど、ひどい縮れっ毛だ。

シラミを警戒して、葉山は立ったままで、煙草を差し出した。

サブは一本とって頭をさげ、それから箱全部をとって、蒲団に押し込み、ニヤリと笑って、始めて好意的になった。

それからは、訊かれればなんでも喋った。

青竜会というのは、戦前からある暴力組織で、一時は気息奄々《きそくえんえん》としていたし、麻薬、殺し屋、人買い、なんでもやってきたが、どうもあまりうまく行かないようだった。

それが最近では急に立直ってきた様子で、俄かに金廻りもよく、勢力も殖やしてきているという。

「東南アジアに関係のある線はないのかね」

「さあ、そいつは聞かなかった」

「あんた、この人と青竜会の誰かとの関係を知らないか」

と、葉山は、船橋裕子から預かってきた船橋慎吾の顔写真を出した。

「さあて、どこかで見たような顔だが」

レーダーのサブ老人は、人工美容術に失敗した女の鼻のような段鼻の脇にしわを寄せてしばらく考えこんでいた。

「どうも、記憶がないが、この仁《じん》が青竜会と何かしでかしたのかね」

「ひょっとしたら青竜会に殺されたのじゃないかと思うんだ」

と、葉山は云った。

確信があるわけではないが、どうもそんな気がした。あの殺し屋たちは、インペリアル・トレーディング・カンパニーを葉山がゆすって以来動きだしたのだから、殺し屋どもが青竜会に属するのではないかという推理は成り立つ。

それにしても、古くから名の通った暴力組織が、葉山徹一人を消すのに、わざわざ船橋裕子という女をまき込んだのには理由があるはずだ。それは、恐らく、青竜会の誰かが船橋慎吾を殺したので、その罪を葉山に押しかぶせた上で葉山を殺せば一石二鳥だと、そう考えての事に違いない。

それが葉山の推理した筋である。

「ではもう一つ聞くがね」

と、葉山は、レーダーのサブにたずねた。

あの背中から狙う殺し屋の人相を云ってみると、サブはすぐに答えた。

「そいつは草加《そうか》七郎という奴だ。青竜会の中じゃあ、ちょっとした顔だな」

「草加？」

「うむ、ふざけた名だが、どうせ本名じゃああるまい」

「最近流れてきた顔だね」

「ほう、よく判んなさるな」

「草加次郎が有名になったのは最近のことだからな」

「あんたは、なかなか、やんなさる、しかし、やり過ぎんようにな」

レーダーのサブは、葉山にせいぜい長生きして、たびたび利用してもらいたいと云い、百五十円の情報代に満足して、二、三度それを掌《てのひら》で押し戴いた。

「これはチップだ」

ともう百円だすと、また押し戴いて、

「それじゃあ、わしもチップを出そう」

と、草加七郎のよく行く場所の名を教えた。それは有名なプロ・レスラーが刺されたデラックスなクラブであった。

云い訳をしない男

地下鉄の赤坂見付の駅の界隈は、豪奢なホテルやクラブが蝟集している。

消費的な人種が、いつもそこに集る。

政治家も、芸能人もくるし、殺し屋も、金廻りがよければくる。

こないのはサラリーマン族だ。サラリーマンが行けば月の稼ぎがその日のうちに飛ぶ。

葉山徹は、三日ねばって、ついに草加七郎というあの殺し屋を見つけた。

気取られぬように、テキのアパートを知るまであと二日。

だが、その間にまたもや椿事《ちんじ》が起った。

鶴見周吉が殺されたのであった。

風呂から上って、赤外線電気ヒーターに感電した過失死だと新聞には書いてあった。

無論、他殺だ。

入浴中を襲われ、まず部屋の電源を切られた。停電に驚いて飛び出したところを裸電線を押しつけられて感電死させられた。

あとで、申しわけのように、ショートしたヒーターを死体のそばに置いて、殺し屋は消えた。

そういう順序なのだろうと、葉山には想像がついた。

また、葬式を出さなくてはならなくなった。

鶴見周吉は、かなりの金を貯めていた。だが、貯金通帳に添えて、遺書があった。

「いつでもいい、俺が死んだときは、次の者に全額の金を渡してやってくれ」宛名人は、精神病院の病棟にいる彼の妻であった。鶴見に発狂した妻がいるとは、葉山は知らなかった。

とにかくこれで、淋しい男がまた一人死に、葉山徹は一層淋しくなった。

「もうおやめになって。今度はあなたの番よ」

と、船橋裕子が葉山をとめた。

「私の父を殺した犯人の事なんか、もうどうでもいいんです、あなたさえ無事でいてくださったら」

とめるのを振り切って、葉山は飛びだした。

聞えない左の耳の中で、裕子の声がワンワンと鳴っていた。

「あなたさえ無事でいてくれたら……あなたさえ無事でいてくれたら」――と。

葉山はまっすぐに草加七郎のアパートに飛んだ。お通夜あけの午前五時。

草加七郎は、寝入りばなを窓から襲われて、葉山に背中から拳銃をつきつけられる羽目になった。

殺し屋は、世にもあわれな恰好で哀れみを乞うた。鹿島や鶴見を消したのは、会の命令でしたことだから許してくれと、くり返して叩頭《こうとう》した。

船橋慎吾を殺ったかときくと、それは全く知らないと主張した。あとはただ、「助けてくれ」のくり返しだった。

葉山は、やはりまた、草加七郎を殺しそびれた。今までにも殺しだけはやったことがなかった。

だから、今からでも足を洗えば、もしかしたら船橋裕子と……と、いうロマンチックな心の夢が、葉山に殺人を思いとどまらせたのかもしれなかった。

だが、本当のところは、もっと重大な理由があった。その理由を胸に秘めて、草加七郎を殴り倒した葉山は、そのままその場を飛び出した。

行先は、旭町のドヤ街であった。


レーダーのサブは、「また何か用か」という表情で手を出した。

「百五十円」と、サブは請求した。

「今日はもっと払ってやってもいいぜ」と葉山は云った、「もし、本当の事を教えるならな、船橋慎吾さん」

葉山の最後の一言で、相手はギクリとした。

「どうして判った」

「簡単なことだ。鶴見のとっつぁんの云う所では、レーダーのサブは縮れっ毛ですが目だった。あんたは、髪を縮らせたが、目をすが目にすることはできなかったな。ほんもののレーダーのサブは、あんたに消された、そうだろう」

「……」

「あんたのその顔は、大部、整形手術をやったらしい、昔の写真の船橋慎吾氏とは、たしかに似ても似つかない顔になったが、さて、本当の娘さんまで、欺し了《おお》せるかどうかな」

「娘には、どうか何も云わんでくれ給え」

「さあね、そりゃあ、あんたが正直に何もかも云うかどうかできめよう」

「云う。正直に何もかも云おう。私はD物産の東南アジア総支配人として、あの地を飛び廻っていた。もちろん経済的にも恵まれていた。だが、遠く日本を離れた異郷に長くいれば、正常な神経では割り切れんことがいろいろと起るものだ、わしはいつか、奇妙な組織との奇妙な腐れ縁に捲き込まれて、身動きならなくなっていた。ついには、一流会社の総支配人としての体面も維持できなくなり、行方不明と称して、暗黒街に身を投じることになった。そうしなければ、彼等はD物産総支配人の地位を徹底的に喰い物にして、私を破滅させただろう。それよりは自衛の道を選んだ。積極的に現地の暗黒街をかき廻して、一かどの大物になった、そして日本に帰った。知人に見られることが不安で、顔形も変えた、だが、娘が私の身を案じて、雑誌に投書などを始めた。これはやめさせせんといかんと思って……」

「それでついでの事に、この私を下手人にしようとした」

「そうだ、あんた等のグループは、インペリアル・トレーディング・カンパニーの尻尾を握った。ほっておくと、どこまでズルズルのびてくるかわからん、あの輸出会社は偽造証紙を使っているが、その偽造技術は、東南アジアの某市でやっているものだ。今度、今までにない大がかりな米ドルと日本の新千円札偽造団を組織することになって、私は現地の暗黒街を代表して日本の青竜会と結んだ。組織が仕上るまでは、ここで世を忍ぶ仮の姿で、指揮をとってきたわけだ」

「なるほどな、しかし、あんたの素性がばれた以上は、そいつはあきらめてもらうんだな」

「わしは、娘に現在のわしの事を知られないためならなんでもする。もちろん、偽造団組織は解消する。わしは、韓国か台湾か、どこか外地へ行って、二度と日本には帰ってこないつもりだ。だから、娘には、わしが死んだことにしておいてくれ。そうだ、わしを殺したのは、青竜会の草加七郎という事にしておこう。そして、あの男も国外につれ出してしまう、そうすれば娘の気持もそれでおさまるだろう。どうだ、そういう話にしてもらえないかね」

「そうだな、そういうことにしてもいいが」

葉山は、ニヤリと笑って手を出した。

「私もかたぎに戻って出直したい、いくらかその資金があると助かる」

「今ここにある現金は全部進呈する」

「ここにある金？　そんなものでたりるかな」

「七百万だ」

「七百万！」

葉山は思わず息を飲んだ、それから、ゆっくりと云った、

「いいだろう」

次の日。

多摩川の川べりの土堤《どて》の上で、葉山は船橋裕子に事情を話していた。

「やはりお父さんを殺したのは、あの殺し屋でしたよ。草加七郎という男だ、一足ちがいで高飛びされてしまった」

「でも、よかったわ、あなたがご無事で」

「そう云ってもらえて有難う。僕もこれからは再出発して、まじめな人間になるつもりだ」

「うれしいわ、私、……あのね、葉山さん、私は前からずっと……」

「ちょっと待った、裕子さん、それを聞く前にプレゼントがあるんだ。ほら、お父さんの遺品《かたみ》ですよ、裏蓋にあなたの写真が入った懐中時計だ。草加七郎のアパートを家捜ししてついに見つけた」そうは云ったが、本当は船橋慎吾がそれを葉山に托したのであった。

だが、それを見ると見る見る裕子の表情が硬くなった。

「嘘よ、嘘だわ、殺し屋の手に長くあったものなら、こんなにピカピカ光っているはずはないわ、こんなによく手入れされているのは父が最近まで生きていた証拠よ。やはり、葉山さん、あなた、父を殺したのね」

「ま、待ってくれ、裕子さん」

葉山は驚いて、弁解しようとした。

だが、葉山は、云い訳のできない男であった。

仮に、云い訳を許されたとしても、真相を裕子に告げる気にはならなかった。

裕子は、表情を硬くして、立上った、

「私、もう二度と葉山さんにお会いしません」

クルリと向きを変えて、美しい女は去って行った。

云い訳のできない男は、いつまでも唇を嚙んで、土堤の枯草を凝然と見凝《みつ》めていた。

亭主を思い出した女

レジャーには推理をどうぞ

毎朝の通勤電車がベッドタウンから大量の人間を運び去ってしまうと、あとにはひどく、のんびりとした静寂だけが残る。

小さい子は幼稚園に行き、奥様連はテレビのお茶の間映画館にしがみつき、ご隠居は陽なたで居眠りをはじめ、商店街はぼつぼつ店の掃除にかかり、会社をサボった連中は、まだ蒲団の中で臍をそらして寝込んでいる。

沢村友三も、その時刻にはもちろん寝ている。早く起きても、する事がない。

自分でトーストを焼いたり、卵ベーコンを作ったりするくらいなら、食事時間をずらして昼に外食したほうが世話がない。

友三は、月に三度だけ亡父の知人の経営している金属産業の大会社に顔を出す。

すると、秘書課で一回ごとに一万なにがしかの金の入った封筒をくれる。

月に三度以上行っても、一銭も余分にはくれない。金をもらっている以上、何か仕事でもお手伝いしましょうかと申し出ても、「いやいや、それには及びません」と慇懃無礼に断られる。

要するに、沢村友三の父は、息子に直接には遺産を残そうとはせず、知人の金属会社に財産の金額を投資した代償として、若干浪費癖のある怠惰な息子の生活保障をその会社に求めたというわけなのであった。

友三にはこうして、週給ならざる旬給の一応安定した生活がある。安定してはいても、浪費ができるほどではない。月四万たらずでは、大した贅沢もできかねる。どこかに勤めて、もっと収入をふやすことはできるが、そんな気も毛頭なかった。

「羨ましいご身分ですな」

近くの公営団地に住む木田繁次郎という顔見知りの人物が、友三の顔を見るたびにそう云う。

そのくせ、木田自身も通常のサラリーマンにくらべれば、出勤常ならずといった怠慢な生活をしている。

なんでも、不慮の事故死をした奥さんの生命保険金が思いがけずに手に入ってそれで勤め先の会社の株を買ったので、肩書は平社員でも実質は非常勤重役待遇なのだそうだ。

「それでも、サラリーマンはやはりサラリーマンですよ」

と木田繁次郎は、しきりと沢村友三の境遇を羨んでいた。

だが、友三自身は、羨まれるほど結構なご身分だと自分では思ってはいない。

死ぬほど退屈だが、さりとて、何かをまとめてやってみるほどの根気もなし、生活に変化はほしいが、自分でそれを求める勇気もなしという中途半端な生活がだらだらと続いていた。

「趣味を持てばいい」

と、勧める人もあって、釣、狩猟、ゴルフ、旅、園芸、西洋将棋、昼寝、読書……といろいろやってみたが、永続きしているのは最後の二つぐらいで、あとは金が続かないか、根気が続かないかのどちらかで中止になった。

読書だけが不思議と永続きしている。

公営団地のはずれの書店のおやじとは顔馴染だ。

「こんどは、どの方面の本をお読みで……」

どうせ二〜三ケ月もすれば、ガラリと方面違いの本を読み始めるにきまっていると、書店では友三の癖をすっかり心得てた。

「推理本はいかがです」

と、いつだったか勧められて、これが案外永続きがしている。

友三が、「推理小説の新刊でもあるかい」と書店に入って行くと、

「旦那って、よっぽどヒマなんだね」

という顔をして、おやじが二〜三冊の本を選んでくれる。

時には、

「済いません、いま、売り切れちゃってね」

と、友三を、がっかりさせることもある。

そういう事がこのところ立て続けに起って、書店のおやじは申訳なさそうに、云い訳をした。

「旦那のために、とっておこうと思って新刊を入れるんですがね。するってえといつのまにかそれが売れちま

うんでさ」

「へえ、この世の中に、私と同じくらいヒマな男がいるのかね」

友三が聞くと、書店のおやじはニンマリした。

「それが旦那、男じゃない。若い女なんでさ。それも、すごい美人でね」

友三が「ほほう」という顔をすると、おやじは我が意を得たりとばかりに身を乗りだしてきた。

「最近、団地に越して来たんですがね。一見BGようだが、勤めに出ている様子はない。夜も出かける形跡はないし、さりとて、二号でもなさそうだ。見当がつきませんねえ、名前は遠藤みや子っていうんですがね」

「ずいぶん詳しいようだが」

「いえ、なに、店員が団地に本を配達に行ったとき、ドアから出る所を見かけて表札を読んできたんでさ、わざわざ詮索したわけじゃあない。旦那ほどヒマ人じゃないからね」

「ヒマでない人にしちゃあ、だいぶその女に関心を持ち過ぎてるようだぜ」

「いや、それには訳があるんですよ、旦那。じつはあの女、推理本をちょくちょく買って行くついでに、毒薬のことを書いた本はないかとか、鍵のことを書いた本はないかとか、どうも穏やかでない事を云うもんだから」

「ほほう、そいつは穏やかじゃないな」

「あら、そうかしら」

沢村友三も、書店のおやじも、ギョッとした。

一見して、友三にも話題の主だと判る女がそこに立っていた。

噂をされて、女はちょっと感情を害したような顔をしていた。それがまた、美しかった。

そして、書店のおやじの云うとおり、一見BGふうだが、もし勤めには出ていないのだとすると、何が生業なのか、さっぱり正体のつかめないような女であった。

女は家宅侵入が下手

今ではマンモス・ベッドタウンと云われるこの界隈も、友三の父が閑静な住宅を建てた頃には、富士やら武甲山やらも見え、松籟《しょうらい》の鳴っていた武蔵野の一隅に過ぎなかった。

それが、目と鼻の先に、巨大な鉄筋団地群がズラリと聳え立つようになると、沢村家はひどく風致と陽当りを損なう結果となった。

だから、友三は、日中はなるべく家にいない。団地の昼間人口族の誰彼とは顔馴染になって、暇つぶしにそこを訪問することが多い。

木田繁次郎も、在宅の機会の多い一人なので、自然と友三の訪問の度数も多くなった。

木田も目下のところ、気楽な独身暮らしだし、何かと友三と話も合う。

「株でもおやんなさいよ、暇つぶしに」

「あいにくと、木田さんのような資産家じゃないんでね、資本がありませんよ」

「これは、ご挨拶だ。私のは、妻の生命保険金が入ったというだけで、資産家なんていうもんじゃない。しかし、もし本当におやりになるなら、少々の資金ぐらいご用立てしてもよござんすよ」

と、木田はなかなか愛想がよかった。

友三は、ふと、木田にあの女のことを話してみようかと思った。

「遠藤みや子というんだそうですがね、なにしろ、この界隈じゃあ、ずいぶんと取沙汰されているらしい、ご存知ですか木田さん」

「知らないでもないですがね」

と、木田繁次郎は、急に渋面をつくった。

「どうかしましたか、木田さん」

「私はその女に不愉快な云いがかりをつけられましたよ」

「ほほう、これは驚いた。いつのことです」

「つい、一週間ほど前でしたかな、私は追い返してやりましたよ。それからは二度と来ないが」

「一体、どんな云いがかりをつけられたんです」

「そいつは思いだすだけでも不愉快になる。ご勘弁願いたいですな」

と、木田はひどく機嫌の悪い顔になった。

それならば無理に聞くこともないと、友三は話題をすぐに他へそらせたが、遠藤みや子に対する好奇心は、これでまた一段と盛になった。

「よし、調べてやろう」

友三は決心した。

調査というものは、頭を使えばいくらでも手間が省けるものだ。なにも、女のあとをつけ廻したり、刑事まがいの聞き込みをやったりする必要もなかった。

果物を届けにきた八百屋の小僧に煙草を一本つけさせて雑談をする間に、遠藤みや子の生活振りがかなり克明に判ってきた。

薯や葱や卵の買いかたからみると、遠藤みや子は一人で、三度三度、比較的慎ましい自炊生活をしており、男っ気の全くない暮しである事は確かだと、八百屋の小僧は自信を以て断言した。

ホワイト・ラベルを届けにきた酒屋の小僧も、遠藤みや子は絶対に男っ気のない生活をしていると保証した。

友三は、米とマカロニを届けてきた米屋の小僧に、遠藤みや子の前身調査を依頼した。

ホワイト・ラベルを二～三杯奢っただけで、ニキビ面のその若者は、いとも安直に友三の依頼を引受けた。米屋の小僧は、転出入口の配給米のことで区役所の出張所の女の子とは始終顔をあわせている。転入者の転入前の住所やら本籍、家族一切、ちょいと聞きだそうと思えば訳もない事らしかった。

だが、その回答がまだ届かないある日友三は浮かぬ顔をした木田繁次郎の訪問を受けた。

「どうしました、木田さん」

「じつは――部屋の鍵をうっかり置き忘れて盗まれたらしい」

「そりゃあ、また不要心な話ですな」

「そうなんですよ、ところが……」

と、木田は思案顔で云った。

「……盗まれた鍵が、翌日にはまたちゃんともとの場所に返っていたんですよ。もしかしたら……」

「もしかしたら？」

「誰かが鍵の複製をとったかもしれませんな」

と、木田繁次郎は頗る浮かぬ顔になった。

友三が「そりゃあ、すぐに鍵を替えたほうがいい」と主張すると、木田はかぶりを振った。

「私は、鍵をすりとって、複製した奴の顔を見てやりたい。二度とそんな事をさせんためにもです」

「いや、そいつは面白い、ご協力しますよ」

と、友三は一も二もなく賛成した。

結局、木田が会社に出勤する日は、友三がこっそりとその部屋に閉じ籠って、内部から鍵をかって、息をひそめていようという打ち合わせになった。四～五日もそうしていれば、鍵を複製した奴が、必ず侵入してくるに違いないという点でも、二人の意見は一致した。

だが四～五日も待つ必要はなかった。

友三が張り込みを始めた第一日目に、早くも団地の木田繁次郎の部屋に、侵入者が現れた。

昼間のことだ。

侵入してきた当初から、カーテンの蔭の友三には、相手の顔がはっきりと判った。

それは紛れもない遠藤みや子の顔であった。

友三は、木田繁次郎が、この女に何かひどい云いがかりをつけられた事があると怒っていたのを思いだした。

「こいつは面白いことになったぞ」

友三、内心でニタリとし、女が木田の居間の机の抽出しなどの物色に気をとられている間に、巧妙にカーテンの蔭から移動して、ドアの鍵をかい、その鍵をポケットに入れて、美しい獲物の背中からゆっくりと近付いて行った。

あと数歩という所で、女は背後の気配に気づいた。びくっと全身を震わせてから振返り、一瞬ぽかんとして、それから、急に泣きそうな顔になった。

友三は「さて、これからどう料理したものか」と腹の中で人の悪い舌舐めずりをした。

私を忘れるはずがない

結局、その日に起った出来事を、友三は繁次郎に報告しなかった。女が侵入したことも、女になぜ侵入したかを説明させたことも、女には結局なんの手出しもせずにそっと帰してやったことも、そして今ではそのことをすこしもったいなかったかなと後悔していることも……そしてさらにもう一つ云えば、米屋の小僧からの報告で、木田繁次郎の妻の名は美耶子、旧姓は遠藤といったのであると判ったことも――。

要するに、友三は木田繁次郎にはその女のことについて何一つ告げずに、二～三日を過したのであった。

そしてある夜、友三はまた繁次郎を訪問したが、相変らず気楽なむだ話ばかりしていた。すると、そこへドアのノックの音がした。

「誰?」

「私、美耶子です」

遠藤みや子、いや、木田繁次郎の妻の美耶子だと主張するあの女が、その夜は正面切って繁次郎を訪問して来たのであった。

「先日、あなたは私に人違いだと云って門前払いをくわせましたわね。飛んでもない云いがかりだとおっしゃって。でも妻が夫に、『私はあなたの妻です』というのが、どうしていいがかりなのでしょう」

木田繁次郎は、うんざりしたような顔をして、友三のほうを見ながらいった。

「この前、やって来たのは、この女ですよ。また来た」と、繁次郎は苦笑した。友三に「なんとかしてくれないか」といいたそうな顔付きをして見せた。

美耶子は、取り縋るような声の調子で懸命にいった。

「私は確かに、熱海の錦ケ浦の崖から足を踏みはずして落ちました。でも、息を吹きかえしたんです。そこは病院の一室でした。頭の打ちどころが悪くて、私は記憶喪失症にかかってしまったんです。最近までは私がどこの誰だか、私自身にも全然判りませんでした。私は必死に思いだそうとしました。当時、私が身につけていたいろいろな物から、あれこれと推理をしたり、たずねてみたりしているうちに、私が木田繁次郎の妻の美耶子なのだということが判ったんです。ですから、私は一生懸命に、夫である人を探しました。そして木田繁次郎があなたであることを突きとめました。思い切って、声をかけてみたら、赤の他人だとあなたにいわれました。とんだいいがかりだといって、あなたは怒りました。でも私は確かに木田繁次郎の妻の美耶子なんです。だから、あなたのお部屋の鍵を盗んで合鍵を複製しました。あなたのお部屋に忍びこんで、何か証拠になるものを探しだそうと思ったんです。でも、だめでした。あなたがお留守の時はいつもこの人が……」

と、美耶子は友三のほうを指さした。

友三は繁次郎のほうを見た。

「木田さん、一体これはどういうことなんだろう」

「何だ、ばかばかしい」

繁次郎は怒ったような声をだした。そして女のほうを向いていった。

「あんたは美耶子じゃない。顔も違うし声も違う。それに美耶子はもう確かに死んでいて、この世にはいない。それを夫である私が確認したんだ。いいかね、私の妻の木田美耶子は、熱海の旅館で、東京から一日遅れて駈けつけるはずだった私を待っていた。夜になって散歩に出た。自動車に跳ねられたのか、足を踏み外したのか、そこはよくわからないが、とにかく美耶子は錦ケ浦の断崖から落ちて死んだ。二日経って水死体が揚った、警察では私が殺したのではないかと疑ったほどだ。しかし私は美耶子が死んだと推定される時刻に東京の商産局の役人と飲んでいた。バーのマダムの証言もあった。警察は私に対する疑いを解いた。そして警官の立合いで、私は美耶子の死体を確認し、葬式をだした。生命保険会社ももちろん納得して、保険金を払った。これだけ厳然たる事実があるのに、美耶子が生き返ってくる可能性がどこにある」

木田繁次郎は、突っ放すように云った。

だが、美耶子は、激しくかぶりを横に振った。

「いいえ、あなたの云っていることは嘘です。私は確かにあなたの妻の美耶子です。私には証拠があるんです」

「証拠？　ほほう。面白い。ではその証拠とやらを見せてもらおう」

「これです」

美耶子はブラウスの襟から、手を胸のほうに差し込んだ。鎖のついたロケットが、胸の奥から引張りだされた。

「これです、見てください」

それは、木田繁次郎の写真だった。

「そんな馬鹿な……。それこそインチキだ。私の写真の一枚や二枚、どこでだって手に入れることもできる。拡大したり焼増しすることだってできるさ。あんたは、私の写真を手に入れて、それをタネに私をゆすりに来たのだな、え？　そうだろう」

繁次郎は興奮していた。いまにも噛みつきそうな顔で美耶子のほうに詰め寄った。

もしこれが芝居なら、大したものだと友三は心の中で秘かに思った。

美耶子は、蒼い顔でじっと繁次郎を見据えたまま、一歩も後には引かないという決意を顔に浮べていた。

どんなに嘘をいおうと、あなたは私の夫なのですよと、必死に訴えているような目の色だった。

それを聞きたかった

「美耶子さん」

と、友三が始めて口を出した。

「あなたの真剣さを見ると、私も、あなたのいうことを信じたいような気にもなるんだが。ただ一つだけ、あなたのいい分には致命的な弱点がある。それは、この木田繁次郎氏が、熱海署の警官立会いのもとに確認した美耶子さんの水死体というものがある。それは一体、どう説明がつくんです」

「それは、私、ちゃんと説明がつくんです。私、証人をつれて来たんです」

「証人？」

「失礼します」

不意に一人の警官がぬっと入ってきた。

警官の制服を見て、木田繁次郎が思わず腰を浮かせた。

警官は挙手の礼をして話しはじめた。

「突然で失礼します。私は熱海警察署のものであります。水死体の身許を木田繁次郎氏が確認せられたときの立会いの係は本官ではありませんでしたが、このご婦人の身許割出しには本官が係として協力したのであります。当時の事情を再調査致しましたところ、ここにおられる木田繁次郎氏が身許確認された水死体というものは、ちょうど木田美耶子さんが事故に遭われた日に、前後して投身した身許不明の死体であった事が判明致しました」

「そ、そんな、バカな……」

木田繁次郎は、目を剝いて怒りだした。

「あんたは、私が身許を確認した時は立会わなかったそうだが、立会わない人になぜ私が誤認をしたと判るんです。いくら警官でも、でたらめは許せない。私が妻の水死体を誤認したというなら、証拠を出しなさい、証拠を……」

熱海署の警官は、木田繁次郎の権幕にいささかたじたじとなったが、相手の喋り終るのを待って穏やかにいった。

「証拠はあります。こちらのご婦人が宿に残した遺品の中から、この写真が出てきたからであります」

木田と友三が一斉にのぞきこんだ。

木田が思わず「あっ」といって息を呑んだ。

警官のさしだした写真には、木田繁次郎と、今この場にいるみや子とが、仲むつまじく肩をならべていた。

木田の顔が蒼くなり、それから、また、赤くなりだした。

「こ、これこそインチキだ。こんなインチキ写真が証拠になるか。近頃は合成写真の技術が発達しているから、こんな写真ぐらいは、どこの写真屋でも簡単につくれるんだ、こんなものをタネにして、皆で、皆して、私をたぶらかそうとするのか」

木田繁次郎は、錯乱せんばかりに興奮していた。彼は恐ろしい形相で、警官と女のほうをにらみつけ、それから急に、一同が啞然とするような声で笑いだした。

「そうだ。私はうっかりしていた、ウハハハ私は早く気がつけばよかったんだ。これを見せれば、インチキだということはすぐわかる。私は妻の、本当の美耶子の写真を持っているんだ。しかも、私と一緒に撮った新婚旅行の記念だ。記念日まで裏に書いて、二人のサインもしてある。今、それを見せてやる。それを見たら……」

いいながら、繁次郎は机の前に駈け寄って行った。抽き出しをあけて、いらいらと中身を掻き回していたが、やがて一葉の写真を引張り出した。

「あった、これだ、さあ見給え、よく見てくれ給え、これこそ、私の本当の妻の美耶子だ。そこに立っている女とは似ても似つかないだろう」

繁次郎はその写真を、友三のほうへ突きつけた。

友三は受けとってそれを眺め、それから不思議そうな顔をして、繁次郎のほうへ返した。

「木田さん、ここに写っている女性は、ここにいる人と同じだ」

「なんだと、そ、そんなばかな……」

ひったくるようにして写真を奪い返した繁次郎が、始めてその写真に視線を落し、それから「あっ」といったまま、呆然と立ちつくしてしまった。

その写真の中で木田繁次郎と肩をならべているのは、紛れもなく、今ここに立っているみや子だった。

「そんなはずがない、そんなはずがない」

繁次郎は半ば狂乱せんばかりだった。

「そんなはずがない。俺には判っているんだ」

「それはなぜだ」

「それは、現に俺がこの手で美耶子を殺したからだ」

いってしまってから、木田繁次郎はハッとした。だが遅かった。

死ぬほどヒマが

木田繁次郎は、ついに自白した。

警視庁捜査二課の汚職捜査が近ごろ喧《うる》さいので、商産局あたりの役人の中には業者と取引の際に偽のアリバイを作っておく者が多い。そのことを知っていた繁次郎は、商産局の役人のために、偽のアリバイ役を買って出た。

ほうが、気楽でいいよ」

役人は喜んで、アリバイの欲しい日を予め予告してくるようになった。

一軒のバーのマダムも買収されていた。繁次郎はこのアリバイを逆用して、熱海に飛び、熱海の旅館に保養に出しておいた妻の美耶子を錦ケ浦に誘い出して、石で後頭部を滅多打ちして殺害してから、海に落したのである。

美耶子の妹の比佐子が、莫大な生命保険金をかけられていた姉の死因に疑問を持って、自分で調査をはじめた。団地界隈を騒がせた謎の女は比佐子だったのである。

事情を知ってから、友三は比佐子に協力した。

写真には自信のあるという本屋のおやじも、問題の変造写真作りに一役買って出た。

団地傍の交番の巡査もお手柄だった。熱海署の警官だと、しらを切りとおして、なかなかの芝居振りだった。

一件が落着したある日。友三がまたブラリと書店に顔を出すと、書店のおやじがニタニタしていった。

「比佐子さんとかいいましたっけね。あの美人を、旦那、あのまま帰すんですかい」

友三は、真面目くさった顔で答えた。

「恋愛ごっこもいいが――やがては、せっかくの暇を全部奪われるようになる。やっぱり死ぬほどヒマでいた

密談をしに来た女

変なよろめき

いまは亡き沢村友之助という人物には一風変ったところがあった。

名前は役者スタイルだが、そういう情緒のある商売とは関係なかった。

鉄もののスクラップ屋の若い衆から身を起して、死ぬまでには一億とか二億とかの資産をつくった。伜を二人、戦争と事故で亡くして、末の息子を、友三という。

その友三を目のなかにいれても痛くないほど可愛いがっていたくせに、いざとなると、あいつはネコブシであるなどと突如としていいだした。

「あいつに金を持たしたら、ネコブシや、猫に鰹節を見せたようなもんや、なんぼあったかて、一年とはもたんわ」

そう考えた沢村友之助は、死の間際にその全財産を、友人の金属会社の社長にポンとやってしまった。

「そのかわりな、わいの道楽息子の面倒を見てやってんか」

そういう協定ができて、沢村友三は、金属会社から毎月四万なにがしかを受取って、生涯の生活を保証されることになった。

「月々の手当ては一度に渡してくれたらあかんで。十日とは手許に残せん男や」

遺言は、こまごまと行届いていたのである。だから、月三回の分割払いということになった。

貯金や殖財にはまるで弱い友三には、懐中に二万とまとまった金が入っていることはあり得ない仕掛けになっている。

これでは、道楽もできない。

せいぜい健康的なレジャーでも楽しんだらええやないかと、それが亡父の深謀遠慮であるらしかった。

その健康的レジャーなるものにも飽きがきて、不健康的な火遊びなども、たまには派手にやってみたいと思っている友三の目の前に、ある日、お誂え向きの美人が登場した。

まさに、亡父云うところのネコブシの心持である。

だが、難を云えば、その女は、知人の奥さんであった。派手によろめかせるには、いくらか気のひける相手である。

無論、彼女は、最初から「私よろめきたいわ」と云って、友三の家へ入ってきたのではなかった。

「私、折り入ってご相談があって」

と、そう云って訪れてきたのである。

名前は川島加根子。ミス・なんとかに応募したが予選でミセスであることがバレて失格したという前歴の持主で、とにかく大した美貌であった。

夫は川島洋一郎といって、親譲りの財産家。友三とは、亡父同志の付き合いが縁で知人となったが、あまり気の合う仲でもない。

昔、二宮尊徳という勤倹貯蓄の標本みたいな人物があったが、川島洋一郎にもいくらかそのケがある。

二宮尊徳には、女性に手が早いという余徳もあったと云うが、川島洋一郎にそのケがあるかどうか、そこまでは友三は聞いていない。だが、綺麗な奥さんが、友三のところへ、

「私、折り入ってご相談があって」

と訪れてくるようなら、あるいは夫君の素行に常ならぬものがあるのかもしれない。

「あの、今日わたくしがお伺いしましたことを、うちの人にはどうぞおっしゃらないでくださいませね」

川島加根子は、そう云って、ちょっと媚びるように友三のほうを見た。

これはどう見ても、よほど折り入ったことに違いない。もしかしたら、川島洋一郎が親譲りの事業の忙しさを口実に、散々あれこれとご乱行の限りを尽して、あたら美人の細君を家に置いたまま、さっぱり構いつけないから、細君としても対抗上意を決して、それと当りをつけた友三のところへよろめきの打診に、来たのではあるまいか。

とすれば、ここはまず、さあらぬ態で大いにこの細君に同情の意を表して……と友三は心のなかで素早く計算して、

「奥さん、僕のような者でもご相談に乗れるようなことがあったら、なんなりと」

と、至極呑みこみのいい顔を向けた。

すると、その言葉を待っていたように、

「嬉しいわ、私、もしあなたに見離されたら、心細くて……」

と、話は向うべき方角へ向ってきた。

友三は、思わず膝をのりだした。

「ご主人に何か変ったことでも?」

「ええ、そうなんです」

と、川島加根子も膝を進めてきた。

「ふうむ、やっぱりね……すると、ご主人の態度が近ごろおかしいとか……」

「ええ、そうなんですの」

と、川島加根子は、また膝を進めた。

「ふうむ、そうですか、いや、わかりました。もうそれ以上は立ち入って伺ったら失礼だと思いますから」

「あら、構いませんのよ」

と、川島加根子は、もう一膝進めて、ぐっと顔を友三のほうに寄せた。

美貌の夫人は、声をひそめて、囁くように云った。

「うちの人、このごろすこし気が狂いかけているのではないかと思いますの、それで、思い余って、ご相談にまいったんですけれど、ご迷惑じゃありませんでしたかしら」

どうやらこれはよろめきの相談ではなかった。

友三は大いに拍子抜けした。

気狂いはどっちだ

川島加根子は、ご迷惑じゃありませんでしたかしらと云ったが、確かにそれは、友三にとってご迷惑な話であった。

しかし、いまさら、拒わるわけにも行かなかった。

友三は仕方なしに訊ねた。

「気が狂うって、どう狂ったんです、なにか具体的な事実でも?」

「ええ、それが……」

と、川島加根子は暗い顔になった。

「ときどき、とっても変な目で私のほうを見つめたりするのです」

「ふうむ、しかし、そのくらいのことなら、だれにでもあるでしょう」

「でも、私がリンゴの皮をむいているとそのナイフを見つめて、にやりと笑ったり、私が和服を着替えていると、うちの人は私の腰紐を私の手首に巻きつけて、ぎゅっとひっぱってみたりするんです」

「ほほう、それは、なんだか、ちょっとおかしいですな」

「それに、もっと、変なこともあるんです。うちの人、なぜだか、紫色に弱いらしいんですの」

「紫色に弱い?」

「ええ、うちの人は、花でも服地でも、紫色のものを見たあとで、きっと様子がおかしくなるんです。はじめは私は気がつかなかったんですけれど、どうもそうらしいと思って、試しにわざと紫色のスカーフをとりだして見せたりすると、その晩はきまって……」

「ははあ、晩ですか」

「ええ、おかしくなるのは大抵は晩の……あら、いやですわ」

と、川島加根子は、頼まれもしないのに赤くなった。

友三も、変に照れくさくなって、

「とにかく奥さん、ご主人が少々ノイローゼ気味らしいということは、よくわかりましたがね、しかし、伺っただけの範囲では別にそれほど心配というほどでもないと思いますがねえ」

と、一応、冷たく突っ放した。

「そうでしょうかしら」

「そうですとも」

「でも、私、なんだか心細いんです」

と、川島加根子はその美しい顔を友三のほうに向けて、すがりつくような目をした。

「私、あなたに、いろいろとお力になって頂けると思って、それで主人には内緒に出て参りましたのに」

ちょっと怨むような、まなざしになった。

これがただのよろめきの相談なら、友三は一も二もなく、力にも頼りにもなってやるところだが、どうも情事の雰囲気を引き出すには、話の内容に雑音があり過ぎた。

「ご心配だったら、ご主人をお医者にお診せなさいよ、奥さん」

「そんなことを云いだしたら、うちの人どんなに怒りだすかしれませんわ」

「怒るくらいなら、気が変でない証拠です」

と、友三はすこし冷淡に突っぱねた。

川島加根子は、途方にくれたような様子を見せ、やがて、しょんぼりといとまを告げて帰って行った。

その名残り惜しそうな後姿を見ると、友三には、

「もしかしたら、彼女、あれがよろめき打診の口実だったのかも知れんぞ、だとしたら、あのまま帰すんじゃなかったんだが」

という気もしてきた。

しかし一方では、加根子から聞いた川島洋一郎の態度に、やはり、なにか気がかりなものを感じた。

「もしかしたら、あの女は、本当に困っているのかもしらん」

そうも思った。

友三は迷いだした。

なにしろ、ヒマで困っているのだから迷うための時間には不足しない。

美しい川島加根子の顔を思い泛べながら、ああでもない、こうでもないと、思い迷った末に、友三はついに決心した。

「一つ、川島洋一郎に会ってみよう」

しばらくご無沙汰で、突然会うには口実の一つも必要だったが、そこは亡き父親同志の交際時代のことでちょっとお訊ねしたい事があるからとか、適当な口実を一～二考えだした。

友三は川島洋一郎を、新橋のあるバーに誘い出すことに成功して、その夜はわざと、紫にオシンジ色の水玉模様という貨車操車場の信号標示器のようなネクタイをしめて出かけた。

「やあ、暫くでしたな」

「全くですな、もう三年半ぐらいになりますかな」

川島洋一郎は、至極まともな挨拶をした。

友三は、それとなく、ネクタイの紫色をちらちらさせた。

洋一郎は、不思議そうな顔をして、それをじっと見たが、別に気が狂っているような様子はなかった。

二人はハイボールを二～三杯傾けて、またなんとなく雑談をした。

この店は店名を「ウイスタリア」といって、店全体がウイスタリア色、つまり薄紫色に統一されている。

だから、長時間この店の内部に川島洋一郎を引きとめておけば、変になるものなら当然変になってくるはずであった。

だが、川島洋一郎は、

「沢村さん、どうです。もうそろそろ覚悟を決められては」

などと云って笑った。

「覚悟とは、なんです？」

「覚悟とは、覚悟ですよ。つまりですな、あなたも、いつまでも独り者が気楽だなどと云ってないで……」

「なんだ、そんな事ですか」

「いやいや、なんだ、そんな事では済まされませんぞ、大体、私はあなたのネクタイを見て、気になっているんです。心理学の書物によれば、紫色に惹かれる人間は、心の底に深い憂鬱を内蔵しているのだということですぞ、あなたも早く、きれいな嫁さんでもお貰いにならんとやがて気が変になるかもしれませんぞ、いや、これはおどかすわけではないが、そんなネクタイをしている所を見ると、あるいはすでに若干気がふれかけているのかもしらん、どうです、一つ精神病医にでもお見せになっては……」

結局、あべこべに友三のほうが気違い扱いにされて、やがて二人はそのバーを出た。

はだかの訪問

友三はその夜頗る面白くなかった。

友三の見たところ、川島洋一郎の頭は、おかしくもなんともなかった。

もしかすると、やはり川島加根子は、夫が気が変だというのを口実に、友三のところへよろめきに来たのかもしれなかった。

「それならそうと最初から云えばいい」

友三は、川島加根子の美しい顔や、形のよい着こなしの服の線などを思い浮べて、未練がましく呟いた。

だが、ふとまた、あの女の、縋りつくような必死な視線を思いだした。

「やはり、何かひっかかるわい」

どうも加根子には、芝居であんなことをしているとは思えない、真剣さがあった。

「川島洋一郎は紫色のものを見せても、頭がおかしくはならなかった。しかし加根子は、洋一郎がおかしくなるのは大抵は晩のことだと云った。晩ですかと念を押したら、あら、いやだ、と恥かしがった。もしかしたら洋一郎は夜のベッド時刻頃におかしくなるのではなかろうか。もしそうだとしたら、紫色のネクタイやら、ウイスタリア色の室内やらを散々見せびらかしたあとだから、今夜のベッドで洋一郎のやつは加根子に……」

と、友三はいくらか穏やかでない想像をした。

だが、友三の想像は、勝手な妄想に終ったらしい。

川島加根子からは、翌日になっても、なんとも云ってこなかった。

川島家に何かの異常な出来事が起ったというような新聞記事もべつに出なかった。

川島洋一郎が、あの夜、妻とのベッドで異常な振舞いに及んだという徴候は何もなかった。

「なんだ、ばかばかしい」

友三はまた、面白くなくなった。

面白くないときは、面白くないことがかさなるもので、不愉快な押売りが、その日は立て続けに二件もあった。

生命保険の外交と、新聞の投げ込みの勧誘をやっと撃退して、三度目のブザーが鳴ったとき、友三はついに頭にきた。

「いらないよ」

ドアをあけるなり、友三は怒鳴りつけた。

だが、中途で慌ててその声をのみこんだ。

しかし慌てていたのは、相手のほうだった。

川島加根子が、蒼い顔をして、その場に立ちすくんでいた。

いささか時候外れの分厚いコートの前をしっかりと合わせて、加根子は唇を白くして、がたがたと震えていた。

「た、助けて、私こわいんです」

彼女は、やっとそれだけ云った。

友三は驚いて、彼女を家の中に招じ入れた。

「どうしました。とにかく、お掛けなさい」

昼寝中の折畳みベッドをインスタント・ソファになおし、インスタント湯沸し器でインスタント・コーヒーを淹れて勧めても、加根子はまだ黙っていた。

「奥さん、どうしました。もしかしたら私がご主人を誘いだしたあの晩、ご主人は奥さんに……」

「ええ、あの晩も、主人はなんだかとても薄気味悪くて」

「奥さん、何かされたのですか」

「何かって、ふつうの晩のとおりのこと以外には別に……でも、うちの人は私の首を両手ではさんで、ゆっくりと二十遍ぐらい撫ぜたんです。なんだか、とても薄気味悪くて……」

「ふうむ、それは、薄気味悪いですな」

「でも、その晩は、それだけだったんです。恐ろしかったのは今日の事ですわ。それもつい先刻のことです」

「一体、どうしました」

「私、外出しようと思って、お風呂へ入っていたんです。すると、主人が突然帰って来たらしくて、浴室の外で、加根子帰ったよ、という声がしました」

「ふむ」

「ところが、じきにまた、加根子もう一度出かけるよと云って、主人はそのまま出て行ってしまったんです」

「それだけですか」

「いいえ、そのあと、浴室の窓の外でごそごそ人の動くような音がしたんです」

「それがご主人ですか」

「さあ……でも、多分そうだと思うんです。そして、私が思わず湯船の蔭に身を寄せようとして湯船のタイルの縁にさわったら、ビリビリッときたんです。私もうすこしで失神しそうになって」

「すると湯船に電流が流されていたんですね」

「そうらしいんです。もし、もっとぎゅっとさわったら、私、感電して即死していたかも知れませんわ。それを思ったら私、こわくて、こわくて……もう夢中で飛びだして、身仕度をして、タクシーでここまで、駈けつけたんです」

川島加根子は、そのときの恐ろしさを思いだしたように、また、ぶるっと震えた。

その恐怖に満ちた顔を見て、友三は、この女は嘘を云っているのではないと確信した。

「奥さん、いいですとも、私が力になってあげます」

友三は、きっぱりと云い切った。

それを聞くと、川島加根子は我を忘れたように友三の胸に夢中でしがみついてきた。

とたんに、しっかりと抑えていた分厚いコートの前がはだけた。

「あっ」

友三は驚いた。

川島加根子は、バスタオル一枚を身体に巻きつけただけで、コートを羽織って家を飛びだしてきたのであった。

「よほど慌てていたのだな」

と、友三は思った。

だが、まだ石鹼の香りのする女の髪を真近に見ながら、

「やっぱり、もしかすると、俺はこの女のよろめきの誘いに乗ったのかもしれんぞ」

と、ふとまた思った。

乗せられたのなら、乗せられたでもよかった。いろいろと考えるには、あまりに女との距離が近過ぎたし、女の着ているものの分量があまりにすくな過ぎた。

加根子を抱きしめた友三の腕に思わず力が入りかけたとき、突然、肩越しに彼女はけたたましい悲鳴をあげた。

「あ、あそこに人が……」

友三は、ぎょっとして振り向いた。

窓の外に、なにか人影が動いたような気がした。

友三は慌てて、加根子をほうりだすとドアをあけて、庭に出て見た。

人影はもうなかった。

だが、「ウイスタリア」というバーのマッチが、窓の外に落ちていた。

それは川島洋一郎と飲みに行ったバーのものに違いなかった。もちろん、友三自身が落したものではない。

間一髪の危機

川島加根子を帰してから、友三はヒマにまかせて、また考えた。

加根子は、もう帰るのはいやだと云ったがそういうわけにも行かない。

川島洋一郎は、加根子に面と向ってなにかを仕掛けてくるわけではないのだから、加根子としても、正面切って何かの行動に出ることはまずい。

そう云って、彼女を帰らせた。

彼女は心細そうに、帰って行った。

だが、川島洋一郎が、わざわざ友三の家まで、加根子を随けて来たのだとすると、これは、確かに尋常な振舞いではない。

早急に、なんとか手を打つ必要があると、友三は考えた。

「そうだ、正面切って、夫妻をこの家へ招待しよう」

そうすれば、加根子はまだ友三と誤ちを犯さなかったという潔白の示威運動みたいなものにもなるし、洋一郎

を招待して、友三が彼をもう一度よく観察して見る機会も得られることになる。

友三は、早速そのことを実行に、移した。

川島洋一郎は、案外あっさりと快諾して、友三の招待に応じて、加根子をつれて、手土産などを持って、一夜、友三の家を訪れてきた。

友三は、できるだけの歓待をした。

川島洋一郎は、よく食いよく飲んで、ご機嫌になった。

加根子は複雑な表情で、不安そうにしていたが、恐怖をまぎらすためか、かなりよく酒を飲んだ。

「やあ、今夜はすっかりご馳走になってしまって……しかし、弱りましたな、車で来たんだが、こんなに酔っては帰りの運転ができん」

洋一郎は困ったような顔をした。

友三も困ったような顔で云った。

「私の所へお泊めするわけにも行かないが、よかったら、私が運転してお宅へお送りしましょう」

「あら、それがいいわ、そして、沢村さんに私の家へ泊って頂きましょうよ」

と、加根子が云った。

これが友三の作戦だった。その夜も、友三は洋一郎にできるだけ紫色のものを多く見せておいた。だからその夜、帰宅してからのベッドの中で、洋一郎は加根子に異常な振舞いをするかもしれない。その時、友三が川島邸に泊っていれば現場を押えることができるだろう。

だが、そううまくは行かなかった。

友三が川島夫妻を送って、郊外電車の無人踏切に差しかかったとき、急にエンジンがストップしてしまった。

「いかん、上りの、急行電車がくる時間だ。私は向うの踏切りまで行って電車をとめてこなくては……」

だが、警手のいる踏切りまでは五百メートルもあった。

上り急行電車の警笛が遠くで鳴っていた。

「あなたがたも早くお逃げなさい」

云い残して、友三は警手のいる踏切りに向って走りだした。車内では、二人の人影がはげしく揉みあっていた。

どちらかが、どちらかを抑えつけようとしている様子だった。だから、どちらも、なかなか降りてこなかった。

上り急行電車の警笛の音が急速に近付いてきた。ついに、車内から一人の人影がとびおりた。

つづいて出ようとするもう一人の人影に、先に降りた一人がいやというほど、ドアをぶつけた。あとの一人はぐったりして、そのまま座席に崩れてしまった。

急行電車の警笛はつい間近まで来ていた。

恋よりはいのちが大事

「いや、お蔭で助かりました」

川島洋一郎は、友三に心から礼を云った。

「妻が、あんなひどい女だとは……」

洋一郎は唇を噛んだ。

加根子は、欲の深い女だった。洋一郎の財産を一人じめにしたかったし、大いに浮気もしたかった。そしてついに洋一郎を殺してやろうと思いたった。それには、逆にまず自分が洋一郎に殺されかけているのだと思わせれば、いざという時に疑われずに済む。

川島加根子は、友三を自分が殺されそうだということの証人として利用してやろうと、色仕掛で誘惑したのだった。

無人踏切で車がエンストしたのは絶好のチャンスだった。夫が酔っていたので、とうとう助けだすことができなかったのだと云えばそれで済む、だから洋一郎の頭をドアで殴って気絶させ、加根子は自分だけで外へ飛びだしたのだった。だが、じつは友三が間近に隠れてそれを見ていた。

急行電車は間一髪でとまった。友三が左右のレールを、あらかじめ隠しておいた鉄の棒で短絡したから、ずっと前方に赤信号が出て、急行はブレーキをかけたのであった。

「いや、危い所だった」

友三は思った。

もしあの女に誘惑されていたら、やがては自分も殺されていたかもしれなかったからである。

昼下りの電話の女

男性無用の時間

Aテレビ局は婦人リポート、Bテレビ局は育児手帳、C局はおいしいラーメンのつくりかた……と、これがある水曜日の午後一時台のテレビ番組である。

ラジオのほうも、一向に変りばえがしない。

木曜日もご同様、金曜日もまたしかりである。

要するに、この時間帯は、男性にはまるで関係がない。

プロ野球の放送開始には間があるし、バーも、まだ酒をやっていない。

となると、昼寝でもする以外に方法はないのだが、水曜日と土曜日の午後は、それも具合が悪い。

都の清掃局からチリンチリンと雑芥厨芥集荷人がやってくるから、ポリエチレン容器の普及していないこの地区では、ゴミバケツをぶら下げて、捨てに行かなければならない。

「まあ、沢村さん、お大変ざんすこと」

「いやあ、独身者ですから、仕方がありませんよ」

「早く、おもらいになればよろしいのに」

「嫁さんに来てくれ手が、見つかりませんのでねえ」

「ご冗談ばっかり、なんなら私でもよろしくってよ」

と、既婚の癖に二重売りまで仕掛けてくる奥さん連にはさまって、ゴミ籠へゴミを捨てに行くのも気の重い仕事だ。

そんな時だけは、沢村友三も、ふと嫁さんをもらいたくなるのだが、ゴミ捨て専用の嫁さんを新聞広告で募集する訳にも行かない。

だから、今日仕方なくチリンチリンと鐘が鳴ってくるのを待っているわけだが、どうしたことか、今日はまた一向にくる気配がない。

チリンチリンとこないかわりに、ジリジリジリと電話のベルが鳴った。

「もしもし、沢村友三さんのお宅でいらっしゃいますか」

若い女の、きれいな声がした。

「はあ、私、沢村ですが」

「あら、嬉しいわ」

と、こう来た。

「もしもし、どなたでしょうか」

「わたくし? うふ、わたくしはね、沢村さんの熱烈なファン」

どうも、調子がよすぎる。

「もしもし、冗談いっちゃ困りますよ」

「あら、冗談じゃありませんわ。わたくし、蔭ながら、あなたのお姿を拝見していますのよ」

「僕はあまり外へ出ないんですがねえ」

「あら、だって、ゴミバケツをさげてお出になるじゃありませんの」

沢村友三は驚いた。

これはまた、えらいところを見染められたものだ。もっとも、男がゴミバケツをさげて、ゴミを捨てに行けば、独身者だとレッテルを貼っているようなものだし、働かないでも食ってはいけるが、パートタイマーを傭うほどの金持ちでもないぐらいのことは見当がつくのだろう。

「一体、なんのご用ですか」

「ご用って、別に——。ただ、あなたのお声をお聞きしたかったんですの。沢村さんのお声って、やっぱりステキ。なんだか、ちょっと痺れるみたい。うふ」

友三は、尻のあたりがすこしむずむずしてきた。

「あなたは、よほどおひまの人らしいですな」

「お察しのとおりよ、だって、お茶の間でひとりでポツンとテレビを見ているなんて、死にそうな孤独感にさいなまれるだけだわ」

女は本当に孤独感にさいなまれたような声をだした。澄んだ、なかなかいい声だった。

おまけに、ムードをたすけるように、かすかにチャイコフスキーのメロディが受話機から聞えてきた。

「もしもし、あなた、一体どなたなんですか」

「あら、それはお聞きにならないで」

「そうは行きませんよ。昼ひなかに、こういう穏やかでない電話をかけられたんです。僕としても、あなたのお名前を伺う権利はあると思うな」

「それはそうね。でも、お願い、今はお聞きにならないでね。そのうちに、もっと私達のあいだのムードがぐっとたかまってきたときに、わたくしのほうから、あなたのお家をお訪ねしますわ。では、また」

あっという間に電話は切れてしまっていた。

「これは一体、どういうことなのだろう」

と、友三は、ぽかんとして考えこんだ。

「誰かに、からかわれた」

そうとしか、考えようがなかった。

「だが、あの女の電話の調子だと、これから、たびたびかかってきそうだぞ」

これはえらいことになったと、友三は思った。

ちょうどそこへ、チリンチリンと鐘が鳴ってきた。

友三は、その日はゴミを捨てに行く気がしなかった。

若い、きれいな声の女に、どこからかゴミバケツをぶらさげている姿を観察されているというのは、なんとも侮辱されたような気がした。

溢れかかっている台所のゴミバケツを横目で睨みながら、友三は、便秘した男の心境になって、また深刻に考えこんでしまった。

とにかく、一つだけ判ったことがあった。

あの女はウソをついている。

その日はテレビもラジオにも、チャイコフスキーのメロディの流れる番組はなかった。

居間に座ってテレビを見ながら、電話をかけてきたというのはウソだ。

友三は、思いついたように、急いで二～三の電話をかけてみた。

そして、つい先刻、店内にチャイコフスキーのメロディを流したのは、団地横の喫茶店「モカ」だということを確めた。

だが、「モカ」の女の子は、バーテンとふざけていたため、電話の主の顔をよくおぼえていなかった。

肝腎なのはタイミング

翌日の昼下り——。

テレビは相変らず、変りばえのしない番組をやっていた。

いつもなら、死にそうに退屈する友三だが、今日は全然張り切っていた。

昨日の電話の主は、おそらく今日もかけてくるにちがいない。

友三は、「モカ」の女の子に、その正体をつきとめてくれるように依頼してあった。

だが、今日、昨日とおなじ時刻になっても、あの女からの電話は鳴らなかった。

そのかわり、「モカ」から電話がかかってきた。

「沢村さん、今日はまだお客さんが一人もこないわよ」

「モカ」の女の子は、そういった。

「ふうむ、感付かれたかな」

と、友三が腕組みをしているところへ、また電話のベルが鳴った。

「もしもし、沢村友三さんのお宅でいらっしゃいますか」

まさしく、その声は昨日の電話の主だった。

女は、笑いを含んだ声でいった。

「わたくし、昨日は失敗しましたわ。どうやら、喫茶店からかけたことを見破られたみたい。でも、わたくし、用心して顔は見られなかったつもりよ。そうだったでしょ？」

「そうらしかったですね」

「沢村さんてひどい方ね」

「どうして」

「だって、わたくしがいやということを、無理に知ろうとなさったりして、うふ」

女はひどくなまめかしく笑った。

友三が黙っていると、女はまたいった。

「わたくし、あなたのことをすっかり調べましたわ。あなたは亡くなったお父様のお友達の会社から、月々四万二千円を三回払いで受け取っていらっしゃる。だから十日に一万四千円ずつの生活をしていらっしゃるわけね。お仕事をなさってもっと収入をおふやしになればいいのに、あなたは怠け者だから、そうはなさらない。そうでしょ？」

「そうだったら、どうだというんです」

「あら、お憤りになることないわよ。わたくし、あなたのそのアンニュイ（倦怠）のムードが大好き。なまけものって、ちょっとステキなところがあると思うわ。わたくし、結婚するなら、あなたのような方としたかったの」

「結婚？」

「ええ、でも、いまのことじゃないわ。もっと二人の間のムードがぐっとたか……」

昨日とおなじセリフになりかけた。

友三は、急に受話機をかけて、電話を切った。

すこし間をおいて、すぐまたかかってきた。

「もしもし、いま、沢村さん、電話をお切りになったの？」

「いや」

と、友三はとぼけた。

だが、大事なことがひとつ判った。

この女は、自宅の電話でかけているのではない。ふつうの黒電話なら、こちらが受話機をあげると、すぐに向うから、「もしもし」とくる。

公衆電話ボックスの青電話なら、チーンと鳴ってから、「もしもし」とくる。ボックスでない店頭公衆電話の赤電話なら、チーンとはいわないが、ガチャリと十円玉の落ちる音はする。ガチャリは送話側には聞えるが受話側には聞えることと聞えないことがある。しかしとにかく受話側が受話機をとってから、送話側が「もしもし」といいだす前にガチャリの分だけ、空白のタイミングがあるわけだ。

いま、友三がわざと電話を切って、先方にかけなおさせたとき、先方の「もしもし」までの間には、確かにガチャリの分の空白のタイミングがあった。

彼女は、明らかに赤電話からかけている。

しかし、耳を澄ましても、送話の声のバックに殆んど雑音がなくて、とても静かだった。

ふつうの店頭の赤電話では、こうは行かない。

どこか、よほど静かなところに赤い公衆電話を持っている店——それを探せば女の正体は突きとめられるだろう。

友三が、それを考えて、先方の話に上の空でいい加減な返事をしている間に、電話はいつのまにか切れていた。

張り込み失敗

友三は、大車輪で近所界隈を歩き廻ってみた。

赤電話はたくさんあったが、どれもみな通りに面した騒々しい場所ばかりだった。

この辺は、俗に神奈川街道といって、隣県との輸送の動脈の一本に当っているから、午後には野菜トラックや砂利トラックの往来が引きも切らない。

とても、あのような静かな通話のできる赤電話があるはずもなかった。

だが、友三は諦めなかった。

そして、ついに、閑静な場所に置いてある赤電話をたった一つだけ発見した。

それは、この辺の団地完成を見越して建てた郊外には不釣合いなほどりっぱな映画封切館で、そこの二階の売店にある赤電話は、映写時間中は、ひっそりして、静かな通話がいくらでもできる。

「ここだ」

友三は、売店のおばさんに聞いてみたが、要領を得なかった。

おそらく、おばさんは、映写時間中は観客席にもぐりこんで、さぼっているのだろう。

しかし、友三が千円出すと、おばさんは、それがニセ札でないことを確かめてから、急に愛想がよくなり、午後一時過ぎにどこかへ電話をかけにきた女があったら、その顔をよくおぼえておいてあげるといった。

友三が、もう千円だすと、おばさんは一層愛想がよくなって、もしその女がきたら、必ず住んでいるところを突きとめてあげるといいだした。

「なあにね。この界隈といっても、団地と、そのまわりにいくらも拡がってやしませんからね。すぐわかりますよ」

売店のおばさんは、エプロンの胸をポンポンと叩いた。


次の日――。

「もしもし、沢村さんのお宅でいらっしゃいますか」

とかかってきたとき、友三は上機嫌で応待した。

売店のおばさんができるだけ女の顔をよく覚えておけるようにするためには、通話を長く引きのばすに限る。

だから、友三は、いつになくお喋りになった。

「いやあ、僕も本当のことをいうと、独身暮しにはすこし飽き飽きしているところですよ。男世帯にうじが湧くなどといいますがね、うじは湧かしたおぼえはないが、窓の桟はホコリだらけ、湯殿の天井はすすだらけ、和室の畳は陽にやけるし、洋服ダンスには虫が卵を孵すし……」

「あら、沢村さん、今日は、ずいぶんお喋りでいらっしゃるのね。判っていますわよ、うふ」

「判っているって……何がです?」

「あなた、警察へ連絡なさったのじゃなくて? そして通話場所を電話局に突きとめさせようと思って、それで、通話を長びかせようとしていらっしゃるのね。それならいいわもう長い電話はかけませんから。通話先をたしかめるには、かなり時間がかかるという話ですものね」

それで電話は切れてしまった。

友三は、にやりとした。

警察へ連絡して、電話局へ連絡したのだろうとはまたずいぶん大げさな話だ。

友三はそんな事をしてはいないし、もしそんなことをしたところで、警察では、そのくらいのことをまじめに取り上げてくれるはずもない。

そのかわり、友三は、もっと遥かに気のきいた方法で、女の居所をやがて突きとめられることになるはずだった。

友三は、売店のおばさんの電話を期待して待った。

その日の夕方、売店のおばさんから、電話がかかってきた。

「とうとう、突きとめましたよ」

と、おばさんは張り切っていった。

「そうですか。そりゃあ、お手柄でしたよ。おばさん、それで——あの女はどこの誰です?」

「それが、あんた、郵便局の前の佃煮屋の二階にいる鈴木たか女という女でしたよ。お宅とは、歩いて一分もかからないでしょうね」

「スズキタカジョ? また、ずいぶん古くさい名まえですなあ」

「そりゃあ、そうですよ、あんた。私しゃ、生年月日まで聞きだしたんですからね。明治四十二年七月十五日生まれ。スズキタカジョというんですよ」

「明治?」

「そうですよ、今年で確か五十四かそのくらいでしょうかねえ」

これはどうやら、また電話の女に裏をかかれたらしいと、友三は悟った。

声だけの情事の報酬

土曜、日曜と二日間は、女からの電話はなかった。

そして月曜日の午後一時過ぎ、

「もしもし、沢村さんでいらっしゃいますか」

と、またかかってきたときは、友三はいまいましくてしかたがなかった。

たしかに、かかってから、もしもしまでの間には、ガチャリの分のタイミングがあるのだから、ふつうの黒電話でないことは確実だが、さりとて、通話中に雑音のほとんど入らない赤電話は、この界隈にはこれ以上はもう絶対に実在しないことは確かだった。

だが、その日の女からの電話には、とんでもない雑音が入ってきた。

「……そのうちに、もっと私達のあいだのムードがぐっとたかまってきたときに、わたくしのほうから、あなたのお家をお訪ねしますわ」

と、いつものようなせりふで電話が終りかけていたとき、急に「あっ」という女のするどい悲鳴が聞え、救急車のサイレンのような音がして、電話口で、何かいい争う声が続いたと思うと、いきなり男の声が受話機から、飛びこんできた。

「おい、あんた、他人の女房を、電話で可愛がって、この先、一体どうしようというんだ」

友三は、愕然とした。

友三のほうから、電話で可愛がったおぼえはないが、考えてみれば、そこはかとした情事のムードがなかったわけでもない。

亭主が聞いたら、憤りだすのも無理はないところだと、友三は思った。

ここは、三十六計逃げるにしかずと、早速ガチャンと受話器をかけてから、友三はフウと額の汗をぬぐった。

「こいつは、えらい事になった」

それにしても、あの女が亭主持ちとは、ひどい話だ。若い、きれいな声をしているので、独身娘だとばかり思っていたら、どうやらこれは、どこかの奥さんのよろめき電話だったらしい。

やはり昼下りの電話は、よろめき専門ということになるのだろうか。

だが、今はそれどころではなかった。

もし女が問いつめられて、友三の名を、白状したら、亭主が頭から湯気を立てて、友三のところへ「電話で可愛がったお礼」をしにくるにちがいない。

はたして、女は友三の名を白状するだろうか。

友三は耐らなく不安になった。

すると、その不安をかきたてるように、友三の耳に救急車のサイレンが響いてきた。

「あっ」

友三は思わず叫んだ。

さっきの電話には、救急車のサイレンの音が入っていた。それが今、友三の家の前を通過するとすれば、約四〜五十秒の間隔だ。距離にして、おそらく五〜六百メートルほど東にあたる位置から電話がかけられたことになるのだろう。

だが、その位置は、町はずれの感じで、私設の朝日荘という二階建てのアパートのほかに目ぼしい建物はない。

朝日荘は、ちゃんと電話番号簿に出ている二本の黒電話を持っていて、赤電話は一台も置いてないことを、友三は知っていた。

「変だな」

だが、電話の詮議立てよりも、女の亭主が飛んでくるかどうかのほうが、友三にとっては大問題だった。

一時間……二時間……。

友三は不安におののきながら、待ったが、男はついに乗り込んでこなかった。

だが、午後七時ごろになって、慌しく電話のベルが鳴った。

「もしもし、沢村さんですの、わたくしよ……ねえ、お願い、すぐ来てくださらない？」

まさしく、あの女の声であった。

「一体、どうしたんです」

「主人が、沢村さんとのことで、とても腹を立てているの、相手の名前をいわないと、わたくしを殺すっていうの。でもわたくし、がまんして、あなたの名まえをいわなかったわ、主人は怒って、やけ酒を飲みに行きました。でも、帰ってきたら、どんな目に遭わされるか……松井田って……うちの主人って、お酒を飲むととても狂暴にな……あらっ、あなた、松井田が帰ってきましたわ、あ……あ……いや……きゃーっ、たすけて」

それから、電話口にすさまじい悲鳴が何度も起って、「文江の奴」とか、「あなた助けて」とか、男女の罵しりあう声がした。

友三も、ついにじっとしていられなくなった。

彼は、泡を喰って家をとびだすと、北へ五百メートルほど走って、交番へ飛びこんだ。幸い、今の電話で女の名は松井田文江であることが割れている。

あまりない名まえだから、交番で訊けばすぐに判るだろうと、友三は思った。

確かに、その推理のとおりで、松井田家は、友三の家の東約一キロの隣りの部落のはずれにある家だと判った。

「そこだ」

友三は、巡査に礼もそこそこに走りだした。

友三から事情を聞いた巡査も心配して、後を追ってきた。巡査は友三を自転車の後に乗せてくれて、松井田邸までかけつけて行った。

だが、松井田邸は、留守番の老爺のほかには、誰もいなかった。

「ここ五日ほど、ご一家揃って、伊豆のほうへ行っていらっしゃいますです。はい」

留守番の老人はいった。

友三と巡査は、狐につままれたような顔をして、交番へ戻ってきた。

「松井田という家は他にはないのでしょうか」

「ありませんなあ、それに、あの家の奥さんは確かに文江という人ですからなあ」

巡査も、不思議そうに首をひねった。

だが、やがて、友三が交番を辞去して自宅に帰ってみると、すべての謎がとけた。

友三が鍵をかけずに飛びだした留守に、家の中は完全に空巣にやられていた。

つまり、これは、初めからの計画的な、そして最も頭脳的な空巣の犯行だったのである。

ピンクの電話の秘密

翌日の昼下り。

もちろん、友三の家の電話は鳴らなかった。そのかわり
「もしもし、桑山兼一さんのお宅でいらっしゃいますか」

と、女は別のカモの所へ電話をかけていた。

電話をかけ終るとアパートの自室に戻って、うーんと可愛いらしいあくびを一つして、女は昼寝を始めた。

きれいな女である。

うつらうつらと寝込んで、ふと目をさますと、腹の上に一人の男が乗っていた。女はキャッと悲鳴をあげた。

「沢村友三です。よろしく」

と、男はニヤッと笑っていった。

「失礼な訪問の仕方だが、僕も空巣に入られたから、仕返しにこっそり空巣に入ってみた。なかなか入り心地のいい温い身体だ」

女は観念して、目をつぶった。友三の声がした。

「盗んだものを返して頂こうか」

「返すわよ、私の上からどいて下されば、でも、その前にどうしてここがわかったか、教えて頂きたいわ」

「いいとも」

と、友三は女の上に乗ったまま説明を始めた。

「あんたが、赤電から電話をかけていると思ったのがまちがいのもとだった。世の中には、黒電話、青電話、赤電話のほかに、ピンクの電話という制度がある。ふつうの黒電話で、料金の貸倒しや踏倒しの被害の多い家では、十円入れないと通話ができないが、先方からはふつうにかかってくるというピンクの電話を電話局に申請して一万円余りで取りつけてもらうことができる。この朝日荘というアパートの電話も、初めは黒電話だったのが、そのうちに申請されてピンクに替えられていたのさ。この界隈でピンクを持っているのは、ここぐらいなものだと電話局で教えてくれたんでね」

友三は、自分の下になっているきれいな女の顔を見下していた。そのため、彼のうしろから、女の相棒の男がそっと忍び寄っているのに気がつかなかった。

「あっ」

気がついたときは、友三は首をしめられていた。もがいてもムダだった。友三は、じきに気が遠くなってしまった。

息を吹き返したとき、交番の巡査が友三の目の前で、難かしい顔をしていた。

「困りますな、勝手に抜け駈けをしちゃあ……いや、奴等はつかまえましたがね、だがあんた、本当に、あの女の身体に空巣に入らなかったんでしょうな」

警官は疑り深そうな顔をして友三の顔をじろじろと覗きこんだ。

張り込み好きな女

ドライミルクが癪のたね

女は、暇があって退屈すると、まず何かおいしいものを食べたいと考える。

男は、暇があって退屈すると、とにかく一杯飲もうと考える。

だから、暇があり過ぎて退屈しすぎたときは、女は胃がもたれてくるし、男は肝臓が悪くなる。

沢村友三も、このところ、また一段と退屈し過ぎていた。従って、公式どおりに、肝臓を悪くする破目に陥った。

医師は気難かしい顔をして、友三に宣告した。

「アルコールは、当分いけませんな。あなたは肝臓のほかに、胃もかなりやられている。胃腸に負担のかからない方法で栄養補給をするように努めてもらわにゃなりませんぞ」

「先生、その胃腸に負担のかからん栄養補給というのは、一体どんな事なんです?」

「さよう、まあ、せいぜいミルクでも飲んで頂くことですな、それもふつうの市販牛乳ではうすいから、ドライミルク(粉乳)を買ってきて、それを大匙に六杯ぐらい溶かしたものを、食事ごとに飲んで頂く。そうすると、いい加減、満腹して、他のものはあまり食べたくなくなります」

医師はそういう食餌療法を勧めて、もしこの注意をきかないと、取り返しのつかんことになっても、医師としては責任を負いかねると、凄味をきかせて帰った。

多分にハッタリも混った警告だろうとは思っても、そこはしろうとの悲しさで何パーセントかは真実も含んだ警告なのだろうという気もするから、医師の指示を敢えて破るほどの勇気は、友三には出てこない。

かくて、独り者の沢村友三は、みずから薬局へ出向いて、M乳業製の乳糖入りドライミルク、一、三五〇グラム入りという大缶を三缶ばかり買い入れざるを得ないことになったのである。

薬局の女主人は、思いがけない上客の出現に喜んで、乳首やら、景品の風船やら、赤ちゃんのあせもの薬やら、頼みもしないものをいろいろと、おまけにつけてくれた。

その上、営業用ともプライヴァシー用ともつかない、ぐっと色っぽい笑顔をつくって、

「お大変で、ございましょう」

と、愛想をいった。

友三は、きょとんとした。

薬局の女主人は、万事呑みこみ顔に、

「ええ、よくあるんでございますのよ、奥さんがナニの関係で、お里へお帰りになってしまって、それで旦那様が赤ちゃんのお守り……本当にお大変ですわねえ」

と、心から友三を慰めてくれた。

「ナニの関係」とはどういう関係であるかよく判らなかったが、この女薬剤師は友三のことを女房に逃げられた哀れな亭主だと考えているのだという事だけはよく判った。

「あの、衛生的なペーパー、おむつなんかもございますけれど、いかがでしょう」

「い、いや、それは、まにあっています」

「あの、それじゃあ……」

「いや、もう結構です」

まごまごしていたら、何を売りつけられるかわかったものではなかった。

友三は、這々の態で薬局をとびだし、ミルクの大缶三個、人目につかぬようにと汗だくの苦労をしながら、辛うじて、我が家にたどりついた。

「やれ、やれ」

こんな思いをするなら、もう一度と酒は飲むまいと思った。

ジョニ・クロの角壜が瘤のたねであった。

「友ちゃん、どう?　大丈夫なの?」

と、友三の姉が、見舞に来た。

友三とは正反対のしまり屋で、同じく勤倹貯蓄を旨とするある銀行屋に嫁いで一男一女をもうけた姉は、そのピイピイよく泣く末娘を抱いて、やって来た。

「やあ、姉さん。はるばるとお見舞に来てくれなくてもいいのに」

「でも、あんた、胃袋に穴でもあいたんじゃないかと思って」

「まだ、それほどでもないよ」

「あらそう、それならよかったわ、じつは、お見舞品に何を持ってこようかと思って、うちのかかりつけの医者に聞いたら、これがいいっていうもんだから」

「なんです、そりゃあ」

「ドライミルクよ。大缶が三つ」

しまり屋の姉としては、かなり奮発した見舞品にはちがいなかった。

友三は、鄭重に姉の好意を感謝することばを述べ、肚の中では、今夜庭に穴を掘って、ドライミルクの缶を二つ三つ、穴のなかに叩きこんでやろうと決心した。

乳色の濡れ衣

友三は元来がドカ酒の傾向がある。

一度に痛飲して、あと暫くは酒から遠ざかるタイプだから、療養期間中の禁酒はそれほどこたえない。

だが、三度三度の濃厚なミルクには参った。なるべく砂糖をへらして飲むようにしているが、飲ん兵衛にミルクでは、口にあうはずもない。

二〜三日たつと、ミルク臭いゲップがやたらに出るようになってきた。

夜はミルクの夢にうなされる。

「こりゃあ、とてもたまらん」

友三はネをあげたがまだまだそのくらいのことでは済まなかった。

ある日、突然に電話がかかってきた。

「もしもし、お宅は沢村さんていうのね」

と、電話の主は、ひどく若い女の声であった。

「あんたの家、○市○○町○丁目○○○番地、沢村友三、戸主、二十八才、独身……まちがいないわね」

と、まるで戸籍調べの調子であった。

「隠したってだめよ、私、みんな調べちゃったんだから」

女の声は、きめつけるようにいって、

「フフフ」

と、鼻にかかった含み笑いをした。その声だけが、ひどく大人っぽい、セクシイな感じがした。

友三は、いささか憤然として、

「もしもし、あんたは一体だれです。私が一体なにを隠したというんだ」

「あら、とぼけてもだめよ、ちゃんと証拠は上ってるんだから」

「一体、なんの証拠だ」

「幼児誘拐よ」

「な、なんだと?」

「あんたは四日前に、かどの薬局で乳児用ドライミルクを三缶も買ったわ。その日、あんたの家では赤ん坊の泣く声がしているのを確かに聞いた人が何人もいるのよ。これだけ証拠が揃えばピーンとくるじゃないの。だから、私たちのグループで、毎日あんたの家のまわりを張り込みしたのよ。そしたら、やっぱり!」

「やっぱり?」

「そうよ。あんた、裏のゴミ箱に、乳首とゴム風船を捨てたじゃない。これがもう動かない証拠だわ。あんた一体、どこから赤ん坊をさらって来たの?」

友三は聞いていて、バカバカしくなった。

だが、電話の声は、真剣な調子だった。

「私たち、その乳首とゴム風船を証拠品として押えたのよ。いざというときは、これを警察へ突きだせば、あんたの犯罪はたちまちバレちゃうのよ、どう? おじさん、いい所で私たちと手を打たない?」

「手を打つだと?」

「そうよ。あなた身代金をいくらに吹っかけるつもり? 二十万? それとも五十万? とにかくさ、それを山分けで行こうじゃないの、もしいやなら、私達にも考えがあるんだから」

電話の声の主は、ひとりで喋って、ひとりで合点していた。

「五十万の半分じゃあ、二十五万じゃないのさ、ちょっとすくないっていう感じだけど、でも、あまりふっかけると、先方から取りそこなうこともあるからね。五十万っていうの、いい線をいってるんじゃないかしらね。いいわ、そのくらいでも」

「ばかばかしい。私は、幼児誘拐なんかしてやしない。あんたが勝手な想像をしているだけだ」

「でたらめいうんじゃないのよ。おじさん、いま、電話に聞えている赤ん坊の泣き声は何さ。あんたがどこまでも白っぱくれるなら、こっちにも考えがあるんだからね、見ておいでよ、ガチャン」

電話は切れてしまった。

気がつくと、いつのまにか、姉が末娘を抱いて、また見舞にきていた。

その末娘はワンワンと盛大に泣いて、ちょうど今の電話に、幼児誘拐の裏付け証拠の伴奏をやってのけたのであった。

瓢簞《ひょうたん》から赤ん坊

友三はやがて、そのばかばかしい電話のことを忘れてしまった。

だが、先方はご親切にも、それをたちまち思いださせてくれた。

その日の午後、友三の家に付近の交番の警官が戸籍台帳を持って現われた。

「管内の巡回をしておるのでありますが、一応異常がないかどうか、お宅にも伺ったわけであります」

と、警官は至極鄭寧だったが、口調が鄭重な割には、ひどく疑い深かそうな目でじろじろと奥のほうをのぞきこんだ。

あの電話の主の女が、交番へ密告したに違いなかった。

善良な市民として、警察から疑いの目を持たれるくらい不愉快で不気味なことはない。

友三は、訊かれない先から喋りだした。

肝臓を害してドライミルクしか飲めないのだということ、そしてそれを心配して姉が赤ん坊をつれて、ときどき見舞にきてくれるのだということ、そしてゴミ箱に捨てた乳首や風船は、薬屋が誤解して景品としてくれたものだということ……。

友三が、熱心にまくしたてると、警官は至極もっともそうにうなずきながら、いちいち聞いてはメモをとった。

「いや、判りました。本官としても、一応念のために、事情をおたずねしたかっただけであります。大変、失礼致しました」

と、警官は挙手の礼をして、帰っていった。

だが、二、三時間たつと、今度は保険の外交員が現われた。

「うちは独り者だから、保険をかけてもしかたがないよ」

と友三がことわると、

「へえ、どうしてまた、旦那さんのようなご立派な人がお一人でがまんしていらっしゃるんですかねえ」

と、疑わしそうな顔をした。

そして、ああでもない、こうでもないと、くどくどと勧誘をしはじめた。

勧誘の間には、じろりじろりと目の隅から家の奥のほうを眺めたり、耳を澄まして、物音でもしはしないかと注意している様子だった。

友三は急に気が変ったという様子を見せ、百万円ぐらいの生命保険なら、一口乗ってもいいから、契約書を出せといってみた。

すると男はひどく慌てだして、今は書類も何も持っていないから、いずれ改めて社の者を寄越すといって、腰を浮かした。

「しかし、君、思い立ったが吉日というぜ。僕は今すぐ保険に入りたい心境なんだが」

「へ、へえ、それが今も申しましたように、勧誘員と契約員とは別だもんですから、また改めてお伺いさせます。どうもお邪魔しました」

男は、そそくさと、飛び出して行ってしまった。

「あいつは、やっぱり刑事だ」

と、友三は思った。

警察は、友三の弁解をすこしも信用していないのだと思うと、彼は落着かない心境になった。

「警察は、俺を本当に幼児誘拐犯人だと思っている」

そう考えると、ひどく不安になってきた。

善良な市民は不安なことがあったら、警察に相談するのがふつうだ。ところがその警察から疑われているのだから、不安の持って行く所がない。

「えらいことになった」

思いだしても、ドライミルクが癪のたねだった。姉のつれてきたピイピイよく泣く赤ん坊のことも癪にさわった。

「しかし、もっと癪にさわるのはあの女だ」

友三は、苦が虫を嚙みつぶしたような顔をして、ドライミルクの夕飯を済ませながら、ひとりでぶつぶつと文句をいっていた。

「この分だと、今晩も俺はミルクにうなされる夢を見そうだ」

やけくそになった友三は、その夜は宵のうちから電気を消して、ふとんをかぶって寝てしまった。

「あら、寝ちゃったらしいよ」

「そう」

と、二つの顔が、友三の家の庭の垣根の上にひょいとのぞいた。

どちらも、若い女だった。

「ねえ、もうすこし行ってみようよ」

「そうね」

女たちはお互いにお尻を押したり、引っぱったりされながら木戸を乗り越えて、庭に侵入した。

「警察も、すごく疑っているらしいわよ」

「それじゃあ、今、警察でもどこか近くへ張り込んでいるかもしれないじゃない?」

「あ、そうか……でも、かまやしないわよ。私たちが警察に協力しているんだっていうこと、警察でもわかってるんだもの」

「それもそう……あらッ、きゃッ」

女の一人が尻持ちをついて、けたたましい悲鳴をあげた。

いつのまにか、女たちの背後から黒い人影がノッソリとのぞいて、尻持ちをついた女の足をぐいと引っ張った。

「さあ、とうとうつかまえたぞ。逃げられるものなら逃げてみろ」

声は友三だった。

「ミイ子、たすけて」

足から持ちあげられて、あられもない恰好になった若い女は、もう一人の女に助けを求めた。

だが、そのとき、もう一人の女は雲を霞と逃げてしまっていた。

「放して……放してってばさ、なにをすんだよう、いやらしい」

捕虜になった女は、バタバタともがいた。

友三の落着いた声がした。

「べつに何もしやしないさ。ただ、あんた達が、警察にへんな告げ口をするのはやめて、あれは誤解でしたと、警察へ詫びに行けば、許してやる」

「本当に、そうしたら許してくれる?」

「ああ、本当だとも」

「だけど、おじさん」

「なんだ」

「おじさん、本当に、赤ん坊を隠しているんじゃあないんでしょうね」

「まだそんなことをいっているのか。ようし、それなら家中を見せてやる。よく見るがいい」

友三は、若い女の子をかつぎあげるようにして、家の中へつれこんだ。

「さあ、よく見て見るがいい、赤ん坊なんか、どこにもいやあしないんだ」

だが、そのとたんに、家のどこかで赤ん坊の泣き声がした。

ぎょっとした友三が慌てて電燈をつけると、さっき友三がそっと脱けだした窓際のベッドに、一人の赤ん坊が寝かされていて、フギャア、フギャアと、火のついたように泣きだしたのであった。

「おじさん！」

若い女が、急にきびしい声を出した。

「これは一体、どうなってるのさ」

「ち、ちょっと待ってくれ、これは僕にもさっぱりわからないんだ」

「ふん、何が『さっぱりわからない』だよ。とにかく、私はこの目でちゃんと見たんだからね。この先、どういうことになるか、よく考えておいたほうがいいよ。おじさん」

友三は、気の毒なほど慌てだした。

厄介なお荷物

女が足音荒く立去ってしまったあと、友三はまた電気を消した暗闇の中ですっかり考えこんでしまった。

幸か不幸か、ドライミルクがたっぷりあったから、赤ん坊を泣きやませることはできた。

赤ん坊がすやすやと寝鎮まってくれたのは一安心だったが、それで何もかもが安心というわけにはもちろん行かなかった。

なにしろ、警察は友三のことを疑っているのだから、これこれしかじかで捨て子がありましたといってみたところで、頭から信用されるはずがない。

「それにしても、どさくさまぎれに捨て子をして行くなんて、ひどい奴だ」

友三は、かんかんに腹を立てたが、正直のところ、今は腹を立てる暇もないほど、情勢は緊迫していた。

友三にとって、この厄介な情勢を切り抜けるただ一つの方法は、赤ん坊を無難な方法で始末してしまうことより他にない。

「孤児院に預けるか」

だが、警察ですら信用してもらえない事情のもとで、孤児院が引き取ってくれるはずもない。

「いっそ、どこかへまた捨て子をしてしまうか」

しかし、警察に監視されているかもしれない今、そんなことをして見つかれば捨て子の罪ばかりか、幼児誘拐の罪を自分で認めるようなものになってしまう。

「弱った。こうなったら、ここは一応、姉に頼むより他はない」

姉に友三の家へ来てもらって、一応、姉の家へこっそりと、この子を引き取ってもらい、折を見て、子どもがなくてもらい子をしたがっている家庭にでも話をつけてそこへやってしまうというのが、一番安全な方法らしくみえた。

「だが、姉が、この子を引き取ることをおいそれと承知するだろうか」

友三はふと、万事につけて口喧《くちうるさ》い銀行マンの義兄のことを考えてみた。すると姉に身許不明の幼児を引きとらせることなどは、とても見込みがなさそうだという気がしてきた。

「フギャア」

赤ん坊が目をさまして、泣き始めた。

友三は、慌ててドライミルクをとかしながら、ほとほと弱ってしまった。

ちょうどその頃――。

友三の家からすこし離れた半農家ふうの生垣の蔭で、さっきの二人組の若い女が、友三の家のほうを監視しながら、ひそひそ話をしていた。

「彼、これからどうする気だろ」

「自分ンちへ子供を置いたら危いっていうことはわかってるから、今夜あたりどこかへそっと連れて行くと思うな」

「だって、家ン中、真っ暗よ。今夜はさっっさと寝ちゃって、明日になってから、なんとかする気じゃあないのかな」

「私は、夜暗いうちになんとかする気だと思うな」

「そうかしら」

「そうよ。賭けようか」

「それどこじゃないわよ。私はどうも気になるんだ。あんなに、真っ暗にして澄ましているけど、澄ましていられる心境じゃあないはずだと思うんだけどな」

「そうかしら」

「そうよ、私だって……」

「落着きなさいよ。そわそわしているのは、あんた一人なんだから」

「あんたは他人事だから、落着いていられるのよ。私には他人事じゃないんだもの」

と、一人のほうが、めそめそと泣きだした。

「泣くくらいなら、始めからこんなことをしなきゃあいいんだわ」

「だってえ」

「大体あんたが……あッ、シイっ、彼どうやら出てくるらしいわよ。また、そばへ行ってみよう」

二人の女は、またちょろちょろと、友三の家の垣根のそばまで接近して行った。

友三は街燈の光を避けるようにして、裏庭の一隅に佇んでいた。

手には大きなシャベルをさげている。

「なにをする気かしら？」

「シイっ」

「あっ、穴を掘りだした」

「静かにしなさいよ」

「だって、あんな穴を掘って……もしかしたら、あの子を生き埋めにする気じゃあないかしら」

「まさか」

「いいえ、そうだわ、きっとそうよ。私もうガマンができない。取り返してくる」

「あっ、ミイ子！」

ミイ子と呼ばれたほうは、あっというまに垣根を躍り越していた。その女は夢中で友三のそばへ駈けよると、いきなり後から、むしゃぶりついた。

「やめてえ、私の赤ちゃんを埋めないでえ」

それを聞いて、友三は闇の中で始めてニヤリとした。

「いいかい、もう二度とこんな悪い事を考えるんじゃないよ」

友三は、女二人を家の中に呼び入れ、赤ん坊をミイ子と呼ばれる女のほうに返してやったあと、懇々とお説教をしていた。

「いくら、あんたが、誤ちで作った子だとはいえ、産んでしまった以上は、自分で責任を持って育てにゃあいかんよ」

「おじさん、済みません。私、男にだまされて棄てられたんです。気がついたときは、赤ん坊はもう堕せないほど大きくなっていたの。私は産んで、育てようと決心したんです。でもそのためには、私、働かなくちゃあならないでしょ、だから、やっぱり自分で育てるわけには行かないし、孤児院へやっちゃうのも可哀想だと思ったの」

「それで、独り者の私を選んだな。それにしてもずいぶん手の混んだことを考えたものだ。まず私が幼児誘拐をしたと警察に告げ口をしておいて、私が警察に目をつけられた所を見はからって、こっそり棄て子をする。そうすれば私はその子を棄てることも、孤児院へつれて行くことも怖わくてできないから、結局は私の身内の誰かにこっそり引き取ってもらって世話をしてもらうより他はなくなる。そういう筋書だろ」

「そう。おじさんなら、ちゃんとした家に住んでぶらぶら暮しているし、親戚にもお金持がたくさんいそうだったから」

「呆れたもんだ」

「でも、おじさんが穴を掘っているのを見て、子どもはやっぱり私が守ってやらなくちゃあいけないんだと思ったわ」

「その決心を変えないでもらいたいね」

「うん、今度は大丈夫です。ほんとに済みませんでした」

二人の女はやがて、赤ん坊をつれて帰っていった。だが、親でないほうの娘がまもなく引返してきた。

「おじさん、騒がせちゃってごめんなさい。私、オトシマエをつけようと思って」

「オトシマエ？」

この女の子が、身体でお詫びのしるしを払おうとしているのだということは、友三にも見当がついた。彼女は、なかなか、可愛いい顔と、いい身体つきをしていた。しかし、友三は鄭重にそれを辞退した。もう一度、今度こそ本気で穴を掘らなければならなくなったら大変だと思ったからである。

撫でられた女

裸女の下敷き

男が、女の着物を脱がせていた。

何もかも脱がされるまで、女は立ったままで身動き一つしなかった。

男は、女の背を優しく壁にもたせかけた。

すると、女の身体は白い塗り壁に当って、カランという ひどく陽気な音をたてた。つまり、それはマネキン人形だったのである。

男は腕時計を出して時間を見た。

「七時十五分か、やれやれ、夕飯も喰えやしねえ」

独りごとを云って、また次のマネキン人形の服を脱がせ始めた。


「日曜の晩というと、いつもこうだ。全くかなわねえな」

と、男はぼやいた。

そのデパートは月曜日が定休日であった。だから、八階の催物場や五階の婦人服売場では、日曜の晩から月曜の晩まで、戦場のような騒ぎになる。いままでの陳列品を取り払って、新らしい会場構成をやって、次の週のための陳列品を入れる。

日曜の晩が旧い陳列品の撤去、月曜の昼が会場構成、月曜の晩が新らしい陳列品の搬入と、そういう割り振りになる。

会場構成には下請けの広告社が入るし、展覧会には主催団体の係員もくる。

会場構成のための大工や、塗師や、ガラス屋や、電気工事人なども出たり入ったりまた出たり。

宣伝課の人数では、とてもいちいち面倒見切れない忙しさになる。

人手がたりないから、宣伝課員自ら、女を裸にしたり、いや、マネキン人形を脱がせたりしなければならない破目にもなる。

宣伝課員の寺本千吉は、さっきから、その結構なお役目を仰せつかっていた。

「ちえっ、結構でもなんでもねえや」

マネキンでは、いくら撫でまわしても、実感が出ない。彼はだんだんぞんざいになった。

やっと十三体ほどのマネキンをすっかり脱がせ終ると、衣裳のほうは、ひとまず五階のフロアから来ている手押車の上に積み上げて、地下二階の第三倉庫まで、マネキンの積み下ろし作業をはじめた。

職員専用のエレベーターをつかうわけだが、展覧会場の搬出物ともかち合うからここも戦場のような騒ぎである。

「おい、気をつけてくれ、こちらは壊れ物だ」

「ふん、俺なんざあ、日本刀五本運んでるんだ、鞘が抜けて、剝き身が出たって知らねえぞ」

と云ったようなテンヤワンヤの騒ぎを抜けて、第三倉庫の近くまでくると、ここはまた打って変って、墓場のようにガランとした静けさ。

ツーン、ツーンと頭にくるようないやな感じに足音が響く。

左右の腕にマネキン人形を二体かかえこんで、エッチラオッチラと第三倉庫までやっとたどりつく。

ガラガラと倉庫のドアをあけると、中は真っ暗。スイッチをひねっても灯《つ》かない。

「ちえっ、電球が切れてらア」

仕方がないから、手探りで、いままで倉庫に入っているマネキンの大群のなかに、抱えてきた新入りの二体を仲間入りさせて、

「やれやれ、あと六回往復か」

と、寺本宣伝課員は、うらめしそうにまた時計を見た。

「暗くてよく見えねえ」

廊下のほうへ時計を透かすようにして、へっぴり腰になったら、その尻をツルリとマネキン人形の手が撫ぜた。

「よせやい、くすぐったい」

返礼に、その人形のおなかのあたりをツルリと撫でおろして、寺本千吉はギョッとした。

「あ、あったけえぞお」

そんなはずはないのである。

はずはないが、たしかに温い。おまけに、マネキン人形にはついているはずのないある部分の感覚が、まぎれもなく指にふれた。

「ぎょっ」

思わず手をひっこめたが、とにかくそんなばかなはず

はない。もう一度たしかめようと思って、ぬっとおなじあたりに手をだすと、そこにあったはずのマネキン人形の身体がない。

「ありイ?」

寺本千吉は、もう一度および腰になって闇を透かした。ガスライターを持っていたことを思いだして、慌てて両手をズボンのポケットに突っ込んでそれを探った。

そのとたんに、へっぴり腰の尻をいやというほど蹴っとばされた。両手をポケットに入れたままだったから、モロに突ンのめって、頭をガッチイーンと床にぶつけた。

その上へ、わらわらとマネキン人形の裸女の群が倒れかかってきた。

「ああ、これが生きた女の子たちだったら、どんなにかしあわせ!」

そういう幸福なことを考えながら、寺本旦那は、気を失ったのであった。

ひま人クラブ

レジャーメン・クラブという会がある。

ひまをもてあましている人たちの団体で、人間ひまがあると、こういうものも作れるんだというレジャーのデモンストレーション的な作品の発表会を年に一度このデパートでやる。

ふつうなら月曜の晩から搬入開始だが、そこは名にしおうレジャーメンたちだから、会場の飾りつけもタップリと時間がほしいというわけで、日曜の晩からわっさわっさと乗りこんできている。

亡父の遺産を月々定額支給という老齢年金みたいな方法で受け取ってブラブラしている沢村友三も、レジャーメン・クラブの幹事にまつり上げられて、当人の好むと好まざるとにかかわらず、狩り出されて、会員たちの出品物の整理に当っていた。

なにしろ、ひま人連中が腕によりをかけてつくった出品物だから、見るだけで、しんどくなるような物が多い。

マッチの燃えさし棒を一万四千七百三本半だけつかっ

てつくったという日光東照宮の模型だの、洟紙をこまかく割いてつくった紙撚りで織ったという八色に模様を浮かせたカーテンだの、古雑誌の表紙のカラーの部分を五ミリ角に切りこまざいて、それをタイルのようにはりつめてハダカの大将の向うを張った貼り絵のセットだの……。

「ちょっと、その貼り絵は、何枚あるんだい」

「バラの絵が二枚、小鳥の巣の絵が二枚、海の見える風景が二枚……みんな二枚ずつセットで、合計十二枚だ」

「全く、ご苦労さんなものをつくったもんだよ」

と、沢村友三がほかの幹事たちと、出品物の仕分けをしているところへ、地下の第三倉庫で、マネキン人形に押しつぶされた寺本宣伝課員が、今やっと息を吹き返したというような青い顔で、ぶらりとやってきた。

「なにしろ、たしかに、あるべき所にあるべきものがあったんだ。あれはマネキンじゃない」

「いいから、いいから、今は忙しいんだ。そういうややこしい話はあとにしろよな、旦那」

と、ほかの宣伝課員たちは、うるさがって相手にしない。

「でもさあ、もしあれが生きた裸の女だったら、こりゃあ一体どういうふうになるんだ」

と、寺本課員は会う人ごとにとっつかまえて、遭難の顚末をしきりと訴えるのだが、日曜の晩のデパートという所は、みんなそれどころではない騒ぎである。

だが、中には、油を売りたくて困っているのも一人ぐらいは居て、

「ほほう、そりゃあ本当ですか、だとすると、なんだか変な話ですな」

と、ついに寺本千吉の話に喰いついてきた。

そんなひま人といえば、それはもう、云うまでもなく、沢村友三である。

「もう一ぺん、くわしく始めから話を聞かせてくださいよ」

と、出品物の整理はおっぽりだして、寺本課員を相手に、とっくりと話し込みだしたところへ、

「あら、寺本さん、忙しいのに何してるのよ」

と、黒いスラックス姿の宣伝課員、月岡千鶴子が階下から上って来て声をかけた。

「全くですぜ、寺本さん、こっちはもうキリキリ舞いだ。早く、レジャーメン・クラブの会場構成の図面を出

してくださいよ」

と、月岡千鶴子のうしろからついてきて胴間声をはりあげたのが、会場構成のための下請け広告社の佐野六平という男。

寺本課員としては、せっかく遭難話に身が入りかけたところで、月岡女史と佐野六平に煽られて、別館の宣伝課の部屋のほうへ、すっとんで行かなければならない破目になってしまったのであった。

幽霊の拳骨

デパートで一番威張っているのは、店長と仕入部員である。

その仕入部の大倉庫が地下一階。

その奥が二十七円のまずい定食などを食べさせる店員用大食堂。

その一階下の、地下二階がボイラー室。

そのボイラー室の奥の廊下に、小倉庫が三つあって、それぞれ、保安課用、管理課用、宣伝課用、とこうなる。

店員用エレベーターは地下一階まで。

だから、小倉庫に物を運ぶには、地下一階から手で抱えて行くか、さもなければ手押車で、ガランコロンとコンクリートの斜面を下る。自衛隊の戦車が西銀座の高速道路を行進したときのようなどえらい音がする。

人間が歩いただけでも、ツーン、ツーンと足音が脳天にひびく。

その脳天音を一歩一歩にひびかせながら、沢村友三が地下二階におりてきた。

もしも寺本千吉の遭難話が本当だとしても、男の尻を蹴っとばして気絶させた素ッ裸の女が、いまごろまでノコノコとこの辺でうろついているはずもないだろうが、

「ホコリの上に、ベッタリと女の尻跡でもついているかもしらんからな」

もしついていたとすれば、その女の尻は、いまごろキナコをまぶしたアンコ玉のようにほこりだらけになっているはずだなどと、変な想像をしながら、歩き廻っていた沢村友三が、ふと、ギョッとしたようにピタリと足音をとめた。

「俺の足音がダブっている」

彼がツーンと足音をたてるとどこかでツーン。

彼がピタリととまると、相手もピタリ。

「誰かいるな。……誰だ」

「誰かいるな。……誰だ」

声まで、ダブっていた。

だが、声をだしたお蔭で、相手がわかった。

「なあんだ、宣伝の寺本さんか」

「ああ、レジャーメン・クラブの沢村さんでしたね」

と、お互いにほっとした。

寺本宣伝課員も、やはり気になると見えて、多忙の時間をぬすむようにして、またこっそりと降りてきたものらしい。

「沢村さん、手わけして探そうじゃありませんか」

「そうですな、それじゃあ、私は一つ、ボイラー室のなかへ入って見ましょう。もし謎の女がそこにひそんでいた形跡でもあれば、何か証拠が落ちているでしょうからな」

と、寺本課員と分れた沢村友三は一人でボイラー室に入っていった。

もちろん、エア・コン（空気調節装置）も止めてあるから、ボイラー室は無人でガランとして、……いなかった。

「女がいる！」

自家発電機の蔭の床に、裸の下腹部と足が見えた。

「死んでいるのかな？」

近寄って行こうとすると、ガツンと後頭部にショックを受けた。

物蔭から躍り出た人影が、いきなり沢村友三の頭をブン殴ったのであった。

女の腹の上につんのめるように倒れながら、友三は気を失った。

ただし、女は、マネキン人形であった。

変な挨拶

「あのぶん殴りかたは、女じゃなかったみたいだなあ」

と、沢村友三は、息を吹きかえしてから、頭をさすりながら考えた。

心配そうにのぞきこんでいた寺本宣伝課員が、

「そんなはずはない。テキは確かに女のはずですよ」

と、右の掌を、パクパクと開けたり閉じたりして見せた。

寺本宣伝課員としては、その掌で撫でた女の肌の感じが忘れられないらしい。

「もう一遍ブン殴られてもいいから、また撫ぜてみたいような肌ざわりでしたぜ」

「私しゃ、ごめんですよ。ただブン殴られただけなんだから、丸損だ」

と、沢村友三は、面白くなさそうな顔をしていた。

しかし、寺本宣伝課員は、謎の怪人物が女であるという自説を強硬に主張して譲らなかった。

「沢村さん、私はこれをひろったんだ、これは女のブラジャーの背中のボタンですぜ」

と、寺本課員は云った。

ただの白いボタンだが、それが女のブラジャーの背中のものと見破るのは、やはりデパートの店員だけのことはある。

「こりゃあ、確かに、ここに女が来て、裸になった証拠ですよ……だが、どうしてまた、こんな所まで来て裸になんぞなりやがったんだろう」

と、寺本千吉は首をひねった。

沢村友三が、それに答えた。

「そりゃあ、はっきりしていますよ。原因はこのマネキン人形だ」

と友三は、さっき自分が突ンのめったボイラー室の人形を指さした。

「ヘソの所がこわれて、大きな穴があいているでしょう。女はここに、店内からこっそり万引きした物をたくわえていたんだ」

「ふうむ。しかし、またどうしてそんな複雑なことをする必要があるんです?」

「そりゃあ、寺本さん、あなたはデパート内の人間だから、かえって気がつかない。しかし、デパート外の人間から見ると、すぐに見当がつくことですよ、つまりですな。昼間は宝石、貴金属などというものの万引きはほとんどできません。特売場ならいざ知らず、六階の高級品売場はすいているし、絶えず店員の目が光っている。ところが閉店になってしまえばガランとして、無人の世界だ。飾り窓の合鍵さえ都合すれば、いくらでも盗み放第。

しかし、閉店後のデパートへの出入りは、裏口の店員専用通路を通るから、あそこには守衛と受付を含めて六人ぐらいの目が光っている。荷物の検査から、場合によると身体検査もされる。そこを盗品を持って通過することは危い。だが、そんなに厳重に警備してみたところで、一度、開店になってしまえば、正面からお客様づらをして出入される分には全然取り締れない。だから、夜盗んで、それをどこかへ隠しておき、昼間、お客づらをして、それを堂々と取り出して行く」

「なあるほど」

「そのための夜の隠し場所が、このマネキン人形のヘソの穴だった。今晩もその女は、ヘソの穴へ盗品を隠しにきた」

「つまりヘソクリですな」

「あんた、まぜっかえしちゃいけない。とにかく隠しにきたところへ、あなたがマネキン人形をかかえておりてくる足音がした。路は一つで逃げ場はない。だから女は倉庫の電球を手でひねって消してしまって、自分は素ッ裸になって、マネキン人形のポーズをしていた。これなら暗がりでは、ほかのマネキン人形と区別がつかないし、もし懐中電燈ぐらい照らされても、なんとかごまかしがつくと、女はそう思った。ところが、あなたが入ってきて、身体を撫で廻しはじめたものだから、耐らなくなって、ボイン……そういうわけです」

「ううむ、なるほどね」

「あなたが気絶した隙に、犯人は問題のヘソに穴のあるマネキン人形をボイラー室に引っぱり込んで隠して逃げてしまった」

「すると、その女は、まだ店内にいますね」

「そういうことになりますね」

「すると……沢村さん、まさか！」

寺本宣伝課員は、はっとしたような顔をした。

「どうしました。寺本さん」

「いま、この店内には女は一人しかいませんぜ」

「そうかもしれませんな。とにかく行ってみましょう」

沢村友三と寺本課員は、連れ立って、八階の催し物場のフロアに上って行った。

そこには、雑然とした混雑のなかに、現在デパート内にいるたった一人の女――しかもデパート有数の美人といわれる宣伝課員の月岡千鶴子が、黒のスラックス姿でせっせと、レジャーメン・クラブの展示場の飾りつけをしていた。

寺本宣伝課員は、月岡嬢のそばまで行くと、ちょっとよろけて、彼女の胸に抱きつくようにした。

「キャッ、寺本さんのエッチ」

「いや、申し訳ない。あんまり忙しいもんだから足がふらついてね」

「なんです、寺本さん。忙しすぎるだなんて云って、油ばかり売っている癖に……」

と、月岡嬢のそばから、下請け広告会社の佐野六平が、汗をふきふき、非難がましい声をあげた。

寺本課員は放々の態で退却して、沢村友三のところへ戻ってくると、低い声で、

「彼女を撫でてみたが、ブラジャーはつけていない」

「いつもは？」

「いつもはつけている」

「だいぶお詳しい」

「いやいや、お構いなく」

と、変な挨拶をして、さりげなく別れて行った。

とにかくそれで、月岡千鶴子の容疑は極めて濃厚になった。

だが、ブラジャーをつけていないだけでは、極め手にはならない。

沢村友三は、美人の月岡千鶴子のうしろからゆっくりと近付いて行って、声をかけた。

謎の飾りつけ

「月岡さん、その出品物の貼り絵は、変なならべかたですね。戸口の両側に、バラの貼り絵と、小鳥の巣の貼り絵と、それぞれ一枚ずつなんていう構成は頂けないな。大体、その貼り絵は、バラはバラ、小鳥の巣は小鳥の巣で二枚ずつ組みになった絵ですからな」

と、沢村友三は、レジャーメン・クラブの出品物の飾りつけについて、彼女に異議を申し立てた。

すると、彼女は詫びるような目をして、

「ごめんなさい。私は、バラはバラ同志、巣の絵は巣の絵同志がいいと思ったんだけれど、佐野六平さんが、戸の両側にバラと巣を一枚ずつ振り分けたほうがいいって云うものだから」

「ありゃ？　私はそんなこと云わないよ。月岡さん」

と、下請け広告会社の佐野六平が抗議した。

「あら云ったわよ」

「云わないよう」

と、月岡千鶴子と佐野六平が、揉めはじめたとき、階

下へ降りてまた上ってきた寺本課員が、沢村友三を手招きして呼んだ。

「沢村さん、警備員を呼んで、警察にもしらせたんですがね。いっちょう、やりますか」

「それはまた手廻しのいいことで」

警備員が二人と、その後にパトロールの警官がいて、階段の陰に身を隠すようにしていた。

「それじゃあ、寺本さん、こういうふうにやって頂きましょうかね」

沢村友三と寺本宣伝課員は打ち合わせをすませ、寺本課員は警官や警備員と打ち合わせをすませると、皆、思い思いのほうへ散って行った。

警備員が二人、月岡千鶴子の背後に歩み寄ると、いきなり、肩に手をかけた。

「月岡さん、ちょっと」

「あら、何をするのよう」

「いいから、ちょっと、こっちへ来て下さい」

警備員は、彼女の両側から腕をかかえるようにして行きかけた。

「君、君、月岡さんになにをするんだ」

と、下請け広告社の佐野六平が怒りだした。

するとそこへ、沢村友三が寄ってきて、佐野六平の肩を叩いた。

「佐野さん、この貼り絵の配置のしかたですがね。あんた本当に、バラの絵と巣の絵を一枚ずつ引き離せと云ったんですか」

「そんなことを云やあしませんよ。バカバカしい」

「だって、月岡さんがそう云ってましたよ」

「その月岡さんが、いまどこかへ連れてかれちまったんだ。とにかく、私は追いかけて行って、連れ戻してくる」

佐野六平は、急いで行きかけた。

「彼女なら、警備員につれられて、その階段をおりて行きましたよ」

友三が教えてやった。佐野六平は急いで階段を降りかけたが、そのとき突然、警官が飛びだしてきて、佐野六平の手にガチャリと手錠をかけた。

「一体、こりゃあ何の真似だ」

「地下室のマネキン人形のヘソに盗品を隠していたのは、佐野さん、あんただね」

と沢村友三が云った。

「じょ、冗談じゃない」

「冗談じゃなくはないよ。月岡さんは飾りつけのトルソ（首と手足のないマネキン）を倉庫へとりに行った。するとお忍び足の足音がしたので薄気味悪くなった。彼女は本能的に身を守ろうとして、倉庫の電球を消して片隅にもぐりこんだ。すると佐野さん、あんたが来て、盗品の陰匿作業を始めた。そのとき、月岡女史はあんたに発見されてしまった。あんたは彼女にバラ（暴露）すとバラ（殺）すぞとおどかした。彼女はふるえ上ってしまった。そこへ寺本宣伝課員がマネキンを運んできた。月岡女史は、とにかく寺本課員に見つからないようにしないと殺されると思ったから、素ッ裸になって、マネキンの間に隠れた。だが、寺本課員にさわられたから蹴とばして、寺本課員を気絶させてしまった。それからは、佐野さんは、あんたはいつも月岡女史のそばにいて、ポケットのナイフを突きつけていたんだ。私が地下室に降りたとき、私をボイラー室でなぐったのは、あんただろう」

「ち、違う、そんなこと知るもんか」

「だがね、証拠はあるよ。あんたが隠し場所にしたマネキン人形の指紋をとって照合すればすぐにバレることだ」

佐野六平は逃げだしたそうにしたが、手錠をかけられていたので、どうにもならなかった。沢村友三は、佐野六平に、もう一つ、謎ときをしてやった。

「私も最初は月岡女史を疑っていたが、彼女が必死に信号を出したから、それで真相が判った。彼女はバラの絵と巣の絵を戸の両側に置けと佐野さんに云われたと云っていた。つまりバラ・巣・戸・バラ・巣だ。だからバラ（暴露）すとバラ（殺）すと佐野さんに云われたと信号していたわけだ」

「よく判って下さったわね、あの信号が。沢村さんて、ステキな方だわ」

と、月岡千鶴子が感謝のまなざしをこめて立っていた。

沢村友三は、このステキな美人を思い切り撫でまわした寺本課員のことが、すこし羨ましくなった。

爆薬を持った女

へんな利己主義

たまには、飛行機にも乗ってみるものである。東京・大阪間が片道六千円では特急列車の一等運賃より高いが、五日以内の往復切符にすれば、飛行機でも往復が九千五百円。特急一等運賃とほとんどちがわない。

それに近頃はアメリカ式で、飛行機もエブリ・アワー・オン・アワーという時刻表になっている。

つまり九時ジャスト、十時ジャスト、十一時ジャスト……というジャスト時間には必ず一機が離陸する。東京羽田では日本航空がそうしているし、大阪伊丹では、全日空がそういう時間割を組んでいる。

……というような宣伝文句に引きずられて、沢村友三も、ついに飛行機に乗ったのであった。

亡父の遺産でいつもブラブラしている男だが、遊び人だろうと、物見遊山だろうと、ちゃんとビジネス料金で割引いてくれるのだから、世話はない。

羽田を発つときは、国内線だろうと国際線だろうと、おなじ滑走路をつかうのだし、東京湾が足の下になると、ちょっと外遊したような気分にもなる。

「あなた、もう座席の安全ベルトを緩めてもいいんですよ」

と、隣りの女客にお節介をやいたりして、沢村友三としては、いささかご機嫌であった。

だが、隣りの若い女客のほうは、どうもあまりご機嫌うるわしくない。

「あなた、ベルト緩めたほうがいいですよ、なんなら私が緩めて差上げましょうか」

と、図々しく腿のあたりに手を持って行っても、別に払いのけるでもない。蒼い顔をしてブスッと黙っている。

「あなた、気持が悪いんじゃありませんか、ホステスを呼びましょうか」

日航機に乗ったらホステスと呼び、全日空機に乗ったらスチュアデスと呼んでもいいんだということぐらいは、沢村友三も知っていた。とにかく、そのホステスを——

と、沢村友三が振り向いて手をあげかけると、

「お、お願いです。やめてください」

と、隣りの女客がしがみついてきた。

美人である。

いつ、いかなるときといえども、美人にしがみつかれて、悪い気持がするわけがない。

「一体、どうしました」

「どうか、あまり大きな声をお出しにならないで」

と、女は顔をすり寄せて、声をひそめた。

美人に顔を寄せられれば、ますます悪い気持ではない。

「なにか、秘密のお話でも?」

「ええそうなんです」

二人とも、息声になった。

「それじゃあ、伺いましょう」

と、友三は図々しく、さっきから相手の腰ベルトの所へ置きっぱなしの手に、ちょっと力を入れて、女のほうに身体を傾けた。

女は、そんなことなど、まるで気にならない様子で、

「お願いですから、だれにもおっしゃらないでね」

「ええ、いいですとも、一体なんです」


「この飛行機に、ニトログリセリンをもった人が乗っているんです。きっと、この飛行機を爆破するつもりにちがいないわ」

「バク?」

「シッ。声が高いわ」

女の手が慌てて、友三の口をふさぎにきた。

美人の指で唇に触れられれば、悪い気持はしないといいたいところだが、さすがにのんびり者の沢村友三も、それどころではなくなってきた。

「あなた、それ確かですか?」

「確かですわ。ゲートから五番のブースのほうへ出るあたりで、私たしかに聞いたんです。『ニトログリセリンを忘れずに持っているだろうな』って、しわがれた太い男の声でしたわ」

「ふうむ、今、その男は乗っているんですか」

「私、その男の顔を見ることができなかったんです」

「なぜ?」

「私がふりむこうとしたら、となりを歩いていた若い男の人にぶつかったんです。そしたらその男の人が
……」

「その男が?」

「レインコートの下に拳銃を持っているのがわかったんです。その人もびっくりしたらしくて、急に私の脇腹に拳銃を押しつけて……」

友三が飛び上った。

女はご鄭寧に、友三の脇腹を指でつついて拳銃を押しつけるまねをしたのだった。

「……とにかく、私、降りることも逃げだすこともできなくて、飛行機に乗せられてしまったんです」

「ふうむ、するとあなたは、拳銃を持った男の顔はおぼえておられるのでしょうね」

「それが……大きな黒眼鏡をかけていたんです」

「いま、この機内にそんなのは、いませんよ」

「きっと、黒眼鏡をとったんですわ」

「レインコートの色は？」

「グレイ」

「そんなのは十人ぐらいいるな、それじゃあ、洋服は？」

「たぶんグレイです」

「いまごろ男はほとんど全部グレイだ。まるで目印にならない」

「とにかく、その男は黙ってないと、拳銃で撃ってしまうぞって、とても真剣な声でいったんです。私、撃たれるのはイヤだわ」

「いやごもっとも」

友三は、女に同意したが、考えてみるとあまりごもっともでもなかった。

「しかしですね、あなた、この飛行機がその爆薬で爆破されてしまえば、誰も彼もお陀仏ですよ。拳銃で殺されたって、爆薬で殺されたっておなじなんだから、思い切って爆薬のことを乗務員に告げたほうがいいんじゃありませんか」

「いやですわ、お願い」

と、女が一層深くしがみついてきた。

「なぜ、いやなんです」

「だって、爆破されて死ぬなら、皆一緒だから、まだ我慢できるわ、私だけ先に射殺されるなんて、不公平よ。そんなの、イヤだわ」

そういう理屈もあるかと、友三は感心した。

女というものは、全くヘンな利己主義があるらしい。だが、そんなのんびりした事に感心している時期ではなかった。

機は、箱根連山の上空にかかっていた。

名代の悪気流のところだ。

もし、ニトログリセリンが積まれたのだとすれば、この悪気流を越す前に爆発するかもしれない。

純金三百キログラム

「お倖せそうですな」

と、通路の反対側の老人が友三に話しかけてきた。友三と隣りの女客が、しがみついたり、つかれたり、だいぶややこしい関係になっているので、新婚とまちがえたらしい。

「はア」

「大阪から京都、奈良と新婚旅行ですかな」

友三は愛想笑いを浮べて、なま返事をした。

「それは、お羨ましい」

老人は、にやにやした。

彼も美しい若い女を一人つれていた。どうやら親娘連れの旅行のようだった。

老人が年甲斐もなく、新婚旅行を羨しがるので、娘のほうは、顔をあからめて、老人の腹を指で突ついたりした。

その指の動きを見て、友三はまた、拳銃を脇腹に突きつけられたという女の話を思いだした。

拳銃、ニトログリセリンと、どうも話がおだやかでなさ過ぎる。どっちか一方だけでもいい加減人騒がせな所へ、ご鄭寧に両方かさなるとは驚いた。

友三は、ふと、考えついた。

「そうだ、もしかしたら、この機には、外国の要人とか、あるいは密輸の大ボスとかが乗っているのかも知らん、それで、その男を消そうと暗殺団が乗り込んで……」

そこまで考えついたので、友三はとなりの女に訊ねた。

「拳銃を持っている男は、一人でしたか？」

「ええ、そうらしかったわ。でもニトログリセリンの話をしていたほうは一人ではないはずよ、誰かに話しかけている調子でしたから」

「話しかけられた相手の声は？」

「それは、聞えなかったわ」

友三はまた考えた。

拳銃を持っているのが一人だろうと、一人以上だろうと、別に不思議はない。しかし、ニトログリセリンのほうが一人以上だというのは、どうもすこしおかしい。

ふつうは、飛行機爆破のときは、時限爆弾だけを投げ込んで、犯人は降りてしまうか、または決死隊が一人だけ乗りこんでくるのが当然だ。それを二人以上で乗ってくるというのは一体、どういうことだろう。

「もしかしたら、その要人か密輸団の大ボスは、よほど大物なのかも知らん。その男を消すために命を落した者は一人数千万円の懸賞金が出るということにでもなって、それで自殺志願者が殺到したのかも知らん」

とにかく、その要人だか、密輸団の大ボスだかの存在をはっきり知ることが先だと思った。そうすれば、暗殺団のことも、見当がついてくるにちがいない。

友三は、となりの女に自分の考えを、ひそひそ声で語った。

「だから、僕はホステスの所へ行って、そういう要人か大ボスらしい三国人が乗っているかどうかを聞いてきますよ」

「大丈夫かしら」

「大丈夫、まかしときなさい」

と、友三は立ち上ったが、あまり大丈夫だという確信があるわけでもなかった。

ニトログリセリンは、今にも爆発するかもしれない。

友三は、目でホステスを探した。

彼女は、後部席のほうの男客のとなりに腰掛けて、その客の話し相手になってやっていた。

飛行機のなかは、列車の旅とちがって単調だから、客の相手をするのも、ホステスの任務の一つである。

友三は、親切に、若い男の客の話し相手になっているホステスのところへ急ぎ足で近付いて行った。

「あの、ちょっと、至急おたずねしたいことがあるんですが」

「はあ、なんでございましょう」

ホステスは、席に掛けたままで答えた。美しいが、すこし横着だなと、友三は思った。

「あのですね、ちょっと二人だけでお話がしたいんですが」

「でもう」

ホステスは、ちょっと眉を寄せて、困ったような顔をした。

「今こちらのお客様とお話中ですので」

と、電話の交換手みたいないいかたをした。

それが、友三にはカチンときた。友三のほうはお話中どころではない。まごまごすればニトログリセリンの大爆発だ。

友三は、強引にホステスの手をひっぱって、その席を立たせようとした。

「あっ」

ホステスが、引張られて立上ったとき、となりの若い男が膝に置いていた上着の下から、拳銃がニュッと出た。

「ふふ、見つかったか」

若い男はニヤリと笑った。

「見つかっちゃあ、仕様がねえなあ、もうすこしゆっくりしていたほうがいいと思ってこの子をこうして引きとめといたんだが」

と、男は拳銃を持ったまま、ゆっくりと立ち上った。

すると、それを合図のように、近くの席から、ニュッと、あと二人の男が立上った。

みんな、若くて、逞しい身体つきをしていた。そして、誰の手にも拳銃が光っていた。

一人は急いで操縦席のドアのほうへ行き、もう一人は、後部事務室のパーサー（事務長）を抑えに立ち去って行った。

ホステスをつかまえていた男だけが、客席に仁王立ちになった。

「いいか、我々はこの飛行機を占領する」

「占領？　占領してどうするんだ」

と友三がたずねた。

「外国へ持って行って、売り飛ばすのさ」

「外国？」

「そうさ、中共じゃあアメリカ製の大型軍用機なら、かっぱらってきた者には一人あたり純金三百キログラムを謝礼に出すそうだ。こいつは軍用機じゃあないから、一人あたり百キログラムとしても、我々は三人だからやはり三百キログラムだ。純金一グラムが四百円の公定相場としたって……全部でええと」

その男は、のんびりと銭勘定をはじめた。

そのとき、機体がエアポケットに入ってカクンと大きく揺れた。

ダダーン。

大音響がした。

友三は思わず、機体の床に伏せた。

爆薬のゆくえ

それは、どうやら、ニトログリセリンの爆発ではなかった。

急激な突風が起って、郵便物の積込扉が開きかけ、また機体にたたきつけられた音らしかった。

「おい、俺はまだ撃っちゃいないぜ」

と、若い男は、床に伏して蒼くなっている友三のほうを嘲けるように見た。

友三は、大いに面目を失った。彼はもそもそと起き上って、ちいさな声でたずねた。

「あんたたちは、我々を一体どうするつもりだ」

「どうって……国内に着陸さすわけにはいかん。といって、この飛行機が一気に中共領内まで行けるガソリンを積んでいるかどうかはわからんしまあ、北鮮の平壌あたりにでも行って、そこでお前たちをおろしてやるよ、あとは適当にやってもらおう」

それを聞いて、シーンと死んだように押し黙っていた乗客たちの間に、悲鳴やざわめきが起った。

「いけません、困ります」

と、女の声がした。

それは、友三の席の通路の反対側にいた老人の連れの娘だった。

「そんな……そんなことをしてもらっては困ります。父は……父は心臓が弱いんです。これから大阪へ帰って、父のお友だちの先生の病院に入院するはずなんです。北鮮なんかにつれて行かれて、抑留されたりしたら、父は死んでしまいます」

若い娘は、頬を紅潮させて、叫んだ。

友三は、その娘の顔を、とても美しいと思った。

だが、そんな事をのんびりと考えているときではなかった。

このまま、北鮮へ連れて行かれて、洗脳でもされたら大変だ。

なんとかしなければならない。

ふと、友三はうまいことを思いついた。

この飛行機泥棒たちは、さっきの大音響にも平然としていた。

ということは、ニトログリセリンのことは、まだ全然知らない証拠だ。

ひょっとしたら、そのことをうまく利用できるかも知れないと考えた。

友三は、拳銃を突きつけている若い男にいった。

「あんたは、知らないから、そんなのんびりしたことをいっているが、この飛行機は今にも爆発しそうなんだが」

友三がいうと、乗客たちが、ぎょっとしたように友三の顔を見た。

「ば、ばかをいえ」

と、若い男がすこしたじろいだ。

「ばかでも、うそでもない。じつは、この機の乗客のあるご婦人が、この機内に爆弾が積み込まれるという密談を、ふと盗聴したんだ。そうだ、もしかしたら、羽田のゲートのあたりであんたもそれを聞いたはずだぞ。それで、あんたは、ご婦人に拳銃を突きつけながら、この機に乗り込んできたんだろうが」

「そういえば……」

と、拳銃を持った男の顔色が変った。

「俺は、なにも気がつかなかったが、女が一人、ひどく慌てていた。あれがそうだったのか?」

「そうだとも、たしかに爆弾だ、ふつうの爆弾か原子爆弾か知らんがそいつが大爆発をしたら、たちまちパアだ」

友三は、半分口から出まかせをいった。飛行機泥棒の顔が、見る見る蒼ざめて行った。

彼は急いで、前部の操縦席のほうに行きそこで操縦士を威嚇していた仲間を呼び戻してきた。後部座席のほうで様子を窺っていた一人も、慌てて寄ってきた。

「探せ、爆弾を探すんだ」

「まごまごしていたら、いつ爆発するかも知らんぞ」

と、飛行機泥棒たちは、さっきの元気もどこへやら、蒼くなって騒ぎ立てはじめた。

乗客たちも、慌てだした。

女たちは金切り声をあげ、男たちは、自分等の席のまわりを急いで点検し始めた。

「爆弾ですって」

「時限爆弾よ」

皆、懸命になって探した。

だが、何も出てこなかった。

「大阪までは一時間二十分。時限爆弾なら、三十分目か六十分目がいちばん危い」

と、もっともらしい講釈をする者も出てきた。

ニトログリセリンの話が、いつのまにか、時限爆弾の話に切り替ってしまったが、友三自身でさえ、すっかり興奮してしまって、そのことに気がつかなかった。

三人の飛行機泥棒は、最初の勢いはどこへやら、見るも気の毒なほど慌てていた。

「おい、探せ、探せ」

「早く探さないと大変だぞ」

「なんとかしろ」

ついに、そのうちの一人が、乗客に拳銃を向けた。

「やい、隠している時限爆弾を出せ、出さないと撃つぞ」

女たちがまた悲鳴をあげた。

だが、友三が傍からいった。

「無駄だよ、あんたたち、爆弾を持って乗りこんできている者はどうせ死ぬ気だ。拳銃を振り廻されたって、いまさら驚くもんか」

「そうか」

飛行機泥棒たちは、ひどくすなおになった。

「どうしたらいいだろう」

「まあ、そんな役にも立たない拳銃など、振り廻すのはやめることだ、振り廻せば、爆弾を持っている奴の気がたかぶって、爆発させる時期が早くなるだけだ」

「そういえば、そうだ、我々は、拳銃を放棄する。頼むよ、だから爆破をやめてくれ」

飛行機泥棒たちは、泣き声になっていた。

そこへ副操縦士とパーサーが来て、三人組の拳銃を取り上げたが、彼等は、もう抵抗する元気もないようであった。

三人組は地上脱出訓練用のロープで珠数つなぎにされて、事務室にほうりこまれてしまった。

飛行機泥棒のほうはそれで片付いたが、爆弾騒ぎのほうは一向に片付かなかった。

女のポケット

パーサーが、乗客一同の手持品検査と身体検査の許可を求めた。

この際、反対する乗客など、いるわけがなかった。皆、進んで検査に協力し、他人の誰彼の身体を疑わしそうに、じろじろとながめ廻した。

だが、やはり爆発物は出てこなかった。

皆、一層深刻な顔付きになった。

日頃のんびり者の友三も、今は、ひどく真剣な顔つきで考えこんでいた。だがのんびり者の考えることは、こんな時でも、どこか違っている。

彼は、とんでもないことを考えていた。

「ふつうに調べて出てこなければ、さかさにして振ってでも……」

まさか、さかさにするわけにも行かないが、フランス映画の「牝猫」のなかで、フランソワーズ・アルヌールのスパイが、懐中電燈型の通信機を衣服の下の身体の一部に隠したという例もある。その映画も当時話題になったから、真似手がないとも限らない。

「パーサー達の紳士的な調査だけでは、本当の所は判らんな」

と、友三は思った。

もっと、女たちを非紳士的に調査する必要がある。

そういえば、友三のとなりの女が聞いたという会話では、相手の声はわからなかったという。

犯人は女なのかも知れないのだ。

友三は、また、ある事に気がついた。さっきから生理的に緊張し過ぎたせいか、女たちは繁々と化粧室へ立って行く。

「よし」

友三は、一大決心をした。

この機の乗客全部の生命を救うためには、敢えて非紳士的の譏《そし》りをまぬかれないとしても、この際、敢然として、やるべきことをやらなければならない。

友三は、トイレットの鏡の前に張り込むことにした、そして来る女たちに、片っ端から、非紳士的な調査を強要することにしたのである。

「あら」「キャア」「ま！」

つぎつぎと入ってくる女たちは、鏡の前にこわい顔をして突っ立っている友三を見ると、一瞬いろいろな悲鳴をあげたが、友三の趣旨弁明を聞くと、

「いいわ」「仕方がないわ、事情が事情ですものね」

「それじゃあ、どうぞ」

と、皆、協力的になった。

友三のほうが、どぎまぎしてしまうようなところまで、どの女も積極的に協力してくれた。

これが日頃の友三なら、「ヨロクだ」とヤニ下るところだろうが、今はそれどころではない。

やがて、老人の連れの娘が入ってきた。

娘も友三の説明を聞くと、顔をあからめながらも、やはり隅から隅まで協力してくれた。

身体を調べさせ終ると、娘はハンドバックの中をあけて見た。

「さあ、どうぞお調べになって」

「では、失礼」

やがて、友三が小壜をつまみだした。

「なんです？　この壜は？」

「それは、父の心臓病の薬ですわ、父は心臓が悪いんです」

「そのことは、さっき、あなたが大声でいっていたのを聞きましたがね。しかし、この薬の名前は？」

「ニトログリセリン」

「なんですって？」

「あら、これは心臓病の良薬ですわよ」

それは友三も聞いたことはあった。もちろん服用し易いようにうすめてある。爆発の危険もない。

結局、それが、爆薬騒ぎのご本尊なのだと、はじめて判ったのであった。考えてみると責任は友三にもある。飛行機泥棒を脅すとき、爆弾といわずにニトログリセリンといっていれば、この娘は、「それを持っているのは私です」とすぐ名乗り出たにちがいなかった。

だが、この誤解のおかげで、飛行機泥棒は無事につかまった。

そして、もう一つ、副産物があった。

てんやわんやの日航機三〇七便が伊丹空港に着き、日航バスでキタ（北区）の第一生命ビルに向う途中、友三はポケットの財布が抜かれていることに気が付いた。友三のとなりで、むやみとしがみついてきたあの美人は、スリだったのである。もちろん、テキはもう伊丹空港から姿を消していた。

開運祈願

山県屋呉服店は、江戸末期からもう百年あまりも続いた老舗であった。

当主の金四郎氏はまだ四十代。

年の割にはずいぶんと渋好みで商いは、万事のれん第一主義。「ご主人」といわれたのでは気に入らず「六代目」などと芝居もどきに人に呼ばせて悦に入っている。

しかし、奥さんの秋子さんはそうでない。

こちらは、近代経営の精神に目ざめて、何かにつけて、やれウインドー・ディスプレイの、やれアド・ストラテジイのとくるから、金四郎氏にはそれがちと煙たい。

彼とても、近代経営の手法の重要性を認めないでもないが、女房の後塵を拝するのは亭主の沽券《こけん》にかかわると、意地を張っている。

だから、奥さんのほうも、むきになる。

「大体あなた、今どき、成田山で開運祈願なんて、もう時代遅れですわよ」

「なにを罰当りな。先祖代々、戦火の年にも欠かさなかったわが家の神聖な行事です」

と。新春早々、またひともめあった。

「私、女としてママに同情するわ」

高校二年の一人娘が、ませた口を聞いて、

「うっかりしていいちゃだめだわ、ママ。同級生に芸者の子がいるから、私知っているけど」

と、気を持たせるようないいかたをする。

母親が驚いて問いただすと、なんでも年明けから節分までの期間は、色街のきれいどころの成田詣がさかんで、おまいりのあと、土地の料亭やら旅館やらで、華やかに一日を遊んで帰る習慣があるのだとか。

「だから、パパだってどうしているかわかったものじゃないわ」

母娘の間のそんな問答は知らぬが仏の金四郎氏。年末年始を多忙に過した気疲れから久々に開放されて、今日は息抜きも兼ねての参詣のつもりである。護摩を請い、霊札を受け、祈念木に記墨を済ませば、あとはもうぐっと寛いだ気分で、幽邃《ゆうすい》な裏山の公園の風趣を楽しんだり、池畔の一亭にあがって、小部屋でチビと酒を汲んだり。

「さっき掻間《かいま》見た隣りの小部屋はありゃ一見して、きれいどころ、まずは、新橋か、それとも柳橋……」

なんとなく、にたついている所へ、さらりと唐紙があいて、

「あっ、どうしてお前?」

「あら、あなた、お一人で?」

双方、ばつの悪い顔合わせになった。

「お一人で、とはどういうことだい。え?」

「いえ、なんでもないんですよ」

秋子夫人、赤くなった。まさか娘の怪情報に煽られて、悋気《りんき》の虫を起して跡をつけてきたのだともいえない。

夫の清遊ぶりを目のあたりに見て、これは疑って申しわけないことをしたと思うと、すっかりどぎまぎして、

「私、あなたのお出かけのとき、罰当りなことをいってしまったので、とても気がとがめて。それであなたとご一緒にお詣りさしていただこうと思って夢中であとを追ってきたんです」

と、その場はなんとか取りつくろった。

そういわれると、金四郎氏としても、やはり面映ゆい。先刻はいささか、あらぬ妄想などもしていた手前、

「そ、そうかい。そりゃあ、どうもありがとう」

と、ご同様に赤くなって、

「じつをいえばその、私も今年はひとつ店の近代化について、大いに勉強してやってみようかと、いま考えていたところだった」

てれ隠しのつもりから、ついなんとなく、そういってしまった。

「まあ、あなた、たのもしいわ」

「うふ、うふふ、まあ、お互い、今年はしっかりやろう」

どうやらこれで、山県屋の今年の運勢は上々吉と出たようだ。留守宅では高校二年の娘の恵美子がませた口をきいていた。

「今ごろ、たぶんうまくいっているわ、でも大人って、まったく世話が焼ける」

求人作戦

求人難はいずこも同じこと。ここ山の手のT駅前商店街もご他聞にもれない。

口やかましくて、財布の紐の堅いインテリ奥様族相手の商法にはキメのこまかいサービスが第一と、いくら店主諸氏が奮闘してみても、店員たちは一向についてこない。

やかましくいえば、プイと店をやめてしまう。まったく、どこの店主にとっても、頭の痛いことである。

「いっそ、家内水入らずでなんとかやっていくか」と決意を固めたのが河田セトモノ店。

「このままでは手がまわらんよ。いい子をもう一人、至急探してきてくれ」と、奥さんを求人のため里帰りさせたのが明治堂書店。

「結局は金がものいう世の中さ」と、金に糸目をつけずに求人するのが木村屋菓子店。

と、やりかたはさまざまだったが、最近になって、「フン、どうだい」とにわかに鼻高々の様子なのが木村屋である。

高給優遇を一枚看板に、二人揃えた女店員は、いまどき容易には見つかりそうにない働き者の、気立てのいい子ばかり。特にヨネちゃんこと、前川米子は何かにつけて店主ご自慢のタネである。

だが、煽りを食って悲鳴をあげたのが明治堂。なにしろ、やっとの思いで探しあてた女の子が、木村屋の高給の噂をきくと、あっさりそっちへ走ってしまうし、古くからいるもう一人の子も、いつ飛び出すかもわからない顔つきである。明治堂はついに肚をきめた。

「ようし、見ていろよ」

木村屋に目にもの見せてくれるには、やはり金の力で対抗する他はないと決意をかためたものらしい。どこをどういう条件で探してきたのか知らないが、隣近所が思わず「ウム」というような子を見つけてきた。サッチャンこと、本名は戸倉咲子。

愛嬌があって、客扱いがいい。どんな小さなことにも骨身を惜しまない。たちまち、界隈の人気者になってしまった。

木村屋としては、いささか面白くない。こうなればこっちも何か対抗手段をと、あれこれ考えている所へ、ある日フラリと河田セトモノ店の店主が訪ねてきた。

「驚きましたね、木村屋さん」

「なにがです」

「明治堂のサッチャンが、あの店に古くからいた小島という女店員と一緒に姿をくらましたんです」

「へえ」

「どうやら、あのサッチャンという娘は、店員スカウト専門のしたたか者だったらしい」

「そんなのがあるんですか」

「ええ、古くから居ついている店員のいそうな店へ、自分も店員として入りこんで、一緒に働きながら口説いて他の店へ勧誘して引抜いてしまう。いまどき、そういうのが流行しているそうですよ。あまり、上出来過ぎる店員には気をつけないといけませんな、木村屋さん」

「そいつは、驚きましたなあ」

河田セトモノ店の店主が帰ると、木村屋は急に気になりだした。自分の店にいるヨネちゃんこと前川米子のことである。

「どうもあの娘、いまどきの店員としてはすこし上出来過ぎるが、もしかしたら……」

ヨネちゃんが潜行スカウトだとすれば、もう一人置いてある店員までさらって逃げないとも限らない。そんなことになったら、それこそ明治堂の二の舞。青くなったぐらいではおいつかない。

木村屋はついに決心した。彼は先手をうって、明治堂へ出かけていった。

「明治堂さん、このたびは大変なことでしたな、さぞお困りでしょう。なんなら、うちの前川米子をお宅にお譲りしてもいいんだが」

「え、本当ですか」

「本当ですとも、困っている時はお互い様です」

「いやあ、そいつはどうも」

明治堂はいたく恐縮した。さんざん恩に着せて、木村屋は内心ほくそ笑んだ。

「うちも厄介払いをしたよ」

だが木村屋が、みごとに一杯ひっかかったと悟ったのは、半月ほどあとのことである。

明治堂から姿を消していた小島という娘が、河田セトモノ店でいつのまにか働きだしていた。不審に思った木村屋が探りを入れてみると、サッチャンというのは、明治堂の細君の親戚の娘を郷里から一時借りてきたものであることがわかった。すべては、明治堂が前川米子を手に入れるための芝居で、それに一枚加わった河田セトモノ店へは、お礼に小島という娘をトレードしたのである。今や求人作戦もまさに虚々実々。

買物心理

ツバメヤの店主は、いつも入ってくる客の足先ばかり見ている。足先を、まっすぐ店の奥に向けてくる客は必ず何かを買って帰る。

ガニ股ふうに、足先が外向き加減だったり、千鳥足ふうに方向不定のステップを踏んでくる客は、大体冷やかしだけに終る。これは長年の勘で、まず狂いはない。

ツバメヤは戦前からの洋品店である。店主の亀次郎氏は、この道三十年。根っからの商売人で、商いに熱中するときは寝食も忘れかねない。

そんな父親の気風が子供たちにもうつったのか、長男の皓一も大学を出るとサラリーマンを嫌って店の手伝いを始めたし、長女の修子も、女子短大の授業が終ると、家へ帰って気さくに店番をすることが多い。

「可愛いい奴だ」

と亀次郎氏、目を細めている。

だが、「そろそろ息子に店を譲って……」などという気は、まだ毛頭ないらしく、相変らず自ら店頭に立って客の足先をにらみ続けて暮している。

ある日、中年の、品のいい婦人客が入ってきた。足先は方向不定のステップを踏んでいた。

「こいつはダメだ」

と、亀次郎氏はあきらめて応対は他の者にまかせた。

客は、店番に出ていた娘の修子をつかまえて、かなり長いことねばっていった。

結局、買って行ったのはバスタオル一本だけである。

「ああいうのは冷やかしなんだよ。バツが悪いから、タオルを買って行っただけだ」

と、亀次郎氏は修子や、女店員のミッちゃんに教えた。

だが、二、三日すると、その婦人客がまた来た。足先は、相変らず、方向不定のステップを踏んでいる。

亀次郎氏は、その日も自ら応対するのを避けた。

長男の皓一相手に、客はまたもやずいぶんねばって行った。

「何か買ったのかい？」

客が帰ってから、亀次郎氏は息子に聞いた。

「若い女物の肌着類ですよ、しめて、七三〇円なり」

独り者の皓一には、商売とはいえ、照れ臭い商品だったようだ。

亀次郎氏には、そんな息子のためらいはピンとこない。方向不定のステップのくせに、七三〇円とはよく買って行ったものだと、長年の勘が狂ったことのほうがむしろ大問題であった。

また、二、三日経つと、その客は来た。

今度は、女店員のミッちゃんをつかまえて、長々と、ひまつぶしをして行った。

その日は、何も買わなかった。本当のひまつぶしで、それでも「まいどありがとうございます」と頭の一つは下げないわけにはいかない。

店先きまでわざわざ送りだした店員のミッちゃんは、にやにやとなぜか上気した顔をしている。

息子の皓一がはっと気づいた。

「お父っつぁん、こいつは危い」

「うん、わしもそう思う」

どこかの商店から、こっそりとミッちゃんをスカウトしにきたのだと、親子の意見が期せずして一致した。

「どこの店だかつきとめてやる」

皓一は、自転車に乗ってえらい勢いで飛び出して行った。

帰って来たのは、二時間近く経ってからである。

「ずいぶん、遠くの店だったらしいな」

「それが……ついこの先のアパートでしたよ」

「アパート？　ついこの先にしちゃあ、お前、ずいぶん時間がかかったじゃないか」

「それが、すっかりご馳走になっちゃって。なにしろ母娘で歓待してくれるものだから」

「オヤコ？」

「いい娘さんですよ。好きだっていいだせないもんだから、お母さんに口をきいてくれってせがんだなんて、僕、そういう純情なの、好きだな、気に入りました、お父さん」

以来、亀次郎氏は、客の足先でなく客の目を見ることにした。なにしろまだ娘の修子もいることだし、油断も隙もあったものではない。

慰安旅行

税金対策、新規求人、入学祝、就職祝、特別セールと、目のまわる多忙のシーズンが今年もまたせまって来た。

「忙しがってばかりいたって、お互い、いい知恵は浮びませんよ」

「そういうこと。たまには浩然の気を養わないと、根気が続かないからねえ」

「さよう左様。商売はなんといっても運、鈍、それに根気が肝腎」

と、ぴったり気が合っている大通りの商店街の旦那衆、毎年この時期がくると、日数の無理算段をして、一泊二日の慰安旅行をやる。

「まあ、なんてことでしょうね。選りに選ってこの忙しい時期に」

「あとは頼むぞだなんて、勝手なもんだわ」

「男には男のつきあいという、つらい浮世義理があるだなんて、何がツライ浮世よ」

と奥さんたちの評判は、はなはだかんばしくない。

主人諸公も、薄々この空気は感じている。

「どうも気にいらない雰囲気だね」

「今年はいくらか不穏ムード」

「イライラシコシコ、女房の不定愁訴といった感じだな」

だがやがて、不定愁訴どころか、特定愁訴のシッカリしたのが持ち上がってきた。

「今年の慰安旅行には、私たちもぜひお伴させていただきますわ。これ、商店街主婦一同の決議なんです」

さァ、旦那衆、困ってしまった。

なにしろ、ご同伴では羽目ははずせない。出費は二倍。しかも、つれて行くとなれば、着物新調してくださいな。コートも買って、あら、昨年の草履じゃあ行かれないわ……とこうくるにきまっている。

なんとしてもここは一番阻止しなければならない。

「この時期に、二人とも店をあけるっていうことはできないよ」

「お店閉めとけばいいじゃないの」

「二日も休めませんよ、この忙しい時に」

「だったらもっと忙しくない時にして、私たちもつれて行ってくだされぱいいのよ」

奥さんたち今年はなかなか強硬であった。

「だいたい、あなた方が勝手な慰安旅行だなんて浮いたことをいっているから、大変なことになりかけているんです」

「な、なにが大変だ」

「あなた知らないんですか。今年の新規採用の店員には、大巾に待遇をよくしたでしょ」

「そりゃあしかたがない。今年は空前の求人難だ。よほどのことでなきゃ求人はできないから、大通り商店街全部で協定協力して、集団求人開拓をやって、やっと……」

「そりゃわかってます。でも今年は、給与がいいっていうのが聞えて、古い店員たち面白くないそうよ。大通り商店街の旧店員全部で寄り寄り相談なんかし始めてるっていう噂もあるのよ、ひょっとしたら、私たちの旅行の留守に一斉大会でも開……」

「じょ冗談じゃありませんよ」

奥さんたちに脅かされた旦那衆、冴えない顔付きで、また集って来た。

「こうなったら、エチゼンノカミの知恵でも借りる他はなさそうだ」

と衆議一決。一同そろって越前守こと、洋品店のご隠居大岡老人の所へ知恵を借りに出向いた。

「大岡さん、なんとかお知恵を拝借」

「うーむ、そりゃあむずかしいな、細君たちの話も、根も葉もないことじゃないらしい」

「なんとかなりませんか」

「まずだめだな」

大岡老人にきめつけられて、旦那衆一同悄然となってしまった。

越前守の大岡裁きは、次の如くである。

「一つ、慰安旅行はとりやめること
一つ、新規店員たちを受入れ後、慰安旅行予算の一

部で、大通り商店街新旧店員の連合懇親会を開くこと
一つ、予算の残りは細君たちにこの際着物の一枚も新調してやること、以上」

これでは、奥さん連の評判が悪かろうはずはない。伝え聞いて、店員一同、この大岡裁きを大歓迎。

だが、じつをいうと、まるでいい所なしの旦那衆も、内心ひそかに、「さすがは大岡裁き」と感心していたのである。この裁きにはじつは内規があった。

「慰安旅行はとりやめる。ただし来年の求人開拓旅行は予算も多い目に早期に実施する」

結局、旦那衆も目的を達したのであった。

信用第一

思わずハッとするような美人であった。適度にセクシーでもある。そんな婦人客が、店に入ってくるなり、今にも泣きそうな顔をしたから店主の上田善二郎氏は驚いた。

「私、三日前にこのお店で買ったんです。これを着て同窓会に出席したんです。家を出るときはボタンをかけていなかったから気がつかなかったわ。でも会場について、先生方もいらっしゃるし、失礼だと思ってボタンをかけたのよ、そしたら第二ボタンがたくしあがったみたいになって……皆が変な目で見たり、クスクス笑ったり、私がそれに気がついたのは十五分もたってからなのよ、本当に穴があったら入りたい気持だったわ」

語りながら、婦人客は問題のツーピースを取りだして見せた。なるほど第二ボタンの位置がすこし上にずれている。ボタン穴にかけると、胸許が奇妙にたるむだろう。

「これは、飛んだ不調法で……さっそく、仕立てのほうに厳重に云ってやりまして、つけかえさせますですから」

上田店主は謝ったが、婦人客の機嫌はなおらない。

「いらないわ、こんな恥かしいお洋服。とにかくお金なんてどうでもいいから、これお返しします、引取ってくださいな」

「そうおっしゃられましても……」

上田店主はゴリゴリと頭をかいた。だが、ついに思い切ったように、

「よろしゅうございます。それでは全額現金でお返し申しあげます」

きっぱりと云った。

一度でも袖通しをしたものを全額払戻すという前例はない。

だが、なんと云っても、店の信用が第一。

こんなことで対外的な信用をこわされないためにも、

かりにこの返品が売れなくて全額をかぶったとしても止むを得ないと上田氏は決心したのであった。

数日後、寄合いがあって通り商店街の店主一同顔を合わせたときに、上田氏はこの話を持ちだした。ところが、

「おや、私の所でもそういうことがありましたよ」

「いや、じつはうちの店でも」

と、続々名乗り出てきた。

「うーむ、こいつは返品魔だ」

一同顔を見合わせて苦がり切ってしまった。その女の手口はこうである。

まず店内を物色して、何か製造上のミスのあるものを発見すると、わざとそれを買い求める。数日間、適当に使って、飽きると返品してくる。その際うまいことを云ってチャッカリ現金を払い戻させて帰るというのである。

返品には現金では返さないのが定説である。

別の品と取り替えて渡すのが規定だ。

それを、チャンと現金でまきあげて行く所をみると、女の口車もさることながら、店主各位、その女の美貌にいくらかヤニさがって押しが弱かった面もあるようだ。

「ひどい奴だ」

「今度来てみろ、ただでは……」

だが、寄合いがあったとは知らぬ問題の女は、数日後に、角谷家具店にブラリとやって来て、タンスを買い求めた。

総桐で、四万三千円。

もちろん、持っては帰れない。配達してお代はその時にいただきということになった。

店員の貞やん、美人のアパートへ配達というので大張切りでさっそくお届けに及ぶと、

「銀行がしまっちゃったから、明日お払いするわ、せっかく持って来てくれたのだから、品物は置いて行ってくれていいのよ」

と云われた。

金は翌日届けるとは云ったが、念のため貞やん、翌日に集金にまわってみた。だが、

「あ、夜逃げ」

部屋はきれいに片付いていた。貞やんはニヤリとした。問題のタンスだけはちゃんと置いてあったのである。

店先に出してあった桐ダンスの抽出しの一つにガタがあったのだが、貞やんが配達したのは、奥の倉庫から出した同型の完全な品であった。返品魔は多分桐ダンスは店に一つしか置いてないと思ったのだろう。それが同型

の完全なのをつかまされたから、四万三千円どうでも払わなければならなくなった。

せっぱ詰って逃げだしたという訳である。

だが通り商店街にとって、返品魔の出現はいい勉強になった。店主も店員も仕入れの目キキをズンと真剣にやるようになったから。

謝恩特売

木村屋パン店は開店十周年を迎える。

「謝恩特別セールといかにゃいかんが」

店主の徳平氏は、このところ、その問題で頭がいっぱいである。

「あんた、いつまで独身でいるつもり」

「うるさいよ」

実の姉が心配して、いろいろ云ってきても受付けない。

十周年記念に嫁さんもらわなければならない義理はないと、徳平氏は頑固に姉の話をしりぞけ続けているのである。本当を云えば、彼も生身の人間だし、いい嫁さんがあれば、欲しくないこともないのだが、なんとしても気にかかるのが、自分自身の若ハゲである。

「これじゃあ、若い嫁さんが可哀想」

さりとて、白髪のまじっているような老嬢をもらったのでは、徳平氏自身が可哀想ということになる。

「だからさ、とにかくまず十周年謝恩セールのほうが……」

そっちに没頭している限りは、自分のコンプレックスは気にならない。若ハゲは商売の邪魔にはならないからである。

「うちでは、謝恩特売にも、やはり実質第一主義でいこう」

ケバケバしい店頭装飾は削って、百円につき一枚十円相当の、商品引換券を出そうと、徳平氏は思案をきめた。その矢先、

「だ、旦那、大変ですよ」

と、店員の源ちゃんが、顔中を鼻の穴だらけにして息せき切って飛んできた。

「……有馬屋がうちと同じ時期に、開店十八年記念セールをやるって」

有馬屋菓子店は、商売仇である。

有馬屋は創業十八年。終戦直後闇飴や海草餅なども売

ってやってきたという。

十周年と十八年では、どう見ても有馬屋に分がある。

それにしても、有馬屋が十五周年記念セールをやったのは、たしか冬だった。

それをわざわざ六月に繰り上げて、木村屋の十周年にぶっつけてくるというのだから、徳平氏としては面白くない。

もっと面白くないのは、有馬屋では店内装飾からチンドン屋まで、諸事グンと派手に大々的にやるらしいということである。

「あそこの店員のミツエから、うんと苦労して聞きだしたんです。間違いありませんや」

源ちゃんは、産業スパイのテレンチェフのような顔をして鼻の頭にシワを寄せた。

「うーむ、うーむ」

徳平氏はただ唸るばかりである。

怒り心頭に発したが、適当な対抗手段も見当らない。

うーむ、うーむと唸り続けているうちにとうとう十周年記念の当日がやってきてしまった。

はたせるかな、有馬屋の宣伝攻勢はすさまじい。

「マコロン四〇〇グラム××円のところ△△円」

「一口桃山四〇〇グラム〇〇円のところ□□円」

ずらり値引き札をならべた「赤ダレ戦術」に加えてツーラッララッツーララと、チンドン屋が派手に練り歩く。

「うーむ、うーむ」

と徳平氏、切歯扼腕《せっしやくわん》して、かどの有馬屋のほうを睨みつけるばかり。

ところが、蓋をあけてみると意外にも、客はワンサと、木村屋のほうに殺到してきた。

これには徳平氏が目をパチクリ。

「どういうことなのかなぁ」

「あら、困るわね、店の御主人がわかっていないんじゃあ」

と、お客の若奥さんに肩を叩かれた。

「……いいこと？　今は月末でしょう、だから誰のふところも暖いの。ふつうの値引きではチートモ魅力ないのよ。ところが翌月の二十日頃になりゃ、どこの家だって給料前でピイピイ。そんなとき、お宅の引換え券で子供に何か買ってやれりゃぁ、助かるじゃないの。だからお宅の引換え戦法が当ったのよ、わかった？」

「な、なるほど」

自分で考えだしておいて、お客に効能を教わっていれば世話はない。徳平氏は思わず苦笑をかみころした。

お客の若奥さんは、ここぞとまたひと膝進めて云った。

「御主人。奥さんもらわないから、そういう家計の機微がわからないのよ」

徳平氏、とたんにまた若ハゲのことを思いだして、深刻な心境になってしまったのである。

随筆篇

受賞者感想

「一度は受賞してみたい」そう思っていた。

「だが、多分だめだろう」そうも思っていた。

二つの思いは拮抗筋の運動のようにギクシャクと私の心を揺ぶり続けた。揺れに揺れて、思考力が麻痺してしまったらしい。「ひとつ、応募してみよう」と向う見ずな気持になったのは遅梅雨の明ける頃だったかと思う。向う意気は旺になったが、書きたいという原衝動がまだ泛んでこなかった。さしあたり、手当り次第読んでみる他はなかった。ダールやエリンが、カーやクイーンとゴッチャになって、頭の中に名状すべからざる混沌状態が訪れた。幸い、向う意気はなお旺盛であった。「何か、書けるかもしれない」チカチカと原衝動らしきものが泛びかけてきた。だが、そのとき、父が脳軟化症を再発した。難しい症状となり、ドイツ製の新薬やら何やら、金がスイスイと連日気前よく消えて行くようになった。これでは心平らかでいられるはずもない。父が快方に向いだしたとき、既に九月の声を聞いた。日数がなかった。私は慌てて原稿用紙に向った。「今年はあきらめたほうがよくはないか」という弱気と、「一応の最善は尽してみよう」という強気が、また拮抗筋のように私の心を揺りだした。揺られ続けて麻痺状態がきたものか、いつか私は、無心に試稿の構想に没頭していた。そしてやがて、汗まみれの何本かの試稿が机上につまれた。ここでまた、迷いが出た。数本のうちの一稿を選んで浄書すべきか、あるいは全部の稿を浄書して応募すべきかと。結局、私は後者を選んだ。「下手な鉄砲も数撃ちゃ当る」という不真面目な気持ではなかった。「試稿の優劣は自分ではわからない。応募して、その結果によって勉強したい」そういう気持であった。落ちてもいいから、結果について勉強になればそれでいいと思った。そう心をきめると、再び慌しい浄書作業に入った。それが終ったとき、締切には余す所、三日であった。そんな作業の仕方で、私は応募した。

いま、宝石賞受賞の栄に浴して、またしても拮抗筋のように私の心を揺る二つの思いがある。「夢にまで思ったことだ、嬉しい」という甘やかな感情と、「これから、ほんものになるまでがえらい事だぞ」という深刻な感情と――。あまり揺られれば、私の心はまた麻痺してしまうかもしれない。それを防ぐには、早く前者の感情から脱けだして、もう一歩の前進を期さなければならない。「ぜひ、そうして見せよう」という強気と、「はたしてできるだろうか」という弱気の交錯に心を揺られながら――。

無題

人は思いがけない時に、思いがけないことを考えるという。そんな経験を私もときどき持つ。訪問先の所用を了えて退出の途次、「ひとつあそこを密室にして」などと埒もない考えを思い浮べたりもする。訪問相手の人物には失礼千万なことだがモノマニアックな密室トリック趣味に免じて寛容を願う他はない。第一、澄していれば先方に判りようはずもない。人間の内心という地上最小の密室は、他人にはその内側を解明することが不可能なものである。

地面がホースをたべた！

真夏の午後の怪事件

「地面が水道のホースをたべているって？　そんなバカなことがあるものか」とペソスさんは笑いだした。しかし、十二才のスザンナは真剣だった。

「うそじゃないのよ、おとうさん。とにかくきてみてよ。くればわかるわ」

「やれやれ、この暑さのなかをかい」

ペソスさんは、しぶしぶたちあがって、スザンナといっしょに納屋の前まで行ってみた。なるほど、緑色のホースの先が土のなかにもぐっている。

ホースからたれた水で、どろんこの水たまりができて、そのなかにホースの先がすこしもぐりこんだのだろうとペソスさんは考えた。だから、ホースを指の先でつまんでひっぱってみた。だが抜けなかった。ペソスさんはあわてだした。両手でホースを握り、足をふんばって、ウンウンうなりながらひっぱってみた。

が、ホースはびくともしなかった。

「これはどう見ても、二メートルぐらい土のなかにめりこんでいるぞ」

とにかく、こんなホースぐらい抜けなかったら、娘のスザンナに笑われてしまう。ペソスさんは大声で農場の人たちを呼びあつめた。三、四人の人がかけつけてきた。

「みんな、こいつをひっぱってくれ」

ペソスさんにいわれて、おとなの人が三人も四人もいっしょになって、顔をまっかにしてひっぱったが、それでもホースは抜けなかった。スザンナはおかしくなってクスクス笑いだしたが、おとなたちはもう笑うどころではなかった。

十二才のスザンナに笑われないためには、このホースをなんとかして抜きとるか、それともホースが抜けないわけを説明しなければならない。

おとなたちは、いろいろやってみたが、どうにもならなかった。夕方になると、だれもがあきらめてしまった。

翌日には、もう三メートル以上も土のなかにもぐりこんでしまっていた。

どう考えても、地面がホースをたべているとしか考えられなかった。

これは一九五五年七月一日に、アメリカのカリフォルニア州ダウニーの町でほんとうに起こった怪事件である。

地面はおなかをすかしていた

ペソス農場のさわぎを聞いて、となりのブリーズさんもとんできた。ブリーズさんの家でもホースが土のなかにもぐりこんで抜けなかったという。

「私は気味が悪いからホースを切って埋めてしまいましたがね。土は五メートル以上もホースをたべてしまっていましたよ」

と、ブリーズさんは青い顔でいった。

事件は新聞に報道されて、アメリカじゅうにつたわった。すると、ミネソタ州のウォムバッチャーさんの家でもおなじことが起こっていたことがわかった。学者たちは、この怪事件のなぞをとくために、いろいろの説を考えだして説明した。シキソトロピーとか、ダイクラタンシーとか、むずかしい理論が持ちだされた。

それをやさしくいうとこうなる。海岸で波打ちぎわの砂の上を靴で踏んであるくと、靴のまわりの地面から水がサーッとひいて、砂がフワリともりあがる。それはちょうど砂が靴をのみこもうとするように見える。そんなことがもっとはげしく起これば、砂は靴でも人間でものみこんでしまうだろう。

ペソスさんやブリーズさんの家の地面でも、それとおなじことが起こったのだ。

もちろん地面はいつでもホースや人間をたべたがっているわけではない。

砂や粘土が特別な割合にまじりあってすきまだらけになっている地面で起こりやすいのだ。つまり地面がおなかをすかしていると、こんなことが起こるのだ。一九五五年以後、おなかをすかした地面はみつかっていない。

しかし、実は一九四四年に、日本でもひどくおなかをすかした地面がみつかったことがあった。

その年は第二次大戦中で、東海大地震があり、名古屋地方でとくに被害が大きかったが、家が地面に吸いこまれるような倒れ方をしたところが多かった。そういう場所の地面はみな砂と粘土が特別な割合にまじり、地面はたいそうおなかをすかしていたらしい。

もしかしたら、いま私たちが立っている足の下の地面も、ひどくおなかをすかせているかもしれないのである。

霊チョウのふしぎ

チョウにつかれた女

太平洋のまん中にあるハワイのホノルル市では、今、ふしぎな話が人々のうわさのたねになっている。人間が死んで、チョウに生まれかわったというのだ。

ことしの二月のはじめごろ、ホノルルにある新聞社に、日本人二世の女の人から変な電話がかかった。

「もしもし、人間から生まれかわったチョウが私につきまとって、困っているんです……」

「なんですって、あなたは、陽気のせいで頭がおかしくなったのではありませんか」

と、記者はばかばかしくなって、電話をかけてきた女の人にいった。しかし、女の人はひどく真剣だった。

「頭が変になったのではありませんよ。私には、ほんとうに、人間のことばがわかるチョウがつきまとっているんです。〝あっちへ行け〟といえば、おとなしくそばを離れるし、〝友だちを連れてくるんでおいで〟というと、ちゃんと友だちのチョウを連れてくるんです。うそか、ほんとうか、カメラマンをひとりこっちへよこしてくださいよ」

記者はしばらく考えていたが、

「今はちょうど事件がなくて、暇で困っているところだ。ともかく、カメラマンにだけ行ってもらおう」

そういうと、さっそく、電話のぬしのところへカメラマンをやった。

しばらくして、カメラマンは帰ってきたが、ひどく真剣な顔でこういった。

「あの話はほんものだ。写真もちゃんととってきたよ」

新聞社の人たちは、みんなびっくりしてしまった。

そして、写真ができあがってみると、たしかに女の人の肩には、一羽のチョウがはばたいていた。カメラマンの話では、胴が黒くて、羽は赤かったという。そして、もう一羽の白い小さなチョウが、女の人の耳のところで舞っていたそうである。

人間の生まれかわりか？

カメラマンの聞いた、チョウにつかれた女の人の話はこうであった。

「はじめは、赤い羽のチョウだけが来たんです。それは、ちょうど去年の今ごろでした。そのチョウは、私のそばからどうしても離れたがらず、五日間も、夜となく昼となく私の肩や胸のまわりを飛んでいました。ところが、だんだん弱って死んでしまったのです。

すると、どうでしょう。翌日には、同じようなチョウがちゃんとやってきて、私の周囲を飛びまわりだしたのです。

私がそのチョウに、〝もしおまえが、人間のだれかの生まれかわりなら、白いチョウを連れておいで〟といったんです。

するとそのチョウは、ちゃんと白いチョウを連れてきました。このチョウは、きっと、人間のだれかが生まれかわったものにちがいありませんわ……」

★　★

新聞社には、このなぞを説明できる人はだれもいなかった。

生物学者の研究によると、チョウのおすは、めすのにおいにはとても敏感だという。サトウルニア・パボニアというチョウのめすをとらえておくと、そのにおいをかぎつけて、何百羽ものおすがそこへ集まってくることも知られている。

けれども、「あっちへ行け」というとそばから離れたり、「白いチョウを連れておいで」というと、まちがいなく連れてきたりする理由は、どんな学者にもわからない。

やはりこれは、科学の力だけでは解けない、神秘につつまれたチョウなのかもしれないのだ。

解題

横井　司

1

終刊直前の雑誌『幻影城』一九七九年七月号に載った次号予告では、探偵作家再評価シリーズの第三弾として「千葉淳平・密室小説特集」が告知され、「ユダの窓はどれだ」、「或る老後」、「13／18・8」の三編の他、中島河太郎の「千葉淳平について」が掲載される予定であった。密室ものが一挙に三編も掲載されるというだけで、否が応でも期待感が高まっただけでなく、「13／18・8」という奇妙なタイトルの小説は、いったいどういう内容だろうと、『幻影城』を通して戦前・戦後の探偵小説の魅力を知った多くの若い読者が、想像を逞しくしていたのではないかと思われる。ところが予告された八月号はついに刊行されることがなかった。当時の若い読者は、ついに千葉淳平という作家を知らないままに終わってしまったのである。

千葉淳平の経歴は、鮎川哲也編のアンソロジー『紅鱒館の惨劇』（双葉社、一九八一）では「本名、経歴など一切不詳」となっていたが、その後に刊行された『ミステリーの愉しみ　第4巻／都市の迷宮』（立風書房、一九九二）や『甦る推理雑誌8／「エロティック・ミステリー」傑作選』（光文社文庫、二〇〇二）といったアンソロジーでは、宝石短篇賞を受賞した際の受賞の言葉に付されたプロフィールと『季刊ＳＲ』第33号に掲載された山口明編「推理小説・SF新人作家事典」をふまえた作者紹介が掲載されている。それらに基づいて経歴をまとめると以下の通りとなる（『季刊SR』は未見）。

一九二四（大正一三）年三月三日生まれ。出身地は不詳。本名・山田真一。一九四六（昭和二一）年、東京大学工学部物理工学科卒業。その後、玉川大学講師、社団法人発明協会調査課長、精密機械製作所調査室長などを経て、テレビ局のプランナーを務めながら科学記事を執筆。一九六三年、宝石短篇賞に投じた「或る老後」と「ユダの窓はどれだ」が共に『宝石』臨時増刊号に掲載され、その二作で同賞一席入選を果たした。同じ一席入選者に天藤真、佳作入選者に石沢英太郎がいた。ちなみに、『宝石』六三年四月号では、千葉淳平の受賞作は「或る老後」と「ユダの窓はどれだ」の二編となっているが、受賞作として再録されたのは「或る老後」だけであった。後述の解題で引用した十返肇《とがえりはじめ》の雑誌月評「推理小説岡目八目」（『宝石』六三・五）において、「ユダの窓はどれだ」に言及されていないのは、そのためである。

その後は『宝石』や宝石社の『エロチック・ミステリー』、『週刊レジャーライフ』（日本社）、『漫画ストーリー』（双葉社。旬刊）、『読切傑作集』（双葉社）、『推理ストーリー』（同）などの週刊誌や大衆小説誌にも進出したが、一九六四年の『宝石』終刊と踵を接するようにして筆を断った。雑誌『商業界』（誠文堂新光社）に連載したショート・ショート連作が、確認できた限りでは最後の創作である。以後の経歴は不明。

「13／18・8」が『別冊宝石』に掲載された際、「〝密室〟の作家」と題した無署名のルーブリックの中で「散歩の途中など、ふと密室のアイデアがわいたりする」という千葉の言葉が紹介されている。これは受賞第一作「同じ星の下の二人」が本誌に掲載された際、グラビア・ページに載った無題のエッセイの中で「訪問先の所用を了えて退出の途次、『ひとつあそこを密室にして』などと埒もない考えを思い浮べたりもする」という言葉を踏まえたものだろうが、デビュー後一年も経たないうちにこうした言葉が伝えられるほどに、当時から密室トリックに意欲を見せる作家として目されていたことをうかがわせる。

確かに今回確認できた全作品を見ていくと、ショート・ショート連作を除く十七編のうち六編が密室トリックを扱っている。それも一作にワン・トリックという取り上げ方ではなく、「ユダの窓はどれだ」は日常生活の中からいわゆる「ユダの窓」を探そうとする試みを通して、複数の「ユダの窓」の存在を見出してみせるし、「同じ星の下の二人」や「13／18・8」ではひとつの殺人に対して複数の密室トリックが仕掛けられている。したがって実質的なトリックの数は作品数の半数を超えるといってもいいかもしれない。そうした複数のトリックを盛り込むことで、軽妙なツイストを効かせるエンディングに持っていく手法は、受賞の言葉にあたる「受賞者感想」でふれられているロアルド・ダール Roald Dahl（一九一六〜九〇、英）やスタンリイ・エリン Stanley Ellin（一九一六〜八六、米）のような、いわゆる異色作家の作風に学んだものと思われる。そうした構成上の工夫が、単なるトリック作家という印象にとどまらない作風の広さにつながっているのだ。

また、密室トリック以外にも、毒殺トリック、偽の自動車事故のトリックや人物入れ替わりとそれにまつわる奇妙な手掛かりのトリック、暗号通信のトリック、電話の手掛かりにまつわるトリックなど、とにかくトリック趣味に淫している観が強い。にもかかわらず無味乾燥な印象を与えないのは、トリックを生のままに提示するのではなく、時としてユーモア・タッチを採用したり、構成に工夫を凝らして、どんでん返しに意を砕いたりしているからである。

その他に、遊民ともいうべき遊び人・沢村友三シリーズや、ハードボイルド風のスリラーにも健筆をふるっており、作風の幅は広い。

残念なのは、同時受賞者である天藤真とは異なり、ついに一編の長編小説も書き上げなかった点だ。『宝石』が廃刊になって短編小説を発表する場がなくなっても、書き下ろし長編を出版する気運はできあがりつつあったのだから、そちらに軸足を移せば、歴史に残る傑作をものしていたかもしれないと、詮無いことを考えてしまう。それほど千葉淳平の筆力は、同時代作家と比べても遜色はないし、新人の中では群を抜いていたように思えるのだ。

千葉淳平特集の予告を打った『幻影城』の七九年七月号が、千葉淳平と同時に宝石短篇賞を受賞した天藤真の自選短篇特集だったのは、奇しき因縁というべきだろう。天藤真が『大誘拐』（七八）で日本推理作家協会賞を受賞したことを記念しての特集であった。その天藤真は後に文庫版の全集まで刊行されたのに（創元推理文庫、九五〜二〇〇二)、千葉淳平に一冊の著作もないのは寂しい。
幸い、一書をまとめるだけの作品が残されていることが分かり、ここに初めての作品集が刊行されることになった。本書の刊行によって、『幻影城』の予告で知って長い間渇望していた読者の渇が癒されるのはもとより、宝石賞が輩出した新人の中でもピカ一の実力を誇る作家の再評価がすすめば、これに優る喜びはない。

以下、本書に収録した各編について解題を付しておく。宝石賞投稿作品の「或る老後」・「ユダの窓はどれだ」については、選評を引用しているが、そこでは犯人やトリックに言及されている。それ以外の作品についても、内容に踏み込んでいる場合があるので、未読の方は注意されたい。

2

〈創作篇〉

「**或る老後**」は、『宝石』一九六三年一月増刊号(一八巻二号)に掲載された。後に、鮎川哲也・島田荘司責任編集『ミステリーの愉しみ　第4巻/都市の迷宮』(立風書房、九二)に採録された。

三河島駅で起きた「空前の大事故」とは、一九六二年五月三日に常磐線三河島駅構内で起きた列車脱線多重衝突事故で「国鉄戦後五大事故」のひとつに数えられる。死者は百六十人、負傷者は二百九十六人に上ったという。

水谷準、中島河太郎、城昌幸による「座談会/昭和38年度宝石短篇賞選考委員会」(『宝石』六三・四)では以下のように評されている。

中島　これは三河島事件のあと、あの事件のために家族を失なった老人の工場主を描いているんですが、その老人の家に入りこんできた夫婦、とくにその奥さんの方が悪女であって、彼女のワナに陥ったとみせて、逆にこの孤立無援でありそうな老人が、裏をかいたという、この仕組みは非常によくできていて、短篇としてはうまいと思いますね。これは八十点です。

水谷　乱歩氏のいう「奇妙な味」の小説だが、老人という特殊な心境を背景にして、わりにうまく組立てられているけれども、書き方は十分に成功しているとは思えない。こういうものは、細工物のように非常にこまかく美しく書いていかないと、リアリティが浮いてこない、と私は思って、題材というか、着想はおもしろいとは思ったんだけれども、なんといいますかね。浮彫りにする感じが出てないので、七十から七十五という、ちょっとあいまいな点数。

中島　そうですね。なにか長篇的な素材を圧縮しちゃったのですね。

城　読み終った感じでは、うまいッと思った。ビリビリ振動がおこって、やがて空気がおかしくなって死ぬというところは、全然そういう知識がないので、わからないんですが、多分うまくいくんだろうと思って……。

それから、この芥川竜之介の禅智内供の話は、これ全然出す必要はない。むだなことだ。

中島　余計ですね。

水谷　でもないけれども、まあむだに近いなあ。

中島　「鼻」でなくてもいいんじゃないかという……。

水谷　まあ、手近かにあったんでしょうがね、「鼻」がね。

城　それからもう一つ、「わしを殺さんでくれ。私たちは、なんとか平和に暮せるだろうじゃないか」――といって、この恐るべき大婦と一緒に暮そうというこの心理はたいへんなものだ。こわくないかねえ。

中島　これがオチですね。これはちょっと結びつきは弱いですね。

水谷　それが「鼻」のつもりなんだろう。

城　この老人の大胆不敵な料簡というか、死を恐れないというか、恐怖を感じないというか、しかし僕はこれは八十点つけてます。なかなかうまいです。

十返肇《とがえりはじめ》は、『宝石』に連載していた「今月の創作雑誌評／推理小説岡目八目」で本作品についてふれて「なかなか凝った構成で巧みにできあがっている」と評している（一九六三年五月号）。

「ユダの窓はどれだ」は、『宝石』一九六三年一月増刊号（一八巻二号）に掲載された。後に、鮎川哲也編『紅鱒館の惨劇』（双葉社、八一）に採録された。

水谷準、中島河太郎、城昌幸による「座談会／昭和38年度宝石短篇賞選考委員会」（前掲）では以下のように評されている。

水谷　ユダの窓にからむあらゆる四角いものにひっ

かけたモノマニア風な書き方は、現代の世相を暗示するなにかが感ぜられないこともない。――このへんはちょっと僕も読み疲れた感じなんですが……。

中島 註釈いりだな。(笑)

水谷 殺害の方法などは一種のクイズであるから、方法としてのリアリティがあればよいので、その点うなずけるが、もうすこしああでもない、こうでもないという凹凸がほしい。

犯人が本屋の主人というが、すこし突然すぎる。もうすこしヒンパンにうろつかせてもよさそうだ。でもまあ七十五点あげました。

城 いま水谷さんがいったように、本屋の親父の出し方が問題だ。これをもうすこし前に――これは書き出しの途端に、出ているんだけれども、なにか犯人としての……。

水谷 そうだなあ。むり押しつけみたいなところがあるんだ。

城 ちょっとまずいという気がして……。それから林夫人を殺すという必然性が、この小説では感じられない。小説の筋の上で、という感じになった。しかし書き方はおもしろい。七十点あげました。

中島 「ユダの窓」にひっかけましてね。もちろん「ユダの窓」というものがさきにあったんですが、四角いものを利用した犯罪をいろいろな面から考えているというアイディアは、非常に買いたいと思います。ただ、さっき城先生がおっしゃったように、全体のなにかユーモラスな味でいくべきなのに、殺人のトリックだけが非常にきまじめなんです。もうちょっときまじめでなくって、アッといわせるようなもので、ほしかったと思います。

城 そうねえ。冒険すればいいんだ。

中島 犯人もあまりに意外すぎるということが……。

城 僕はこれを読んでね。《ママ》都筑氏を思い出したんだ。都筑道夫氏の小説というのは、これよりはうまいけれどもねえ。

中島 ユーモア推理小説というものは、どうしても動機にしても、いろんな点で、不自然さがあっていいんですが、まあ、この犯人の意外さっていうのは、ふつうのきまじめに書いた小説とは違って……。

城 成功しているんですよ。

中島 あまり気にはならないのですが、さっきいいましたように、ただ肝腎要《かなめ》のトリックだけがまじめだということに、かえってこだわるんですがね。全篇ユーモアといいますか、奇抜なアイディアで通してほしかった。ただこの人は前の三河島事件を書いた人と同じですから、その点頼もしいと思います。八十点。

城　たしかに芸域が広い。

中島　書けてます。

城　この人は書けるんだろうな。

なお、本作品をアンソロジー『紅鱒館の惨劇』に採録した鮎川哲也は、同書の「解説」において、以下のように書いている。

作中で他人の作品のトリックをばらすようなやり方には賛成しかねるが、かなり達者な人だったらしく、《或る老後》では下町に住む町工場の老経営者と、その工場を乗っ取ろうとする小悪党夫婦の心理的な暗闘を描いて余すところがなく、《13／18・8》もまた蒲田あたりの工業地帯にある小さな電機会社に起った殺人事件を、はぐれ刑事が執拗に追っていく話で、捨て難い味わいを持っていた。二篇とも《ユダの窓はどれだ》に見られるようなユーモアは影をひそめ、作風が一変しており、その点からも作者の多才ぶりがうかがえるような気がする。以上三本とも密室を扱い、それぞれにヒネリがきかされていた。千葉淳平は密室物に意欲を燃やしていたようである

本巻では一段と本格味の濃い《13／18・8》を採りたかった。だが最後の謎の解明の一部にちょっと理解しにくいところがあり、といって加筆してもらいたくとも、所在不明ではどうにもならず、本編を選んだ。

「他人の作品のトリックをばらす」といっているのは、ジョン・ディクスン・カー John Dickson Carr（一九〇六～七七、米）がカーター・ディクスン Cater Dickson 名義で発表した『ユダの窓』*The Judas Window*（一九三八）の、謎解き部分を引用している個所を指すのであろう。同書は喜多孝良による邦訳が一九五四年に早川書房からポケット・ブック版の世界探偵小説全集（現在のハヤカワ・ミステリ）で刊行されている。千葉が読んだのもこの訳本だと思われる。この他にも、トリックを明かしてはいないものの、ミステリに言及している個所がある。その「N・Eさんの短篇」とは、仁木悦子の「弾

丸は飛びだした」であろう。同作品は『宝石』一九五八年四月号に発表された。

「謝国権《しゃこくけん》の本」とは、ミリオンセラーとなった『性生活の知恵』（六〇）のこと。著者は性医学評論で知られる産婦人科医。また「よろめき」は、三島由紀夫の小説『美徳のよろめき』（五七）に由来する流行語で、姦通ないし不倫行為を意味する。


「**目の毒**」は、『エロチック・ミステリー』一九六三年三月号（四巻三号）に掲載された。

短い中に、密室トリックだけでなく、プロバビリティーの犯罪ないし〈あやつり《マニュピレーション》〉の趣向まで盛り込んでいる。意外性の演出ということもあろうが、社宅街における三者三様の人間関係の綾がプロットの要諦であると考えるなら、あえて密室殺人にする必要はなかったはずだ。それでも密室トリックを盛り込もうとするあたりが、この作者の資質をよく示しているといえる。


「**同じ星の下の二人**」は、『宝石』一九六三年五月号（一八巻七号）に、「本年度宝石短篇賞受賞作家受賞第一作中篇特集」の一編として、天藤真の「穴物語」と共に掲載された。

「おれは女優を二号にしたのではない。二号を女優にしたんだ」と言った某映画会社の社長とは、大蔵映画の社長・大蔵貢のこと。もっとも、「ストで潰れた某映画会社」とは、一九六二年に設立された大蔵映画ではなく、大蔵が社長を務めていた新東宝だと思われる。同社は一九六一年に倒産したが、ストが原因かどうかは不詳。右の「二号を女優に」という発言は、新東宝の女優・高倉みゆきとの関係が問題となったときのものである。

BGとはビジネス・ガールの略で、今でいうOL（オフィス・レディ）のこと。

十返肇は「推理小説岡目八目」（『宝石』六三・六）で本作品を取り上げて、以下のように評している。


事件そのものも面白く、殺人を中心とする経緯はよく考えられてある。ただ、安井孝一と桑野萄子を〝同じ星の下の二人〟とする感慨は、コジツケのようで納得できなかった。よくこういう人生派めいた感慨が挿入された小説があるが、たいていは安手な深刻癖に堕している場合が多く、この作品もその弊をまぬがれていないのではなかろうか。こういう娯楽小説にこの種の人生論的感慨は無用である。ただし、このダブル・トリックは気が利いている。

なお、天藤真が第八回江戸川乱歩賞に投じて、残念ながら受賞は逃したものの、翌一九六三年四月に東都書房から東都ミステリーという新書の叢書で刊行された『陽気な容疑者たち』も、労資問題を背景として密室殺人が起きるという物語だった。偶然とはいえ、この時期の両者の発想の近しさがよく現われていて興味深い。

天藤作品の密室がトーチカのような蔵の中で殺されるという趣向だったのに対し、千葉作品の方は当たり前の会社ビルの一室であり、組合員たちが監視することで密室が形成されるというシチュエーションのアイデアが自然で素晴しい。しかも、二重三重に密室トリックが重ね合わされているという豪華さで、受賞第一作にふさわしい力作だといえよう。

「**六月に咲く花**」は、『読切傑作集』一九六三年七月号（一六巻七号）に掲載された。

自動車事故に見せかけた殺人トリックと意外な探偵役という趣向が盛り込まれている。この作に見られるような探偵役の意外性は「13／18・8」にも見られたもの。作品の舞台が花卉市場というのも珍しい。

「**女三人**」は、『漫画ストーリー』一九六三年八月一〇日号（四巻二二号）に掲載された。

「目の毒」に続いて、三人の主要登場人物が織りなす綾がプロットの要諦となっているが、その三人という型にミスディレクションが仕掛けられているともいえそうな秀作。まるでアガサ・クリスティーが考えつきそうなトリックだが、その犯行を曝露する手掛かりは、ユーモア・ミステリならではの創意がある。

「**砂と新妻**」は、『読切傑作集』一九六三年一二月号（一六巻一二号）に掲載された。

やや通俗に流れているとはいえ、偽装事故のトリックに加え、姿を見せない脅迫者を追尾するトリックと、トリッキーな趣向に対するこだわりは健在である一編。

「**13／18・8**」は、一九六二年一二月一五日発行の『別冊宝石』一二四号（一六巻一〇号）に、「宝石賞作家傑作集」の一編として掲載された。

初出時には「〝密室〟の作家」と題した無署名のルーブリックが掲載されていた。以下に全文を引いておく。

千葉淳平さんは、38年宝石短篇賞に「或る老後」で入選した作家である。

そのころであったが、氏はこんなことをいっておれる「散歩の途中など、ふと密室のアイデアがわいたりする」と。つまり、氏の密室ものにかける意欲は処女作「或る老後」から、こんどの「13／18・8」にしてもやはりみとめられる。

元来、探偵小説のダイゴ味は本格ものにあるといわれる。本格ものの中でも、密室ものは常に探偵小説ファンの憧れであった。しかし、現在、探偵小説が推理小説、またミステリーと呼ばれるようになり、こうした憧れはなかなか満たされない現状である。

千葉淳平さんが、今後もこうしたファンの憧れにこたえてくれることへの期待は大といえよう。

ララ物資の「ララ」というのは、アメリカ合衆国救済統制委員会が認可したアジア救援公認団体（Licensed Agencies for Relief in Asia）の頭文字をとった略称で、物資の支援は一九四六年から一九五二年まで行なわれた。神武景気は、一九五四年から五七年にかけてみられた好景気の通称。神武天皇が即位して以来の好景気という意味であった。

十返肇に代わって『宝石』で創作雑誌評を担当していたヨシダ・ヨシエは、同誌の一九六四年一月号における「今月の創作雑誌から」において本作品を取り上げて、「本誌のなかでもズバ抜けてすぐれていた。意外性もあり心理的原因も充分。構成は古典的でさえある」と評している。

「**危険な目撃者**」は、『推理ストーリー』一九六四年一月号（四巻一号）に、「読切ミステリー九人集」の一編として掲載された。

複数のプロットと複数のトリックによって前景化したストーリーをミスディレクションとして、読み手の盲点をつくような意外性を演出するという、千葉作品の典型的なスタイルがうかがえる作品。倒叙ものか犯罪小説を思わせる第一章のサスペンスは無類である。犯人が自信満々に思っているほどアリバイ・トリックが優れているわけではないが、トリックの弱さをプロットのひねりで支え切った一編といえよう。もっとも、シリアスなのかユーモアものなのか判然とせず、トリックの弱さをユーモアで誤魔化していると難ずる読み手もいるかもしれない。本作品に見られるような、シリアスとユーモアのバランス計算の微妙さが、千葉をアマチュア作家にとどめた要因といえるかもしれない。

「**静かなる復讐**」は、『エロチック・ミステリー』一九六四年一月号（五巻一号）に掲載された。後に、ミステリー文学資料館編『甦る推理雑誌⑧／「エロティック・ミステリー」傑作選』（光文社文庫、二〇〇三）に採録された。

右のアンソロジーの解説「『「エロティック・ミステリー」傑作選』への招待」において川田弥一郎は「ひねった展開が好きなら『静かなる復讐』を（略）読んでみましょう」といい、続けて「千葉淳平はひねりにひねったプロットと、独創的なトリックからなるミステリーを書く人です。宝石賞第一席となった『或る老後』と、『ユダの窓はどれだ』は、前者はひたすら暗く、後者はやけに明るい」と評している。これは鮎川哲也の評価を引き継いだもので、穏当な評価だといえるが、「或る老後」は「ひたすら暗」いだけの作品かどうかは疑問が残る。

先に引いた宝石短篇賞の選考座談会では、「或る老後」の冒頭で引用されていた芥川龍之介の「鼻」への言及は必要ないと言われていた。しかし、効果をあげているかどうかは別として、作者のつもりとしては、ブラック・ユーモアを狙っていたのではないだろうか。陽気で明るいユーモアばかりがユーモアではないはずで、ダールやエリンを読んでいることを鑑みるなら、「ひたすら暗」いとする評価には再検討の余地があるだろう。

「悪党はいつも孤独」は、『読切傑作集』一九六四年三月号（一七巻三号）に掲載された。

草加次郎は、一九六二年から六三年にかけて起きた連続爆弾、脅迫、狙撃事件の犯人が名乗っていた通り名。一九七八年に公訴時効が成立し、未解決のままとなった。クラブで刺された「有名なプロレスラー」とは力道山のこと。事件自体は一九六三年十二月に発生し、力道山はこのときの怪我が基で化膿性腹膜炎を発症して死亡している。作中で話題になっている千円札偽造は、一九六〇年に最初に発見されて以来、六三年十一月に発見されたものを最後とする事件を背景としている。当時の千円札の肖像は聖徳太子で、この事件をきっかけに伊藤博文に変更された。

「亭主を思い出した女」から「爆弾を持った女」までの六編は『週刊レジャーライフ』に「読切推理小説」という角書きの下に掲載された。若干浪費癖のある息子の生活を心配した父親が、知人の金属会社に財産を投資して、その会社から月々の手当を渡すという形で遺産を残した。その当の息子である沢村友三という遊民を狂言廻しとする連作である。

一九六〇年代前半にはレジャー・ブームを報じた新聞記事などもあり、好景気を背景としてレジャーの大衆化・大型化が進んだ頃で、初出誌もそうした社会状況を受けて創刊されたと思しい。沢村友三の設定も、レジャーに勤しみやすいようにと考えられたものであろう。そのような設定にしておきながら、あまりレジャーに関するエピソードがないという違和感を覚えるかもしれないが、本シリーズが発表された頃は、東海道新幹線の開通や海外旅行の自由化以前であることを踏まえておくべきだろう。余暇にミステリを読んで過ごすことも、レジャーの一環だった時代なのである。たびたびモチーフとなる「よろめき」もレジャーのひとつと考えられていたのかもしれないし、遊興施設での火遊びが望まぬ妊娠につながると考えれば、「張り込み好きな女」の題材もまた、レジャーに関連しているといえないこともない。「撫でられた女」で、「ひまをもてあましている人たちの団体」をレジャーメンクラブと呼んでいることから、推して知るべしといったところであろう。

「亭主を思い出した女」は、『週刊レジャーライフ』一九六三年四月二九日号（四巻六七号）に掲載された。

「密談をしに来た女」は、『週刊レジャーライフ』一九六三年五月一三日号（四巻六八号）に掲載された。

「昼下りの電話の女」は、『週刊レジャーライフ』一九六三年五月二七日号（四巻六九号）に掲載された。

本作品では、黒電話、青電話、赤電話、ピンク電話と四種類の電話に言及されているが、黒電話は一般家庭用電話で、それ以外はすべて公衆電話である。青電話は一般的な街頭公衆電話である。赤電話は、電電公社の電話機をタバコ屋や駅売店などに置いてもらう委託式公衆電話で、一九五一年施行。当初黒だったが、家庭用電話が黒であったため、それと区別する必要もあり、一九五三年から赤色に変わっていったという。ピンク電話は、一九五九年に登場した。一般加入電話を公衆電話としても利用できるようにしたもので、特殊簡易公衆電話と呼ばれる。加入者の希望により屋内に設置されることもあったそうで、本作品のなかで登場するのがピンク電話なのは、そのためである。こうした背景を知らないと、友三が街頭公衆電話や店頭公衆電話を探しまわって、張込みをしたにもかかわらず失敗した事情が理解できまい。

「張り込み好きな女」は、『週刊レジャーライフ』一九六三年六月一〇日号（四巻七〇号）に掲載された。

「撫でられた女」は、『週刊レジャーライフ』一九六三年六月二四日号（四巻七一号）に掲載された。

「ハダカの大将」とは日本画家・山下清の愛称。

「爆薬を持った女」は、『週刊レジャーライフ』一九六三年七月八日号（四巻七二号）に掲載された。

本作品の冒頭で東京・大阪間の特急料金と航空料金が比較されているが、東海道新幹線の開通は本作品が発表された翌年の一九六四年なので、ここでいわれている特急料金は新幹線のものではないことに注意。「日航機に乗ったらホステスと呼び、全日空機に載ったらスチュアデスと呼んでもいいんだ」と、呼称の区別があったことを示す記述も、時代を偲ばせて興味深い。なお、一般市民の海外への観光旅行が自由化されたのは、本作品が発表された翌年の一九六四年のことで、六三年の時点では業務渡航のみが自由化されていた。それを知って読むと、冒頭で沢村友三が外遊と比較している気分も理解できるだろう。

ちなみに日本初のハイジャック事件とされる、よど号ハイジャック事件は一九七〇年に起きたもので、六〇年代前半でハイジャックを取り上げた本作品の先駆性は注目に価する。

フランソワーズ・アルヌールのフランス映画『牝猫』は、正しくは『女猫』La Chatte（一九五八）という。アルヌール演じるコーラは、ドイツ軍占領下のパリで抗独組織の一員として活躍するヒロインで、ドイツ軍のロケット設計図を盗み出す役回りながら、ドイツ軍将校と恋しあうようになり、悲劇的な最後を迎える。監督はアンリ・ドコアン。

「開運祈願」、**「求人作戦」**、**「買物心理」**、**「慰安旅行」**、**「信用第一」**、**「謝恩特売」**の六編は、『商店界』の教養と娯楽のページ「さろん・8《エイト》」（「サロンエイト」という表記もあり）に、一九六四年一月号（四五巻一号）から同年六月号（四五巻六号）まで連載された。当初は「ショート・ショート・ドラマ」（目次では「ショート・ドラマ」）という角書きがついていた。

千葉淳平のユーモリストぶりと器用さをうかがわせるショート・ショート連作集である。

「謝恩特売」に出てくる「産業スパイのテレンチェフ」というのは、一九六四年二月、東京地検特捜部によって逮捕された白系ロシア人ジョージ・テレンチェフのこと。大日本印刷の機密書類を不正に入手して同社を恐喝したり、競争会社の機密情報入手のための工作資金を出させたりしてり、情報化時代の産業スパイ事件として注目を集めたという。

〈随筆・読物編〉

「**受賞者感想**」は、『宝石』一九六三年四月号（一八巻五号）に掲載された。

「手当り次第読んで見る」内に「ダールやエリンが、カーやクイーンとゴッチャになって、頭の中に名状すべからざる混沌状態が訪れた」と書いているのが、作風やアイデアの源泉をうかがわせて興味深い。

「**無題**」は、『宝石』一九六三年五月号（一八巻七号）のグラビア記事「二人の受賞作家」のひとつとして掲載された。タイトルはなかったので、「無題」としておいた。

以下の二編は『中学二年コース』に「科学ショート・ミステリー」という角書きとともに掲載された読物記事である。いずれも「千葉淳平・文」と表示されており、創作とは異なるので随筆類とともに巻末にまとめた。

「**地面がホースをたべた！**」は、『中学二年コース』一九六三年五月号（七巻二号）に、また「**霊チョウのふしぎ**」は、『中学二年コース』一九六三年六月号（七巻三号）に掲載された。「受賞者感想」に付されたプロフィールに「現在、某テレビ局プランナー、および各種科学記事執筆中」とあるから、これ以外にも掲載されたものがあるかもしれないが、他の記事の掲載については不詳である。

本書を編集するにあたり『国内戦後ミステリ作家作品目録　極私的・拾遺集』（二〇一〇）を参照した。同書の編者・戸田和光氏から、『中学二年コース』掲載作品を御教示いただき、また『週刊レジャーライフ』掲載作品のコピーを提供いただいた。戸田氏のご助力に、この場を借りて感謝いたします。

［解題］**横井 司**（よこい つかさ）
1962年、石川県金沢市に生まれる。大東文化大学文学部日本文学科卒業。専修大学大学院文学研究科博士後期課程修了。95年、戦前の探偵小説に関する論考で、博士（文学）学位取得。共著に『本格ミステリ・ベスト100』（東京創元社、1997）、『日本ミステリー事典』（新潮社、2000）、『本格ミステリ・フラッシュバック』（東京創元社、2008）、『本格ミステリ・ディケイド300』（原書房、2012）など。現在、専修大学人文科学研究所特別研究員。日本推理作家協会・本格ミステリ作家クラブ会員。

千葉淳平氏の著作権継承者と連絡がとれませんでした。ご存じの方はお知らせ下さい。

千葉《ちば》淳平《じゅんぺい》探偵《たんてい》小説《しょうせつ》選《せん》　〔論創ミステリ叢書83〕

2015年1月20日　初版第1刷印刷
2015年1月30日　初版第1刷発行

著　者　千葉淳平
監　修　横井　司
装　訂　栗原裕孝
発行人　森下紀夫
発行所　論 創 社
〒101-0051　東京都千代田区神田神保町2-23　北井ビル
電話　03-3264-5254　振替口座　00160-1-155266
http://www.ronso.co.jp/

印刷・製本　中央精版印刷

Printed in Japan　ISBN978-4-8460-1390-5

論創ミステリ叢書

①平林初之輔Ⅰ
②平林初之輔Ⅱ
③甲賀三郎
④松本泰Ⅰ
⑤松本泰Ⅱ
⑥浜尾四郎
⑦松本恵子
⑧小酒井不木
⑨久山秀子Ⅰ
⑩久山秀子Ⅱ
⑪橋本五郎Ⅰ
⑫橋本五郎Ⅱ
⑬徳冨蘆花
⑭山本禾太郎Ⅰ
⑮山本禾太郎Ⅱ
⑯久山秀子Ⅲ
⑰久山秀子Ⅳ
⑱黒岩涙香Ⅰ
⑲黒岩涙香Ⅱ
⑳中村美与子
㉑大庭武年Ⅰ
㉒大庭武年Ⅱ
㉓西尾正Ⅰ
㉔西尾正Ⅱ
㉕戸田巽Ⅰ
㉖戸田巽Ⅱ
㉗山下利三郎Ⅰ
㉘山下利三郎Ⅱ
㉙林不忘
㉚牧逸馬
㉛風間光枝探偵日記
㉜延原謙
㉝森下雨村
㉞酒井嘉七
㉟横溝正史Ⅰ
㊱横溝正史Ⅱ
㊲横溝正史Ⅲ
㊳宮野村子Ⅰ
㊴宮野村子Ⅱ
㊵三遊亭円朝
㊶角田喜久雄
㊷瀬下耽
㊸高木彬光
㊹狩久
㊺大阪圭吉
㊻木々高太郎
㊼水谷準
㊽宮原龍雄
㊾大倉燁子
㊿戦前探偵小説四人集
(別)怪盗対名探偵初期翻案集
51守友恒
52大下宇陀児Ⅰ
53大下宇陀児Ⅱ
54蒼井雄
55妹尾アキ夫
56正木不如丘Ⅰ
57正木不如丘Ⅱ
58葛山二郎
59蘭郁二郎Ⅰ
60蘭郁二郎Ⅱ
61岡村雄輔Ⅰ
62岡村雄輔Ⅱ
63菊池幽芳
64水上幻一郎
65吉野賛十
66北洋
67光石介太郎
68坪田宏
69丘美丈二郎Ⅰ
70丘美丈二郎Ⅱ
71新羽精之Ⅰ
72新羽精之Ⅱ
73本田緒生Ⅰ
74本田緒生Ⅱ
75桜田十九郎
76金来成
77岡田鯱彦Ⅰ
78岡田鯱彦Ⅱ
79北町一郎Ⅰ
80北町一郎Ⅱ
81藤村正太Ⅰ
82藤村正太Ⅱ
83千葉淳平

論創社